KNAUR

Über die Autorin:
Liv Keen wuchs in einer großen, chaotischen und etwas verrückten Patchwork-
familie auf. Schon als sie ein kleines Mädchen war, versorgte ihre unkonventi-
onelle Uroma sie mit etlichem Lesestoff und erfand mit ihr lustige Geschichten.
Ihre große Liebe ist – wie es der Zufall so will – auch ihr bester Freund, mit dem
sie ihre eigene Familie gegründet hat.

LIV KEEN

BACKSTAGE
Love
UNENDLICH NAH

Roman

Bei »Backstage Love – Unendlich nah« handelt es sich um eine überarbeitete Neuausgabe des bereits unter den Titeln »Sandkasten-Groupie« und »Unendlich nah – Backstage-Love 1« erschienenen Werkes der Autorin Kathrin Lichters.

Besuchen Sie uns im Internet:
www.knaur.de

Vollständig überarbeitete Neuausgabe November 2018
Knaur Taschenbuch
© 2018 Knaur Verlag
Ein Imprint der Verlagsgruppe
Droemer Knaur GmbH & Co. KG, München
Alle Rechte vorbehalten. Das Werk darf – auch teilweise –
nur mit Genehmigung des Verlags wiedergegeben werden.
Redaktion: Hanna Bauer, Laura Lichtenwalter
Covergestaltung: ZERO Werbeagentur, München
Coverabbildung: FinePic® / Shutterstock
Satz: Adobe InDesign im Verlag
Druck und Bindung: CPI books GmbH, Leck
ISBN 978-3-426-52253-0

2 4 5 3 1

Für Jan und Lenny,
die Liebe meines Lebens

PROLOG

»Frauen sind mutiger als wir Männer!«
Nic Donahue spricht exklusiv über seine Frauen!

Der gefeierte Frontmann der Swores erscheint beinahe eine halbe Stunde zu spät an unserem Treffpunkt im Hotel Savoy – lässig gekleidet, unrasiert, mit einer RayBan-Sonnenbrille und unglaublich charmant. Als er mich entdeckt, begrüßt er mich verschmitzt grinsend mit zwei Küsschen.
Er ist einfach megasexy! Und das habe wohl nicht nur ich inzwischen bemerkt. Jede britische Frau zwischen sechzehn und sechzig scheint diesem so sensationell lächelnden Mann verfallen zu sein.

Nic: *Entschuldige meine Verspätung, ich hatte so viele Termine heute Morgen, und in London ist es um diese Zeit beinahe unmöglich, durch den Verkehr zu kommen.*

Seine Entschuldigung wird von einem schiefen Lächeln begleitet, und er greift zu dem Cappuccino, der für ihn bereitsteht. Nic Donahue, der Leadsänger der momentan angesagtesten britischen Rockband, widmet nun seine gesamte Aufmerksamkeit meinen Fragen.

JM: Was trinkst du denn da?

Nic: *Fettarmen Cappuccino mit Süßstoff. Es ist schließlich auch für einen Mann nicht einfach, seinen Körper in Form zu halten. Vor allem nicht, seit mir mein Terminkalender kaum genug Freizeit für das Fitnessstudio lässt. (Er grinst breit und zwinkert mir lässig zu.)*

Mia, die in diesem Boulevardblatt las, stieß einen verächtlichen Ton aus. Sie dachte an die Abende mit Nic vor dem Fernseher, an denen sich die Pizzakartons auf ihrem Bett gestapelt hatten. Nie zuvor hatte sie Nic einen Cappuccino trinken sehen, und was sollte das mit der fettarmen Milch? Er mochte seinen Kaffee schwarz mit drei Löffeln Zucker, und eine Schwäche fürs Fitnessstudio hatte er noch nie gehabt. Dafür liebte er es, mit seinen Jungs Basketball oder Fußball zu spielen. Mia fragte sich unweigerlich, wie viel von dem Nic, mit dem sie groß geworden war, noch in dem Sänger auf dem Titelblatt dieses Heftchens steckte. Ein wehmütiges Lächeln huschte über ihr Gesicht, während sie den Kopf schüttelte und sich wieder der Starzeitschrift widmete.

JM: Nun, Nic ... Wie war dein Tag?

Nic *(streckt sich in seinem Sessel): Na ja, ich bin seit vielen Stunden unterwegs und habe letzte Nacht nur knappe drei Stunden geschlafen ... Sagen wir einfach, ich sehne mich nach einem großen Bett und drei Tagen Tiefschlaf.*

JM: Sind das die Schattenseiten des Starlebens?

Nic: *Nein, ich denke, das ist nun mal mein Job. Sieh mal, ein Arzt im Krankenhaus arbeitet nicht selten achtundvierzig Stunden am Stück, eine Kellnerin steht oft bis in die frühen Morgenstunden im Pub, vor allem wenn die Swores da sind. (Er lacht und reibt* sich übers Gesicht.) Das ist ein ganz anderer Druck. Im Vergleich dazu ist mein Job wohl der bestbezahlte und einfachste, den ich mir vorstellen kann.

JM: *Glaubst du, dass dir der Erfolg zufällt?*
Nic: *O nein, ich denke nicht, dass jeder so einfach einen guten Song schreiben könnte oder mit dem Druck der Öffentlichkeit fertigwerden würde. Meine Jungs und ich haben jahrelang unsere Tapes eingeschickt, und lange Zeit hatte es keine positive Rückmeldung gegeben. Wir haben hart daran gearbeitet, dass ich heute hier mit dir zusammensitzen kann. Doch mal ehrlich: Mein Job ist von der Verantwortung wohl kaum mit der eines Arztes zu vergleichen. Denk zum Beispiel mal an diesen tragischen Moment, wenn die Kamera bei Grey's Anatomy das ernste Gesicht des Arztes zeigt, bevor er mit der Herzmassage beginnt.*

JM: *Du schaust dir Grey's Anatomy an? Das überrascht mich jetzt doch etwas.*
Nic: *Nun ja, ich habe zwei Schwestern und wurde oft von meiner besten Freundin genötigt, diese Serie zu verfolgen. Aber mal ehrlich, gegen McDreamy hat niemand eine Chance (lacht).*

JM: *Und welcher Art von Druck ist eine Kellnerin ausgesetzt? Diese Frage steht zwar nicht auf meiner Liste, aber es interessiert mich brennend, was du dazu zu sagen hast …*
Nic: *Hast du jemals einer Meute wilder Kerle gegenübergestanden, die völlig betrunken waren und sich mit Stühlen und Stehtischen bewarfen? Da braucht man ein gewisses Maß an Mut und noch mehr Verantwortungsgefühl, um sich einzumischen und behaupten zu können. Das soll nicht heißen, dass ich das einer Frau nicht zutraue, ganz im Gegenteil. In meinem Leben überzeugen*

mich einige Frauen tagtäglich davon, dass sie nicht nur mutiger sind als wir Männer, sondern auch selbstloser.

JM: *Nun, ich verstehe, was du meinst, aber da du es schon selbst ansprichst, und ich wage zu behaupten, dass diese Frage unsere Leserinnen am meisten interessiert: Wie dürfen wir uns diese mutigen Frauen in deinem Leben denn vorstellen?*

Nic: *Meine Fans sind tatsächlich sehr an dieser Frage interessiert, wie sich in der Vergangenheit gezeigt hat ... Meine Mutter ist beispielsweise so eine wundervolle Frau, meine Schwestern ebenso. Sie sind tough und auf eine nervtötende Art und Weise ziemlich verbissen (lacht). Vor vielen Jahren wollten sie mich unbedingt schminken. Du glaubst gar nicht, wie ausdauernd ich ihnen entkommen musste, nur um am nächsten Morgen in den Spiegel zu sehen und den Schreck meines Lebens zu bekommen. Heute traue ich ihnen immer noch keinen Meter über den Weg, aber ich bin ihnen auch sehr dankbar für ihren Rückhalt und ihre Unterstützung. Ohne sie wäre ich sicher nicht der geworden, der ich heute bin.*

JM: *So viel also zu deinen weiblichen Familienmitgliedern ... Noch brennender interessiert uns aber, ob es die eine Frau in deinem Leben gibt.*

Nic: *Wenn ich diese Frage bisher offengelassen habe, wieso glaubst du, dass ich es diesmal nicht wieder tun werde?*

JM: *Weil du meinem Charme nicht widerstehen kannst? Es gibt Gerüchte, dass du das It-Girl Melanie Green datest. Stimmt das?*

Seufzend schlug Mia die Zeitung zu, legte sie verärgert zur Seite und schloss die Augen. Sie hatte genug von dem Unsinn. Warum las sie diese Interviews überhaupt noch? Es war jedes Mal dasselbe. Als sei man auf Diät und ginge in einen Süßwarenladen. Man quälte sich mit dem Anblick der leckeren Schokolade und rang so lange mit sich, bis man alles auf einmal verschlungen hatte. So erging es ihr in diesem Augenblick auch. Das schlechte Gewissen wog nicht so schwer wie der Ärger, dass sie eingeknickt war. Nicht nur, dass Nic sie gebeten hatte, nie eine dieser Zeitschriften zu lesen, in denen er so abgelichtet war, sondern auch Mia hatte sich fest vorgenommen, nicht in diese Falle zu tappen. Es war vorauszusehen gewesen, dass sie sich danach keineswegs besser fühlen würde. Nach der wochenlangen Funkstille war sie der Versuchung, wenigstens ein winziges Lebenszeichen von ihm zu erhalten, erlegen. Obwohl sie jetzt wusste, dass er irgendwo da draußen war, umjubelt von unzähligen Fans, fühlte sie sich elend. Warum rief er sie nicht zurück? Wo war nur ihr bester Freund bei all dem Zirkus geblieben?

1

milia Sophie Kennedy!« Ihr Name drang mit erstaunlicher Kraft über die drei Etagen zu Mia durch. Sie seufzte entnervt auf. Wahrscheinlich hatte ihre Großmutter das leer geräumte Zigarettenversteck entdeckt. Es würde Sophie gar nicht gefallen, dass sie ihren Geheimvorrat wieder einmal entsorgt hatte. Mia blickte von ihren Skizzen auf. Sie musste ein Grinsen unterdrücken, während sie den Kohlestift beiseitelegte.

»Was zum Teufel habe ich dem lieben Herrgott nur angetan, dass er mich mit so einer gemeingefährlichen Enkelin straft?«, donnerte es lautstark zu ihr hinauf. Sophie schien heute glänzender Laune zu sein.

»Verdammt«, murmelte Mia und pustete sich eine Locke aus der Stirn. Wie konnte man in diesem Alter nur so unglaublich uneinsichtig sein? Der Arzt hatte Sophie schon vor einer ganzen Weile vom Rauchen abgeraten, doch sie war sturer als ein Teenager und ließ sich in nichts hineinreden. Deshalb fühlte sich Mia verpflichtet, Sophies Vorräte in regelmäßigen Abständen verschwinden zu lassen.

Wie gewohnt wischte sie die von Kohle schwarz gefärbten Finger an ihrer geliebten Latzhose ab, die sie vor einigen Jahren von ihrem Vater bekommen hatte und die sie seitdem treu bei ihrem künstlerischen Schaffen begleitete.

»Emilia! Ich weiß, dass du mich hören kannst! Setz dich in Bewegung, oder erwartest du, dass ich die verdammte Leiter hochklettere?«

Mia wusste, dass keine Treppe dieser Welt Sophie davon abhalten konnte, ihr eine ordentliche Strafpredigt zu halten. Sie strich sich die widerspenstige Haarsträhne entschlossen hinters Ohr und hinterließ dabei einen schwarzen Strich auf ihrer Wange. Eigentlich war sie froh über die Ablenkung. Heute wollte ihr einfach nichts gelingen. Ihre Skizzen für ihre Chefin Cathleen, eine angesehene Modedesignerin, bei der sie im Rahmen ihres Design-Studiums ein Praktikum absolvierte, waren allesamt reif für die Tonne. Aus irgendeinem Grund gaben sie nicht das wieder, was Mia im Kopf herumspukte. Eines dieser Kreativlöcher ... Ihre Chefin wäre alles andere als begeistert, wenn sie ohne brauchbare Entwürfe bei ihr aufkreuzen würde. Cathleens und ihr Geschmack gingen weit auseinander. Mia hatte eine Schwäche für kräftige Farben, wilde Muster und Spitze. Das kollidierte nicht selten mit Cathleens konservativem Stil. Trotzdem wollte Mia das Praktikum durchziehen, immerhin kam sie ihrem Traum, nach dem Modedesign-Studium selbst Kleidung zu entwerfen, damit einen Schritt näher.

Nach einem kurzen Blick durch die Dachkammer betrachtete Mia sich in dem großen Standspiegel. Die Spur des Kohlestifts verlieh ihr das Aussehen eines Schornsteinfegers. Die niedliche Stupsnase hatte sie von ihrer Mutter geerbt, das dunkle, kastanienbraune Haar, das sie im Moment zu einem Zopf zusammengebunden trug, von ihrem Vater. Genauso wie den Dickkopf. Aber sehr weit schien sie dieser Dickkopf nicht zu bringen. Denn nur selten konnte sie ihrer Familie und ihren Freunden eine Bitte abschlagen. Und so kam es, dass sie in den Semesterferien, die sie mit ihren zweiundzwanzig Jahren eigentlich auf Partys, in Bars oder in irgendwelchen Backpacking-Hostels in Asien verbringen sollte, zu Hause im kleinen Bodwin saß und auf ihre kleine Cousine und ihre Großmutter aufpasste. Während ihre Mutter und ihre Tante Bea unter der Sonne Afrikas Elefanten beobachteten.

Am Rand des Spiegels hingen allerlei gemalte Bilder und Fotos aus vergangenen unbeschwerten Tagen, die Mia wehmütig lächeln ließen. Wie hatte sich ihr Leben in so kurzer Zeit nur so sehr verändern können? Sie hielt einen Moment inne und schluckte den Kloß im Hals hinunter.

»Emilia!«, erklang es nun drohend von der unteren Etage, und Mia gab nach. Sie wollte nicht, dass Sophie gezwungen war, die Leiter zum Dachboden hinaufzuklettern.

»Ich komme ja schon!«, rief sie und kletterte durch die Dachluke. »Warum schreist du das ganze Haus zusammen, Granny?«

Sophie musterte Emilia mit vorwurfsvollem Blick. »Du weißt genau, dass ich es hasse, ›Granny‹ genannt zu werden! Sehe ich etwa wie eine aus?«

Nein, das tat sie tatsächlich nicht. Ihre grauen Haare waren zu einem flotten Kurzhaarschnitt frisiert, und die leicht stämmige Gestalt wirkte alles andere als gebrechlich. Ihre Kleidung war ausgefallen, doch in Wahrheit war es Sophies brüske und direkte Art, die rein gar nichts mit der einer alten Frau zu tun hatte.

Mit in den Hüften gestemmten Händen sah sie Mia aufgebracht an. »Wo sind sie, Mia?«

»Was meinst du, Sophie?« Mias unschuldige Miene war nur ein halbherziger Versuch, ihr weismachen zu wollen, dass sie keine Ahnung hatte, wovon sie sprach.

»Du weißt ganz genau, was ich meine! Ich will eine rauchen, und scheinbar hast du dich an meinem Zigarettenvorrat vergriffen.« Empörung schwang in Sophies Stimme mit, und Mia unterdrückte ein Lachen, indem sie eine Hand verräterisch vor den Mund legte.

»Der Arzt hat dir vom Rauchen abgeraten, und wir möchten doch nur, dass du seine Warnung ernst nimmst«, seufzte Mia nachsichtig.

»Es war keine Warnung, sondern eine Empfehlung, somit bleibt es mir überlassen, mich nicht an die Empfehlung zu halten«, konterte sie.

»Du weißt, dass das so nicht ganz stimmt, und ich möchte mich ganz einfach noch eine kleine Ewigkeit mit dir herumstreiten.«

Sophies Miene wurde augenblicklich weicher, und sie ließ die Arme sinken. »Womöglich hatten die Heinzelmännchen was damit zu tun«, überlegte sie versöhnlich.

Sie schwiegen sich kurz an, dann sagte Sophie: »Heinzelmännchen wären gar nicht so schlecht für das Chaos, das du hier überall verbreitest. Erst neulich habe ich deinen Schlüssel im Kaffeeschrank gefunden.«

»Vielleicht helfen die uns ja auch beim Abwasch?« Mia grinste breit, während Sophie ihr leicht in den Arm knuffte. »Das wäre es doch, oder?«, überlegte sie träumerisch. Nichts von ihren Sticheleien war wirklich böse gemeint. Es peppte nur ihrer beider Alltag auf. Mia stemmte die rechte Hand in die Hüfte. »Ich würde übrigens mal nach deinem Fusel gucken, wer weiß, ob sie den nicht auch schon gefunden haben.« Mia streckte aufmüpfig die Zunge raus.

»Jetzt ist es aber genug, geh und wasch dich gefälligst, du Schmutzfink! Gleich gibt es Essen. Das heißt, wenn Haley dort unten nicht den Tisch inklusive Tischdecke bepinselt hat.«

Mia salutierte und sagte: »Zu Befehl, Ma'am!« Nachdenklich schaute sie Sophie hinterher, die in erstaunlich flottem Tempo die Stufen hinablief, und schüttelte den Kopf. Sie wischte über ihre Stirn, wobei sie den Kohlestift nur noch weiter in ihrem Gesicht verteilte, und seufzte. Auch wenn die nächsten Wochen keine großen Abenteuer versprachen, gab es keinen Platz auf der Welt, an dem Mia lieber ihre Zeit verbrachte. Sie lebten in einem verträumten Dorf namens Bodwin ganz in der Nähe der Stadt Falmouth. Es war ein malerischer Ort an der Küste von Cornwall, der im Sommer grün und voller bunter Blüten war. Sein ganz eigener Charme betörte die Touristen und nicht zuletzt die Einwohner. Für die ländliche Idylle zahlten sie nur einen geringen Preis. Falmouth und die nächsten größeren Geschäfte lagen lediglich etwas über eine halbe Stunde entfernt. Außerdem lebte Mia nur während der Semesterferien in ihrem Elternhaus und genoss die Vorzüge eines ruhigen Lebens in dieser Zeit sehr.

Schon Mias Vater war in Bodwin geboren und aufgewachsen, und auch wenn er für einige Zeit in Frankreich studiert hatte, so war er stets fest mit seinem Zuhause verwurzelt gewesen. Und so kehrte er gemeinsam mit Celine, einer Französin, in die er sich während seines Auslandsstudiums verliebt hatte, zurück in seinen Heimatort, ließ sich als Arzt nieder und gründete eine Familie. Zusammen waren sie hier sehr glücklich gewesen. Mia schloss die Augen. Ein Kloß bildete sich in ihrem Hals, den sie nur mit Mühe hinunterschluckte. Vor drei Jahren war ihr Vater ganz plötzlich an einem Herzinfarkt gestorben. Dieses Loch, das er im Herzen aller hinterlassen hatte, wurde nie wirklich richtig gefüllt, und Mias Mutter litt unter dem Verlust ihres Liebsten so sehr, dass sie es kaum länger als ein paar Wochen am Stück in ihrem gemeinsamen Zuhause aushielt. Mia hingegen fühlte sich verpflichtet, die Stellung zu halten. So kam es, dass Mia nun hier saß und sich mit ihrer Großmutter um ein Päckchen Zigaretten stritt, während alle anderen um sie herum die große weite Welt erkundeten.

Im Hause Kennedy lebten drei Generationen zusammen, fast ausschließlich Frauen. Neben Sophie, die Mutter von Mias Vater, Celine und Mia, die nur in den Semesterferien zu Hause lebte, wohnte Celines Schwester Bea mit ihrer kleinen Tochter Haley seit ihrer Scheidung vor ein paar Monaten ebenfalls bei ihnen. Selten war das Kennedy-Haus allerdings so leer wie im Moment. Seit zwei Wochen waren Celine und Bea jetzt schon unterwegs und hatten es ihr überlassen, sich um Haley und Sophie zu kümmern.

Auch Mias drei Jahre älterer Bruder Liam führte ein rastloses Leben und war mittlerweile ein selten gesehener Gast in Bodwin. Er war mit seiner Band, den Swores, in der ganzen Weltgeschichte unterwegs. Im Moment bestand seine einzige Beschäftigung darin, seinen weiblichen Fans den Atem zu rauben, die Nächte mit Alkohol, seinen Bandkollegen und zahlreichen Models sowie wichtigen Persönlichkeiten zu durchzechen und hin und wieder einige Songs zu schreiben.

Diejenige, die Mia stets treu zur Seite stand, war ihre beste Freundin Lizzy, mit der sie Tür an Tür in Bodwin aufgewachsen war. Mit ihr teilte sich Mia während des Semesters auch eine WG am College im nahe gelegenen Falmouth. Lizzy Donahue war eine Chaotin der ganz besonderen Art, weswegen sie hervorragend zu Mia passte. Mia litt unter der häufigen Abwesenheit von Celine und Liam. Und sie verspürte eine Sehnsucht nach etwas, das sie selbst nicht in Worte fassen konnte.

Sie kämpfte sich durch den Alltag und kam sich oft klein und unbedeutend vor, während die anderen von ihren besonderen Erlebnissen berichteten. Um ihrem Leben Bedeutung zu verleihen, sollte sie wohl ein Mittel gegen Aids oder Krebs erforschen. Leider hatte sie nie die Begeisterung ihres Dads für Medizin geteilt. Vielleicht hätte sie Polizistin werden und wenigstens für Gerechtigkeit sorgen sollen. Aber für besonders mutig hielt sie sich auch nicht. Ganz davon abgesehen, dass ihr dafür eine riesige Portion Fitness fehlte. Sicher war sie nicht völlig untrainiert, denn sie tanzte Ballett und gab regelmäßig Unterricht, doch auch in dieser Hinsicht war sie meilenweit davon entfernt, erfolgreich zu sein.

Eigentlich gab es nicht viel, was sie besonders gut konnte, abgesehen von einem: zeichnen. Schon als Kind war sie ein Naturtalent gewesen. Ihre Eltern hatten ihr die besten Kunstlehrer bezahlt, um dieses Talent zu fördern und ja nicht zu vergeuden. Das hatte ihre schlechten Noten in Mathe oder Biologie aber auch nicht wettmachen können. Nun war sie dabei, ihr Hobby zum Beruf zu machen und Kleidung zu entwerfen. Sie liebte es, ihre Outfits selbst zu gestalten und ihren eigenen Stil darin zum Ausdruck zu bringen. Meist kombinierte sie Eigenkreationen mit Secondhandteilen. Sie liebte den Kontrast, und für Markenkleidung fehlte ihr schlicht und ergreifend das Geld.

Mia wusch sich das Gesicht und schlüpfte in ihre Leggins und ein selbst geschneidertes Kleid. Noch einmal kontrollierte sie sich im Spiegel. Dabei fiel ihr Blick auf ein Foto von ihrem Bruder und einem jungen Mann, der schief grinste. Nic … Das Foto zweier Teenager auf einem Motorroller, die ausgelassen lachten. Ein gut aussehender Junge mit graublauen Augen, verstrubbeltem, dunkelblondem Haar und dem ersten Bartschatten grinste frech in die Kamera und wurde von Mia umarmt. Domenic Donahue, kurz Nic, war seit beinahe vier Jahren mit seiner Band ein Stern am Musikhimmel. Er war der beste Kumpel und Bandkollege ihres Bruders, der Bruder ihrer besten Freundin Lizzy, ihr Nachbar und ihr allerbester Freund. Zumindest war das einst so gewesen. Mittlerweile hatte sie mehr und mehr das Gefühl, dass sie sich voneinander entfernten. Diese Empfindung machte Mia schreckliche Angst.

Zuletzt hatte sie mit ihm vor der Tour der Swores gesprochen, und die wenigen nichtssagenden Nachrichten von ihm hinterließen zunehmend ein bitteres Gefühl in Mias Magengegend. Mit jedem verstreichenden Tag wurde die Einsamkeit um sie herum unerträglicher. Früher hatte sie seine Abwesenheit schon als verstörend empfunden, doch in den letzten Monaten hatte sich dieses Gefühl noch verstärkt.

Seufzend legte Mia ihre Kleidung für die späteren Ballettstunden heraus. Um sich für ihr Studium etwas nebenher zu verdienen, gab sie in den Semesterferien einen Ballettkurs für Kinder und Jugendliche. Hin und wieder arbeitete sie auch für Jeff, dem die beliebteste Bar in Bodwin gehörte. Ihr Bruder verdiente zwar genug, um locker ihren Lebensunterhalt mitfinanzieren zu können, sie fand den Gedanken, ihrer Mutter und Liam auf der Tasche zu liegen, jedoch schrecklich. Außerdem liebte sie es, in Jeffs Bar oder mit den Mädchen zu arbeiten.

Mia warf sich ihre Tasche über die Schulter und hüpfte gerade die Stufen zur Küche hinunter, als sie den lauten Piepton des Rauchmelders hörte. Sie rannte die letzten Stufen nach unten. Die Eingangstür und alle Fenster standen sperrangelweit auf, ebenso wie die Tür des Backofens, aus dem es stark rauchte. Sophies Auflauf war verkohlt, und Mia griff auf dem Weg zur Küche schon zum Telefon. Mit einem Lächeln auf den Lippen nahm sie Sophie in den Arm, drückte ihr einen Kuss auf die Wange und versuchte zu retten, was zu retten war: Sie rief beim Pizzaservice an.

2

Es war neun Uhr abends, als Mia am folgenden Tag völlig erledigt nach Hause kam. Der Morgen hatte wie immer damit begonnen, dass sie zu spät dran gewesen war. Sie hatte Haley im Kindergarten abgesetzt, nicht ohne vorher noch ein Sandwich für sie beide zu kaufen und sich den heißen Kaffee über ihre Jeans zu kippen. Da war bereits klar, was dies für ein verrückter Tag werden würde. Wie zu erwarten, hatte ihre Praktikumschefin wenig für ihre Skizzen übriggehabt und sie förmlich in der Luft zerrissen, was Mia erst einmal verdauen musste. Folglich hatte sie neben den ohnehin noch zu verbessernden Vorlagen ein weiteres Bündel Blätter im Gepäck, die es zu bearbeiten galt. Auf dem Heimweg hatte sie noch ihrer WG einen Besuch abgestattet. Die Hoffnung, ihren chaotischen Aufbruch vor einer Woche nur geträumt zu haben, war verpufft, als sie die Eingangstür wegen des dahinterliegenden Schmutzwäschebergs nur schwer öffnen konnte. Sie waren unmittelbar nach den Prüfungen zu ihren Familien aufgebrochen und hatten ihre Wohnung im denkbar schlechtesten Zustand verlassen. Ausgerechnet hier fand Mia zum ersten Mal an diesem Tag einen Moment Frieden. Im Chaos das Chaos im Kopf besänftigen …

Haley hatte auch heute Abend wieder stoisch darauf gewartet, dass sie nach Hause kam. Mit den wilden hellblonden Locken, dem rosa Pyjama und den verschränkten Armen sah sie wie Luzifer junior höchstpersönlich, aber auch unglaublich niedlich aus.

Mia wusste, dass Haley sehr gut bei Sophie aufgehoben war, aber auch wenn ihre Großmutter es ständig zu vertuschen versuchte, so wurde sie langsam alt. Die alltäglichen Arbeiten in diesem großen Haus fielen Sophie immer schwerer, und wenn sie glaubte, dass Mia es nicht sah, machte sie kurze Pausen. Besorgt hatte Mia wahrgenommen, dass Sophie bei Weitem nicht mehr so belastbar war wie noch vor ein paar Jahren, und es ärgerte sie, dass ihre Mutter so wenig Rücksicht darauf nahm. Nach allem, was ihre Großmutter für diese Familie getan hatte, war es weit mehr als Pflichtgefühl, was Mia dazu bewog, sie zu unterstützen. Es geschah aus Dankbarkeit. Gerade jetzt, wo ihre Mutter und Bea nicht hier waren.

Müde stieg Mia die Treppe hinauf. In ihrem Zimmer angekommen, griff sie hoffnungsvoll zum Handy, das sie in ihrer Eile am Morgen wieder vergessen hatte. Beim Scrollen über ihre neuen WhatsApp-Nachrichten tauchte weder Nics noch Liams Name auf. Die Enttäuschung landete bleischwer in ihrem Magen, und Mia seufzte. Seit Wochen waren die Swores nun schon in den USA und feierten einige kleine Erfolge, wie man aus der Boulevardpresse verfolgen konnte. Leider war diese auch so ziemlich ihre einzige Informationsquelle, und Mias Frust darüber, dass ihr bester Freund und ihr Bruder sich nicht darum scherten, was in ihrem Zuhause los war, entlud sich normalerweise in wüsten Zeichnungen, die anschließend im Müll landeten. Nach diesem Tag jedoch fehlte Mia selbst dafür die Energie, und sie ließ sich kraftlos in ihre Leseecke fallen. Ihr Vater hatte kurz vor seinem Tod das Dachgeschoss ausbauen lassen, um Mia ein Atelier für ihre Malerei zur Verfügung zu stellen. In Wahrheit wollte er ihr bloß einen größeren Anreiz bieten, um auch öfter nach Hause zu kommen, wenn sie am College lebte. Die Fensterfront bescherte ihr einen guten Ausblick auf ihren Garten und die Wälder dahinter. Dies war ihr liebster Rückzugsort, wo sie zur Ruhe kommen und ihren Gedanken nachhängen konnte. Hier gab es Raum für all ihre Gefühle, die sie nicht verstecken oder beschönigen musste. Ihr Handy vibrierte, und sie warf einen Blick auf die Nachricht von Chris, die gerade eingegangen war, drückte sie jedoch eilig weg. Chris. Aus irgendeinem Grund fiel es ihr schwer, sich auf ihn einzulassen, und Mia ahnte, dass es nie wirklich dazu kommen würde. Lag es tatsächlich an den Kleinigkeiten, die sie bei ihm zu bemängeln hatte? Ein Mr Darcy, wie ihn Jane Austen beschrieb, hatte nun mal auch seine Fehler. Und nicht zu vergessen, Elizabeth Benett ebenso. Nicht umsonst hatte es einige Hundert Seiten und Verwicklungen gebraucht, bis sie sich gekriegt hatten. Einen Menschen zu suchen, der perfekt zu einem passte, schien doch ziemlich arrogant zu sein. Man selbst war es schließlich auch nicht. Nur sollten diese kleinen Makel einen nicht von Anfang an in den Wahnsinn treiben.

Immerhin verließ er sie nicht, um die Welt zu erkunden, so wie ihr Bruder, Nic oder Jake es getan hatten. Vielleicht klammerte sich Mia deswegen so an ihn? Oder war sie womöglich noch nicht bereit, sich auf jemanden anderen einzulassen? Er war ein netter Kerl, umwarb sie ganz klassisch mit Blumen und anderen kleinen Nettigkeiten, und doch erfüllte er nicht ihre Gedanken oder brachte ihr Herz ins Stolpern. Bisher hatte es nur einen Mann gegeben, der an einen Mr Darcy herangereicht hatte, sodass Mia sogar ernsthaft daran gedacht hatte, ihre Heimat zu verlassen.

Jake Bower war ein begeisterter Sportler, der in Mias erstem Studienjahr ebenfalls an der Uni von Falmouth studiert hatte. Sein Sportstipendium hatte dies möglich gemacht, und neben dem Fußball studierte er Biologie. Jake war in Australien geboren und in den ersten Jahren seines Lebens auch dort aufgewachsen. Die Trennung seiner Eltern hatte ihn nach London verschlagen, wo er seine Leidenschaft für Fußball entdeckt hatte. Er spielte in der Jugendmannschaft von Bristol und hatte sich ein zweites Standbein aufbauen wollen. Denn niemand konnte ewig Fußballer sein, zumindest war das die Aussage und damit auch Bedingung seines Vaters gewesen. Mia hatte ihn an ihrem zweiten Tag an der Uni in der Cafeteria kennengelernt, und nach dieser Begegnung hatte er ihre Gedanken beherrscht. Er war fürsorglich, kümmerte sich um seine Familie, die über den ganzen Globus verteilt war, und Mia bewunderte diese Eigenschaft. Er hatte kaum einen Makel gehabt, außer einem: Er sollte nur einige Monate in Falmouth bleiben und dann nach Australien zurückkehren, um dort professionell Fußball zu spielen.

Mia hatte von Anfang an darüber Bescheid gewusst, und von Woche zu Woche war sie sich immer sicherer gewesen, dass sie ihn begleiten wollte. Mit Vorfreude hatte sie bereits alles in die Wege geleitet, um ihr Studium in Sydney fortsetzen zu können, als ihr Vater plötzlich starb und alle ihre Pläne wie eine Seifenblase zerplatzten. Ihr Herz trug nur noch Kummer in sich, und so war kein Platz mehr für eine gemeinsame Zukunft mit Jake gewesen. Er hatte noch lange versucht, den Kontakt zu Mia aufrechtzuerhalten, und nicht wahrhaben wollen, dass sich für sie alles völlig verändert hatte. Sie selbst hatte sich verändert. Eines Tages hatte sie einen Brief aus Australien bekommen.

»Leben ist das, was passiert, während du etwas anderes planst. Vielleicht geschieht nichts ohne Grund, und wir haben alle einen Platz auf der Welt, um zu einem bestimmten Zeitpunkt an einem bestimmten Ort einem bestimmten Menschen zu begegnen, für den wir bestimmt sind. Ich hoffe, du findest diesen Menschen. Leb wohl, Jake«

Mia hatte daraufhin nie wieder etwas von ihm gehört, und irgendwann hoffte sie auch für ihn, dass er mit einer anderen Frau sein Glück gefunden hatte. Es fiel ihr schwer, daran zu glauben, dass Chris für sie dieser Mensch sein sollte. Sie las so viele Bücher, in denen von der großen Liebe erzählt wurde. Alles an so einer Liebe musste besonders sein. Selbst die Liebe zwischen ihren Eltern war es gewesen, und Mia wollte das auch. Bei Chris und ihr fehlte jedoch etwas.

Die kleine Glocke, die am Eingang zu Mias Dachkammer angebracht war, erklang. Mia sah zur Dachluke, wo nur wenige Momente später Lizzys Kopf erschien.

»Da bist du ja endlich«, rief sie und kletterte die letzten Stufen hoch. Mit ihrer üblichen überschüssigen Energie sprang Lizzy über die Lehne des kleinen Sofas und fiel sanft in ihre Lieblingsecke.»Ich warte schon eine Ewigkeit auf dich.«

Elizabeth Donahue, von allen nur Lizzy genannt, hatte Mia im zarten Alter von fünf Jahren mit der Bastelschere die schreckliche Prinz-Eisenherz-Frisur zerstört und ihr nachträglich erklärt, wie viel schicker sie nun aussah. Seither war sie nie mehr von Mias Seite gewichen, und man konnte sich keine bessere Freundin wünschen. Lizzy studierte BWL an der Uni in Falmouth. In Wahrheit jedoch dümpelte das Studium so vor sich hin, denn ihr Herz schlug für die Musik. Wie ihr Bruder Nic war sie eine geborene Songwriterin und arbeitete nebenbei in einem Tonstudio in Falmouth. Ihr Vater hatte allerdings darauf bestanden, dass sie einen alternativen Weg für ihren Lebensunterhalt finden musste. Ein Sänger in der Familie war mehr, als Robert Donahue ertragen konnte, und Mia fand das schrecklich unfair. Während der Semesterferien lebte sie wie Mia in Bodwin bei ihren Eltern und genoss die Zeit des Sich-treiben-Lassens. Sie war ein paar Monate älter als Mia und wesentlich verrückter. Jeden zweiten Monat hatte sie eine andere Frisur in den schillerndsten Farben. Seit Neustem zierte ihre schmale Nase ein Piercing, und Mia wusste von ihrem Plan, sich ein Tattoo zuzulegen.

Mia lächelte über Lizzys Theatralik, die so typisch für ihre Freundin war. Andererseits hatte sie einige Nachrichten von ihr bekommen, die sie aber im Durcheinander der letzten Tage vergessen hatte zu lesen. »Eine Ewigkeit, ja?«

»Liest du deine Nachrichten auch manchmal oder gehst an dein Handy? Ansonsten wäre es wohl in Sophies Besitz besser aufgehoben«, neckte sie Mia und schaute sie gespannt an. »Hast du sie überhaupt gesehen?«

»Ich habe mein Telefon zu Hause vergessen«, gestand Mia.

»Was stand denn drin?«

»Natürlich, was auch sonst! Ich habe die Neuigkeit des Jahres mit dir zu teilen, und du vergisst dein Handy.« Mia schmunzelte, weil es Lizzy sichtlich schwerfiel, die Spannung auszuhalten. »Willst du gar nicht wissen, worum es geht?«, fragte Lizzy erstaunt.

»Nun sag es schon, bevor du vor Aufregung platzt!«, forderte Mia gelassen. In ihrer momentanen Verfassung wäre sie eher eingeschlafen, als auf Lizzys Neugierde-Zug aufzuspringen.

»Ich fass es nicht, dass du so entspannt bist«, wunderte sich Lizzy kopfschüttelnd und sprang jetzt aus ihrem Sessel auf. »Meine Eltern haben mir erlaubt, dass ich in ihrem Garten eine Geburtstagsparty gebe. So richtig groß und mit allem Drum und Dran. Vielleicht kann ich jemanden von Bluemoon Records dazu bringen zu kommen, denn – jetzt halt dich fest: Die Swores werden dabei sein!« Mia blinzelte und hielt den Atem an, ehe Lizzy weiterquatschte: »Ist das nicht der absolute Wahnsinn? Du weißt, ich nutze Nics Bekanntheitsgrad ungern aus, um meine Songwriter-Karriere voranzutreiben, aber bei Bluemoon Records ist das was anderes. Den Kontakt dorthin hatte ich zuerst, und wenn sie mich interessanter finden, weil mein Bruder zu den Swores gehört, wäre das etwas, womit ich leben könnte. Die meisten guten Kontakte entstehen schließlich auf Partys. Wer weiß, vielleicht kann ich meinem alten Herrn schneller einen Vertrag unter die Nase halten als gedacht und habe einen plausiblen Grund, um mein Studium zu schmeißen? Was sagst du dazu, Mia? Ist das nicht der Oberhammer?« Mia starrte Lizzy nach wie vor zur Salzsäule erstarrt an. »Huhu, Mia! Jemand zu Hause?«

»Du meinst, sie kommen zurück?«, fragte Mia mit ausdrucksloser und dünner Stimme. Sie stand abrupt auf und begann wie immer, wenn sie aufgeregt war, aufzuräumen. Ein Sturm von Gefühlen hatte sie gerade unerwartet erfasst, und sie musste ihr Gesicht vor Lizzy verbergen, aus Angst, dass sie ihre schlechte Laune missverstehen würde. Sie verstand ja selbst nicht, was los war. Sie war sauer und schrecklich enttäuscht, dass Nic sich abgesehen von ein paar belanglosen Nachrichten nicht bei ihr gemeldet hatte. Immerhin waren sie seit einer Ewigkeit befreundet, schon lange bevor er reich und berühmt wurde. Zu jeder Zeit war sie seine Freundin gewesen, und immer, wenn er sie gebraucht hatte, war sie da gewesen. Sie hatte ihm beigestanden, als auf seiner Abschlussfeier kein Mädchen mit dem seltsam verträumten und von Akne gezeichneten Jungen in zerrissenen Jeans gehen wollte. Und jetzt, wo er so wahnsinnig viele berühmte Freunde hatte, vergaß er sie. Aus lauter Wut sammelten sich Tränen in Mias Augen.

Aus den Augenwinkeln sah sie, dass Lizzys genervter Blick weicher wurde und ihr durch die Dachkammer folgte. »Du wusstest noch gar nicht, dass sie nach Hause kommen«, stellte sie mitfühlend fest.

»Natürlich nicht! Warum sollte mir auch irgendjemand etwas davon sagen? Ich bin ihnen doch völlig gleichgültig.« Ihre Stimme zitterte, und Mia kämpfte gegen den Kloß in ihrem Hals an. Diese Sorge schlummerte schon lange tief in ihrem Inneren, und Mia hatte sie nur tief genug vergraben, doch jetzt drängte sie unaufhaltsam hinauf.

»Das stimmt nicht, Mia!«

»Ach nein?« Nun wandte Mia sich zu Lizzy um und versteckte ihre Tränen nicht. »Ich habe unzählige Fotos und Nachrichten verschickt, aber von Nic kam nie was zurück. Am Anfang entschuldigte ich sein Verhalten noch. Er hat viel zu tun, die Zeitverschiebung, bla, bla, bla. In Wahrheit schreibt er sicher einer Menge Frauen Nachrichten, nur eben mir nicht. Mein Bruder ist übrigens genauso unzuverlässig. Er hält es schon nicht für nötig, mich bei dem Chaos hier zu Hause zu unterstützen, und sagt mir nicht mal Bescheid, wenn er zurückkommt?« Überfordert von ihren Gefühlen, strich Mia durch ihr Haar, das wie elektrisiert von ihrem Kopf abstand. So fühlte sie sich auch – wie unter Strom.

Behutsam ergriff Lizzy Mias Hände und hielt sie fest. »Das kann nicht der Grund sein, Mia. Ganz bestimmt nicht.«

»Mir fällt aber kein anderer ein«, flüsterte Mia erstickt. »Ich meine, er kann doch unmöglich vergessen haben, dass es mich gibt, oder?«

Lizzy seufzte und sah so bedrückt aus, wie Mia sich fühlte. »Ich weiß es nicht, Süße, und habe längst aufgegeben, den Kerl zu verstehen. Nic Donahue ist ein Rätsel für sich, ganz ehrlich. Ich habe nie verstanden, wieso du so gut mit ihm auskommst.« Ein seltsamer Laut entwich Mias Kehle, denn Lizzy schaffte es einfach immer, sie aufzumuntern. »Ich weiß nicht, was Nic im Moment reitet, aber ich bin sicher, wenn er zurückkommt, gibt es eine Erklärung für all das, und wenn nicht, dann trete ich ihm höchstpersönlich in den Arsch. Das wird ein Spaß!« Lizzys vorgetäuschte Vorfreude auf diesen Moment brachte Mia zum Lächeln. »Und du beruhigst dich ein wenig, ja? Sonst findest du morgen echt gar nichts mehr wieder und vergisst mehr als dein Handy.« Mia nickte. »Versprochen? Ich lass nämlich jetzt los«, warnte Lizzy lächelnd.

»Ja, ich rühr nichts an. Versprochen!«

»Wundervoll – es gibt nämlich noch mehr Neuigkeiten …«

»O Gott, bitte mach es nicht wieder so spannend«, flehte Mia und dank Lizzys teuflischem Blick schwante ihr Böses. »Was hast du vor?«

»Es waren VIP-Tickets in der Post für ein Welcome Home Konzert der Swores am Wochenende … und wir fahren nach London!« Aufgeregt sprang Lizzy auf der Stelle auf und ab.

Mia runzelte die Stirn und brauchte keinen Moment darüber nachzudenken, ehe ihr ein deutliches und klares »Nein!« entfuhr. Der entsetzte Ausdruck in Lizzys Miene erinnerte an ein Kleinkind, dem man Weihnachten strich. »Wie nein?«

»Nein!«, wiederholte Mia deutlich. »Du glaubst doch nicht, dass ich mich von so was beeindrucken lasse und Nic und Liam vergebe, dass sie vom Erdboden verschluckt gewesen waren, während ich Haus und Hof hüte. Nö! Abgesehen davon sind sie sicher für dich und deine Eltern bestimmt …«

»Warum steht denn dann dein und mein Name darauf?«

Mia stemmte die Hände in die Hüften und holte tief Luft, ehe sie die Augen schloss. »Tatsächlich?«

»Ach, komm schon, Mia. Sie wollen, dass ihre nervigen kleinen Schwestern hinkommen. Das muss doch etwas heißen.«

»Ist mir egal«, entgegnete Mia kopfschüttelnd. »Ich lass mich mit so was nicht kaufen.«

»Nun mal ehrlich: Du lässt dir eine Reise in unsere Hauptstadt, in die Stadt des Big Bens, von Harry Potter und Madame Tussauds entgehen? Wegen unseren doofen Brüdern? So wichtig kann dir dieser Streit gar nicht sein. Außerdem kannst du Nic dort die kalte Schulter zeigen! Wenn wir sie überhaupt länger zu Gesicht bekommen. Du weißt ja, wie hektisch das dort immer ist.«

Mia seufzte frustriert. Ihre Freundin war teuflisch. Lizzy war fantastisch darin, ihr etwas schmackhaft zu machen. Natürlich klang es so, als wäre es in Mias eigenem Interesse, doch Lizzy verfolgte selbstredend eigene Ziele. »Außerdem müsstest du nicht allein hinfahren«, entgegnete sie und sah ihre Freundin strafend an.

»Das wäre natürlich der perfekte Bonus.« Das verräterische Grinsen war so breit, dass Mia ihr kaum böse sein konnte. »Stell

29

dir nur vor, welche Kontakte ich dort knüpfen könnte, Mia. Das wäre der Wahnsinn. Außerdem hätten wir ein wunderbares Wochenende in London.«

»Ich dachte, du willst kein Vitamin B der Swores!«, erinnerte Mia sie.

»Das wäre kein Vitamin B, nicht wenn ich ihnen nicht meinen vollen Namen nenne.«

»Und wie soll das laufen? Hallo, ich bin Lizzy ohne Namen, wollen Sie sich meine Songs anhören?«

»Das lass mal meine Sorge sein, aber Fakt ist, ich brauche dich an meiner Seite. Allein schaffe ich es nicht.«

Schnaubend ließ Mia sich auf dem Hocker vor ihrer Staffelei sinken. Lizzys Flehen konnte Mia nicht widerstehen. Es war ein aussichtsloser Kampf, und insgeheim schlich sich die Vorstellung ein, dass Nic vor ihr zu Kreuze kriechen würde, wenn sie wieder aufeinandertreffen würden.

»Sag bitte, bitte, bitte Ja!« Mit panischem Gesichtsausdruck sah Lizzy ihre Freundin an.

»In Ordnung!«, antwortete Mia und fügte hinzu: »Ich muss das aber noch mit Sophie besprechen.« Der letzte Satz ging in Lizzys Freudengeschrei unter, und Mia empfand plötzlich eine unbekannte Vorfreude auf das Wiedersehen.

3

Die Fahrt nach London verbrachte Lizzy größtenteils damit, Mia ihre neu aufgenommenen Songs vorzuspielen. Sie waren extra schon in der Nacht aufgebrochen, um den ganzen Tag noch in der Großstadt verbringen zu können. Die Swores waren sicher schon in der Halle und probten, während Lizzy und Mia die Londoner Innenstadt unsicher machten und ein hippes Restaurant besuchten. Lizzy war so herrlich aufgedreht, dass Mia sich trotz ihrer Bedenken dieser Sogwirkung unmöglich entziehen konnte und von der Abenteuerlust ihrer Freundin angesteckt wurde. Es war erstaunlich. War sie noch trübsinnig und mit bleiernem Gefühl in den Beinen in Lizzys blauen Toyota, den Terminator, eingestiegen, so fand sie sich nur Stunden danach lachend neben ihrer Freundin wieder und grinste für diverse Selfies.

Zum Abend machten sie sich dann mit einer ganzen Menschenmasse auf den Weg zum Millennium Dome, auch O2 Arena genannt. Mit geöffnetem Mund staunte Mia der Menge hinterher, die ausgestattet mit T-Shirts mit dem Logo der Swores, Fanschals und Plakaten auf die Eingänge zuströmten. Das letzte Konzert, das Mia von den Jungs besucht hatte, fand in einer Halle statt, die für maximal sechshundert Fans ausgelegt war. Obwohl Mia natürlich die wachsende Begeisterung der Fans mitbekommen hatte, wurde ihr erst jetzt richtig klar, welche Ausmaße das Ganze angenommen hatte, als ein übergroßer Nic von einem Plakat in ein Mikro grölte. »Die Swores – Heute« stand darauf. Lizzy hakte sich bei Mia unter und musterte sie amüsiert. »Wenn du nicht sofort weiteratmest, läufst du blau an.«

Mia lächelte ertappt und holte tief Luft. »Ich kann gar nicht glauben, was hier los ist«, gab sie zu. »Siehst du das auch? Ich meine, wie viele Leute hier sind.«

»Irre, oder?«, bestätigte Lizzy. »Wenn ich nur daran denke, dass sie alle wegen meines behämmerten und nervtötenden Bruders herkommen, werd ich hysterisch.«

Mia lachte und nickte zustimmend. »Ich kann mich noch gut daran erinnern, wie wir mit den Jungs umgeben von Bergen von Pizzaschachteln in dem Aufnahmestudio saßen, für das sie ihr letztes Geld zusammengekratzt hatten.«

»Weißt du noch, die unzähligen Trödelmärkte, die wir besucht haben, bloß um ein paar Pfund aufzutreiben? Und jetzt sieh dir das nur an!« Lizzy schüttelte ungläubig den Kopf, und Mia nickte zustimmend. Das war der absolute Wahnsinn. Trotz der Dinge, die man über die Presse mitbekam, wurde die Vorstellung von der Berühmtheit der Swores erst klarer, wenn man den Menschenandrang tatsächlich vor Augen hatte. »Komm, lass uns reingehen. Ich will wissen, was da so abgeht.«

Stolpernd ließ Mia sich von Lizzy hinterherschleifen. Plötzlich fühlte sie sich, als würde ihre Freundin sie zur Schlachtbank geleiten. War sie wirklich bereit für das, was dort auf sie wartete? Wollte sie Nic tatsächlich auf diese Art wiederbegegnen? Alles in Mia schrie Stopp, aus Angst, er würde ihr nur bestätigen, wie unbedeutend sie für ihn geworden war, oder auch, wie wenig sie noch in seine Welt hineinpasste. Lizzy ließ sich natürlich nicht aufhalten und ignorierte ihren kläglichen Protest. Zugleich wurde sie von einer Euphorie ergriffen, die sie verwirrte. Sie wusste, dass sie da hineinmusste, um ihn zu sehen. Außerdem würde Lizzy keinen Rückzug dulden, ganz zu schweigen davon, dass Mia nicht nur wegen Nic hier war. Im Gegenteil, das würde sie ihm heute deutlich vor Augen führen. Immerhin gehörte Liam ebenso zu den Swores wie Nic, und ihn wollte sie unbedingt auf dieser großen Bühne sehen.

Auf dem Weg in den VIP-Bereich mussten sie unzählige Kontrollen passieren, ehe sie in die Nähe der Band kamen.

»Sieh nur«, stellte Lizzy mit Bedauern fest. »Im VIP-Bereich gibt es ein Wahnsinnsbüfett. Schade, dass ich mir den Bauch schon mit Fish and Chips vollgehauen habe.«

Mia war das Essen vollkommen egal. Ihr war schrecklich schlecht vor lauter Aufregung und Unbehagen wegen des ganzen Rummels. Wie viel war von dem ursprünglichen Wesen ihres Bruders und Nic noch übrig, wenn sie in diesem Zirkus lebten? Hastig blickte sie sich nach allen Seiten um, um eventuell jemanden zu sehen, den sie kannten. Abgesehen von ein paar Männern aus der Crew und irgendwelchen wichtig aussehenden Managertypen war niemand in Sicht. Lizzy bugsierte Mia neben sich her, die sich nichts sehnlicher wünschte, als dieses Wiedersehen hinter sich zu bringen. »Warum bist du denn so wuschig, Mia? Tief durchatmen. Wir suchen nur einen Platz, von dem aus wir eine gute Sicht auf die Bühne haben. Lass mich kurz hier nachsehen und beweg dich ja nicht weg, verstanden?«

Gehorsam blieb Mia stehen und nestelte nervös an ihrem VIP-Bändchen herum. Plötzlich mischten sich unter die kreischende Meute andere Stimmen, die näher kamen, und Mias Herz schlug fest gegen ihre Brust, als wolle es herausspringen. Eine kleine Menschentraube arbeitete sich durch die Gänge und blieb in einiger Entfernung von ihr stehen. Es war jedoch nah genug, um den Mann mit den blonden, unordentlichen Haaren zu sehen, der sich gerade eindringlich mit einem Typen unterhielt, der ihr bekannt vorkam. Nic. Sie zupfte ungewohnt hektisch an ihrer Kleidung und beobachtete, wie Nic, der eine engsitzende Jeans und ein Muskelshirt trug, das seine tätowierten Oberarme betonte, mit seiner rechten Hand durch sein Haar strich. Was war nur los mit ihr? Es gab doch echt keinen Grund, derart nervös zu werden? Irgendwo in diesem Nic befand sich noch ihr bester Freund. So musste es ganz einfach sein. In der linken Hand hielt er ein Mikro, und um sein Handgelenk hatte er mehrere Lederarmbänder gebunden. Unbewusst fasste sie an ihr eigenes Armband, das er ihnen beiden vor einigen Jahren auf einem Festival gekauft hatte. Ob er es noch trug? Oder hatte er es durch neuere, vielleicht hübschere Dinge ersetzt wie so vieles seit dem Durchbruch der Swores? Ein Kloß bildete sich in Mias Hals, und sie war versucht zu flüchten, als Lizzy zurückkehrte.

»Also da oben ist schon recht viel los, lass es uns lieber unten versuchen«, hörte Mia sie sagen, dennoch war es ihr unmöglich, sich zu rühren. »Was ist denn los?«, hakte Lizzy ungeduldig nach und erblickte kurz darauf den Grund für Mias Erstarrung. »Nicht zu fassen, da ist er ja endlich.« Lizzy war drauf und dran, auf ihn zuzueilen, als Mia sie grob am Arm fasste und zurückhielt. »Was denn?«, fragte sie verwundert.

»Wir … sollten die Jungs nicht stören«, antwortete Mia lahm, doch Lizzy lachte.

»Sei nicht albern, sie haben uns eingeladen, oder nicht?«

Untätig sah Mia ihr hinterher und hörte Lizzy Nics Namen rufen, der erst nach dem dritten Mal verwundert seinen Kopf hob. Sofort eilten zwei Männer auf ihre Freundin zu und schirmten Nic vor ihr ab, was Mia mit Verwirrung erfüllte. Lizzy offenbar auch, denn sie protestierte lautstark: »Hey, was soll das? Ich bin doch nicht gemeingefährlich, nur seine Schwester.« Zur gleichen Zeit kamen weitere Leute aus einem der Räume dahinter. Mia erkannte Liams dunklen, lockigen Haarschopf sofort und musste den Impuls unterdrücken, ihm in die Arme zu laufen.

»Schon gut, Jungs, es stimmt. Sie ist zwar meine Schwester, aber hin und wieder auch gemeingefährlich.« Augenblicklich glitten Nics Augen suchend umher, und ein Lächeln breitete sich auf seinem Gesicht aus, als er Mia erkannte. Schlagartig wurde Mia von einer heißen Welle der Euphorie erfasst, und sie errötete. Jeder besorgte Gedanke war wie weggepustet, und Mia sah aus den Augenwinkeln, wie ihr Bruder Liam sich an den Leuten vorbeiarbeitete, ehe er sie in seine breiten Arme schloss. »Schwesterherz«, murmelte er sanft und eindringlich. Ganz neue Töne von ihrem sonst eher zurückhaltenden Bruder. »Lass dich ansehen, du siehst einfach großartig aus.« Liam hatte sie eine Armlänge von sich fort gehalten und betrachtete sie wohlwollend. »Du wirst jedes Mal schöner, wenn ich dich wiedersehe.«

»Und du übst dich wohl darin, Frauen Komplimente zu machen«, neckte Mia ihn und sah wieder zu Nic, der Lizzy gerade einen Arm um die Schulter legte und sie an sich drückte, ehe er mit ihr auf sie zukam. Stan und Jim grüßten Mia flüchtig und hasteten an ihnen vorbei, während John sie kurz umarmte.

»Das hat er bereits perfektioniert«, lachte John und stopfte sich seine Ohrstöpsel in die Ohren.

Mia lächelte zwar darüber, war jedoch nicht fähig, Nic aus den Augen zu lassen, der sie mit einem unergründlichen Blick ebenfalls betrachtete. Er wirkte zurückhaltend, und doch war sein Lächeln echt.

»Hey, Mia«, sagte er, ließ Lizzy los und trat auf sie zu.

Mia richtete sich auf und straffte entschlossen die Schultern. »Nic«, murmelte sie und ärgerte sich über den weichen Klang ihrer Stimme. Sie hatte ihm die kalte Schulter zeigen wollen! Nics unverwechselbarer Duft nach ihm, Aftershave und Haargel umgab sie und ließ sie kurzzeitig die Augen schließen. Er war immer noch da und ihr Freund. Zumindest roch er wie er. Sie schaute in seine blauen Augen, die ganze Scharen Frauenherzen höherschlagen ließen.

»Schön, dass du da bist«, murmelte er und wirkte so vertraut wie eh und je. Für den Bruchteil einer Sekunde schien es so, als gebe es nur sie beide, und die Stimmen der anderen verschwammen im Nebel um sie herum. Vertraut strichen seine Fingerspitzen eine ihrer vielen wilden Strähnen hinters Ohr und fuhren anschließend zärtlich über ihren Hals. Ein Prickeln lag in der Luft, Mias Nackenhaare stellten sich auf. Plötzlich veränderte sich Nics Augenausdruck. Er wirkte bedrückt, als betrachte er etwas Unerreichbares. Dann ließ er abrupt von ihr ab und distanzierte sich ungewöhnlich stark von ihr. Der Moment war vorüber. Eine fremde weibliche Stimme rief nach Nic. Mit zeitlicher Verzögerung wandten sich Nic und Mia zu der Blondine um, die mit Klemmbrett und einem Headset ausgestattet war und trotzdem ziemlich heiß aussah. Sie trug ein Top und einen Minilederrock mit hochhackigen Stiefeln, was ihre langen, schlanken Beine betonte, ebenso wie der freizügige Ausschnitt ihres Tops.

»Es ist gleich so weit – ihr müsst zur Bühne!«

»Ja … klar.« Nic räusperte sich und nahm den Ohrstöpsel entgegen, den sie ihm reichte. Dabei lächelte sie ihn mit einem aufreizenden Augenaufschlag an.

»Wir sehen uns später«, murmelte Nic an Mia und Lizzy gewandt und klang plötzlich kühler und distanzierter.

»Ich habe dich schon in der Maske gesucht, aber du warst schon weg«, plapperte die Fremde weiter auf ihn ein und ging hüftewackelnd neben ihm her. Dabei strich sie ihm vertraulich über den Arm. Mia holte tief Luft. Liam versperrte ihr schließlich die Sicht auf die beiden und grinste auf sie herab. »Ich bin so glücklich, dass du heute Abend hier bist, Mia«, sagte er und deutete auf einen fremden, gehetzt wirkenden Mann, der ebenfalls mit einem Headset ausstaffiert worden war. »He, Ross«, rief er. »Bitte bring Nics und meine Schwester hoch in die Lounge. Von dort haben sie den besten Blick auf die Bühne.«

Ross, der vollkommen verdutzt dreinblickte, weil Liam ihn angesprochen hatte, stammelte: »Ähm … j…ja, Mr Kennedy.«

Liam umarmte Mia und knuffte Lizzy anschließend gegen die Schulter, was sie mit einem lauten »Au« kommentierte und ebenfalls nach ihm ausholte.

Mit einem unguten Gefühl folgten die beiden Ross, der sie ein paar Treppen hinaufführte und eine Tür öffnete, wo sich augenblicklich alle anwesenden Gesichter zu ihnen umsahen. Man musste kein Gedankenleser sein, um zu erraten, was sie alle dachten. »Wer zum Teufel sind die beiden denn?« Sofort fühlte Mia sich in der Umgebung von Maßanzügen und Prada-Handtaschen mit ihren Leggins und dem selbst genähten Blusenkleid darüber sowie Ballerinas vollkommen underdressed. Lizzy schien es ähnlich zu gehen, denn sie zupfte an ihrer Jeansjacke, die ihre besten Jahre schon hinter sich hatte. Sanft schob Mia Lizzy in eine Ecke, in der noch freie Stühle standen, und nahm dort Platz. An einer Theke wurden von elegant gekleideten Männern Cocktails zubereitet, und auf Tabletts wurden Häppchen angeboten. Mias Magen wehrte sich immer noch gegen weitere Nahrungsaufnahme, doch Lizzy griff zu. Verzückt kaute sie und beobachtete verstohlen die anderen Gäste.

»Ich fürchte, ich bin nicht passend gekleidet, um mich hier jemandem vorzustellen«, murmelte sie enttäuscht.

»Sollten Rockstars nicht rebellisch aussehen?«, fragte Mia, die an das Outfit der Swores zurückdachte.

Lizzy biss sich auf die Unterlippe. »Rockstars vielleicht, aber ich bin im besten Fall Musikerin und möchte Songwriterin werden. Dafür brauche ich offensichtlich mehr Professionalität.«

»Willst du dir diese Gelegenheit wirklich entgehen lassen?«, wisperte Mia, während das Licht der Bar ausging, sich die geschlossene Fensterfront öffnete und gleichzeitig die ersten Gitarrenklänge erklangen. Ein ohrenbetäubendes Gekreische folgte, sodass Lizzys Antwort im Lärm unterging. Ein einzelner Lichtkegel glitt über die Bühne, als befinde er sich auf der Suche nach den Jungs. Eine vertraute Stimme rief in ein Mikro: »London, seid ihr da?«

Die Massen, die Mia staunend betrachtete, tobten und sprangen umher, und es war, als glitt eine Energiewelle durch das Publikum, als Nic gefolgt von den anderen Swores die Bühne stürmte. Unweigerlich wurden die beiden von der Begeisterung angesteckt, als die ersten Töne von *Open your Eyes* erklangen, einem von Mias Lieblingssongs. Die rockigen Akkorde, die Gitarrenklänge und die eingängigen Melodien machten jeden Song zu etwas Besonderem. Es dauerte nicht lang, da sprangen Mia und Lizzy von ihren Stühlen auf und tanzten und klatschten mit. Die verstockten Gäste um sich herum hatten sie längst vergessen, und sie wurden von einem Lied zum nächsten getragen. Mia staunte, wie Nic von einem Ende der Bühne zum nächsten rannte, auf Boxen sprang und sich in die Menschenmasse stürzte. Er betrieb dort unten nicht nur körperlich Höchstleistungen, sondern auch stimmlich. Von Minute zu Minute schwoll ihr Herz an, und sie verstand die Aufregung der Fans dort unten gut. Selbst auf die Entfernung war Nic eine Augenweide. Er war vielleicht nicht so cool und lässig wie Liam oder so muskelbepackt wie John, trotzdem war er trainiert und vor allem humorvoll und charismatisch. Obwohl Nic nicht auf diese Weise unerreichbar für sie war, nagte etwas an ihrem Herzen, das ihr neu und fremd war. Es gefiel ihr nicht, wie er mit der Frau, die er zu sich auf die Bühne holte, unverhohlen flirtete. Zuzusehen, wie er einen Arm um sie geschlungen hatte, während sie ihre Hand anzüglich über seinen Bauch gleiten ließ, ehe er sie sogar beim Abschied flüchtig auf den Mund küsste, war unerwartet unangenehm. Es mochte die Massen dort unten anturnen, doch Mia schämte sich fremd und musste fortsehen, ehe der nächste Song begann. Die Show der Jungs dauerte über zwei Stunden, und es glich einer gefühlten Ewigkeit, ehe die Menschenmasse das Stadion verlassen hatte. Abgesehen von der VIP-Lounge, wo die Party gerade erst begann. Zuerst kam Paul, der Manager der Swores, auf Lizzy und Mia zu, schüttelte höflich ihre Hände und versprach, dass die Jungs nach einem Interview und einer ausgiebigen Dusche zu ihnen kämen. Derweil liefen die Service-Damen mit gefüllten Champagnergläsern herum. Zwei Frauen tauchten in Mias Nähe auf und tuschelten aufgeregt. Sie schnappte unabsichtlich ein paar Gesprächsfetzen auf:»... Clubtour und die Partys waren unglaublich, genau wie die Nächte.« Kichern.»... die Fans nur wüssten, wie heiß Nic wirklich ist ...« Mia wurde zuerst heiß und kalt. Sie arbeitete sich zu Lizzy zurück, die sich gerade angeregt mit einem Typen mit Beaniemütze und Piercings unterhielt. Er gehörte offenbar zur Crew, zumindest trug er ein entsprechendes Shirt.

»Wollen wir los?«, platzte Mia in das Gespräch hinein.

»Was? Wieso?« Perplex sah Lizzy ihre Freundin an.»Die Party beginnt doch gerade erst, außerdem sind die Jungs noch gar nicht da.« Sie musterte Mia, deren Miene wohl Unbehagen andeutete.»Was ist denn los?«

Mia wusste es selbst nicht. Unmöglich konnte sie ihrer Freundin etwas vormachen und schon gar nicht wegen Unwohlseins den Abend verderben. Das war nicht ihre Art.»Ich dachte, dass du vielleicht erschöpft von der Fahrt bist, weißt du?«

»Ach was! Mir geht's gut. Ich trinke gleich einen Energydrink, und dann passt das schon.« Lizzy war ein Energiebündel und schien skeptisch wegen Mias Ausrede zu sein.

Plötzlich brach Jubel aus, als die Swores die Lounge betraten. Es wurden Hände geschüttelt, Umarmungen und Schulterklatscher ausgeteilt und Champagnergläser auf Ex getrunken. Vom Rand betrachtete Mia ihren Bruder, den sie selten so gelöst und euphorisch gesehen hatte. Liam war generell ruhiger. Ihm haftete eine melancholische Seite an, die Mia oft an ihren Vater erinnerte. In manchen Situationen war er ein regelrechtes Abbild von Alan Kennedy. Die Schatten unter Liams Augen, die selbst das Bühnen-Make-up nicht vertuschen konnten, beunruhigten Mia. Nic lachte und klatschte in die Hände, ehe die Blondine von vorhin sich in seine Arme stürzte und ihm ungeniert einen Kuss auf die Lippen drückte, der von Grölen und Johlen begleitet wurde. Nic schien ihn zumindest kurzzeitig zu erwidern, und Mias Atem stockte. Es fühlte sich an, als zöge sich ihr Magen zu einem winzigen Knäuel zusammen. Was stimmte nicht mit ihr? Es war kein Geheimnis, dass Nic Groupies und mit diesen auch Sex hatte. Wie oft hatte sie Fotos von ihm und irgendeiner Frau gesehen, die jedoch meist recht unscharf waren. Aus der Nähe war es das erste Mal, dass sie ihn so bei der Sache sah. Die Fremde ließ von ihm ab, und wie von selbst glitt Nics Blick zu Mia. Unergründlich und tiefblau, ja beinahe schwarz durch das Licht waren seine Augen, und Mia konnte den Ausdruck darin unmöglich deuten. Warum erzählte Nic ihr nichts von seinen Freundinnen? Sie fühlte sich vollkommen aus seinem Leben ausgeschlossen. Was war von ihrer so innigen Freundschaft überhaupt noch übrig? Die Angst, Nic endgültig zu verlieren, schnürte ihr die Kehle zu. Plötzlich war ihr alles zu viel. Zu viele Menschen, zu viel Lärm und zu viel Gedrängel. Panik ergriff Mia. Immer noch schaute Nic sie an, und für einen winzigen Augenblick schien er zu ihr eilen zu wollen, doch dann trat jemand zwischen sie beide und unterbrach damit den Blickkontakt. Stocksteif zog Mia sich zurück, was nur von Lizzy wahrgenommen wurde, die ihr hinterhereilte. »Mia!«

»Muss nur zur Toilette … bin gleich zurück!«, rief sie mit fremd klingender Stimme zurück.

»Aber die Toiletten sind da entlang«, bemerkte Lizzy, als Mia kopflos durch die Tür stürmte. Erst als die schwere Metalltür hinter ihr ins Schloss fiel und den Lärm dämpfte, hielt Mia inne. Schwer atmend lehnte sie sich gegen die verschmutzte Betonwand und griff an ihre Brust. Der Druck darin war kaum auszuhalten, und Mia kämpfte mit einem ganz eigenartigen Gefühl. Bekam sie etwa gerade einen Herzinfarkt? Nur langsam nahm das Gefühl ab, dafür gewann die Sehnsucht, diesen Ort endlich zu verlassen, Oberhand. Sie musste weg von hier, und zwar sofort. Die Tür öffnete sich, Mia hielt ängstlich inne. Wie sollte sie Lizzy nur erklären, was mit ihr los war? Sie wusste es ja selbst nicht genau. Es waren allerdings nur zwei Frauen, die Mia keine Beachtung schenkten. »Diese arrogante Schlampe ... hab gehört, sie prahlt überall damit rum, dass Nic sie flachgelegt hat. Kaum zu glauben, oder?«

»Hübsch ist sie ja, aber sie ist nur scharf auf seine Kohle. Wenn er nicht aufpasst, hängt sie ihm noch ein Kind an. Was meinst du, mit wem sie es noch alles getrieben hat?«

»Willst du damit sagen, sie macht so was öfter?«

»Wundert dich das wirklich?«, lachte die eine, und damit verschwanden sie in irgendeiner Tür und aus Mias Hörweite. Mia schluckte mühsam einen Kloß hinunter. Was hatte sie bitte erwartet? Dass Nic sich bloß für sie und Lizzy Zeit nehmen würde? Wenn sie ehrlich zu sich war, hatte sie darauf gehofft. Sie hätte wissen müssen, dass Nic an diesem Ort ein anderer war. Warum hatte sie sich nur darauf eingelassen, mitzukommen?

Die Tür zur Lounge öffnete sich erneut, und diesmal war es Lizzy, die mit Liam hinaustrat und erleichtert aufatmete, als sie Mia entdeckte. »Da bist du ja!«, stieß sie aus.

»Was ist los? Lizzy sagte, dir gehe es nicht gut und du seist hinausgestürmt.«

»Mir war nur ein bisschen schwindelig. Ich ... weiß auch nicht. Vielleicht die Luft da drin«, versuchte sie ihren Aussetzer zu erklären.

»Tatsächlich?«, fragte Lizzy misstrauisch. »Womöglich hättest du noch mal etwas essen sollen. Deine Fish and Chips hast du kaum angerührt«, bemerkte sie.

»Wirst du krank?«, fragte Liam und ging vor ihr in die Hocke und fühlte ihre Stirn.

»Bestimmt nicht«, beruhigte sie ihn.

Auch Lizzy hockte sich neben sie und strich ihr das Haar über die Schulter. »Sie ist sicher nur erschöpft. Wir sind ja schon lange auf den Beinen. Wollen wir fahren?«, fragte Lizzy und wechselte einen eindringlichen Blick mit Mia. Sie kannte Liam gut, der schon beinahe gluckenhaft um Mias Gesundheitszustand besorgt war.

»Das wäre toll!« Erleichterung durchfuhr Mia, und das erste Mal holte sie wieder tief Luft. Diese währte jedoch nur kurz, als Nic gefolgt von Jim zu ihnen eilte.

»Was ist mit ihr?«, fragte er und schob Lizzy ein wenig zur Seite, um Mia besser sehen zu können.

»Nichts, alles ist gut«, entgegnete Mia und errötete. Das Letzte, was sie jetzt noch gebrauchen konnte, war diese Art von Aufmerksamkeit.

»Es war ein langer Tag, Bruderherz, wir machen uns mal auf den Weg.«

»In welchem Hotel seid ihr denn?« Mia vermied es, Nic anzusehen, konnte aber kaum etwas dagegen tun.

»Hotel? Du bist gut«, lachte Lizzy und zog Mia auf die Beine. »Wir hatten Glück, in einem dieser Hostels mit Mehrbettzimmer noch was zu kriegen.«

Entsetzt wechselte Nic einen Blick mit Liam, der die Hände locker in die Hüften gestemmt hatte. »Ihr hättet ohne Probleme in unserem Hotel gleich gegenüber unterkommen können«, bemerkte Liam und runzelte die Stirn.

»Tja … das hätten wir eher wissen müssen«, gab Lizzy zurück. Das schlechte Gewissen zeichnete sich auf Liams Gesicht ab.

»Soll euch jemand fahren?«, bot Nic an. Natürlich wollte er sich nicht selbst um sie kümmern. Immerhin verpasste er dann seine

Party, dachte Mia säuerlich und schüttelte den Kopf. Fairerweise musste sie zugeben, dass es einem Himmelfahrtskommando geglichen hätte, wenn er sie begleitet hätte. Die Fans, die überall noch rumlungerten, stürzten sich sicher sofort auf ihn. Dennoch tat es weh, dass sie sich wie eine Last vorkam, um die sich *jemand* kümmern musste.

In diesem Moment öffnete sich die Tür erneut, und eine weibliche Stimme erklang. »Nic? Die beiden Agenten von *Dome mobile* möchten dich gern wegen des geplanten Albums sprechen ...«

»Mein Auto steht ohnehin auf dem Parkplatz ...«, verneinte Lizzy schroffer, als es eigentlich ihre Art war, und Mia war ihr im Stillen dankbar.

Nic rollte genervt mit den Augen. »Ich komme gleich, Angela, gib mir zwei Minuten!« Mias Blick traf Nics, und sie hob abschätzig die Brauen. ›Zwei Minuten?‹, dachte sie und wandte verletzt den Blick ab. »Ich könnte ...«

»Vergiss es«, stieß Mia kühl aus. »Wir kommen das ganze Jahr ohne euch klar, dann werden wir das jetzt auch noch hinkriegen. Lass uns gehen, Lizzy.«

Wortlos blickte Nic Mia an, verschränkte seine Arme vor der Brust und sah wenig versöhnlich drein. Gut so. Mia hatte nicht vor, ihm zu verzeihen. Ihr war mehr nach Ausrasten zumute. Er konnte sich selbst oder ins Knie ficken! Nur nicht diese arrogante Ziege.

»Tja, wir verdrücken uns mal«, murmelte Lizzy ein wenig verblüfft und fügte hinzu: »Feiert noch schön!«

»Wir sehen uns in ein paar Tagen«, rief Liam ihnen nach, doch Mia schaute nicht mehr zurück. Sie kämpfte mit den Tränen, die sie selbst nicht verstand, und gönnte keinem von ihnen diesen Anblick.

4

*N*ach dem Wiedersehen mit Nic brauchte Mia mehrere Tage, um ihre schlechte Laune abzuschütteln. Die Swores wollten noch ein paar Tage die Werbetrommel rühren, bevor sie in den wohlverdienten Urlaub nach Hause fuhren, und Mia war heilfroh deswegen. Immerhin konnten sich die erhitzten Gemüter bis dahin ein wenig beruhigen. Zeitweise fühlte sie sich so, als hätte sie maßlos übertrieben. Es gab nichts, was sie Nic vorwerfen konnte, wenn man von dem wochenlangen Schweigen einmal absah. Es war kein Verbrechen, wenn er mit seinen Fans flirtete oder sogar mehr. Bei dem Gedanken daran wurde ihr beinahe wieder schlecht. Statt sich wie üblich in ihrer Kunst zu vergraben, hatte Mia sich in ein weiteres Treffen mit Chris gestürzt.

»Hallooo?«, hakte Lizzy nach und riss sie damit aus ihren Gedanken. Unbehaglich rutschte Mia auf dem Beifahrersitz herum.

»Erde an Mia Kennedy? Mayday, Mayday, Freundin gesucht«, witzelte Lizzy gut gelaunt. »Gib es zu, du hast kein Wort von dem verstanden, was ich gesagt habe, oder?«

»Nun …«, murmelte Mia, um Zeit zu gewinnen. »Nein«, gestand sie, und Lizzy schnaubte.

»Du bist mir eine tolle Freundin«, brummte sie. »Ich schütte dir hier mein Herz aus, und du bist wieder meilenweit entfernt. Lass mich raten, du denkst an dieses vermaledeite Konzert, oder?« »Entschuldige, Lizzy, was sagtest du noch gleich?«, versuchte Mia sie vom Thema abzulenken.

»Vergiss es!« Der blaue Toyota bog in die nächste Straße ein und hielt auf das letzte Haus zu. Mit den grünen Fensterläden, dem frisch gemähten Rasen und den akkurat arrangierten Rosen im Vorgarten sah es nach absoluter Vorstadtidylle aus. Mia fühlte sich unangenehm an die Fernsehserie *Desperate Housewives* erinnert. Sie und Lizzy wechselten einen Blick. So eine Perfektion bereitete ihnen beiden immer leichtes Unbehagen. Sie brauchten kein Wort zu wechseln, um zu wissen, dass die jeweils andere an den Zustand ihrer eigenen WG dachte, die sie ziemlich verwüstet zurückgelassen hatten. Sollte dort einmal jemand nach dem Rechten schauen, würde er glatt die Polizei rufen und einen Einbruch melden. Lizzy betätigte die Handbremse und blickte sie ernst an. »Also, worüber zerbrichst du dir dein hübsches Köpfchen? Geht es wieder um meinen idiotischen Bruder?«

Mia ignorierte Lizzy geflissentlich und war froh, dass ihre Freundin Anabelle gerade durch die Gartentür kam und Lizzys Fragerei beendete.

»Ihr seid aber spät dran! Wir werden nicht mehr rechtzeitig ankommen«, beschwerte sie sich in ihrer üblichen hektischen und vorlauten Art.

Lizzy rollte mit den Augen. »Hey, immer langsam. Es ist erst kurz nach acht. Du hast gesagt, wir sollen gegen acht Uhr da sein, und da sind wir.«

»Eben! Ich sagte *gegen* acht, nicht *nach* acht«, wies Anabelle ihre Freundin zurecht. Lizzy machte eine kurze Pause, um theatralisch die Luft einzuziehen, während Anabelle um den Wagen herumging. Lizzys Gelassenheit kollidierte regelmäßig mit Anabelles Perfektionismus.

»Ganz tief durchatmen, okay?«, murmelte Mia und legte Lizzy eine Hand auf den Arm. Diese sah sie mit einem eindeutigen Blick an und begann, während Anabelle gerade die Tür öffnete: »Eines Tages …« Der Rest des Satzes hing unausgesprochen in der Luft. Mia konnte sich denken, zu welchen Ausführungen Lizzy gekommen wäre, hätte sich Anabelle nicht in Hörweite befunden. Bevor sie auch nur nach dem Gurt greifen konnte, ging es auch schon los.

»Schnall dich an, denn du befindest dich an Bord des Terminators«, warnte Lizzy und machte demonstrativ ein paar Geräusche mit dem Gaspedal. Seinen Namen verdankte der alte, eigentlich schon beinahe schrottreife Toyota seinem unheimlich starken Überlebenswillen. Schließlich fuhr Lizzy mit quietschenden Reifen los, allerdings hoppelte der Terminator nur langsam vor sich hin, was dem Ganzen die Dramatik nahm. Mia unterdrückte ein Lachen und hüstelte, doch Lizzy bemerkte es trotzdem. Sie verdrehte die Augen und war offenbar sehr darum bemüht, Anabelles Geplapper weitgehend zu ignorieren. »Geht es dir gut, Anabelle?«, fragte Mia und suchte Blickkontakt mit ihrer Freundin, die stur aus dem Fenster starrte.

»Klar …«, murmelte sie, sah Mia jedoch kurz ins Gesicht. »Ich … Es ist nur wieder wegen Kevin.«

»Das tut mir leid«, gab Mia zurück und ignorierte Lizzys erneutes Augenrollen.

»Und euch? Ihr hattet wohl ein tolles Wochenende in London, was?«, fragte Anabelle leicht schnippisch.

»Es war …« Mia suchte nach möglichst unbefangener Beschreibung, als Lizzy ihr unerwartet zu Hilfe kam. »Eher öde, wir saßen ganz hinten und konnten kaum was sehen«, sagte sie, ohne mit der Wimper zu zucken. Dankbar lächelte Mia ihre Freundin an.

Anabelles Erscheinung ließ keinen Zweifel daran, dass sie äußerst bedacht mit sich umging. Ihre blonden Haare waren schon, seit sie sich vor zwei Jahren auf dem Campus kennengelernt hatten, zu einem akkuraten Pagenkopf geschnitten. Selbst bei den unmöglichsten Wetterverhältnissen schien ihre Frisur perfekt zu sitzen. Mia beneidete ihre Freundin manchmal darum. Anabelle hatte ein hübsches Gesicht und makellose Haut, die sie regelmäßig in einem Kosmetiksalon pflegen ließ und dafür mit Sicherheit eine Menge Geld hinblätterte. Ihr Make-up war zwar nie übertrieben, doch mit Bedacht gewählt. Ihre Augen betonte sie maximal mit Wimperntusche und hellem Lidschatten, während sie ihren schönen Mund mit trendigen Farben in Szene setzte. Die Männer hingen ihr regelrecht an den Lippen.

Anabelles einziger Makel schien ihre Affäre mit Kevin, einem absoluten Bad Boy, zu sein. Wenn Mia für ihre Freundin einen Mann hätte aussuchen sollen, dann hätte sie sicher jemanden wie Chris gewählt. Einen Mann, der sich den ganzen Tag in einem Anzug wohlfühlte, seine Unterhosen faltete und sofort wusste, welches Essen auf der Speisekarte eines gut gewählten Restaurants für seine Freundin das richtige war. Jemanden, der verlässlich war, sich um den Telefonanschluss der Freundin kümmerte und für anfallende Reparaturen in ihrer Wohnung stets den richtigen Handwerker organisierte. Einen netten, guten Mann eben. Bei dem Gedanken biss Mia sich schuldbewusst auf die Unterlippe. Dennoch war Anabelle dem verruchtesten und draufgängerischsten Frauenhelden verfallen, den es im Umkreis von Falmouth gab. Zumindest lautete so Anabelles Beschreibung. Kennengelernt hatten sie ihn nämlich noch nicht.

Nach zwanzig Minuten Fahrt parkte Lizzy in einer winzigen Parklücke, und sie stiegen aus. Nur einige Meter entfernt trafen sie Lisa, die bereits auf sie wartete. Anabelle ging auf sie zu und begrüßte sie mit einem bedeutungsvollen Blick auf Lizzy.

»Entschuldige, Süße, aber die Damen hatten mal wieder Verspätung.«

»Ach was! Das macht doch nichts. Ich bin selbst erst vor zwei
Minuten gekommen. Hey, ihr zwei.« Sie begrüßte Mia und Lizzy
ebenfalls mit einem Küsschen und hakte sich dann bei Lizzy un-
ter. Lisa war mit ihrer langen roten Mähne, ihren wohlgeformten
Rundungen und ihrem extragroßen Busen der Traum eines jeden
Mannes. Sie hingegen fand ihre Pfunde lästig, und immer, wenn
Lizzy sie vom Gegenteil zu überzeugen versuchte, winkte sie ab.

»Vielleicht wollen die Kerle mit mir ins Bett, aber meine Granma
sagte immer, dass mir mit der Figur kein Kerl einen Ring an den
Finger stecken würde. Er will schließlich keine Frau, die nach zwei
Kindern aussieht wie eins der Weather-Girls. Sie gehörte nicht zu
meinen liebsten Personen auf einer Familienfeier.« Viel Glück hatte Lisa bisher wirklich nicht mit Männern gehabt. Irgendwo da
draußen musste es einen Kerl für sie geben, oder etwa nicht?

»Lasst uns reingehen. Ich verhungere schon«, sagte Mia und
öffnete die Tür zu ihrem Lieblingsitaliener. Pedro, der gepflegteste
Mann des Landes, kam sofort mit einladender Geste auf sie zu.
Das Lokal war ein Insidertipp. Mit den kleinen Tischchen und der
kitschigen Tischdekoration wirkte der Laden völlig unscheinbar.
Die vier Frauen liebten diesen Ort und vor allem das Essen. Pedros *mamma* kochte, während ihr Sohn sich um die Gäste kümmerte. Pedros strahlend weiße Zähne kamen zum Vorschein,
während sich sein Mund zu einem Grinsen verzog. Sein kinnlan-
ges Haar war mit einer halben Dose Gel nach hinten gekämmt.

»Ciao, meine wunderschönen Bellas!«, rief er zur Begrüßung
und hieß die Freundinnen mit Küsschen rechts und links willkommen. Nachdem er sich nach ihrem Wohlbefinden erkundigt
hatte und den neuesten Klatsch erzählt hatte, verschwand er mit
der Getränkebestellung hinter der Bar und überließ die Frauen
sich selbst.

»Was glaubt ihr? Liest er auch jedes dieser Käseblätter, die es so
am Kiosk zu kaufen gibt?«, überlegte Lisa schmunzelnd.

»Ich kenne zumindest niemanden, der sich so für das Liebesleben von unserem Prinzen William und dem Königshaus interessiert.« Lizzy lehnte sich entspannt gegen die Rückenlehne ihres Stuhls.

»Oh, sag das nicht. Erst neulich habe ich in Sophies Zigarettenversteck eine dieser Klatschzeitschriften gefunden. Sie erweckt auch nicht diesen Eindruck, oder?« Mia kicherte über Lizzys verdutzte Miene.

»Deine Großmutter ist immer für eine Überraschung gut«, warf Anabelle schmunzelnd ein.

»Da sagst du was«, stimmte Lizzy zu, und Lisa lachte.

»Ich werde nie vergessen, wie sie mir Kondome in die Hand gedrückt hat, als wir damals auf diese Studentenparty sind, wisst ihr noch?« Mia kicherte und spürte, wie die Hitze in ihre Wangen stieg. Sophie war tatsächlich ein ungewöhnliches Exemplar und brachte Mia hin und wieder in die absurdesten Situationen.

»Wie läuft es eigentlich mit Haley, jetzt, wo deine Mum und Bea nicht da sind?«, wollte Lisa so beiläufig wie möglich wissen.

»Es klappt ganz gut. Haley vermisst ihre Mum natürlich, aber unser Alltag hat sich ganz gut eingespielt.«

»Du bist echt zu gut für diese Welt«, fügte Anabelle hinzu. »Ich glaube, ich hätte meiner Mutter einen Vogel gezeigt, wenn sie mich darum gebeten hätte, in meinen Ferien auf meine Oma und meine Cousine aufzupassen.«

»So ist das ja auch nicht ganz.« Instinktiv verteidigte Mia ihre Mutter, obwohl sie sich oft fragte, warum sie ihr diese Bürde regelmäßig aufhalste. »Sophie muss nicht versorgt werden und holt Haley in der Regel vom Kindergarten ab.«

»Trotzdem, du tust sehr viel für deine Familie«, lobte Lisa, Anabelle und Lizzy nickten zustimmend. Die Anerkennung ihrer Freundin war Balsam für ihre Seele, und so vergaß sie ihren Kummer kurzzeitig. »Und was gibt es sonst noch so Neues?«

»Nun?«, fragte Anabelle auffordernd und sah Mia eindringlich an. »Wie war der Abend mit Chris?«

Mia nahm gemächlich einen Schluck Wein, lehnte sich in ihrem Stuhl zurück und schlug die Beine übereinander. Sie hatte nicht vor, ihren Freundinnen von Chris zu erzählen, zumindest keine Details. Seit sie ihn traf, waren sie bei ihren Treffen immer besonders neugierig. Solange Mia nicht sicher wusste, wie sie selbst zu ihm stand, wollte sie auch keine Löcher in den Bauch gefragt bekommen. »Er hat mich gestern um acht zu Hause abgeholt, hat mich schick ausgeführt und mich gegen halb zwölf nach Hause gebracht«, erklärte sie schlicht und bemerkte sofort das triumphierende Blitzen in Anabelles Augen.

»Ja … und?«

»Was, und?«

»Na, wie war es? Über was habt ihr geredet? Hast du ihm deine Dachkammer gezeigt, oder seid ihr auf direktem Weg zum Restaurant gefahren? Lass dir doch nicht alles aus der Nase ziehen!«, forderte Anabelle sie auf.

»Es war ein schöner Abend, mehr gibt es dazu nicht zu sagen. Wirklich nicht!«

Verständnislos musterte Lisa ihre Freundin. »Du bist nicht sonderlich begeistert von ihm, oder?«

Mia versuchte gar nicht erst, etwas zu leugnen, auch wenn sie wusste, dass sie die Nerven ihrer Freundinnen mit ihrer Fehlersuche bei Männern strapazierte. »Es sind eher Kleinigkeiten! Er hat sich geduldig Sophies Ausführungen über die Raserei der jungen Leute angehört, bei den passenden Stellen artig genickt und Haley, so gut es ging, von seinem teuren Armani-Anzug ferngehalten.«

»Was ist daran so schlimm? Ich meine, du sagst das so, als sei es ein Kapitalverbrechen«, fragte Anabelle und lächelte darüber. Bevor Mia auch nur zu einer Antwort ansetzen konnte, fügte sie noch hinzu: »Ich meine, es ist Armani. Da kann man schließlich verstehen, wenn er nicht unbedingt scharf auf Schokoladenfinger ist, oder?«

Mia rollte mit den Augen, ging jedoch nicht weiter darauf ein.

»Ich hatte auf der Speisekarte ein Auge auf Pilzravioli geworfen, doch er hat mich so lange bearbeitet, bis ich schließlich zu dem Gericht umgeschwenkt bin, zu dem er mir geraten hat. Es war ganz in Ordnung, aber ich hatte das Gefühl, keine eigene Wahl zu haben.«

»Ich finde es süß, wenn er dir was empfiehlt. Er versucht doch nur einzuschätzen, was dir schmecken könnte«, warf Lisa ein.

»Oder er versucht zu prahlen!«, gab Lizzy zu bedenken, wurde allerdings geflissentlich ignoriert.

»Außerdem hättest du ja trotzdem was anderes nehmen können, oder?«, fügte Anabelle hinzu.

»Ich wollte eben nicht unhöflich sein. Irgendwie fehlt mir halt was bei ihm. Das ist alles!«

»Und dann?«, fragte Lisa noch mal nach.

»Nichts und dann. Es war ein angenehmer Abend. Wir mögen uns und haben wirklich viel Spaß miteinander, wenn wir uns sehen.« Mit gesenktem Blick vermied Mia es, eine ihrer Freundinnen anzusehen.

»Mia, was willst du eigentlich noch?« Anabelles Stimme hatte einen ungeduldigen Tonfall angenommen. »Egal, wen du triffst, an jedem Kerl hast du etwas auszusetzen, und ich frage mich, woran das liegt.«

»Ich finde ja, dass es Mias Entscheidung ist, mit welchem Typen sie in die Kiste springt oder nicht«, grätschte Lizzy dazwischen und machte sich über den Brotkorb her, den ein Hilfskellner kurz zuvor an ihren Tisch gebracht hatte. Mit vollem Mund fügte sie hinzu: »Aber meine Meinung ist offensichtlich nicht gefragt!«

Aus unerklärlichen Gründen spürte Mia ein Engegefühl in ihrer Kehle, das ihr förmlich die Luft abschnürte. Sie versuchte ruhig zu bleiben, um keinen Streit mit Anabelle vom Zaun zu brechen. »Ich weiß, du hast uns verkuppelt und wünschst dir, dass daraus was wird, Anabelle, aber bislang hat es einfach noch nicht gefunkt.«

»Was erwartest du denn von einem Mann? Chris zieht alle weiblichen Wesen an wie das Licht die Motten. Er arbeitet bei einem großen Unternehmen und verdient einen Haufen Kohle, und er interessiert sich wirklich für dich. Er hat schon ziemliche Geduld bewiesen und lässt nicht locker, obwohl du ihn immer auf Abstand hältst. Abgesehen davon sieht er einfach wahnsinnig gut aus. Was ist es also, was dir noch fehlt?«

»Sag mal, auf wessen Seite bist du eigentlich?«, fragte Lizzy empört.

»Auf Mias natürlich«, beharrte Anabelle.

»Ich weiß, du meinst es nur gut, aber ich schätze bei einem Mann nicht, wie viel er auf dem Konto hat oder was er für ein Auto fährt oder welche Klamotten er trägt. Und auch wenn ich zugeben muss, dass mir sein Äußeres sicher nicht komplett unwichtig ist, sollte er vor allem Humor haben, mich zum Lachen bringen und auch über sich selbst lachen können. Er sollte loyal sein, Freundschaften pflegen und mir ein Gefühl von Sicherheit geben können. Er sollte mir immer eine Wahl lassen und mich nicht pausenlos beeindrucken wollen. Er sollte einfach er selbst sein. Ich schätze Offenheit nun mal sehr. Das mögen alles kleine Dinge für dich sein, doch für mich sind sie wesentlich wichtiger als ein Markenschild an seiner Kleidung. Ich kann es nicht richtig erklären, es ist einfach ein Gefühl, das stimmen muss.«

»Wir machen uns einfach Sorgen um dich. Du warst seit Jake mit niemandem mehr so richtig zusammen. Du weißt schon …«, mischte sich nun auch Lisa leise ein und blickte mitfühlend zu Mia hinüber.

Es war mutig von Lisa, das Thema Jake anzusprechen, und Mia war versucht, auf sie loszugehen, besann sich aber eines Besseren.

»Das weiß ich doch«, stimmte Mia zu. »Ich treffe Chris weiter, und wir werden sehen, was sich daraus entwickelt, okay?« Wie auf ein Stichwort trat Pedro mit vier dampfenden Tellern an ihren Tisch. Auf Mias Teller befanden sich ... Pilzravioli.

Das Quietschen der Gartentür durchbrach das ausgelassene Treiben im Garten der Kennedys und Donahues, und Mia wandte den Kopf mit dem aufgeregten Flattern im Bauch, das sie in den letzten Tagen bei jedem Türklingeln oder Klopfen ereilt hatte. Dieses Mal erstarrte Mia beim Anblick der beiden vertrauten Gestalten im Garten und fühlte sich seltsam aufgekratzt.

Nic wirkte blass, hatte sich ein paar Tage nicht rasiert, und seine Haare waren zerzaust wie immer. Plötzlich sah sie das, was die weiblichen Fans sahen. Er war schön, vielleicht nicht im klassischen Sinn, aber sein charismatisches Lächeln und die Grübchen, die dabei entstanden, waren sehr attraktiv.

Wahnsinnig angespannt hatte sie auf diesen Moment gewartet. Die Art, wie sie am Wochenende auseinandergegangen waren, war nicht gerade freundlich gewesen, und ein Teil in Mia genierte sich dafür. Sie wünschte, sie könnte die Zeit zurückdrehen und wäre einfach zu Hause geblieben, statt nach London zu fahren.

Die anderen standen auf und eilten auf ihre Rückkehrer zu, um sie herzlich zu begrüßen. Auch Haley stürmte auf die beiden zu. Mia betrachtete die Willkommensfreude von ihrem Platz auf der Treppe aus und spürte Nics Blick auf sich. Er trug wie so häufig seine Sonnenbrille, sodass es unmöglich war, zu sagen, ob er sie wirklich anschaute. Während er seine Mutter in die Arme schloss, schaute er sie über ihre Schulter hinweg an und wandte den Blick erst ab, als Lizzy fast so übermütig in seine Arme sprang, wie Haley es getan hatte. Laut lachend sagte sie: »Ich bin so froh, dass ihr wieder da seid!«

»Hey, Schwesterherz«, rief Liam, stand mit in den Hüften gestemmten Händen vor ihr und grinste sie herausfordernd an. »Begrüßt du deinen nervigen großen Bruder gar nicht?« Ihre Beine zitterten, als sie auf Liam zuging, um ihn zu begrüßen. Sie ignorierte das flaue Gefühl in ihrem Bauch und drückte ihren Bruder fest an sich. »Es ist schön, wieder zu Hause zu sein«, sagte Liam mit einem nachdenklichen Blick durch den Garten, und Mia hörte das leise Seufzen, das ihm entglitt. Sie wusste, wie schwer es ihm fiel, hier zu sein, an dem Ort, der ihn so sehr an ihren Dad erinnerte. Liam trug seine Gefühle nur selten zur Schau, etwas, das Mia regelmäßig bedauerte. Wenn es jemanden gab, der die stets wiederkehrende Trauer verstand, dann war es Liam, doch mit ihm konnte sie nicht über den Tod ihres Vaters reden. Soweit das möglich war, litt er fast noch mehr darunter als ihre Mutter. Mia verbannte den trüben Gedanken, als Lizzy Liam gegen den Oberarm schlug. »Hey, Cowboy«, grüßte sie ihn und wurde von ihm sofort zurückgeärgert. Plötzlich spürte Mia Nics Anwesenheit durch ein Kribbeln in ihrem Nacken.

»Die beiden sind wie Hund und Katze«, murmelte er leise, und Mia holte tief Luft. »Keine Ahnung, wie sie es geschafft haben, sich im Laufe der Jahre nicht zu zerfleischen.«

Mia kicherte, weil es stimmte. Lizzys aufgekratzte, chaotische Art trieb ihren ruhigen, organisierten Bruder regelmäßig in den Wahnsinn. »Keine Ahnung, wahrscheinlich bloß uns zuliebe«, antwortete sie und blickte endlich zu ihm hoch. Seine Augen wurden nach wie vor von den dunklen Gläsern verdeckt, und Mia verfluchte die ungewohnte Distanz zwischen ihnen. Nach den vergangenen Wochen schien es ihr jedoch auch falsch zu sein, wie gewohnt mit ihm umzugehen. »Seid ihr gut durchgekommen?«, stellte sie die einzige unverfängliche Frage, die ihr einfiel.

Nic lachte rau. »Fragst du mich gleich auch nach dem Wetter?«

Mia spürte ihre Wangen heiß werden und wandte den Blick ab. »Worüber sollte ich sonst reden?«, fragte sie stattdessen bekümmert. »Ich weiß fast nichts mehr von dir«, entfuhr es ihr nicht vorwurfsvoll, aber traurig.

Verblüfft runzelte Nic die Stirn und streckte eine Hand nach ihr aus, die er auf halbem Wege doch in seine Tasche steckte. »Es gibt niemanden, der mich so gut kennt wie du, Honey!« Seinen Kosenamen für sie aus Nics Mund zu hören, löste Mias Verärgerung beinahe in Luft auf. »Tatsächlich?«, fragte sie verwundert. »Es fühlt sich aber nicht so an.« Mia strich ihr Haar aus dem Gesicht, legte eine Hand auf seinen Arm und fügte hinzu: »Es ist schön, dass ihr zu Hause seid.« Mit diesen Worten wandte sie ihm den Rücken zu, um möglichst schnell viel Distanz zwischen sie beide zu bringen. Es war schwer zu ertragen, ihn so nah bei sich zu haben, wo er doch so fern schien. Sie fühlte Nics Blick in ihrem Rücken, strich ihren geblümten Rock glatt und ging, um Sophie bei den Essensvorbereitungen zu helfen. Ein paar Stunden später lag ein selbst gebastelter Papierflieger vor ihrem Fenster bei der Leseecke, unverkennbar eine Botschaft von Nic. Mit klopfendem Herzen öffnete sie ihn, wodurch die kühle Abendluft in ihr Zimmer strömte und sie frösteln ließ. Sie faltete den Flieger auseinander und las die vertraute Handschrift.

Triff mich heute Abend an unserem Ort – bitte.
Nic

5

Das Schluchzen drang unvermittelt an sein Ohr, während er auf der Terrasse im Garten saß und auf der Gitarre herumklimperte, die er zum Geburtstag bekommen hatte. Er wollte die Zeit noch nutzen, bis sein Vater nach Hause kam und ihm bei den Mathehausaufgaben helfen würde. Jetzt legte er allerdings das Instrument zur Seite und sprang über die halbhohe Mauer, hinter der das Geräusch zu hören gewesen war. Da saß Mia, die kleine Schwester von Liam, die beide nebenan wohnten, seit er und seine Familie vor ein paar Wochen in das neue Haus eingezogen waren. Mit ihren zwei Zöpfen, dem blauen Pünktchenkleid und den Händen vor dem Gesicht saß sie in der Ecke zusammengekauert. Sie ging noch in den Kindergarten, hatte ihm seine Mutter erzählt, während er gerade in die erste Klasse gekommen war. Zögernd kam er auf sie zu. »Was ist mit dir?« Vorsichtig berührte er ihren Arm, woraufhin sie erschrocken Luft holte und ihn ansah. Irgendwas war anders an ihr, und das hatte nichts mit den verweinten Augen zu tun, die ihn jetzt wütend ansahen. »Geh weg«, rief sie und versteckte ihr Gesicht wieder hinter den Händen.

»Was hast du denn?«, hakte er genervt nach und setzte sich seine Cap falsch herum auf, ehe er sich zu ihr hockte. »Soll ich deine Mummy holen? Oder deinen Bruder?«

»Nein, auf keinen Fall!«, schrie sie entsetzt.

»Warum weinst du denn dann?« Sie antwortete nicht, und Nic ließ sich ins Gras sinken. »Wenn du mir nicht sagst, was los ist, hol ich eben deine Mum!«

»Sie wird mich schrecklich schimpfen und Lizzy auch«, warnte sie ihn, und Nic horchte auf. Seine Schwester hatte etwas angestellt? Na, das wäre kaum etwas Neues! Die meisten glaubten immer, dass er der Unruhestifter in der Familie war, weil er halt ein Junge war, doch in diesem Fall stimmte das gar nicht. Seine Schwester Lizzy hatte es faustdick hinter den Ohren.

»Was hat sie wieder gemacht? Ich weiß genau, wie gemein sie sein kann.«

»Echt?« Vor lauter Weinen hatte sie nun Schluckauf bekommen. Da schaute Mia ihn an, verdeckte immer noch den Pony mit ihrer Hand. »Du lachst mich bestimmt aus.«

»Nein, versprochen. Ich lache nicht. Zeig schon her!«

Zögerlich nahm sie die Hand von ihrem Pony, und Nic betrachtete das volle Ausmaß der Bescherung, die Lizzy dem Mädchen angetan hatte. Der Pony war raspelkurz geschnitten, ähnlich wie die Haare ihrer Puppen, und Nic tarnte sein Lachen hinter einem Hüsteln, was sie mit einem saftigen Hieb ihres Ellbogens quittierte. »Du hast es versprochen«, erinnerte sie ihn.

»Weißt du, Mia, meine Schwester sieht zwar harmlos aus, das ist aber nur eine Tarnung. Dad sagt immer, Lizzy schaffe es, eine Katze einer Maus zu verkaufen.«

»Jetzt sehe ich total blöd aus, und Amy wird mich morgen auslachen.« Dicke Tränen liefen über ihre Wangen, und Nic überlegte, wie er sie aufmuntern konnte.

»So schlimm ist es gar nicht«, schwindelte er, aber Mia versetzte ihm erneut einen Hieb.

»Autsch – das tat weh!«

»Man darf nicht lügen«, entfuhr es ihr.

*Mia rümpfte ihre kleine Nase und wischte die Tränen an ihrem
Kleid ab, als ihm plötzlich der rettende Einfall kam.* »*Ich hab eine
Idee!*« *Er nahm seine Mütze vom Kopf und hielt sie ihr hin.* »*Hier!
Wenn du die aufsetzt, wird keiner deine Frisur sehen.*«

Verblüfft nahm sie die Kappe an und murmelte: »*Danke!*«

*Von dem Tag an waren sie Freunde, sogar beste Freunde, und
Mia trug jeden Tag seine Mütze, auch als ihr Pony längst wieder
nachgewachsen war.*

✳ ✳ ✳

Spät am Abend, es ging schon fast auf Mitternacht zu, saß Nic in
der Gartenlaube, eine Decke unter den Arm geklemmt und zwei
Flaschen Bier in der Hand. Er wartete schon eine kleine Ewigkeit,
wippte ungeduldig mit dem Fuß und fürchtete, dass Mia nicht
mehr kommen würde. Noch nie war die Angst, sie zu verlieren,
größer, näher gewesen. Dank des kleinen Heizofens in der Ecke
war es angenehm warm geworden. Seit ihrer Kindheit betrachteten Nic und Mia diese Hütte als ihren persönlichen Rückzugsort.
Wie ihre Freundschaft hatte sie schon bessere Zeiten gesehen,
denn die Spinnen und sonstiges Ungeziefer hatten ohne Zweifel
das Ruder übernommen. Die Klinke quietschte leise, ein wirrer,
brauner Haarschopf lugte durch die Tür, und Nics Anspannung
schlug in Erleichterung um.

»Entschuldige bitte«, begann sie eilig, und ihre Stimme drohte
sich zu überschlagen, ein Zeichen für ihre eigene Unsicherheit,
was eine tröstliche Erkenntnis war. »Haley wollte unbedingt noch
diese Geschichte hören … und ich musste duschen …« Mia erschien vollständig im Türrahmen, und ihr Blick hielt Nic gefangen. Er hatte diesen Ausdruck schon öfter an Mia beobachtet, und
eigenartigerweise fühlte er sich durch ihn nicht bedrängt. Und
doch hatte sich etwas verändert, etwas, das er nicht richtig greifen

oder gar verstehen konnte, aber Mia drohte ihm zu entgleiten. Zum ersten Mal in all den Jahren ihrer tiefen, aufrichtigen und loyalen Freundschaft hatte Nic Angst. Angst, wie ein Leben ohne sie sein würde. Angst davor, endgültig den Halt zu verlieren.

Mia ließ sich neben ihm aufs Sofa sinken, und Nic reichte ihr ein Bier. Ganz wie von selbst verharrten seine Finger an ihrer Hand, bevor er die Flasche freigab. Ihre Haut war samtweich, und nicht zum ersten Mal stellte er sich vor, wie sie sich an anderen Stellen ihres Körpers anfühlen würde. Er verbot sich diesen Gedanken sofort und fragte stattdessen: »Was für eine Geschichte?«

Mia schmunzelte. »Oh, du weißt schon … ein großes Schloss, ein armes Mädchen … und da gibt es diesen einen wahnsinnig tollen Prinzen … Kurz gesagt, das, wovon alle Mädchen träumen.« Offenbar waren sie stillschweigend übereingekommen, das unangenehme Thema noch eine Weile zu umschiffen.

Nic lachte und nippte an seinem Bier. »Oh, klar! Alle Mädchen träumen also davon?«

Mia zuckte nur mit den Achseln und lächelte. »Ich hab mit Lizzy zu viele Disney-Filme gesehen und nun eine ziemlich hohe Erwartungshaltung an die Männerwelt.«

»Und welche Erwartungen wären das?«, hakte Nic grinsend nach.

Mia wurde ernst. »Ach, nur ein paar Kleinigkeiten … ein Pferd, ein Schloss und Liebe bis in alle Ewigkeit … vielleicht noch ein paar Schuhe, weiter nichts«, scherzte sie. Nic entging allerdings nicht, dass sie um eine ehrliche Antwort verlegen war.

»Also nach meinen Infos hast du es verpasst, dir unseren letzten Prinzen zu angeln.« Nic nippte an seinem Bier und stützte sich auf den Armen ab, wobei er Mia nicht aus den Augen ließ.

»Na ja, ich gebe die Hoffnung nicht auf, dass wenigstens für Haley was zu machen ist. Da werden wir uns einfach einen neuen Prinzen suchen müssen. Lizzy und ich haben eh schon entschieden, als alte Jungfern in einem Provinznest Hühner und Katzen zu züchten, um eine Warnung für die dortige Jugend zu sein«, erzählte Mia weiter und brachte Nic damit ebenfalls zum Lachen. »Es ist ganz schön kalt da draußen«, plapperte sie weiter und zog den Reißverschluss an ihrem Sweatshirt höher.

»Ich hab eine Decke dabei.« Nic räusperte sich.

»Du klingst, als wärst du im Stimmbruch«, sagte Mia grinsend.

»Na, so hat sich das ganz bestimmt nicht angehört. Ich bin nur etwas heiser von unseren Auftritten.«

»Oh, glaub mir, Mr Obersmart! Ich war dabei, erinnerst du dich?«

Klar erinnerte er sich. Es war eine seltsame Zeit in ihrem Leben gewesen. Nic begann sich für Mädchen zu interessieren, während Mia lieber noch auf Bäumen herumgeklettert war. Damals hatte der kleine Altersunterschied ihre Freundschaft auf eine harte Probe gestellt. Etwas, das ihnen nun erneut bevorstand.

»Aber ich und eine Million andere Frauen finden, es hat sich gelohnt.« Mia ließ sich gegen die Sofalehne sinken und streckte die Beine aus. Sie vermied es immer noch, ihm in die Augen zu sehen. Eine unangenehme Stille entstand zwischen ihnen, und Nic fuhr sich überfordert durch sein Haar.

»Also …«, begann Mia mit viel ernsterer Stimme. »Du wolltest, dass ich herkomme. Da bin ich.«

»Du hast nicht vor, es mir leicht zu machen, richtig?«, grinste Nic und bewirkte damit ein leichtes Schmunzeln bei Mia.

»Wieso sollte ich das tun, Nic?«

Langsam nickte er und stand auf, wodurch er sich ungewohnt linkisch fühlte. Im Verhältnis zu der Hütte war er wesentlich größer, viel größer, als er in Erinnerung hatte. War er ihr womöglich entwachsen? »Du bist also sauer auf mich?« Obwohl er es als Feststellung formulierte, klang es nach einer Frage.

Mias Zögern brachte jeden Muskel in Nics Körper dazu, sich anzuspannen. »Das ist nicht das richtige Wort, Nic.« Nachdenklich kaute er auf der Innenseite seiner Wange und wartete auf eine Fortführung.

»Was denn? Wie würdest du das hier …«, er deutete auf den Abstand zwischen ihr und ihm, »… sonst beschreiben?«

»Was erwartest du denn genau von mir?«, brauste Mia plötzlich auf, und Nic fühlte sich dank ihres kleinen Wutausbruchs sofort besser. Das war etwas, womit er gerechnet hatte, was er an Mia kannte. Es war eine Million Mal besser als die schweigsame und distanzierte Mia, die mit ihm über das Wetter redete. »Welch eine Frechheit! Der gefeierte Superstar kehrt zurück und wird einmal nicht umjubelt. Damit musst du wohl erst noch zurechtkommen, was?« Der Sarkasmus war ebenso typisch wie Mias spitze Zunge. Er schätzte ihre Ehrlichkeit und wünschte sich, sie würde ihn noch ein wenig anbrüllen. Stattdessen schüttelte sie den Kopf und seufzte niedergeschlagen. »Du bist eine Ewigkeit weg gewesen und hast mich mit drei mickrigen Nachrichten abgespeist. Wie, glaubst du, ist dieses Gefühl für mich? Du lässt mich zurück und bist immer länger fort und wunderst dich, dass wir uns entfremden?«

»Nein, du hast recht.« Dieses Bekenntnis schien Mia ein wenig zu besänftigen. »Ich bin ein Arsch, und es tut mir leid.« Nun nickte Mia, setzte sich in den Schneidersitz und spielte mit den Fingern am Verschluss des Lederarmbands, das er ihr vor vielen Jahren einmal geschenkt hatte. Ohne lange darüber nachzudenken, ließ er sich neben sie sinken und ergriff ihre Hand. Diese Berührung ging ihm durch Mark und Bein, und ihm stockte der Atem, als sie ihn überrascht aus traurigen Augen ansah. Sie waren meergrün, und er liebte diese Farbe. Er schloss gequält die Augen, denn er wusste nur zu gut, wie falsch all das war. »Du kannst mich nicht einfach zur Seite legen wie ein altes langweiliges Spielzeug, um mich wieder hervorzuholen, wenn das neue seinen Reiz verloren hat.«

Das Herz wurde Nic schwer, und er biss sich schuldbewusst auf die Unterlippe. »Ich weiß – ich bin schrecklich einsam ohne dich.«

»Dann verstehe ich das noch weniger«, sagte Mia.

Abrupt ließ Nic ihre Hand los und stand von dem geblümten Sofa auf. Er wandte ihr den Rücken zu, um den Ausdruck in seinem Gesicht vor ihr zu verbergen. »Wenn du mich um dich haben wolltest, warum ignorierst du meine Mails, meine WhatsApp-Nachrichten? Früher hast du mich immer angerufen oder bist auch öfter nach Hause gekommen. Was ist nur los mit dir?«

Nic seufzte. Wie sollte er ihr erklären, dass er nur so lange fortblieb, um sie vor all den Gefahren, die sein neues Leben mit sich brachten, zu beschützen? Allem voran er selbst, der sich mit jedem weiteren Besuch weniger unter Kontrolle hatte. Dem Verlangen danach, seine Hände über ihre weiche Haut streichen zu lassen und in ihr Haar zu greifen, wissen zu wollen, wie sie schmeckte, durfte er nicht nachgeben. Er konnte ihr auf keinen Fall die Wahrheit sagen.

»Das verstehst du nicht, Mia!«, murmelte Nic wenig überzeugend und spürte, wie sie ebenfalls vom Sofa aufstand und von hinten zu ihm trat.

»Versuch es doch mal zu erklären«, drängte sie.

Er musste Mia einen Grund nennen. »Wenn ich in den Tourbus steige, bin ich ein anderer«, entfuhr es Nic heftiger als beabsichtigt. Er wandte sich zu ihr um, und Mia schreckte nicht vor ihm zurück. »Ich bin der Bandleader, der sein Image pflegen muss, der harte und ewig grinsende Bad Boy. Ich bin dann nicht dein Sandkastenfreund, mit dem du Burgen gebaut, Baumhäuser erobert oder Songs gespielt hast.« Er vermied es, sie anzusehen, und strich durch sein Haar. »Vielleicht habe ich Angst, dass du diesen Typen nicht besonders magst. Mir fällt das nämlich auch oft schwer, weißt du?«

»Woher willst du wissen, dass mir diese Seite an dir nicht gefällt? Du hast dich schon oft nicht leiden können, aber ich habe immer gewusst, wer du bist. Ich wünsche mir nur, dass du dich nicht von mir zurückziehst und mir keine Gelegenheit lässt, diesen Teil kennenzulernen.«

»In Ordnung«, versprach er lächelnd.

Mia ergriff seine Hand und zog ihn versöhnlich zurück aufs Sofa.»Nun sag schon! Was ist passiert? Du siehst so erschöpft aus wie nie zuvor.«

»Die Tour war anstrengend. Ich bin einfach nur froh, wieder zu Hause zu sein. Das ist alles!«

»Wenn das alles ist, frage ich mich, wo dieses Lächeln geblieben ist, das ich so vermisst habe.«

Nic sah ihr direkt in die Augen. Er konnte nicht anders, er musste lachen.»Mia, bitte … Könntest du mir nicht von deinen letzten Wochen hier erzählen? Ich möchte viel lieber wissen, was hier bei euch so los war.«

Mia seufzte mürrisch, als wisse sie, dass es keinen Sinn hatte weiterzubohren. Zu seiner Erleichterung erzählte sie von Sophies verrückten Geschichten, Haleys und Lizzys Albernheiten und sehr zu seinem Leidwesen von ihrem neuen Freund.

»Du hast noch nie von einem Chris erzählt. Kenne ich den?«

Ein unangenehmer Stich fuhr durch seinen Bauch, und Nic schluckte. Natürlich interessierten sich andere Männer für Mia, so schön und klug, wie sie war. Es war jedoch jedes Mal aufs Neue schwierig für ihn, damit umzugehen.

Mia wurde rot und wich seinem Blick aus. Sie berichtete ihm, sobald es etwas Ernsteres wurde, doch über die Beziehung oder ihre Gefühle sprachen sie nie. Ebenso wenig erzählte er ihr von seinen Eroberungen oder derzeitigen Kurzzeitfreundinnen.

Es war nicht so, als hätten sie es nicht mal versucht. Entweder wurde Nic böse, weil derjenige Mia seiner Ansicht nach nicht richtig behandelt hatte und er somit bei ihm unten durch war. Ehrlich gesagt war in seinen Augen keiner von ihnen gut genug für Mia.

Bislang schien sie auch kein Interesse an seinen Abenteuern zu haben. »Mhmm, nein. Du kennst ihn noch nicht.« *Noch* nicht? »Aha.« Wieder senkte sich diese unangenehme Stille über sie.

Mia pustete die losen Haarsträhnen aus der Stirn, als Nic fragte: »Und, wie ist er so?« Er gab sich möglichst beiläufig, als wäre es das Natürlichste der Welt. Nic beobachtete Mias Skepsis und räusperte sich. »Was schaust du so? Ich möchte gern wissen, ob du glücklich bist, und scheinbar ist dieser Typ im Moment ziemlich wichtig für dich.«

»Ich finde es komisch, mit dir über solche Dinge zu reden«, erklärte Mia wahrheitsgemäß, und Nic lächelte gegen seinen Willen. Sie war der ehrlichste Mensch, den er kannte.

»Also ist es dir ernst mit ihm?«, hakte Nic nach, als hätte er ihren Einwand gar nicht gehört.

»Mmmhhhmm ... ja, nein ... ach, keine Ahnung. Ich kenne ihn noch nicht lange. Er ist sehr nett und zuvorkommend. Ich treffe ihn hin und wieder. Das ist alles, was ich dir sagen kann.«

Davon musste Nic sich erst mal erholen und zupfte gedankenverloren an seiner Gürtelschnalle. »Was sagt Sophie zu ihm?«

»Oh, du weißt doch, was sie immer über Männer sagt, die länger als acht Stunden am Tag einen Anzug tragen.«

»Er ist also langweilig«, schloss er, was seine Stimmung sofort hob.

Mia schlug ihm entrüstet auf den Arm. »Jetzt fang du nicht auch noch so an. Du kennst ihn nun wirklich nicht.«

»Aber Sophie hat ihn kennengelernt, und ich denke, ihrem Urteil ist zu trauen.«

»Sophie möchte entweder, dass ich mich richtig austobe, oder wenn es unbedingt eine feste Bindung sein soll, dann nur mit einem Rebellen.«

»Mit jemandem wie den Jungs aus der Band zum Beispiel?«, neckte er Mia, deren Wangen sich unerwartet schnell verfärbten, und sofort herrschte wieder diese unbehagliche Stimmung zwischen ihnen. Nic senkte seinen Blick einen Moment von ihren Augen zu ihren Lippen. Wie sehr er sich danach sehnte, sie zu küssen.

»Ja«, flüsterte sie und fügte dann mit festerer Stimme hinzu: »Womit wir beim eigentlichen Problem wären ... Rockstars sind mir einfach zu unsicher ... und Liam würde ihm wahrscheinlich jede Affäre, die er je gehabt hat, als Laster auslegen.«

Nic lächelte breit, denn er wusste zu gut, wie recht Mia damit hatte. »Jeder Typ, der mit dir zusammen war, kann froh sein, dass er überhaupt noch atmet«, stimmte er belustigt zu.

»Wahrscheinlich! Aber deswegen ist es ja auch gut, dass ihr die meiste Zeit über nicht hier seid.«

Nic erstarrte und riss sich von den Bildern los, die plötzlich in seinem Kopf aufstiegen und ihm Übelkeit bescherten. *Mia nackt in den Armen fremder Typen.* Das war nichts, was er ertragen konnte, und sein Gesicht verzog sich schmerzhaft.

»He, was ist los? Du schaust schon wieder so komisch.«

Sie redeten bis tief in die Nacht, als Mia schließlich, den Kopf auf Nics Brust gebettet, einschlief. Die Wärme ihres Körpers drang wohlig zu ihm. Er sog ihren Duft tief ein und genoss das Gewicht ihres Beines, das sie im Schlaf über ihn gelegt hatte. Er umschloss die zarte Gestalt fester, und sie drängte sich näher an ihn. Nic schob die Decke über Mias Schulter und drehte sich leicht zu ihr, damit er sie besser betrachten konnte. Er war ihr so nahe, dass er die winzigen Sommersprossen auf ihrer Nase sehen konnte. Wie oft hatte er sie damit geneckt? Ihr Haar war zu einem Zopf geflochten, und einige lose Strähnen fielen ihr ins Gesicht. Ihre Augen waren geschlossen, der süße Schmollmund leicht geöffnet. Er keuchte leise, als er spürte, wie nah er Mias Mund war. Er brauchte sich nur ganz leicht vorzubeugen und würde diese vollen, weichen Lippen berühren können. Ein so überwältigender Drang überkam ihn, dass er zurückschreckte. Plötzlich war ihm sehr bewusst, dass er jede Wölbung ihres Körpers an seinem spürte. Hitze machte sich in ihm breit, und er schob die Decke etwas von sich. Ein stärker werdendes Pulsieren in seinen Shorts ließ sich einfach nicht bekämpfen. Das erste Mal seit Wochen fühlte Nic sich nicht einsam. Es war ein herrliches Gefühl, für jemanden ein so sicherer Hafen zu sein, wie er es für Mia war. Er liebte dieses warme Gefühl, das ihn innerlich durchströmte, sobald sie ihn auch nur anlächelte. Sie war der wichtigste Mensch in seinem Leben, so wie er für sie. Er hatte nicht vor, diesen Platz an jemanden abzutreten. An keinen Jake und erst recht an keinen Chris. Er lauschte ihren sanften, gleichmäßigen Atemzügen, und sein Herz zerbrach einmal mehr bei dem Gedanken daran, was er jedes weitere Mal, wenn er diese Stadt verließ, zurückließ. Wie lange würde es dauern, bis ein anderer kam und ihm Mia für immer entriss? Womöglich war es schon so weit, und es war nur eine Frage der Zeit, bis Mia ihm endgültig den Rücken kehrte. Was würde er dann tun? Würde er die unüberbrückbare Schlucht zu ihr überwinden, ohne Rücksicht darauf, was dabei womöglich zu Bruch ging, oder würde er still und einsam leiden, wie er es schon lange tat? Nic konnte es nicht sagen, und sein Herz schlug wie wild gegen seine Brust. Die Panik, Mia zu verlieren, schnürte ihm die Kehle zu. Dann besann er sich darauf, ruhiger zu atmen, drückte ihre zarte Gestalt näher an sich und erinnerte sich daran, dass dieser Moment noch nicht gekommen war.

Frisch geduscht, leger in Jeans und Shirt gekleidet kam Nic am nächsten Morgen zum Frühstück und rubbelte sich das nasse Haar trocken. Es roch nach frisch gebackenen Brötchen und Kaffee, und als er sich gähnend eine Packung Milch aus dem Kühlschrank holte, blickte er in das erwartungsvolle Gesicht seiner Mutter. »Guten Morgen, Schatz«, grüßte sie ihn und streichelte ihm liebevoll über den Arm. Er öffnete die Packung und nahm einen tiefen Schluck daraus. »Und nimm dir bitte ein Glas, junger Mann«, mahnte sie gut gelaunt.

»Hi, Mum«, murmelte er und sah sich verdutzt um. »Wo ist Dad?«

Lynn wandte ihm den Rücken zu, als sie antwortete: »Ähm ... Er ist schon weg. Er musste ins Büro. Es gab wohl eine wahnsinnig wichtige Besprechung, die er nicht verpassen konnte.« Nic brauchte kein besonders aufmerksamer Mensch zu sein, um zu erkennen, dass seine Mutter nicht die Wahrheit sagte. Sein Vater und er waren in heftigem Streit auseinandergegangen, und er ging ihm immer noch aus dem Weg.

»Tu das nicht, Mum«, murmelte Nic und stützte sich mit einer Hand am Küchentresen ab. »Bitte lüg nicht für ihn, ja?«

Lynn öffnete den Mund, als ob sie ihm widersprechen wollte, doch dann schloss sie ihn wieder und nickte traurig. »Ich würde mir nur so sehr wünschen, ihr könntet diesen Streit beilegen.«

»Ich weiß, Mum, aber so einfach ist das nicht«, entgegnete er kurz angebunden und goss prompt zu viel Kaffee in seine Tasse, woraufhin er einen lauten Fluch ausstieß.

»Achtung, kinderfreie Zone«, rief Liam und hielt sich demonstrativ die Ohren zu, als er durch die geöffnete Balkontür trat. Lizzy kam ebenfalls, gefolgt von Mia, in die Küche, und ihre Ankunft brachte Nic und Lynn auf andere Gedanken. Nic und Mia lächelten sich an, als Mia Nics Kaffee prüfend beäugte. Amüsiert reichte Nic ihr eine weitere Tasse und füllte sie. »Den magst du sicher nicht. Schwarz und viel zu süß!«, warnte er, und Mia lachte erleichtert.

»Ach, Gott sei Dank, du bist noch ganz der Alte!«, entfuhr es ihr.

»Hä? Das muss ich nicht verstehen, oder?«, fragte er, aber Mia schüttelte den Kopf und gab gut gelaunt Milch in ihre Tasse. Sie überlegten gerade, was sie an diesem ersten Tag zusammen machen wollten, als Mias Handy klingelte. Sie betrachtete die Nummer und stellte auf lautlos. Überrascht musterte Nic sie, und auch Lizzy schien es bemerkt zu haben. Das Handy vibrierte ein weiteres Mal, und Lizzy hob die Brauen.

»Liebes, vielleicht solltest du rangehen und ihm sagen, dass du keine Zeit hast. Sonst läufst du noch Gefahr, dass er hier auftaucht«, schlug Lizzy ihr gut gemeint vor.

»Ach was!« Mia machte eine wegwerfende Handbewegung, sah aber verunsichert aus, und Liam unterdrückte mühselig ein Grinsen.

»Du weißt, er kann ziemlich hartnäckig sein, wenn er etwas will.« Lizzy zwinkerte, und Mia seufzte.

»Wenn du ihn loswerden willst, erledige ich das gern. Nicht wahr, Nic?«, schlug Liam grinsend vor. Nic nickte abwesend und ließ sein Croissant achtlos auf dem Teller liegen. Er hatte keinen Hunger mehr.

»Nein, so ist das nicht …«, sagte Mia niedergeschlagen und griff zum Handy. Sie hob ab und stand gleichzeitig von ihrem Stuhl auf. »Hey, Chris! Sorry, ich war gerade beim Frühstück!«, sagte sie und ging dabei aus der Küche auf die große Terrasse hinaus. »Ich weiß, ich wollte gestern anrufen, aber …«

Zu Nics Leidwesen schloss Mia die Tür hinter sich, und er beobachtete nur, wie sie langsam von rechts nach links lief. Ein unangenehmes Gefühl breitete sich in seiner Brust aus und verdarb ihm endgültig den Appetit. »Und, was wollte er?«, fragte Lizzy neugierig, als Mia hineinkam.

»Er wollte sich heute freinehmen und mit mir nach Falmouth fahren.«

Lizzy starrte sie fassungslos an. »Zum Shoppen?«

»Wahrscheinlich.«

Das unangenehme Gefühl breitete sich weiter in seiner Brust aus, und Nic holte tief Luft.

»Ausgerechnet mit dir, die selber näht oder in Secondhandläden einkauft. Mir sollte so was mal passieren«, murmelte Lizzy schmollend.

»Soll ich anrufen und fragen, ob er dich stattdessen mitnehmen will?« Mia streckte ihrer Freundin die Zunge raus.

»Sei nicht albern …«

»Mit Typen wie Bill wird dir so etwas auch kaum passieren«, lenkte Mia das Thema in eine für Lizzy äußerst unangenehme Richtung.

»Wer ist Bill?«, fragte Nic dank dieser Steilvorlage. Seine Schwester zu ärgern, bereitete ihm riesiges Vergnügen, welches er nun dringend brauchte.

»Ach, Bill ist niemand Besonderes.«

»Und das ist ja genau das Problem«, erinnerte Mia sie.

Mia lächelte und sah herausfordernd in die Runde. »Nun, was treiben wir heute?« Allgemeines Schweigen schlug ihr entgegen, und sie rollte mit den Augen. »Ich habe gerade ein wirklich heißes Date abgesagt, also …«, scherzte Mia, wurde jedoch von Nics unterkühltem Kommentar unterbrochen: »Meinetwegen musst du ihm nicht absagen, triff diesen Anzugtypen ruhig.«

Spott schwang in seiner Stimme mit, und Mia musterte ihn irritiert. »Sei nicht albern, Nic! Ich wollte eigentlich Zeit mit euch verbringen, wo ihr gerade mal hier seid.«

»Ich will dir nicht dieses *heiße* Date versauen …«, sagte er knapp, allerdings mit deutlichem Hohn in der Stimme.

Mia schnappte zurück: »Okay … dann sag ich eben zu.«

Er begegnete ihr mit Gleichgültigkeit. »Ja, das würde ich dir auch vorschlagen. Ich bin sowieso schon anderweitig verabredet.«

Achselzuckend trank er einen Schluck Kaffee und stellte den Becher eine Spur zu fest ab. Ungläubig starrte Mia ihn an.

Nun war der Karren aber schon in den Dreck gefahren, und Nic schimpfte sich selbst einen Idioten. Was tat er denn da? Hilflos blickte Mia kurz zu ihrer Freundin, die angestrengt in der Besteckschublade kramte. Liam schien sich aus dem Gespräch ebenfalls ausgeklinkt zu haben. Lynn kam zurück in die Küche und schaute fragend in die Runde. »Braucht ihr noch etwas?«

Mia und Nic sahen aneinander vorbei und schüttelten die Köpfe, während Liam antwortete: »Einen Stimmungsaufheller, bitte!« Also hatte er das Gespräch sehr wohl verfolgt.

Lynn verstand den Wink und sagte: »Nun fangt nicht jetzt schon an, euch zu streiten. So lange seid ihr noch gar nicht wieder hier.«

Lynn blickte zwischen ihren Kindern hin und her, gab es schließlich auf und verschwand im Garten.

»Nun, dann werde ich mich wohl mal um mein Date kümmern«, sagte Mia kurz angebunden und griff zu ihrer Tasche.

Sie machte sich auf den Weg zur Terrassentür, als Nic ihr nachrief: »Lass dich nicht aufhalten, Prinzessin.« So nannte er sie immer, wenn er sie ärgern wollte. Sie warf ihm einen vernichtenden Blick zu, bevor sie ohne ein weiteres Wort in den Garten verschwand.

6

»Schmeckt es dir nicht, Nic?«

Nic schob lustlos sein Abendessen auf dem Teller hin und her. Er schaute plötzlich auf, als hätte er eben erst bemerkt, dass seine Familie mit am Tisch saß. »Ähm, ja doch, superlecker, Mum!«, beteuerte er. Seine Mutter lächelte nachsichtig. »Wahrscheinlich ist er keine feste Nahrung mehr gewohnt«, stichelte Lizzy und grinste. Nic warf gespielt empört die Serviette nach ihr.

Nics Vater Richard, der gerade erst von der Arbeit heimgekommen war, seufzte genervt und presste die Lippen fest aufeinander, um sich einen Kommentar zu verkneifen. In Schlips und Anzug, dessen Jackett er nur schnell über den Sessel geworfen hatte, sah er wie ein Versicherungsvertreter aus, der zu Gast war. Er arbeitete in einer Bank und wirkte nach außen konservativer, als er war. Alle mochten und bewunderten ihn für seine geradlinige und freundliche Art. Er kam mit allen gut aus. Abgesehen von seinen eigenen Kindern, dachte Nic.

»Nun hört schon auf, ihr zwei.« Lynn hatte immer ein Gespür für Disharmonie und versuchte bereits, alle Wogen zu glätten, bevor sie sich bildeten.

Nic hatte seit seiner Rückkehr das Gefühl, dass sein Vater einiges an ihm missbilligte. Eigentlich hatte er dieses Gefühl schon seit dem Beginn seiner Karriere. In Nics Teenagerzeit hatte Richard seinen Musikertraum als Hirngespinst abgetan. Er hatte ihm ein Praktikum und später sogar eine Ausbildungsstelle in seiner Bank ermöglicht, um seine Zukunft in die *richtigen* Bahnen zu lenken. Nic waren andere Dinge wichtiger gewesen als eine Festanstellung, Krankenversicherung und feste Arbeitszeiten. Er wollte nichts lieber als Musik machen. Richards Hauptargument gegen dieses Vorhaben war, dass er damit kein Geld verdienen könne. Mittlerweile war dieses Argument natürlich hinfällig geworden, denn Nic hatte in den letzten vier Jahren weitaus mehr als sein Vater in seinem bisherigen Berufsleben verdient.

Es befriedigte Nic, dass sein Vater nicht in allem recht behalten hatte, allerdings ließ er es nicht heraushängen. Er hatte bereits ein paar finanzielle Belastungen seiner Eltern beglichen und ihnen öfter einen Wunsch erfüllt. Er wollte, dass es Ihnen ebenso gut ging wie ihm selbst. Sein Vater ließ keinen Zweifel daran, dass er auch diese Unterstützung nicht guthieß.

Eine bedrückende Stille herrschte am Tisch, und Nic fühlte sich nicht zum ersten Mal seit seiner Rückkehr fehl am Platz.

»Elizabeth, wann fängt das Studium wieder an? Wirst du den Wirtschaftskurs weiter belegen?«, unterbrach Richard das Schweigen.

Bei seiner Jüngsten hat er noch Hoffnungen, dachte Nic erbittert. Er war sich ziemlich sicher wie damals bei ihm selbst, dass auch Lizzy seine Erwartungen nicht erfüllen würde.

»Dad, komm schon. Die Semesterferien haben gerade erst begonnen. Ich genehmige mir eine Pause und werde mich pünktlich zu Beginn des neuen Semesters damit auseinandersetzen«, erklärte Lizzy.

»Du darfst dich nicht so treiben lassen! Langsam solltest du herausfinden, was du eigentlich möchtest.« Richard ließ sie nicht vom Haken, und Nic hatte das seltsame Gefühl, als hätte er ein Déjà-vu.

Vor einigen Jahren hatten sie ein ganz ähnliches Gespräch geführt, das mit Türenschlagen und wochenlangem Schweigen geendet hatte. Nic schwante Böses.

Lizzy sah auf ihren Teller hinunter und schob ihr Essen unsicher hin und her. »Eigentlich weiß ich, was ich möchte, Dad. Ich arbeite in einem Tonstudio und schreibe Songs. Ich bin sehr zufrieden damit.« Wie gewöhnlich war Lizzy mutig genug, ihrem Vater die Wahrheit zu sagen.

»Und das soll alles sein?«, fragte Richard und starrte seine Tochter über den Tisch hinweg an. Die Enttäuschung in seinem Blick war Nic nur zu vertraut.

»Richard, nun lass uns das Thema wechseln. Es ist Nics zweiter Abend zu Hause!«

»Er ist Teil dieser Familie, und nur weil er alle paar Wochen mal hier ist, können wir nicht immer Rücksicht auf ihn nehmen.«

Nic ließ seine Gabel sinken. Sein Appetit war vollkommen dahin. Er rieb sich erschöpft die Augen.

»Richard!«, empörte sich Lynn und sah ihn strafend an.

»Schon gut, Mum«, beruhigte Nic seine Mutter und lächelte ihr über den Tisch hinweg zu.

»Warum sprechen wir nicht darüber, weshalb du eigentlich so angepisst bist, Dad?«

Sein Vater sah ihn ruhig an. Er bewahrte wie immer Ruhe, das machte Nic beinahe rasend. Er war nie aus der Reserve zu locken. Wenn er nur ein Mal die Kontrolle verlieren und ihn so richtig anschreien würde.

»Ich habe nicht vor zuzusehen, wie meine Jüngste in deine Fußstapfen tritt. Sie soll ein anständiges Leben führen.«

Nic grinste seinen Vater spöttisch an und klatschte erfreut in die Hände. »Da haben wir es endlich, na also! War doch gar nicht so schwer, was, Dad?!« Der Sarkasmus triefte aus jedem seiner Worte, und Lizzy zog neben ihm den Kopf ein.

Seine Mutter unternahm einen weiteren Versuch, ihren Familienabend zu retten. »Muss das wirklich heute Abend sein?«, fragte sie in einem müden und gleichzeitig flehenden Tonfall.

»Es ist egal, wann wir darüber reden. Es weiß jeder, was für eine riesige Enttäuschung ich für unseren alten Herrn bin.« Richard richtete seinen Finger auf Nic. »Du bist nie hier. Egal, wann deine Mutter oder deine Schwester dich brauchen, du bist nicht hier! Du schlägst dir die Nächte in irgendwelchen Clubs und Bars um die Ohren, und deinen Augenringen nach zu urteilen nicht nur mit Alkohol. Ich will gar nicht wissen, was du noch alles zu dir nimmst!«

»Ach so, das Klischee eines Rockstars ist das neueste und beste Abschreckungsmittel für deine Tochter. Jeder Rockstar nimmt Drogen, Lizzy. Drogen sind schlecht. Merk dir das.« Nics Provokation ließ Lynn nach Luft schnappen und vom Tisch aufstehen.

»Ist es nicht so? Eine Party jagt die nächste?«

»Als ob das der wirkliche Grund für deine miese Laune wäre. Ich bin der Kerl, über den pikante Details in der Zeitung stehen. Alle deine Nachbarn und Arbeitskollegen wissen davon. Eigentlich schämst du dich einfach nur für mich, oder? Für deinen Sohn, der deine letzte Hypothek beglichen hat.« Nic hatte seinen Panzer hervorgeholt, um die Missbilligung seines Vaters besser zu ertragen. Er verletzte seinen Vater, um nicht zugeben zu müssen, wie verletzt er selbst war.

Richard stand ruckartig auf, ging wortlos zum Sekretär im Wohnzimmer und schrieb etwas auf. Als er zurückkam, erkannte Nic, dass er einen Scheck abriss, um ihn vor seinen Sohn zu legen.

»Ich will nichts mehr davon hören!«, sagte er nur und wandte Nic den Rücken zu. Seine Schultern bebten förmlich.

Nic sprang von seinem Stuhl auf und gestikulierte wild herum. »Du hast doch keine Ahnung von meinem Leben! Als hätte es in deinem Leben keine wilde Zeit gegeben. Wieso verlierst du nicht

mal die Nerven und brüllst mich an? Dann würden deine Kinder
wenigstens wissen, dass dir nicht alles völlig gleichgültig ist. Und
soll ich dir noch was sagen? Ich bin verdammt erfolgreich in dem,
was ich tue. Ich mache genau das, was ich immer wollte, und ver-
diene mehr, als ich im ganzen Leben ausgeben kann. Wenn das
deine Missbilligung verdient, dann habe ich dir nichts mehr zu
sagen!« Dabei zerriss er demonstrativ den Scheck.

Richard blickte seinem Sohn aufmerksam ins Gesicht. »Ach, ja?
Bist du dir da so sicher? Sieh dich nur an! Du siehst weder gesund
noch sehr glücklich aus.« Mit diesen Worten machte er sich auf
den Weg in sein Arbeitszimmer, während Nic ihm entsetzt hinter-
hersah.

Nic, Lynn und Lizzy blieben wie erstarrt zurück. Lynn schniefte
und stützte sich auf der Küchenzeile ab, ehe Lizzy auf sie zukam
und eine Hand auf ihre legte. »Mensch, ich hätte einfach Ja sagen
sollen«, murmelte Lizzy betrübt.

»Ach was, das hätte es nur um ein paar Erwiderungen hinaus-
gezögert.« Nic nahm erschöpft auf dem Stuhl Platz und war vollkommen ausgelaugt. Sein erster ganzer Tag zu Hause, und schon
hatte er es geschafft, beinahe jeden gegen sich aufzubringen. Auch
sein Streit mit Mia lastete ihm schwer auf der Brust. Lynn hielt
inne und fuhr nach einem weiteren Seufzer fort: »In Zukunft be-
stell ich einfach was! Diese Schufterei in der Küche, und dann isst
keiner etwas davon.«

Lizzy lächelte. »Ehrlich gesagt weiß ich jemanden, der sich sehr
über das Hühnchen freuen wird.«

»Meinst du, Sophie musste wieder einmal die Rauchmelder ab-
nehmen?«, hakte ihre Mutter nach und zog die Nase kraus, als
hätte sie etwas Ekliges gerochen.

»Ich hab eben ein verdächtiges Piepen im Garten gehört.«

Lynn lachte. »Vielleicht würdest du das Essen rüberbringen,
Nic?«

Der scheinheilige Ton in ihrer Stimme war nicht zu überhören, und Nic schnaubte bloß. »Für heute habe ich genug angerichtet, findet ihr nicht?«, maulte er und verschwand im Flur, wo er seine Jacke anzog. Er musste einfach raus.

* * *

Es war Freitagnachmittag, und Mia hatte eine ihrer Ballettstunden mit ihren jüngsten Schützlingen hinter sich gebracht. Der große Raum, der auf zwei Seiten mit Spiegeln vertäfelt war und an einer Seite eine komplette Fensterfront besaß, war definitiv zu klein für eine Horde erwachsener Frauen. Ein Riesentumult war ausgebrochen, als die Stunde zu Ende war und alle Mütter hineinkamen, um ihren Kindern beim Umziehen zu helfen. Mia seufzte. Sie hatte den ganzen Tag schon leichte Kopfschmerzen, und das Pochen an ihren Schläfen nahm minütlich zu. Überall war Geschnatter zu hören, und die Mütter jagten ihren Kindern hinterher. Mia war immer wieder überrascht, wie stressig es sein konnte, ein Kind anzuziehen. Seit ein paar Wochen hatte sie da einige Erfahrungswerte, wobei Haley es ihr ziemlich leicht machte. So auch jetzt. Sie half Haley gerade dabei, als eine männliche Gestalt sich zu ihr vorarbeitete. Haley erkannte ihn zuerst und kreischte: »Nic!« Sie rannte auf ihn zu und sprang aufgeregt an ihm hoch. Mit Haley an der Hand kam er auf Mia zu und nahm seine Sonnenbrille ab. Er lächelte sie auf seine typische Art an, die bewirkte, dass sie ihm nie lange böse sein konnte. Wie machte er das nur?

Sie hatten sich seit dem Frühstück am Donnerstagmorgen gar nicht gesehen. Mia hatte sich diesmal vorgenommen, nicht so schnell klein beizugeben. Immerhin hatte sie mit der Bemerkung über Chris nichts getan, außer einen selten blöden Scherz gemacht. Was stellte er sich so an? Seine Reaktion auf Chris ärgerte sie in Wahrheit nicht nur. Sie verunsicherte sie. Sie wollte keins seiner Groupies werden! Es war zum Verrücktwerden … Da vermisste sie ihn so sehr, dass es ihr schwerfiel, sich auf ihre Arbeit zu konzentrieren, und sobald er da war, ließen sie es zu, dass ein so kindischer Streit ihre kostbare Zeit raubte.

»Mia, sieh nur! Nic ist da! Er ist gekommen!« Mia wandte sich zögerlich ihrer Cousine zu, musste aber lächeln, als sie Haleys aufgeregtes Gesicht sah. Sie war völlig hingerissen von Nic. So wie ganz Großbritannien. Wie war es möglich, dass er eine solche Wirkung auf alle hatte?

»Ja, das sehe ich.«

»Hey!« Seine Stimme hörte sich nicht mehr so rau an wie bei ihrem Gespräch in der Gartenlaube, klang aber immer noch wahnsinnig sexy.

»Hey!«, antwortete Mia leicht unterkühlt. Dann sahen sie sich einen Moment lang nur an, und Mia bemerkte, wie sie von den umstehenden Müttern beobachtet wurden. Oder vielmehr Nic … Sie konnte es den Frauen nicht verübeln, er sah verdammt gut aus. Die ersten Tage zu Hause taten ihm offenbar gut, denn die Schatten unter seinen Augen waren kleiner geworden. Außerdem war er beim Friseur gewesen, und sein langes Haar war einem angesagten Undercut gewichen, der ihm sehr gut stand. Ihre Finger fuhren fahrig über ihre Kleidung. Was war nur los mit ihr? Nic räusperte sich leicht und sagte: »Ich dachte, ich hol euch zwei ab, und wir unternehmen etwas zusammen.« Überraschung blitzte in Mias Augen auf, und Haley rannte schon zu ihrer Tasche und warf eilig ihre Ballettschuhe hinein. Typisch Nic! Das war seine Art, die miese Stimmung aufzuhellen. Anstatt sich zu entschuldigen, tat er einfach so, als sei nie etwas gewesen.

Mia verschränkte die Arme vor der Brust und versuchte so zu tun, als hätte er keinerlei Wirkung auf sie. »Aha!«, war ihr einziger Kommentar, und Nic verfolgte aufmerksam ihre Reaktion. »Hast du gedacht, ja?«

»Nur wenn ihr Zeit habt, natürlich«, fügte er grinsend hinzu und blickte über die aufmerksamen Gesichter der Frauen um sie herum.

»Wir haben nichts vor!«, rief Haley wenig hilfreich, während sie mit ihrer Strumpfhose kämpfte. Mia holte geräuschvoll Luft und sah Nic genervt an.

»Scheinbar haben wir nichts vor«, stieß sie zwischen zusammengepressten Zähnen hervor. Nic gab sich wenigstens Mühe, zerknirscht dreinzublicken. Sein unterdrücktes Grinsen machte das Bild von einem sich entschuldigenden Nic allerdings zunichte, und das Strahlen in seinen Augen bewies, wie sehr er sich freute. »An was hast du gedacht?«, gab Mia sich geschlagen.

»Das erzähl ich euch gleich«, raunte er ihr zu, berührte eine von Mias Locken, die sich aus der Frisur gelöst hatten, und verursachte so eine Gänsehaut bei ihr. Sanft schob er sie zurück hinter Mias Ohr, und sie sah ihn verdattert an. Dieser Moment wurde von den Mädchen zunichtegemacht, die sich um Mia scharten, um sich zu verabschieden.

* * *

Nic bedeutete Mia, dass er bei Haley warten würde. Er ließ sich auf der kleinen Bank nieder, und Haley nahm ihn sofort in Beschlag. Sie hatte ihn von Anfang an für sich eingenommen. Das Mädchen hatte ein wirklich süßes und lebhaftes Wesen und war hübsch, und in einigen Jahren würden die Jungs bei ihr Schlange stehen. Haley kletterte auf seinen Schoß und plapperte munter drauflos. Sie erzählte ihm, was sie heute gelernt hatten und wie Mia sie gelobt hatte. Nic beobachtete die kleine Kindertraube, die sich um Mia versammelt hatte und sich nur langsam lichtete. Jede einzelne ihrer Schülerinnen wollte sich verabschieden, und Mia hatte viel Geduld. Mia hatte Kinder schon immer geliebt.

Es war lange her, dass er Mia in Tanzkleidung gesehen hatte, und er fühlte sich in eine frühere Zeit zurückversetzt. Sie sah einfach bezaubernd aus. Ihre widerspenstigen Haare waren zu einem Dutt zusammengesteckt, und nur einzelne Strähnen fanden den Weg in die Freiheit. Die engen Leggins betonten ihre schlanken, wohlgeformten Beine. Der kurze Rock reichte nicht einmal bis zu ihren Knien, und Nic musste bei seinem Anblick schlucken. Er wies sich gedanklich zurecht, konnte jedoch nicht wegschauen, wie Mia lachend mit ihren Schülerinnen herumalberte und die Kleinen um die Aufmerksamkeit ihrer Tanzlehrerin buhlten.

Ein Seufzen von Haley rief ihm ins Gedächtnis, dass er ihr hätte zuhören sollen.

»Oh, bitte entschuldige, Haley, ich war abgelenkt«, sagte er, und sie sah ihn tadelnd an.

»Du hast Mia angeguckt.«

»Mhhmmm«, brummte er und hätte sich selbst in den Hintern beißen können.

»Magst du sie?«

»Natürlich!«, bestätigte er und hoffte, dass sie das Thema schnell wieder fallen lassen würde.

»So sehr, dass du sie heiraten und Kinder bekommen möchtest?«, fragte Haley und lehnte sich gegen seine Brust.

Nic lachte verblüfft. »Wie kommst du denn darauf? Mia und ich sind Freunde – die besten Freunde.« Er stupste mit seinem Zeigefinger gegen Haleys Nase.

»Dann zieht ihr nicht weg und Mia bleibt für immer bei mir?«

Nic schmunzelte. »Natürlich nicht. Du kommst auf verrückte Ideen«, entgegnete er, betrachtete Mia allerdings nachdenklich.

»Wenn du zu Hause bist, hast du Mia für dich ganz allein.«

»Nicht, wenn du da bist. Aber das ist okay. Lizzy sagt, dass Mia dich gernhat.« Nic wurde hellhörig.

»Was hat Lizzy denn noch gesagt?« Er wusste, dass es nicht die feine englische Art war, eine Fünfjährige auszuhorchen, konnte der Versuchung jedoch nicht widerstehen.

»Mia ist traurig, wenn du weg bist. So traurig wie meine Mum wegen meinem Dad. Ich glaube, du solltest wieder hier wohnen.« Nic seufzte und wollte noch mehr erfahren, als er eine Frau auf sich zukommen sah.

»Mr Donahue?«, fragte sie und lächelte zurückhaltend. Sie hatte rotes Haar, eine schlanke Figur und ein hübsches Gesicht. »Entschuldigen Sie die Störung. Aber … Nun ja, ich bin ein Fan und wollte Sie um ein Autogramm bitten.« Mit einem Schlag war er in die Realität zurückgeschubst worden und setzte sein Showbiz-Lächeln auf.

»Sehr gerne, nenn mich bitte Nic. Wie ist denn dein Name?«, fragte er schlicht.

Er nahm Stift und Papier entgegen – ein Stück eines Einkaufszettels – und schrieb »Für Amanda« über seine eigene Unterschrift. Als er wieder aufblickte, sah er in weitere Gesichter und wusste sofort, dass es mit dem schnellen Verschwinden nichts werden würde. Er hatte in den letzten Tagen eine Anonymität genossen, die ihn hatte vergessen lassen, was draußen auf ihn wartete.

»Ich meine, wann hat man schon mal die Chance, einem richtigen Star zu begegnen? Ich hatte ja keine Ahnung, dass die Frau, die meiner Tochter Tanzunterricht gibt, solche Berühmtheiten zu ihren Freunden zählt«, sagte eine Frau, und Nic suchte Mias Blick. Ihre Miene war unergründlich, doch er spürte, dass ihr etwas missfiel.

Nie hatte sie ihre Freundschaft mit ihm für sich ausgenutzt. Sie sprach vor Fremden nie über seinen Promistatus, und er war dankbar dafür. Er hatte in den letzten Jahren oft erfahren müssen, dass frühere Bekanntschaften Details aus seinem Leben auspackten und nutzten, um selbst in die Medien zu kommen. Für Nic bedeutete das, dass er niemandem mehr wirklich vertrauen konnte. Außer Mia. Nie und nimmer würde sie sich über ihn äußern. Die Paparazzi hatten früher einige Fotos von Nic und Mia gemacht, und sie wurde in den Klatschblättern zunächst als die mysteriöse, unbekannte Frau an seiner Seite und potenzielle Freundin benannt. Die Band hatte allerdings noch rechtzeitig entschieden, bekannt zu geben, um wen es sich dabei handelte, und konnte so Spekulationen unterbinden.

Nic schrieb eine gute halbe Stunde lang Autogramme, und als sich die Frauen langsam verabschiedeten, blieb nur noch Amanda übrig und sah ihn lächelnd an.

»Falls du mal Langeweile haben solltest oder eine Ablenkung brauchst, ruf mich doch an«, sagte sie mit einem koketten Augenaufschlag und steckte ihm ihre Telefonnummer zu.

Mia saß etwas abseits mit Haley, die sich an ihren Körper schmiegte. Er betrachtete sie eingehend und nahm wortlos ihre Tasche, die neben ihr auf der niedrigen Bank stand. »Lasst uns endlich von hier verschwinden!«

Haley sprang auf und rannte voraus.

»Du solltest nur wissen, dass Amanda einen gewissen Ruf hat«, sagte sie mit warnendem Unterton.

»Hey, ich bin ein Mann und kenne solche Frauen.« Nic hob abwehrend die Hände.

»Du meinst, weil du häufig mit ihnen zu tun hast?«

»Was willst du mir denn damit sagen?!«

»Bist du etwa eifersüchtig?« Seine Stimme strotzte nur so vor Selbstgefälligkeit, und Mia hatte schon eine scharfe Erwiderung auf der Zunge, die sie jedoch beim Anblick seiner Miene sofort vergaß. Er grinste auf eine völlig neue Art. Es war keine Spur von Spott darin zu sehen, sondern er wirkte hoffnungsvoll und beinahe … zärtlich. Mia räusperte sich und sah auf sein T-Shirt, um seinem bohrenden Blick auszuweichen.

»Ganz sicher nicht!

»Ich habe, wie du vielleicht gesehen hast, ihre Nummer sofort im Mülleimer versenkt und keinerlei Interesse an ihr gezeigt …«, entfuhr es ihm laut und durchaus glaubwürdig.

»Nein?«, wisperte Mia, und ihre Blicke versanken wie von selbst ineinander.

»Nein!«, bestätigte er mit rauer Stimme. Er ließ die Tasche fallen und hielt Mias Gesicht zärtlich in den Händen. Sanft schob er erneut eine Haarsträhne hinter ihr Ohr und streichelte mit dem Daumen ihre Wange.

Sie legte eine Hand auf Nics Brust und sah zu ihm auf. Für den Bruchteil einer Sekunde, die sich anfühlte wie eine Ewigkeit, gab es nur sie beide.

Plötzlich ertönte eine zornige Mädchenstimme. »Wo bleibt ihr denn?« Nic ließ seinen Arm sinken und seufzte.

Mia schenkte Nic noch einen flüchtigen Blick, und sie gingen zu seinem BMW. Es war ein altes Modell. Er hatte zwar eine ganze Garage voller schöner Autos, doch in der alten Kiste fühlte er sich unbeobachteter. Bevor sie einstiegen, bauten sie den Kindersitz von Haley aus ihrem Auto in Nics. Endlich abfahrbereit, erzählte Nic, was er vorhatte.

»Was haltet ihr von Zuckerwatte, Karussellfahren, Feuerwerk und Bratwurst?«

»O ja«, freute sich Haley und hüpfte aufgeregt auf und ab. »Und ich darf mit?«

Nic sah überrascht aus. »Mit wem soll ich denn sonst Riesenrad fahren? Mia hat immer die Hosen voll!«

Mia schlug ihm entrüstet auf den Oberarm, lächelte aber dabei.

7

Während der Fahrt zum Rummelplatz hörten sie laute Musik und sangen ausgelassen mit. Vergessen waren ihre Unstimmigkeiten. Es tat gut, Unsinn zu machen. Bei anderen Männern wie Chris war alles immer furchtbar anstrengend und gezwungen. Man konnte nicht einfach mal Quatsch erzählen, aus Angst, sich zu blamieren.

Auch Haley wirkte ausgelassen. Ihre Wangen glühten voller Vorfreude. Ihre kleine Cousine gab ein schönes Bild ab, und Mias Herz schwoll an vor Dankbarkeit. Es schien, als mache es Nic nicht das Geringste aus, von ihr von einem Karussell zum nächsten geschleppt zu werden.

Als Haley schließlich mit Zuckerwatte und einem *Hello Kitty*-Luftballon bewaffnet auf Nics Schultern saß, ging langsam die Sonne unter. Die großen Kinderaugen leuchteten, als sie auf den Schießstand zusteuerten und all die riesigen Stofftiere sahen. Nachdem Nic einige Treffer erzielt und für Haley ein Einhorn gewonnen hatte, zog der Standverkäufer ihn zur Seite und flüsterte ihm etwas zu. Nic lachte kurz und nickte. Dann kam er mit einer Sonnenblume auf Mia zu. Verschmitzt grinste er und gab sie ihr.

»D-danke! Was hat er zu dir gesagt?«

»Er sagte, dass ich nicht nur meiner Tochter ein Geschenk machen dürfte. Ehefrauen, gerade so hübsche wie du, könnten richtig nachtragend sein.« Nic lachte über Mias perplexen Gesichtsausdruck. »Er glaubt, Haley wäre unsere Tochter.«

»Oh! Hast du es ihm wenigstens erklärt?«

Nic schüttelte amüsiert den Kopf. »Nein! Warum auch? Es gibt schließlich schlimmere Verwechslungen, oder?« Ganz plötzlich ergriff er ihre Hand und hielt sie fest. Sie passte so gut in seine, als hätte sie schon immer dort hingehört. Mia fühlte sich wohl, und das sanfte Flattern in ihrem Magen störte sie nicht, sondern sie genoss die Nähe zu Nic.

Sie näherten sich dem großen Riesenrad, und Nic ließ Mias Hand los, hob Haley von seinen Schultern und ging mit ihr auf den Verkaufsstand zu. Er kam mit drei Tickets zurück, und Mias Atem stockte. Sie hatte unglaubliche Höhenangst, und Nic wollte tatsächlich mit ihnen beiden fahren. Das amüsierte Aufblitzen in seinen grauen Augen verriet, dass er das genau wusste.

»Komm schon, Honey! Diese Aussicht kannst du dir unmöglich entgehen lassen. Selbst deine fünfjährige Cousine ...« Weiter kam er nicht, denn Haley unterbrach ihn.

»Ich bin schon fünfeinhalb!«

»Oh, verzeih mir, Süße. Deine fünfeinhalbjährige Cousine fährt mit, und du traust dich nicht? Früher bist du mit mir um die Wette auf Bäume geklettert, und jetzt hast du Angst vorm Riesenrad?« Er schnalzte mit der Zunge und sah sie herausfordernd an.

Mias Augen verengten sich. »Du Schuft! Du weißt genau, dass ich Höhenangst habe. Ich steige nicht mal auf eine Leiter ...«

Er lächelte weiter. »Ich wette um ein Abendessen bei Pedro, dass du dich nicht traust, mit uns mitzufahren!«

Mia blickte prüfend an dem Riesenrad hinauf und dann wieder in Nics unverschämt gut aussehendes Gesicht. Der Wind blies einige Haarsträhnen in die Stirn, und sie fühlte mit einem Mal ein

Prickeln, das nichts mit ihrer Höhenangst zu tun hatte. Bislang war es ihm gelungen, nicht erkannt zu werden, obwohl Mia das Gefühl hatte, dass einige der Leute um sie herum zu tuscheln begannen und ihre Handykameras zückten. Mia fasste sich ein Herz und stieg ein.

»Okay, aber nur, wenn ich eine Vorspeise und das wahnsinnig leckere Pannacotta von Pedros Mum zum Nachtisch bekomme!« Nic lachte und nickte schnell. Bevor Mia es sich noch anders überlegen konnte, schob er sie schon vor sich her durch die Schranken. Als sie auf die nächste Gondel warteten, wurde Mia nervös, und Nic fasste sanft um ihre Taille.

»Vertrau mir!«, hauchte er ihr ins Ohr und führte sie zu der Gondel, in der Haley schon Platz genommen hatte und sie ungeduldig erwartete. Den Luftballon und ihre restlichen Schätze ließen sie unten, und Mias Herz setzte einen Schlag aus, als das Rad sich in Bewegung setzte.

»O Gott!«, kreischte sie und suchte Schutz in Nics Armen. Er lachte nicht, sondern hielt sie fest umschlungen, bevor er sie dazu brachte, die Augen zu öffnen.

»Sieh nicht direkt nach unten … Schau lieber in die Ferne.«

Und das tat sie. Der Ausblick war einfach unbeschreiblich schön. Die Sonne ging gerade unter und tauchte den Himmel in ein spektakuläres Farbenspiel von unterschiedlichen Orange-, Rosa- und Rottönen, die Mia niemals auf einer Leinwand hätte festhalten können. Auf der anderen Seite lag er bereits im Dunkeln und präsentierte eine Mondsichel. Überall leuchteten winzige Lichter.

»Und? Ist doch schön, oder?«

Mia nickte sprachlos. Es war ein wunderschöner Nachmittag gewesen. Ein paar Stunden mit Nic ließen sie alle Sorgen hinter sich lassen.

»Ich danke dir.« Nic begegnete ihrem Blick, lächelte und nickte verständnisvoll. Wie immer waren keine Worte nötig, damit er sie verstand. Er behielt Mias Hand in seiner und erklärte Haley geduldig, wo sich ihr Zuhause befand.

Fröhlich winkte Haley in eine Richtung und rief: »Hallo, Granny!«

Nach einem riesigen Feuerwerk und einer Bratwurst für jeden machten sie sich auf den Nachhauseweg. Haley schlief erschöpft in ihrem Kindersitz ein, das Einhorn fest umklammert und einen Klecks Tomatenketchup an ihrer Nase. *Hello Kitty* tippte gegen das Autodach, und leise Musik drang dazu aus dem Radio. Frische Mailuft wehte durch das leicht geöffnete Schiebedach zu ihnen hinein, und Mia lehnte sich zufrieden und glücklich im Beifahrersitz zurück.

»Ich danke dir, Nic! Du hast keine Ahnung, was für einen schönen Tag du Haley und mir heute bereitet hast.«

Sein Blick huschte kurz zu Mia, dann sah er lächelnd auf die Straße. Sie lehnte ihren Kopf gegen die Kopfstütze und sah ihn von der Seite nachdenklich an. Ihr Herzschlag wurde schneller, und sie wollte ihn gern berühren. Also streckte sie eine Hand aus, hielt aber abrupt inne, als er sich ihr zuwandte, und ließ sie sinken.

»Ist es nicht furchtbar langweilig für dich, den Nachmittag auf einem Rummelplatz zu verbringen?«

Fragend betrachtete er Mia. »Na, ich meine bei all dem, was du sonst so erlebst. Ich rede von Hollywood! Vegas! Partys mit erfolgreichen Männern und langbeinigen Models … Da können wir hier doch gar nicht mithalten.« In dem Moment, als sie es gesagt hatte und in seine versteinerte Miene blickte, wusste sie, dass sie ihn verärgert hatte. Seine Lippen verzogen sich zu einem harten blassen Strich, und seine Wangenmuskulatur spannte sich an.

»Was soll das nun wieder heißen?«, knurrte er.

»Entschuldige, ich … wollte nichts Falsches sagen … Ich dachte nur …«

»Du dachtest nur, dass ich jede Party mitnehme, mir keine Gelegenheit entgehen lasse, mich mit Kokain und Alkohol zuzudröhnen, ganz zu schweigen von den Tausenden Frauen …«

Für einen Moment hielt Mia inne. Ehrlich gesagt befürchtete sie genau das. »Ist es denn nicht so?«

»Wie gut kennst du mich eigentlich?«, fragte er ungehalten und blickte herausfordernd zu ihr herüber, während sie vor einer roten Ampel hielten.

»Im Moment weiß ich nicht genau, wie viel von meinem besten Freund übrig ist«, gab Mia zu, ließ sich jedoch nicht aus der Ruhe bringen. Sie hielt seinem trotzigen Blick stand und wählte ihre nächsten Worte mit Bedacht. »Weißt du, ich kannte einen tollen Typen, der nichts mehr liebte als seine Musik, seine Familie und seine Freunde. Er war der loyalste, treueste und großzügigste Mensch, den ich je kennengelernt habe. Niemand konnte mich mehr zum Lachen bringen oder sich besser mit mir streiten als er. Und nun sehe ich in die Augen des Mannes von früher. Ich sehe ihn nur selten, und er ist ein Rätsel für mich. Er ist berühmt, wird von den Frauen angehimmelt und lebt in Ruhm und Reichtum. Meistens macht er den Anschein, als sei er gar nicht wirklich hier bei mir. Sein Körper ist eine Art Schutzschild geworden, und nur selten kann ich zu ihm vordringen. Ich sorge mich um ihn, weil er viel zu selten lacht und ich keine Ahnung habe, warum das so ist.« Mia hielt inne und beobachtete Nic, der angestrengt auf die Straße starrte, seinen Ellbogen auf dem Fensterrahmen abstützte und seine Handoberfläche vor den Mund gelegt hatte. Er wirkte so ernst, so traurig, dass Mia die Luft anhielt. Sie griff nach seiner anderen Hand, die auf der Kupplung lag, und Nic versteifte sich für einen Moment noch mehr.

»Bitte sei nicht böse auf mich. Ich gehöre nicht zu dieser Welt, in der du sonst lebst, und ich kann mir manches nur ausmalen. Ich lese all diese Sachen über dich in der Zeitung, und auch wenn ich ihnen keinen Glauben schenken möchte, weiß ich trotzdem nicht, was wirklich in deinem Leben vorgeht. Ich bin eben nur das Mädchen, das Menschen wie euch in schicken Restaurants bedient, und niemand, der mit euch am Tisch sitzt.«

»Sag so was nicht, Mia!«, herrschte er sie an, und sein Gesichtsausdruck ließ sie zusammenzucken. Er entglitt ihr, das spürte sie mit einem Mal. Sie war allerdings viel zu aufgebracht, um darauf reagieren zu können, und zugleich zu weit davon entfernt, ihn aufzugeben.

»Ach, komm schon, Nic! Es war eher bildlich gesprochen.«

»Du hast keine Ahnung, wovon du redest. Du bist viel mehr als all das«, erwiderte er und mied ihren Blick. »Du weißt ja gar nicht, welche Art von Menschen du über dich stellst. Du bist … du hast … du …« Auf der Suche nach den richtigen Worten fuchtelte er wild mit seinen Armen umher. Seine linke Hand umfing ihre, und er seufzte leise. Die Wut war so schnell verraucht, wie sie gekommen war. Mia war verwundert über diese rasche Veränderung. Er wirkte plötzlich so müde und um Jahre gealtert.

»Es ist nicht einfach mit mir, richtig?«, fragte er, statt seine Antwort zu Ende zu bringen, was Mia schade fand. Es war, als hätte er ihr etwas Wichtiges sagen wollen, doch der Moment war vorüber.

»Mit mir schließlich auch nicht«, sagte sie stattdessen und verbarg ihre Enttäuschung nur schlecht.

»Ich wünschte, ich könnte in meine Anonymität zurückkehren und ein Leben wie jeder andere führen. In Wahrheit wünsche ich mir nur solche Ausflüge wie heute.«

Sie schmunzelte. »Tatsächlich? Und was wäre, wenn dich die Kings of Leons zu ihrer Party einladen würden?«

Nic grinste. »Schreckliche Angeber.«

»Und Robbie Williams?«

»Langweiler …« Mia lächelte. »Oh, ich hatte vergessen, dass du eine Schwäche für ihn hast. Aber er hat es mir selbst erzählt. Seine wilde Zeit ist wohl vorüber.« Er zwinkerte ihr zu.

»Und was ist mit Halle Berry?«

»Hm, das ist wirklich eine knifflige Angelegenheit. Ich denke, ich würde nur einen kleinen Abstecher machen.«

Mias Faust traf Nic am Oberarm, wie schon am Nachmittag. Er lachte ausgelassen, sodass Haley wach wurde und im Halbschlaf fragte:»Sind wir schon da?«

»Apropos Party. Die Jungs haben heute vorgeschlagen, morgen ein Lagerfeuer am Strand zu machen … Bis auf Jim sind alle dabei. Wie sieht's mit dir aus? Hast du Lust?«

Mia dachte kurz nach.»Wenn Lizzy auch mitkommt, gern.«

»Reiche ich dir etwa nicht?«, fragte er scherzhaft, doch sein Grinsen erreichte seine Augen nicht.

»Na, hör mal, es gibt ein paar Dinge, die übersteh ich nur mit Lizzy an meiner Seite.« Daraufhin sagte Nic nichts mehr und sah schweigend nach vorn, bis sie in ihre Straße einbogen.

»Kommst du noch mit rein? Sophie ist noch beim Skat«, erklärte Mia.

»Klar! Warte, ich nehme Haley«, sagte Nic, schnallte sich ab und stieg geschmeidig aus dem Auto.

Als sie den Weg zur Kennedy-Haustür einschlugen, fiel ihr ein anderer Wagen vor ihrem Haus auf. Ein nagelneues silbernes Mercedes-Cabrio. Und dann sah sie eine Gestalt auf den Stufen vor ihrer Haustür sitzen, die sich bei ihrem Anblick aufrichtete und einige Schritte auf sie zu machte.

»Wer …?«, fragte Nic irritiert.

»Chris?«, fragte Mia verwundert. An ihn hatte sie schon seit dem Moment, in dem sie ihm für die Shoppingtour abgesagt hatte, nicht mehr gedacht. Nic versteifte sich neben ihr, und Mia fühlte sich ganz und gar nicht wohl dabei, ausgerechnet *ihn* hier anzutreffen. Eben hatten sie und Nic gerade noch so die Kurve gekriegt, und Mia befürchtete, dass dies den Abend endgültig verderben würde. Sie hatten heute einige Stolpersteine überwunden, doch ausgerechnet Chris …

Er beugte sich zu ihr hinunter, um ihr einen Kuss zu geben. Mia kam es falsch vor, und sie wandte sich ab, sodass er nur ihre Wange erwischte.

Chris beäugte Nic eingehend, während der ihn mit Blicken zu erdolchen drohte. »Darf ich vorstellen: Nic, Lizzys Bruder. Nic, das ist Chris.« Die beiden Männer nickten sich kaum merklich zu, während sie sich kühl musterten.

»Waren wir verabredet?«, fragte Mia und strich sich ein paar Haarsträhnen aus dem Gesicht. »Chris?«, erkundigte sie sich erneut, und endlich hatte sie seine Aufmerksamkeit.

»Ähm, nein, ich … waren wir nicht. Ich wollte dich nur überraschen. Wir hätten uns vielleicht einen schönen Abend machen können. Du weißt schon … Ich hatte ja keine Ahnung, dass …«

»Den hatten wir auch«, sagte Nic kühl und wirkte zufrieden, als Chris sich versteifte. »Ich geh schon mal rein und lege Haley schlafen. Kommst du gleich, *Honey?*« Nic betonte ihren Kosenamen besonders.

Mia nickte abwesend und sah von einem zum anderen. »Ja, ich komme gleich«, antwortete sie genervt. Chris beobachtete Mia aufmerksam.

Nic marschierte zur Tür, die Mia für ihn aufschloss.

In diesem Moment spürte sie Nics Blick auf sich. Sie kniff ihre Lippen zusammen, um zu signalisieren, dass ihm später Ärger drohte.

»Das ist dann also der berühmte Sänger der Swores, ja?« Abschätzig schnalzte Chris mit der Zunge und fuhr sich durch sein ordentlich gekämmtes Haar.

Sie verstand ihn ja. Wie hätte sie sich wohl in seiner Haut gefühlt? Andererseits spürte sie den starken Impuls, Nic in Schutz zu nehmen. Er würde sich später was von ihr anhören müssen.

»Nein, das ist mein bester Freund, Nic!«, erwiderte sie scharf und sah Chris eindringlich an.

»Dann möchte ich ihn nicht erleben, wenn er als Promi auftritt. Seine Arroganz ist ja förmlich greifbar«, ließ Chris seinem Unmut freien Lauf.

»Nun, da scheint ihr etwas gemeinsam zu haben!«, stellte Mia nüchtern fest und sah zur Tür, in der Nic verschwunden war.

»Offenbar nicht nur das«, murmelte Chris und kickte einen kleinen Stein beiseite. Die Stimmung war seltsam angespannt, und Mia wünschte sich nichts mehr als ein Glas Wein mit Nic. Das sagte natürlich mehr als alles andere aus, und sie bekam ein schlechtes Gewissen. Es fühlte sich an, als würde sie Chris nur benutzen, und Mia musste sich eingestehen, dass es wohl auch so war.

Selten hatte sie Chris so unsicher erlebt. Er erinnerte sie an einen zu groß geratenen Schuljungen in seiner Schuluniform. Seine Krawatte baumelte lose an seinem Hals. Die Hände hatte er in den Hosentaschen versenkt. Zum ersten Mal, seit sie sich trafen, strahlte er nicht diese Selbstsicherheit aus, die Mia so erdrückend fand.

»Du hättest anrufen können.«

»Das habe ich, sogar mehrfach, und als du nicht rangegangen bist, dachte ich …«

»Du kommst einfach vorbei? Ich finde, du solltest mir schon die Wahl lassen, ob ich dich sehen will oder nicht.« Der *Hello Kitty*-Luftballon wackelte lächerlich an ihrem Arm. Nach diesem Tag mit Nic wusste Mia plötzlich, dass sie sich nicht für einen Mann verändern müssen sollte. Dieses Gefühl war ihr ständiger Begleiter bei ihren Verabredungen mit Chris gewesen, aber so musste es nicht sein. »Mensch, Mia, du wolltest dich gestern Abend melden. Du rufst kaum noch an, seit er wieder zurück ist.«

»Komm schon, Chris, Nic ist erst seit Mittwoch wieder da, und ich hatte viel um die Ohren. Natürlich hätte ich dich anrufen müssen, es tut mir leid. Aber wenn Liam und Nic schon mal hier sind, versuche ich, so viel Zeit wie nur möglich mit ihnen zu verbringen. Bitte versteh mich doch …«

»Und wenn er in ein paar Wochen verschwunden ist, dann darf ich wieder auf ein Treffen mit dir hoffen? Ich soll der Lückenbüßer sein, richtig? Das wird nichts, Mia!«, rief er nun aufgebracht.

Langsam fragte sie sich, mit welchem Recht er sich so aufführte. Immerhin waren sie kein Paar, und sie war ihm auch keine Rechenschaft schuldig. Oder? Trotzdem versuchte sie, die Wogen zu glätten. »Nein, so ist das nicht!«

»Dann beweise es mir und fahr mit mir morgen zum Ferienhaus meiner Eltern. Bitte.« Hoffnung schwang in seiner Stimme mit, und Mia biss sich aus lauter Schuldgefühl auf die Lippe. Sie sagte nichts. Das schien Antwort genug zu sein.

»Das heißt dann wohl Nein …«

»Ich hab morgen Abend schon was mit Lizzy vor.«

»Dann sag ihr ab, sie würde es sicher verstehen«, schlug er halbherzig vor.

»Nein … Dann wäre sie allein mit den Jungs, und außerdem kann ich Sophie nicht mit Haley allein lassen.« Ein wirklich schwacher Versuch, sich herauszureden, und das wussten sie beide. Himmel, warum war bloß alles so kompliziert?

Sie schwiegen eine Weile und blickten betreten zu Boden.

»Wird *er* morgen auch da sein?«, fragte Chris schließlich unvermittelt. Mia nickte, und Chris sagte leise: »Tja, dann hab ich wohl keine Chance.«

Ohne etwas zu erwidern, ging er davon, und Mia sah ihm nach. Als sie die Tür schloss, hörte sie die Reifen des Mercedes quietschen. Sie lehnte sich gegen die Wand und schloss die Augen.

»Warum sperrst du sie aus?«, fragte eine Stimme neben ihr, und Mia blickte in Nics zerknirschtes Gesicht.

»Wen?«

»Na, Kitty!« Er deutete auf das Band an Mias Arm, und sie erkannte, dass Haleys Luftballon noch draußen schwebte. Schnell holte sie ihn herein. Nic grinste breit.

»Was gibt es da zu grinsen, Donahue?«

»Nichts!«, gab er zur Antwort und marschierte ganz selbstverständlich in die Küche. »Willst du einen Wein? Oder was anderes?« Seine gute Laune war nervtötend.

»Einen Schluck Rosé würde ich nehmen«, sagte sie und erinnerte sich schnell wieder daran, dass sie sein Verhalten äußerst ungehobelt fand. »Wieso hast du dich so blöd benommen?«

»Blöd? Ich? Er war doch total angepisst … wegen was? Einer Fahrt auf dem Riesenrad in Begleitung deiner Cousine? Was hätte da schon groß passieren können?« Nic schüttelte den Kopf, öffnete zielstrebig einen Hängeschrank und nahm ein Weinglas heraus.

»Du hast mich Honey genannt.«

»Das tue ich oft, *Honey*.« Er sah aus wie ein Unschuldsengel, Mia wusste es allerdings besser. Er war sich völlig im Klaren darüber, was er getan hatte. Aber was bezweckte er damit? Chris war nicht ihre erste männliche Bekanntschaft, und auch wenn Nic selten einen Freudentanz aufgeführt hatte, so hatte er sie nie so offensichtlich zu vergraulen versucht.

»Oh, du … du … du hast das absichtlich getan«, ereiferte sie sich. Sie hatte erwartet, dass er alles abstreiten würde. Das tat er jedoch nicht.

»Sieh es mal so: Je eher er begreift, wie es um unsere Freundschaft steht, desto eher kann er damit umgehen. Und wenn er das nicht will, dann ist es besser, du weißt es von vornherein.«

Mia öffnete den Mund und schloss ihn wieder wie ein Fisch, der nach Luft schnappte. Er hatte nicht ganz unrecht, doch das war ganz allein ihre Angelegenheit. Nic goss den Wein in das Glas, stellte ihn dann zurück in den Kühlschrank und nahm sich ein Bier heraus.

»Er regt sich auf, weil du deine Freizeit mit mir und deinem Bruder verbringen willst, wenn wir mal hier sind …«

»Du hast also gelauscht«, beschwerte sich Mia.

Ohne darauf einzugehen, fuhr Nic fort:»Wenn er das nicht verstehen kann, dann ist er ohnehin nicht der Richtige für dich.«

»Und wer soll deiner Meinung nach für mich der Richtige sein?«, fragte sie tonlos. Nic blickte Mia nur an, ohne zu antworten. Nach einer gefühlten Ewigkeit regte er sich wieder.»Bitte lass uns nicht streiten. Die Zeit ist zu kostbar.«

»Gut, aber zuerst versprichst du mir, dass du in Zukunft freundlicher zu ihm bist.« Nic kniff die Lippen zusammen.»Versprich es!«

»Wenn er es auch ist!« Er wirkte trotzig.

»*Nic!* Ich warte!«

»Gut, ja, ich verspreche es …« Er rollte genervt mit den Augen und kam mit federnden Schritten auf sie zu. Er reichte ihr das Glas, und bei der Berührung ihrer Finger zuckten sie beide zusammen, sodass das Weinglas bedrohlich schlingerte und ein Tropfen auf die Fliesen fiel.

»Hoppla«, raunte Nic, und das Knistern im Raum war beinahe so offensichtlich, dass Mia rote Ohren bekam. Hitze stieg in ihre Wangen, und sie fürchtete, wie ein Lampenschirm zu glühen. Ohne erkennbaren Grund rückte er etwas von ihr ab, als wolle er einen gewissen Sicherheitsabstand einhalten. Der ganze Tag war so emotionsgeladen gewesen, dass Mia sich mit einem Mal ausgelaugt fühlte.

✳   ✳   ✳

Die letzten Akkorde wurden vom Wind davongetragen, und Nic sah vom Turnhallendach in Richtung Meer, als leiser Beifall erklang und er sich ertappt umdrehte. Sein Blick streifte ein zierliches Mädchen, das Leggins und einen kurzen Ballerinarock trug. Erleichterung überkam ihn, und ein Lächeln breitete sich auf seinem Gesicht aus. »Honey«, sagte er rau. *Dank seines Stimmbruchs war seine Stimme viel dunkler und melodischer geworden, was seiner Musik besonders guttat.*

»Toller Song«, sagte sie. »Ist er neu?« *Sie kam näher, und Nic reichte ihr eine Hand, damit sie besser zu ihm auf die Erhöhung klettern konnte. Ihre Hand war weich und viel zierlicher als seine. Obwohl andere darüber lachten, wenn Nic und Mia derart vertraut miteinander umgingen, fühlte es sich für Nic nicht falsch an. Im Gegenteil. Mia war seine beste Freundin, sie hielten zusammen wie Pech und Schwefel. Sie ließ ihn nie im Stich, auch wenn seine Beliebtheitswerte an dieser Schule ziemlich im Keller waren. Solange Mia und Liam da waren, war alles okay.*

Er schüttelte den Kopf. »Nein, die Melodie ist schon alt, aber ich feile noch am Text. Du kommst gerade recht. Würdest du mir vielleicht mal deine Stimme leihen?«

Mia sah ihn zögernd an. Er wusste natürlich, dass sie es hasste, für ihn zu singen, weil sie von sich selbst glaubte, nicht gut genug zu klingen. Für Nic war ihre Stimme allerdings perfekt. Wie immer brauchte er nur seinen flehenden Blick aufzusetzen, und Mia gab nach. »Na gut, aber nur kurz.«

Begeistert nickte er und schob seine Kritzeleien zu ihr rüber, von der Liam stets behauptete, niemand könne von den Hieroglyphen etwas deuten. Seltsamerweise schien Mia keine Probleme zu haben. »Ich starte mit der ersten Strophe allein, und du stimmst im Refrain mit ein, ja?«

Er zupfte an den Saiten und sang: »Your Hand in mine in a sleepless night, your breath over my shoulder and your fingertips on my neck ...«

Mit gerunzelter Stirn blickte Mia auf den Zettel, konzentriert darauf, ihren Einsatz nicht zu verpassen. Schließlich stimmte sie ein, und ihre helle, klare Stimme schwang in der Kombination mit seiner wie ein melodisches Duett zweier Rockstargrößen, zumindest in seinen Ohren. Als der Song zu Ende war, sahen ihre meergrünen Augen in seine, und Nics Herz stolperte kurz, ein Gefühl, das ihm mittlerweile vertraut war.

»Wow, das klang echt überraschend gut. Wenn du jetzt noch jemanden mit einer anständigen Stimme hast, dann …«

»Deine Stimme ist wunderschön«, beharrte Nic, und Mia rollte mit den Augen. »Du hörst dich nur nicht so, wie ich dich höre. Du siehst dich auch nicht, wie ich dich sehe. Sonst wüsstest du nämlich endlich, was alle anderen bereits erkannt haben.«

»Das da wäre?«

»Dass du nicht nur bildhübsch bist, sondern vor allem klug und lustig und ziemlich frech«, neckte er sie, und Mia pikte ihm in die Rippen. »Im Ernst, Mia, die Hälfte aller Jungs in der Oberstufe stehen auf dich. Das kannst du unmöglich nicht bemerkt haben.«

Seufzend senkte sie den Kopf und wirkte unangenehm berührt. »Der ein oder andere vielleicht.«

»Ausnahmslos alle wollen dich zum Abschlussball einladen. Die Wetteinsätze sind ziemlich hoch.« Nic begann seine Gitarre in den Koffer zu packen und sammelte die Notenzeilen ein.

»Und auf wen hast du gesetzt?«, fragte sie leise, sodass Nic sie kaum verstehen konnte.

»Du weißt doch, ich wette nicht. Es sei denn, es ist für den guten Zweck.«

»Vielleicht solltest du in diesem Fall eine Ausnahme machen, dann kämst du deinem Traum von einer Gibson ein ganzes Stück näher.«

»Willst du mir etwa Insiderhandel anbieten?«, fragte er lachend, und Mia stimmte ein.

»So würde ich das nicht nennen«, entgegnete sie schließlich. »Ich meine, die Hälfte dieser Idioten interessiert sich erst für mich, seit

ich Körbchengröße B trage«, entfuhr es ihr kopfschüttelnd, und Nic wurde rot. Es hatte mal eine Zeit gegeben, in der er bei solch intimen Details keinen hochroten Kopf bekommen hatte. Mia schien sich davon jedoch nicht aus der Ruhe bringen zu lassen und erzählte weiter. »... und die andere Hälfte erst, seit Lucas herumerzählt hat, ich hätte ihm meine Brüste gezeigt.« Sie schnaubte. »Alles Idioten!«

»Aber lebensmüde Idioten, so viel musst du ihnen schon zugestehen. Immerhin ist ihnen klar, dass Liam jedem eine reinhaut, der dir nur irgendwie zu nahe kommt.«

Ein diebisches Grinsen erschien auf Mias Gesicht. »Obwohl mein nerviger Bruder immer übertreibt, hat es diesen ganz nützlichen Nebeneffekt, dass ich von den meisten Versagern verschont bleibe.«

Aus unerfindlichen Gründen besänftigten diese Worte Nics Magen, der seit einigen Wochen in hellem Aufruhr zu sein schien. »An deiner Stelle würde ich auf Nic Donahue setzen«, sagte sie unerwartet ruhig und brachte Nic damit völlig aus dem Takt.

Ungeschickt fielen ihm sein Bleistift und die losen Blätter aus der Hand, ehe er sie verdattert ansah. »Was?«

»Natürlich nur, wenn es keine andere gibt.« Auf einmal glühten auch Mias Wangen.

Er räusperte sich. »Ähm ... wie kommst du darauf?«

»Na ja, vielleicht hast du ja für sie dieses Lied geschrieben?«

Ihre Frage kam zögerlich, und Nic musste den Blick abwenden, um sein Gefühlsleben nicht gänzlich preiszugeben. »Nein ... mhm ... es gibt keine andere, mit der ich lieber dorthin gehen würde, und das weißt du auch ganz genau.«

»Mein Glück, so muss ich dich immerhin nicht teilen.« Das Strahlen in den Augen deutete ihre Freude darüber an.

»Lass gut sein, Mia. Ich weiß, du gehst nur mit mir, weil keine andere mit mir ausgehen würde.«

Mia stemmte die Hände in die Hüften und sah ihn herausfordernd an. »Die haben eben keine Ahnung, was ihnen entgeht. Für mich bist du der coolste Typ überhaupt, wahnsinnig schlau und der beste Musiker, den es gibt. Ich will nie wieder etwas anderes von dir hören, denn was sagt Sophie immer?«

»Wenn ich mich nicht besonders finde, kann ich nicht darauf setzen, dass jemand anders mich wahnsinnig mag.«

Mia setzte ein zufriedenes Lächeln auf. »So ist es! Wunderbar, dann solltest du schnell deinen Einsatz machen und keine Zeit vergeuden, mich einzuladen«, riet sie und sprang eilig auf. Ihr Ballerinaröckchen wehte im Wind, und Nic schaute ihr überrascht nach, wie sie davonlief.

8

Später am Abend schlich Mia leise die Treppe hinauf. Obwohl sie nur zwei Gläser Wein intus hatte, fühlte sie sich leicht betrunken. Nic war ziemlich rasch nach seinem Bier heimgegangen. Mia öffnete die Luke zu ihrem Domizil und ließ sich in ihre Leseecke fallen.

Sie machte es sich gerade bequem, als ihr Handy in der Hosentasche vibrierte, und nahm den Anruf entgegen, ohne auf das Display zu schauen.

»Ja?«, flüsterte sie, um niemanden im Haus zu wecken.

»*Salut chérie*«, ertönte eine ihr nur allzu vertraute Stimme. Sie klang weich und doch leicht rauchig. *Perfekte Stimme für Telefonsex,* durchfuhr es Mia, und sie musste leise lachen. Sie konnte sich ihre Mutter beim besten Willen nicht beim Telefonsex vorstellen.

»Mia, Schätzchen, bist du noch dran? Bist du allein?«, ertönte die Stimme ihrer Mutter noch einmal etwas eindringlicher.

»*Oui, oui*«, sagte Mia schnell, und automatisch verfiel sie ins Französische, wie meistens, wenn sie mit ihrer Mutter sprach.

Celine war stets ein wenig zu temperamentvoll, zu emotional, zu lebhaft, und selbst ihr Lippenstift war für den ländlichen Ort Bodwin eine Spur zu grell. Für Alan war sie jedoch genau richtig, denn sie erfüllte Mias ernsten und zuweilen melancholischen Vater mit viel Lebensmut, Tatendrang und Liebe.

»Hab ich dich geweckt, mein Schatz?«, fragte Celine.

Mia schüttelte den Kopf und merkte erst, nachdem ihre Mutter erneut nach ihrem Namen gefragt hatte, dass sie es ja nicht sehen konnte. »Nein, nein …«

»Also, Liebling, irgendwas stimmt nicht mit dir? Ja, ja, nein, nein … Wo bist du nur mit deinen Gedanken?« Ein leichter Vorwurf schwang in ihrer Stimme mit.

»Vielleicht liegt es daran, dass hier bei uns Alltag herrscht, Mum …« Ein ärgerliches Schnauben entfuhr Mia.

Die Stimme ihrer Mutter veränderte sich mit einem Mal. Der vorwurfsvolle Ton wich einem extrem besorgten Klang. »Himmel, ist etwas nicht in Ordnung? Geht es euch allen gut? Ist etwas mit Sophie? Etwa wegen dieses Selbstgebrannten? O nein, sag nicht, dass es wieder darum geht … Ich habe nicht die Kraft auf eine erneute Auseinandersetzung mit Dr. Jackson. Er war beim letzten Mal so furchtbar anklagend …« Das war typisch ihre Mutter. Sie war nicht zu bremsen, auch wenn sie auf einer falschen Fährte war.

»Nein, Mum, Sophie geht es gut. Alles ist in Ordnung«, entgegnete sie.

»Ist etwas mit Haley? Nun sag schon, Mia!«

»Es geht uns allen gut! Ich habe nur zwei Gläser Wein getrunken und war nicht auf deinen Anruf vorbereitet. Also, wieso rufst du an?« Kurzzeitiges Schweigen erfüllte die Leitung, und Mia fühlte sich mies, weil sie so schnippisch reagiert hatte. Obwohl sie versuchte, Verständnis für ihre Mutter und die Flucht aus ihrem Haus aufzubringen, fiel es ihr immer schwerer. Celine litt wahnsinnig unter dem Tod ihres Mannes. Manchmal fragte sich Mia, warum alle dachten, dass es ihr mit all den Erinnerungen in diesen Räumen besser erging. Waren Liam und ihre Mutter einfach zu sehr daran gewöhnt, dass Mia selbstlos genug war, um darüberzustehen?»Ich freu mich natürlich, von dir zu hören.«

Ihre Mutter plapperte über die unterschiedlichen Touren, die sie mit Bea unternommen hatte, doch Mia schweifte mit ihren Gedanken wieder ab.

»*Chérie*, bist du noch da?«

Mia zuckte zusammen.

»Irgendwas stimmt nicht mit dir. Du hörst mir gar nicht zu.«

»Doch, Mum, natürlich. Ich war nur in Gedanken, das ist alles.«

»Meine kleine Träumerin.« Die Stimme ihrer Mutter klang so zärtlich, und Mia sehnte sich nach ihrer Umarmung und ihrem Duft. Sie würde Mias Traurigkeit verstehen und ihr eine tröstliche heiße Tasse Schokolade machen, so wie früher. Ihre Mutter war jedoch weit weg, wie eigentlich ständig in den letzten Jahren.

»Mia, wird es dir zu viel? Wächst dir alles über den Kopf? Wir sind in zwei Tagen zurück, und dann verspreche ich, erst mal keine weitere Reise zu planen.«

Wie oft hatte sie das schon gehört? Aber darum ging es ihr nicht. Es machte ihr nichts aus, dass ihre Mutter die Welt bereiste. Mia fühlte genau, wie sehr sie unter dem Verlust ihrer großen Liebe litt. Celines Reisen waren keine Reisen in ferne Länder. Nein, sie waren eine Flucht aus dem Leben, das sie gemeinsam mit Alan geführt hatte. Was Mia aber zu schaffen machte, war, dass sie kein Teil davon sein durfte und als Einzige regelmäßig zurückblieb. Es tat weh, dass Celines Trauer um Alan die Liebe zu ihren Kindern überschattete. Das mochte sich egoistisch anhören, und Mia schämte sich wegen ihrer Gedanken ein bisschen. Was sollte Celine davon abhalten zu reisen? Ihre Kinder waren jenseits der zwanzig, und ihr Sohn war die meiste Zeit außer Landes. Wie oft hätte Mia gern ihre Sachen gepackt und sich mit ihrem Kummer auf ihr Zuhause gefreut, in dem ihre Mutter dann heißen Kakao mit Marshmallows machte und sie fest in den Arm nahm.

Es war seltsam, aber diesen Platz hatte nicht nur ihre Großmutter Sophie eingenommen, sondern Lynn. Mia erinnerte sich noch, wie sie vor drei Jahren völlig verweint zu Lizzy gefahren war, als sie sich von Jake, ihrem damaligen Freund, getrennt hatte. Lizzy war unter der Dusche gewesen, und Lynn war für sie da, so wie sie es sich von ihrer eigenen Mutter gewünscht hätte. Sie hatte sie zum Sofa geführt, sie in eine Decke gewickelt und dann heißen Kakao mit Marshmallows zubereitet. Lynn war ganz anders als ihre Mutter. Sie war nicht so hektisch, sondern viel bodenständiger und verströmte stets eine gewisse Ruhe.

Es stand so viel unausgesprochen und ungelöst zwischen ihnen. Deswegen sagte Mia schnell: »Liam ist wieder da.«

Eine längere Stille herrschte am Ende der Leitung, und Mia konnte sich Celines Gesichtsausdruck genau vorstellen. Das Wissen, dass ihr Sohn heimgekehrt war, erleichterte sie und beruhigte ihr Gewissen.

»Daher weht also der Wind«, sagte sie nun völlig ruhig, und man konnte das Lächeln in ihrer Stimme hören. Mia antwortete nicht darauf. »Deswegen bist du so … so abwesend. Ist Nic bei dir?«

»Was meinst du?« Celine ging nicht auf ihre Frage ein, sondern plapperte munter weiter.

»Wie geht es den beiden? Ich hab mich schon gewundert, warum ich meinen Großen nicht ans Telefon bekommen habe.«

»Ich weiß nicht, ob er zu Hause ist. Ich hab ihn schon seit gestern nicht mehr gesehen. Sonst würde ich ihn dir ans Telefon holen.«

»Nein, _chérie,_ ist schon gut. Ich wollte dich nur informieren, dass Lynn so lieb ist, Bea und mich vom Flughafen abzuholen. Du brauchst dir also keine Gedanken darüber zu machen. Wir sind in zwei Tagen wieder da. Ich muss jetzt aufhören, Mia. Ich freue mich auf euch.«

»Mhm ... ich mich auch«, murmelte sie. Bevor sie auflegte, sagte Celine noch: »Ach, Mia? Ich liebe dich!«

Mia lächelte und wollte etwas erwidern, da war die Leitung schon tot. Leise sagte sie »Dito« und lehnte sich an den Fensterrahmen. Als sie nachdenklich aus dem Fenster blickte, sah sie draußen einen Punkt in der Dunkelheit aufglühen. Die Gestalt war beinahe nicht zu erkennen, Mia spürte allerdings, wer dort unten im Garten hin und her ging und eine Zigarette rauchte. Mia genoss die kühle Luft auf ihrer Haut, die durch das geöffnete Fenster hineinströmte.

* * *

Am nächsten Tag luden Nic und Liam die beiden Mädels in den Wagen und fuhren gut gelaunt zum Strand. Die anderen Jungs warteten schon auf sie. John hatte sein Surfbrett dabei.

Sie begrüßten sich, und zwei weitere Freunde machten sich daran, die Decken auszubreiten. Es war ein sonniger und entspannter Tag. Sie spielten Frisbee, grillten und erzählten sich die witzigsten Storys ihrer Tour.

Gegen Abend kamen Johns Ex-Frau Maureen mit ihren gemeinsamen Töchtern und Mias und Lizzys Freundinnen Anabelle und Lisa dazu. Es war eine große, lustige Runde.

Liam und Mia neckten sich und spielten schließlich Fangen. Diese Ausgelassenheit tat Liam sicher gut, und Nic beobachtete sie entspannt. Vor ein paar Jahren hatte Mia ihren großen Bruder noch ziemlich genervt, doch das war lange vergessen. Sie stand ihm treu zur Seite, und er liebte sie dafür, das wusste Nic nur zu genau. Liam würde seine Schwester immer verteidigen. Er wünschte sich nichts sehnlicher, als dass sie glücklich war. Das war auch der Grund, warum Nic sich in den vergangenen Wochen von Mia zurückgezogen hatte. Er tat ihr nicht gut, und das wusste

Liam so gut wie er. Er durfte Mia nicht haben, so einfach war das, aber er würde es kaum ertragen können, wenn ein anderer sie bekäme. Wie so oft fühlte er sich zwischen seinem innigsten Wunsch, der Sehnsucht nach Mia und dem Versprechen an seinen besten Freund hin- und hergerissen.

Mias Haare wehten im Wind und kitzelten sie offenbar an der Nase. Sie lachte und winkte Nic zu. Ihre schlanken Beine steckten in kurzen Shorts und überließen kaum etwas seiner Fantasie. Ihre weichen Rundungen wirkten so verlockend auf ihn, und ihre vollen Lippen formten sich zu einem hinreißenden Lächeln. Die zarte rosafarbene Zunge glitt über ihre Unterlippe, und unweigerlich fragte Nic sich, welches Vergnügen sie ihm damit bereiten könnte.

»Es ist wirklich schön hier«, hörte er plötzlich eine Stimme neben sich, die ihn aus seinen Gedanken riss.

Irritiert sah er zu der jungen Frau mit Pagenkopf hinüber und versuchte sich an einem Lächeln. »Ja, ich genieße die Zeit hier sehr.«

Sie lächelte zurück. »Obwohl wir so nah am Meer wohnen, bin ich viel zu selten hier. Meine schönsten Kindheitserinnerungen stammen von hier.«

Unverbindlich lächelte Nic. Sie war eine von Mias und Lizzys Freundinnen, an deren Namen er sich jedoch nicht mehr erinnern konnte. Sie war hübsch, und Nic musste ihr zugestehen, dass es angenehm war, auf eine so zurückhaltende Art angesprochen zu werden. Dank seines Draufgänger-Images gingen die Frauen meistens davon aus, dass er darauf stand, wenn sie sich ihm an den Hals warfen. Obwohl er sich sonst nur zu gern auf einen Flirt mit einer attraktiven Frau einließ, war es ihm unangenehm, von Mias Freundin angebaggert zu werden. Davon abgesehen war sie überhaupt nicht sein Typ. Er beendete das Gespräch schnell und ging zu Lizzy.

»Sag mal, wer ist denn deine Freundin? Ich habe das Gefühl, sie schon einmal gesehen zu haben.«

Lizzys Gesichtszüge verdunkelten sich. »Du meinst Anabelle, die dich gerade angemacht hat?« Sie schnaubte. »Das Konzert in der Turbinenhalle in Falmouth, erinnerst du dich? Es war kurz vor eurem Durchbruch. Da war sie mit dabei. Keine Ahnung, wie sie das macht. Ich meine, wir befinden uns mit Windstärke vier am Strand, und ihr Haar sitzt einwandfrei, während ich Medusa Konkurrenz mache. Das ist doch nicht fair.« Nic lachte kopfschüttelnd. Seine jüngere Schwester schien manchmal nur zu reden, um Geräusche zu erzeugen, und kam dann von einem Thema zum nächsten, wenn man sie nicht bremste.

»Tu mir einen Gefallen, ja …« Er wollte die Zeit mit Mia genießen, und es hatte schon genügend Verwicklungen gegeben. Eine weitere konnte er nicht gebrauchen. »Mach ihr klar, dass ich kein Interesse habe.«

»Dieser Gefallen kostet extra, Bruderherz.«

»Komm schon, fällt das nicht unter die üblichen Geschwisterkonditionen?«

»Nope!« Lizzy grinste vergnügt. »Da musst du dir schon etwas Besseres einfallen lassen.«

»Gut – ich gehe mit Mum in den französischen Film mit Untertiteln«, gab er sich geschlagen.

»Und du erledigst für mich den Abwasch – solange du da bist.«

»Was?«, schnaubte er. »Du Kröte, da sag ich es ihr lieber selber.« Entschlossen wandte er sich um und wollte davoneilen, als Lizzy stöhnte.

»Na gut, du übernimmst den Film und morgen den Abwasch, dann sind wir quitt, du Gauner.«

»Ach, komm schon, so schlimm wird es wohl nicht werden. Du bist bestimmt besser darin, eine Abfuhr zu erteilen, als ich.«

»Du hast ja keine Ahnung. Anabelles und mein Verhältnis ist nicht gerade … das beste.« Nachdenklich sah sie zwischen Anabelle und ihm hin und her. »Seit wann so schüchtern, Mr Dona-

hue? Du bist es doch gewohnt, dass die Mädels sich um dich reißen. Wo ist das Problem?« Lizzy sah ihn spöttisch an, und Nic
hatte wieder das unbändige Bedürfnis, ihr an die Gurgel zu gehen.
»Das ist etwas völlig anderes, und das weißt du. Mia und ich
hatten uns schon genügend in der Wolle ...«

Lizzys Blick wurde weicher, und sie antwortete versöhnlich:
»Ich werde mein Bestes tun, aber ich warne dich. Meistens interessiert es Anabelle nicht die Bohne, was ich zu sagen habe.«

Mia kam auf sie beide zugerannt und hakte sich müde bei Nic
unter. »Oh, ich glaube, ich brauche eine Erfrischung.«

Nic legte sie im selben Moment über seine Schulter und rannte
mit ihr übermütig zum Meer. Sie kreischte empört auf und drohte
ihm mit allerhand Dingen, die sie ihm antun würde.

»Hey, du hast gesagt, du brauchst eine Erfrischung.« Er stellte
sie vor sich ab, betrachtete ihren roten Kopf, der langsam wieder
einen normalen Farbton annahm, und grinste.

»*Domenic Donahue!* Du solltest besser vorsichtig mit mir umgehen. Ich kenne verdammt viele deiner Geheimnisse, die ich aus-
plaudern könnte«, warnte sie ihn lachend.

Sie ließen sich neben Lizzy nieder, die nun am Lagerfeuer bei
den anderen saß.

»O ja, weißt du noch, wie er immer heimlich kleine Briefchen
in den vermeintlichen Spint von Sarah Sparkly gesteckt hat?«,
fragte Lizzy und lachte übermütig.

Mia stimmte mit ein. »O ja, und dabei war es der von Jessica
Stamp ... Oh, armer Nic ...« Nic setzte eine beleidigte Miene auf.
Mia lachte darüber und tätschelte entschuldigend sein Bein. Sie
lehnte sich gegen ihn und streckte sich genüsslich aus, während
Nic einen Arm um sie legte.

»Die ganzen Weiber, die dich damals verschmäht haben, beißen sich jetzt sicher in den Hintern«, sagte seine Schwester nachdenklich und prustete sofort wieder los.

»Unglaublich, wenn man bedenkt, dass die Frauen damals so gar nicht auf dich standen«, fügte Liam hinzu und konnte sich ebenfalls ein Grinsen nicht verkneifen.

»Echt? Stimmt das?«, fragte Stan, und Nic nickte ernst.

In seiner Teenagerzeit hatte es kaum eine Frau gegeben, die mit ihm ausgehen wollte. Zum einen hatte er ziemlich mit Akne zu kämpfen gehabt, zum anderen war er für sein Alter sehr schmächtig gewesen. Er war damals eben nicht der gefeierte Rockstar, sondern der schräge Freak mit den seltsamen Klamotten, der lieber Gitarre als Fußball gespielt hatte. Dieses Elend hatte er mit Liam geteilt, auch wenn Liam der hübschere Junge von beiden war. Er war kräftiger gewesen, hatte dunkles Haar und braune Augen. Er wirkte auf die Mädchen immer interessanter als Nic. Nicht umsonst war Nic damals mit Mia zum Abschlussball gegangen, die ganze eineinhalb Jahre jünger war. Allerdings hatte sich bald herausgestellt, dass sie bei den Jungs seines Alters ziemlich gut ankam, und so war er nach diesem wirklich schönen Abend von seinem Stempel als Freak befreit gewesen.

»Ja, alle bis auf eine …«, antwortete er und sah Mia direkt ins Gesicht. Verlegen blickte sie zu Boden.

John bemerkte die seltsame Stimmung nicht und sagte stattdessen: »Dann solltest du dir diese Frau schnell zurückholen, denn auf ehrliche Zuneigung trifft man in unserer Branche eher selten.«

John war selbst mit seiner Jugendliebe Maureen verheiratet gewesen und hatte zwei Töchter. Er war der Einzige in der Band mit einer eigenen Familie. Seine Ehe hatte den Ruhm der Swores nicht überlebt, und ein großer Teil von ihm bereute ihn deshalb sehr. Etwas, das Nic sehr gut nachvollziehen konnte und ihn schon deshalb davon abhielt, eine feste Beziehung einzugehen.

* * *

Liams hitziges Gemüt war seit Alans Tod um einiges unberechenbarer, was zur Folge hatte, dass die restlichen Bandmitglieder seine Gesellschaft mieden. Nic ertrug seine Stimmungsschwankungen am besten wie gerade in diesem Moment. Er fühlte sich schuldig, denn das Bandmeeting hatte ein heikles Thema aufgebracht. Seit Nics und Liams letztem Besuch in Bodwin waren Fotos von Mia und Nic in der Zeitung erschienen, was auf etlichen Blogs und Fanseiten heiß diskutiert wurde. Liam saß gerade im Innenhof des Studios und klimperte auf seiner Gitarre herum. Eine mitreißende, tragische Melodie, und Nics Herz wurde ganz schwer beim Anblick von Liams dunklen Augenringen. Sein Freund litt wie ein Hund, und Nic wünschte sich einmal mehr, ihm etwas von seiner Trauer abzunehmen. Das war allerdings unmöglich. Das Stück endete, und Liam notierte sich ein paar weitere Noten.

»Das klingt wieder nach einem Nummer-eins-Hit«, merkte Nic an und zog Liams Aufmerksamkeit auf sich.

»Wir werden sehen«, entgegnete er kühl, und Nic wusste, er war nach wie vor sauer.

»Ich weiß, du bist sauer wegen dieser Fotos. Bitte glaube mir, es war das Letzte, was ich wollte.«

»Und dennoch ist es passiert, nicht wahr?«

»Ich habe das nicht gewollt, Liam«, bekräftigte Nic.

»Wieso bist du mit ihr auf dieses Festival gegangen? Du hättest wissen müssen, dass so etwas geschehen kann.«

»Es war Mias Wunsch!«

»Und deswegen ist sie jetzt selber schuld, oder was? Du bist der Star und solltest die nötige Weitsicht haben, was deine Anwesenheit auf einem Konzert auslösen kann. Jeden Tag wirst du auf der Straße erkannt. Das war einfach unüberlegt und dumm.«

Nic seufzte und strich sein Haar zurück. Liam hatte recht, darauf gab es keine Erwiderung. »Was ich mich frage ... warum weigerst du dich derart, dich mit Callie zu treffen? Für die Presse wäre das *ein gefundenes Fressen, und in nicht mal zwei Wochen hätte jeder Mia vergessen. Abgesehen davon wäre es eine super PR für unser Album und Callies neue Single. Du magst sie doch, warum sträubst du dich so?«* Nic brach der Schweiß aus, und er holte tief Luft. Wie sollte er Liam das erklären? »*Es ist wegen Mia, richtig?*«, fragte er betont beiläufig, aber Nic wusste, dass er ihn durchschaut hatte.

»*Wie meinst du das?*«

»*Ach, komm schon, Nic! Verarsch jemand anderen, okay?*«, entfuhr es Liam heftig. »*Ich kenne dich.*« Liam stellte seine Gitarre ab und sprang von seinem Stuhl auf. Kopfschüttelnd wandte er Nic den Rücken zu.

»*Wie lange weißt du es schon?*«

»*Dass du auf meine Schwester stehst?*« Noch nie zuvor hatte jemand es so deutlich formuliert, nicht mal Nic selbst. »*Euer Freundschaftsding war immer ... seltsam. Richtig gewusst habe ich es, seit Mia mit Jake zusammen war. Dein Selbstzerstörungstrip, all diese Frauen und deine Songs. Ich glaube, da wäre ein Blinder draufgekommen.*«

Nic schluckte und biss sich auf die Lippe.

»*Das geht nicht, und das weißt du, oder? Ich meine, es gibt schließlich einen Grund, warum du es bisher zurückgehalten hast, oder?*«

»*Ich hatte Sorge, wie sie reagieren würde. Könnte sie das Gleiche empfinden? Wäre unsere Freundschaft daran zerbrochen? Dieses Leben ...*«

»*... ist nichts für Mia!*«, vervollständigte Liam seine Aufzählung. »*Niemand ist auf dieses Leben vorbereitet, nicht mal, wenn man es sich vorher gewünscht hat. Du weißt es, ich weiß es, die Jungs wissen es. Denk nur an John und Maureen.*« Liam stemmte die Hände in die Hüften und schaute Nic direkt ins Gesicht. »*Sie würde daran zugrunde gehen, und das werde ich in keinem Fall zulassen. Verstehst du das, Nic?*«

»*Du willst also damit sagen, dass du dagegen wärst, wenn ich Mia meine Gefühle beichte?*«

»So ist es!«, entfuhr es Liam hitzig.

»Das kann nicht dein Ernst sein!«, rief Nic fassungslos. »Du bittest mich darum, dass ich meine Gefühle – was? – einfach vergesse und so tue, als ob es sie nicht gegeben hätte.«

»Ich bitte dich nicht, Nic. Ich verlange es sogar.« Nic konnte nicht glauben, was er da hörte.

»Hast du eine Ahnung, was du da von mir erwartest?«

»Nun komm schon, Nic. Wie lange wird es dauern, bis du meine Schwester vergessen hast? Zwei Wochen? Ich sehe, wie sehr du genießt, dass dir die Groupies nachlaufen.« Liam lachte spöttisch.

»Du warst noch nie zuvor verliebt, oder?«, entgegnete Nic leise. »Du hast keine Ahnung, wie es ist, sich nach nur einer Person zu verzehren, nur an sie zu denken, egal wo man ist oder was man gerade tut. Glaubst du nicht, ich weiß selber, wie beschissen die Situation für Mia und mich ist? Abgesehen von all dem Rummel … Ich habe schreckliche Angst, diese Freundschaft zu ruinieren, weil sie meine Gefühle nicht erwidert. Angenommen, sie liebt mich, so wie ich sie … Wer gibt uns die Garantie, dass es halten würde? Unsere Freundschaft wäre passé, und der einzige Mensch, der mich auf diese Weise betrachtet, wie Mia es tut, wäre auf immer verloren. Es wäre nie mehr dasselbe zwischen uns.«

»Dann riskiere es nicht. Bitte, Nic. Du weißt selbst, wie schlecht die Chancen für euch stehen. Denkst du wirklich, sie erhöhen sich unter dem Druck der Öffentlichkeit, deinen Fans, den Gerüchten und deiner ständigen Abwesenheit? Wenn du Mia wirklich liebst, gibst du sie frei, damit sie das Leben wählen kann, das sie sich wünscht.«

»So denkst du von mir? Wäre ich in deinen Augen die schlechtmöglichste Partie für deine Schwester?«

»Es geht nicht um dich, Buddy. Es ist dieser ganze Presse-Wahnsinn, deine Fans, die Frauen, der Alkohol, all die Drogen. Mia hat etwas Besseres verdient.« Das Rauschen in Nics Ohren nahm zu, *und er wandte sich verletzt von Liam ab. Er kannte all die Argumente gegen eine Zukunft mit Mia, und doch brach sein Herz in diesem Augenblick entzwei.*

»Findest du nicht, dass sie diese Entscheidung treffen sollte?«
»Weil es dann nicht deine Schuld wäre, wenn sie unglücklich werden würde?«, herrschte Liam seinen Freund lautstark an. »Denk mal nach! Glaubst du, dass Mia zufrieden wäre, wenn sie Bodwin, ihr Zuhause und all ihre Freunde verlassen würde? Sie wäre hier ständig allein und könnte sich nie frei bewegen. Wäre dieser goldene Käfig das Richtige für Mia?« Liam steckte die Hände in die Hosentaschen. *»Gut – vielleicht weiß ich nicht, um welches Opfer ich dich bitte, aber, Nic, diese Freundschaft zwischen uns muss dir auch etwas bedeuten. Ich glaube dir, dass du sie wirklich liebst, denn deine Zurückhaltung beweist bloß, dass du selbst Zweifel hegst und nur das Beste für sie willst. Ich bitte dich, vergiss Mia, und zieh sie nicht in diesen ganzen Scheiß hinein. Lass sie ein Leben führen, das sie selbst wählt ...«*

»Was tust du, wenn ich nicht zustimme?«, fragte Nic mit überraschend ruhiger Stimme. In ihm tobte ein Sturm, und die Verletzlichkeit in Liams Zügen hielt ihn davon ab, auszubrechen.

»Keine Ahnung, Nic, aber eins weiß ich, ich werde alles tun, um meine Familie zu beschützen, auch wenn das bedeutet, dass die Swores ohne mich auskommen müssen und dass unsere Freundschaft dann zu Ende ist.«

Nic schnappte nach Luft und wusste, dass Liam im Augenblick zu allem fähig wäre. Das Schlimmste jedoch war, dass er genau wusste, wie recht er hatte. Er konnte seinen Argumenten nichts entgegensetzen, und er hatte recht mit seiner Vermutung. Nic war von Zweifeln erfüllt, sonst wäre er längst einen Schritt weitergegangen. Liam griff nach seiner Gitarre und war drauf und dran, den Innenhof zu verlassen, als Nic nach ihm rief. »Okay!« Nics Zunge fühlte sich beinahe taub an, während er sprach, und er wusste, dass er diese Ent-

*scheidung eines Tages bereuen würde. Dennoch konnte er seinen
Freund nicht gehen lassen. Diese Band und die Freundschaft mit
Nic waren neben Liams Familie sein Halt, bevor er endgültig den
Boden unter den Füßen verlieren würde.*

*Verwundert sah Liam sich zu ihm um. »Du stimmst zu?«, fragte
er eine Spur überrascht. »Du wirst keinen Versuch wagen, mit Mia
zusammenzukommen?«*

*»Nein«, bestätigte Nic erneut. »Ich verspreche es dir.« Als er die
Worte aussprach, zerbrach für Nic eine ganze Welt, ein Zukunfts-
traum, eine vage Möglichkeit auf Glück.*

✳ ✳ ✳

Einige Flaschen Bier später wurde es ziemlich kalt, und Mia ging
mit Lizzy gemeinsam zu Liams Auto zurück, um sich ihre Jacken
zu holen. Lizzy nahm Mias Hand, und sie schlenderten gemütlich
vor sich hin.

»Wie geht's dir, Süße?«, fragte Mia ihre Freundin, die ganz in
Gedanken versunken war.

»Mir? Wieso? Ich dachte, du wärst unser Problemfall?«, neckte
Lizzy sie zurück.

Mia rollte mit den Augen. »Ganz geschickt, wie du vom Thema
ablenkst. Aber mal ganz ehrlich, *Elizabeth,* wann hat das je geklappt? Was ist los? Was bedrückt dich?«

»Mein Dad und Nic hatten einen fürchterlichen Streit wegen
mir, durch mich oder vielmehr um mich. Ich bin mir nicht sicher.
Seitdem ist bei uns dicke Luft. Nic steht erst auf, wenn Dad weg
ist, was ja eigentlich nix Besonderes ist.« Lizzy kicherte, wurde
dann aber ungewöhnlich ernst. »Jedenfalls haben Mum und Dad
wohl auch ziemlichen Stress deswegen. Ich fühl mich irgendwie
schuldig …«

»Lass mich raten, es ging um deine Kurse.«

Lizzy nickte. »Dad lässt einfach nicht locker, was meine Wirtschaftskarriere angeht. Dabei gibt es nichts auf der Welt, was mich mehr anödet, abgesehen vielleicht von Miley Cyrus ... und dem Royal Baby.«

Mia kicherte leise, blieb dann aber stehen. »Du musst ihm endlich sagen, dass du die Uni schmeißen willst, Lizzy. Wenn er erst versteht, was die Musik dir bedeutet ...«

Lizzy stöhnte theatralisch auf. »Das wird nicht passieren, Mia. Er ist so von Nics Lebensstil angewidert, dass er niemals zulassen würde, dass ich in derselben Branche arbeite. Er versteht das einfach nicht.«

»Richard ist sicher nicht der einfachste Dad und ein gebranntes Kind, was deinen Bruder angeht, aber er liebt euch und möchte, dass seine Kinder glücklich werden. Das ist es, was er eigentlich will. Ich gebe zu, dass es immer ewig dauert, bis er sich an all eure Wünsche gewöhnt, aber dann war es noch jedes Mal in Ordnung für ihn. Denk nur an Josslin. Ihr Wunsch, in Irland zu leben und dort ein Bed and Breakfast zu eröffnen, hat ihn ganz schön umgehauen, und jetzt ist er glücklich, sie im Urlaub zu besuchen.«

Lizzy schüttelte den Kopf. »Du hättest hören sollen, was sich die zwei an den Kopf geworfen haben. Dad glaubt, dass Nic sich ruiniert ...«

Auch Mia war insgeheim dieser Ansicht. Er wirkte oft so fertig, wenn sie irgendwelche Interviews im Fernsehen sah. »Ich weiß nicht, ob diese Sorge nicht berechtigt ist, Lizzy. Er wirkt so zerrissen, als befände ein Teil sich hier und der andere dort. Ich hab ihn selten so launisch erlebt.«

Sie kamen am Auto an und kramten nach ihren Jacken und dem letzten Sixpack Bier im Kofferraum.

»Aber egal, was dein Bruder auch durchgemacht hat, es hat nichts mit dir zu tun. Rein gar nichts. Die Songs, die du schreibst, sind wirklich wunderschön. Du brauchst nur die richtigen Kontakte und …« Mia hakte sich frierend bei Lizzy unter. »Vielleicht musst du deinen Dad nur etwas mehr an deinen Plänen und Gedanken teilhaben lassen«, versuchte sie ihrer Freundin Mut zu machen. Sie wusste genau, dass sie nun sagen konnte, was sie wollte. Lizzy war entschlossen, Trübsal zu blasen.

Schweigend gingen sie zurück, und Mia hörte schon von Weitem die Gitarrenklänge. Die Swores waren also wieder voll in ihrem Element. Mia freute sich darauf, einen ruhigen Platz zu suchen, den Ausblick auf das Meer in sich aufzusaugen und Nics Stimme zu lauschen. Den Jungs auf der Bühne zuzusehen war natürlich der Wahnsinn gewesen, denn dort war alles eine gigantische Show mit Lichteffekten und einer wilden Rockband. Hier am Strand waren sie der Magie, die von ihrer Musik und den Texten ausging, unvorstellbar nah. Nics tiefes Timbre drang zu ihr, und sie sah, dass er ganz in seiner Welt versunken war und nichts seine Aufmerksamkeit erregen konnte. Es war nicht verwunderlich, welche Sogwirkung seine Lieder auf Mia ausübten, denn sie wusste nur zu gut, dass er jedem Song ein Stück seiner Seele opferte.

Anabelle saß neben Nic und sah ihn ganz hingerissen an. Mia hätte sie am liebsten in den Sand geschubst und ihren ordentlichen Pagenkopf so richtig durcheinandergebracht.

»Mia, eines Tages werde ich dich anrufen und deine Hilfe benötigen«, sagte Lizzy und schnaubte. Mia sah überrascht auf und begegnete dem typischen Donahue-Grinsen. »Ich habe dann nämlich einen Mord begangen und werde mir eure Schaufel leihen müssen, um Anabelles Leiche zu vergraben.«

Mia prustete los und lachte so herzlich wie leider selten in der letzten Zeit. Sie liebte Lizzy für ihren Witz, aber noch mehr für ihre Loyalität. »Ich werde da sein und den Fluchtwagen fahren«, versprach Mia und drückte ihre Freundin fest an sich. Alles würde gut werden, solange sie sich hatten.

Liam stimmte eins ihrer alten Lieder an, und Nic setzte mit seiner Gitarre ebenfalls ein. Mia blickte auf und verstummte, während sie sich die Lachtränen aus den Augen wischte.

Innerhalb der wenigen Tage, die er hier war, hatte er jede kleine Gefühlsregung in ihr hervorgeholt. Er hatte alles auf den Kopf gestellt, was Mia über Monate und mit viel Mühe in Schubladen sortiert hatte.

Sie wandte sich dem Meer zu und lauschte der Musik, die sie an vergangene Zeiten erinnerte. Sie dachte an die vielen Momente in trauter Zweisamkeit, die sie mit Nic verbracht hatte. Alles an Nic und Mia war so intensiv und echt gewesen.

Der Abend endete damit, dass Liam sich übergab und wie ein Häufchen Elend im Auto saß. Nic saß am Steuer und Lizzy auf dem Beifahrersitz, weil sie sich geweigert hatte, sich zu Liam auf die Rückbank zu setzen.

Mia rutschte neben ihren Bruder und hielt seine Hand, während er zusammenhangslose Worte von sich gab. Es war schon ewig her, dass Mia ihn in so elendem Zustand gesehen hatte, und sie litt mit ihm.

Es dauerte nicht lange und Lizzy war eingeschlafen. Nic lenkte den Wagen hochkonzentriert über die Straßen und blickte immer wieder in den Rückspiegel zu Mia und ihrem Bruder. Unter seinem Blick fühlte Mia sich ungewohnt aufgekratzt.

»Angelas Beine …«, murmelte Liam vor sich hin.

»*Diese* Angela?«, fragte Mia und beobachtete Nic dabei, wie er sich fahrig mit einer Hand durch die Haare fuhr.

»Die Assistentin unseres Agenten«, erklärte er kurz angebunden.

»Nun, Liam findet ihre Beine toll … Vielleicht solltest du die zwei mal zusammenbringen«, scherzte Mia, doch Nic schien das nicht komisch zu finden.

»Geht nisch …«, murmelte Liam weiter. »Nic hat se bekommen …«

Mia stockte kurz der Atem, während sich Nics und ihre Blicke im Rückspiegel flüchtig trafen. Sie sah schnell weg und biss sich auf die Unterlippe. Etwas Langes und Spitzes bohrte sich in ihr Herz. In ihrer Kehle brannte es, als hätte sie Glassplitter verschluckt.

Atme, Emilia! Atme einfach weiter, ermahnte sie sich selbst, um sich zu beruhigen.

Stattdessen loderte Wut in ihrer Magengegend auf. Wut auf Nic. Er führte sich so bescheuert auf, wenn es um Chris ging, und dabei hatte er selbst etwas am Laufen.

»Hör zu, Mia …«, versuchte Nic zu ihr durchzudringen, doch Mia schüttelte bloß den Kopf, ohne ihn ein weiteres Mal anzusehen. Instinktiv wusste sie, dass sie es unmöglich ertragen würde, seine Ausflüchte zu hören und ihm dabei in die Augen zu sehen. »Vergiss es einfach!«, erstickte sie jede weitere Erklärung im Keim.

Plötzlich fragte sich Mia, wie sich Nic wohl fühlte, wenn er sie mit anderen Männern sah. Ein Gefühl der Erschöpfung erfüllte Mia, und sie wünschte sich nichts sehnlicher, als nach Hause in ihr Bett, unter ihre Decke und möglichst weit weg von dem Mann zu kommen, der ihre Gedanken beherrschte.

Da hielt der Wagen an, und Nic weckte Lizzy. Mia öffnete rasch ihre Tür und umrundete das Auto, um Liam aus dem Auto zu helfen. Nic war schneller und stützte seinen Freund, der bedrohlich schwankte. Er schlang einen von Liams Armen über seine Schulter und hievte ihn die Treppe zum Haus hoch. Mia ging voraus, um die Tür aufzuschließen, während Lizzy ihnen gähnend folgte.

»Ist schon gut, ich helfe ihm ins Bett«, sagte Mia kurz angebunden und legte Liam einen Arm um die Hüfte. Nic schwieg. Er schien verunsichert zu sein. Mia sah ihm in die Augen und lächelte traurig. Zu mehr war sie einfach nicht fähig.

»Danke fürs Fahren«, sagte sie mit belegter Stimme.

Sie hörte Lizzy irritiert fragen: »Was hast du nun wieder ange-stellt?«

»Halt einfach die Klappe, *Elizabeth!*«, erwiderte Nic so scharf, dass Mia schnellstmöglich die Tür hinter ihr und Liam schloss. Von draußen nahm sie noch einen derben Fluch wahr, dann war alles still.

Mia verfrachtete Liam in sein Bett, zog ihm die Schuhe aus und deckte ihn zu. Sie setzte sich kurz auf die Bettkante und betrach-tete ihn traurig. Dann übergab er sich auf ihren Schoß, und ihr letzter Weg führte sie unter die Dusche, wo sie hemmungslos zu weinen begann.

9

Celines und Beas Rückkehr am Samstag wurde im Hause Kennedy gefeiert, dennoch hatte sich Mia früh zurückgezogen. Den verregneten Sonntag verbrachte sie komplett in ihrem Zimmer, um endlich ihre Zeichnungen zu korrigieren und niemandem erklären zu müssen, warum sie so traurig war. Sie ging nur runter, um etwas zu essen oder die Toilette zu benutzen. Zu allem Übel hatte der Abend am Strand noch mehr Folgen gehabt, denn Mia hatte eine Blasenentzündung bekommen und würde am nächsten Morgen einen Arzt aufsuchen müssen. Sie brauchte eine Pause. Die Emotionen und Ereignisse der letzten Tage hatten sie ausgelaugt. Einmal hatte sie kurz nach Liam sehen wollen, als sie aber Gitarrenklänge im Flur hörte und sicher war, dass Nic bei ihm war, hatte sie auf dem Absatz kehrtgemacht. Es war zwar albern, ihm böse zu sein oder ihn deswegen mit Missachtung zu strafen, aber darum ging es gar nicht. Mia fühlte sich schlecht. Sie ertrug keinen weiteren Tag in Nics Nähe, während sie sich immer wieder fragte, was nur mit ihnen beiden los war.

Am nächsten Tag hatte sie sich mit Lizzy verabredet, um einige Vorbereitungen für deren Geburtstagsfeier zu treffen. Auf dem Weg zu Lizzy hielt Mia Ausschau nach Nics Auto und war erleichtert, als sie es nirgends entdeckte. Sie zögerte kurz, als sie die Klingel betätigte, und wartete nervös, bis Lynn die Tür geöffnet hatte. Erleichterung durchströmte sie, während Lynn sie strahlend begrüßte und sie an sich drückte.

»Seit wann nimmst du denn den Vordereingang?«, fragte sie verwundert, und Mia errötete leicht. Eine Antwort blieb ihr erspart, denn Lizzy kam soeben aus dem Wohnzimmer gestürmt.

»Da bist du ja endlich«, war alles, was sie zu hören bekam. Mia wurde samt Jacke ins Wohnzimmer geschleift, wo Lynn und Lizzy damit begonnen hatten, eine Liste anzufertigen.

»Was hältst du von Häppchen mit Fisch und Hähnchen? Meinst du, das reicht als Fingerfood? Ich möchte nicht, dass es zu wenig ist«, überlegte Lizzy.

Lynn folgte ihnen und bot Mia Tee an, den diese gerne annahm.

»Seid ihr allein?«, fragte sie vorsichtig.

»Dad ist in der Arbeit.«

Das war nicht ganz die Information, die Mia sich gewünscht hatte, und sie wurde das Gefühl nicht los, dass Lizzy das ganz genau wusste. Sie beobachtete ihre Freundin aufmerksam, während die betont lässig auf dem Stuhl neben ihr Platz nahm.

»Nic ist gestern Abend mit der Band nach London gefahren und übernachtet in seiner Wohnung. Sie haben wohl ein paar Termine«, beantwortete Lynn Mias unausgesprochene Frage. Mia entspannte sich sofort, was den beiden anderen Frauen nicht zu entgehen schien. »Wie geht es Celine? Hat sie sich von ihrem Jetlag erholt?«, wechselte Lynn rasch das Thema, und Mia war ihr dafür sehr dankbar.

»Ihr geht es gut, aber sie ist nach wie vor erschöpft von der Reise.«

Sie besprachen das Essen und wie sie im Notfall mit dem Regen umgehen wollten, den der Wetterdienst für das Wochenende angekündigt hatte. Die geplante Party glich einer Großveranstaltung, und die einzige Bedingung, die Lizzys Eltern gestellt hatten, war, dass sie nicht im Haus stattfand. So drohte nun das Wetter zum Spielverderber zu werden, aber Mia fiel ein, dass Liam Kontakte zu einem Eventplaner in Bodwin hatte. Vielleicht besaß dieser eine Art Zelt oder Überdachung, die sie mieten konnten. Also rief sie kurzerhand ihren Bruder an.

»Und du hättest dich nicht von mir verabschieden können?«, warf sie ihm vor und war selbst überrascht, wie sauer sie darüber war.

»Sorry, Mia. Wir sind gestern spontan gefahren, und du warst schon im Bett. Mum wusste Bescheid. Außerdem hab ich dich ohnehin die letzten Tage kaum zu Gesicht bekommen«, entgegnete er.

Sie war sonst nicht so zickig und musste sich eingestehen, dass ihr Bruder nichts für ihre Laune konnte.

»Du hast ja recht. Ich dachte nur, euer Urlaub würde nicht ganz so schnell beendet sein. Weswegen ich anrufe … Hast du noch Kontakt zu diesem Patrick, der damals das Catering für Dads fünfzigsten Geburtstag organisiert hat? Wir brauchen für Lizzys Geburtstag ein Zelt.«

Liam versprach, sich gleich darum zu kümmern und sich wieder zu melden. Als Mia aufgelegt hatte, machte sie ein unzufriedenes Gesicht. »Er kümmert sich darum, hoffe ich zumindest.« Sie konnte ihre schlechte Laune kaum verbergen, und Lizzy und Lynn tauschten einen Blick, woraufhin Lynn erklärte, dass sie noch ein paar Dinge für das Abendessen einkaufen musste.

Als die Haustür ins Schloss fiel, meldete sich Lizzy zu Wort. »Willst du mir nun endlich erzählen, was eigentlich los ist?«

Mia begegnete dem argwöhnischen Blick ihrer Freundin und wich ihm sofort wieder aus. »Was meinst du?«

»Hm, lass mich kurz überlegen … Am Samstag waren Nic und du noch unzertrennlich, dann knallst du uns die Tür vor der Nase zu und bist wie vom Erdboden verschluckt. Plötzlich muss Nic ganz dringend nach London, obwohl er fest entschlossen war, die gesamten zwei Wochen hier zu verbringen, und du weißt nichts davon. Eigentlich bist du immer meine Informationsquelle, wenn es um meinen Bruder geht. Ich lebe nicht hinter dem Mond, Mia!«

Mia sah auf ihre Schuhe und wusste nicht, was sie erwidern sollte. Es gab nichts zu erzählen. Sie benahm sich einfach ungerecht Nic gegenüber, und trotzdem war es ihr unmöglich, sich normal zu verhalten.

»*Emilia*, nun rück schon mit der Sprache raus! Ich weiß doch, dass was nicht stimmt«, drängelte Lizzy weiter.

»Es gab einen kleinen Streit, aber ich finde, wir sollten uns jetzt um deine Geburtstagsfeier kümmern ...«

Abwartend betrachtete Lizzy ihre Freundin. »Sag mir bitte endlich, was los ist!« Mia schnaubte und kämpfte wieder mit dem Kloß in ihrem Hals. »Er ... er ... ach, ich weiß einfach nicht weiter ...« Ungehalten stand sie auf und wanderte im Zimmer auf und ab.

»Was hat sich denn geändert? Ich meine, am Samstag wart ihr noch so süß zusammen, und dann war plötzlich Eiszeit angesagt. Nic wollte es mir nicht erklären, aber ich hab ihm angesehen, dass irgendwas nicht in Ordnung war. Ich bin sicher, ein entscheidendes Detail ist mir entgangen. Und Sonntag hast du dich dann nicht blicken lassen, und Nics Laune war alles andere als rosig. Ich meine, ich weiß ohnehin nicht, warum du ihn überhaupt magst. Ich nenne ihn ja gern den Schlechte-Laune-Bär, aber zugegeben, ich bin sicher nicht die objektivste Quelle, was Nic ...«

Mia schluchzte los, und Lizzy lief zu ihr, um sie in die Arme zu nehmen. Eine ganze Weile verharrten sie so, und erst als Mia sich beruhigt hatte, nahmen sie auf dem Sofa Platz. Lizzy holte aus Richards Sekretär eine Flasche mit honigfarbener Flüssigkeit und gab einen kräftigen Schuss in Mias Tee. Alkohol war auch keine Lösung, aber er machte es für den Moment erträglicher.

»Sag mir sofort, was passiert ist«, forderte Lizzy Mia erneut auf, und Mia erzählte ihr alles. Über die schönen Tage mit Nic, über ihre ständigen Streitereien und ihre seltsam innigen Momente. Über Chris und über diesen lächerlichen Kommentar von Liam und darüber, wie kindisch sie sich seitdem benahm.

Als sie geendet hatte, stellte Lizzy fest:»Nach allem, was du mir gerade gesagt hast, bist du in Nic verliebt.«

Die Verblüffung in Mias Gesicht wich Entsetzen.»In Nic verliebt?«, wiederholte sie Lizzys Worte.

Lizzy seufzte.»Mia, das ganze Hin und Her zwischen euch in den letzten Tagen, Nics Blicke, deine Verletztheit nach dem Konzert in London – du liebst Nic.«

Erneut traten Tränen in Mias Augen, und sie dachte an all die vertrauten Momente, den Aufruhr in ihrem Inneren, wenn sie Nic mit einer anderen betrachtete, und dieses wahnsinnige Verlangen, das sie zwischenzeitlich überkam und nicht zuordnen konnte. Sie war verliebt – in ihren besten Freund. Verdammt, wie konnte sie das nur übersehen?»O Gott, Lizzy! Ich bin in deinen Bruder verliebt.«

Sie lächelte und schnäuzte sich einmal kräftig die Nase.»Ich bin so albern. Wenn Nic mich jetzt fragen würde, was mit mir los ist, wüsste ich nicht mal, was ich ihm eigentlich sagen sollte. Ich bin nur so unglaublich enttäuscht von ihm.«

»Na, und ich erst.« Lizzy nickte heftig und brachte Mia damit zum Lachen. Die Welt konnte in sich zusammenfallen, und doch würde Lizzy Donahue Mias Hand niemals loslassen. Dafür liebte Mia sie wie eine Schwester.

»Mir war natürlich klar, dass er Frauen hatte, und es gab ja auch genügend Bilder von ihm mit irgendwelchen Tussen. Trotzdem scheint die Sache mit dieser Angela was Ernsteres zu sein. Wahrscheinlich trinkt er jetzt in diesem Augenblick mit ihr bei Starbucks einen Kaffee oder schlimmer … sie ist mit ihm im Bett.«

Mias Unterlippe bebte bedenklich, und Lizzy schenkte ihr einen mitleidigen Blick.

»Ich bin mir ganz sicher, dass es mit ihr nichts Ernstes ist.«

»Woher willst du das so genau wissen?«

»Weil mein irrer Bruder keine andere Frau je so angesehen hat wie dich.«

Mia sah hoch in Lizzys Gesicht. »Ehrlich?« Lizzy nickte.

Nach einer Weile sagte Lizzy: »Ich möchte kurz darauf hinweisen, dass ich trotz der Blutsverwandtschaft mit meinem Bruder natürlich auf deiner Seite bin. Aber, Mia, warum sagst du ihm nicht einfach, was du für ihn fühlst? Es ist kaum zu übersehen, dass es ihm ebenso geht.«

»Ich habe es doch selber gerade erst herausgefunden.« Mia schüttelte entsetzt den Kopf. »Was, wenn er nicht das Gleiche fühlt? Ich hab Angst, einen Stein loszutreten, der sich in eine Lawine verwandelt. Stell dir vor, es klappt nicht mit uns, dann wäre es nie mehr so wie jetzt.«

»Wie *jetzt?*«, wiederholte Lizzy. »Schatz, nun sieh dich mal an. Was ist an der Beziehung zwischen euch denn jetzt noch so schön? Er ist kaum hier, und wenn er hier ist, streitet ihr euch oder ihr geht euch aus dem Weg. Es hat sich doch schon längst alles verändert.«

Mia kämpfte gegen die neu aufsteigenden Tränen an. »Da hast du wahrscheinlich recht. Aber …«

»Aber?«

»Was ist, wenn er mich nicht auf diese Weise mag? Ich habe ständig das Gefühl, nicht besonders genug für ihn zu sein. Wie kann ich gegen die langbeinigen, tollen und erfolgreichen Frauen ankommen, mit denen er ständig zusammen ist? Ich bin zweiundzwanzig. Ich bin winzig, ich wohne teilweise noch zu Hause und krieg nicht mal ein Praktikum auf die Reihe … Ich bin grottenlangweilig und absolut unspektakulär. Ich hab keine Talente und …«

Lizzy starrte sie böse an und hielt ihr entschlossen den Mund zu. »*Emilia Sophie Kennedy!* Ich will nie wieder irgendetwas in dieser Richtung aus deinem Mund hören. Du bist der wunderbarste Mensch, den ich je kennengelernt habe, und ich muss es wissen, denn ich bin deine beste Freundin. Glaubst du, ich würde mich mit dem Durchschnitt zufriedengeben?!« Mia kicherte und wischte ihre Tränen aus den Augen.

»Was, denkst du, sollte ich also tun?«

»Zuerst einmal vergisst du, dass er ein bescheuerter Rockstar ist und von unzähligen Frauen umschwärmt wird. Denn wir beide wissen, dass er in Wahrheit verkorkst ist, von Walnüssen fiesen Ausschlag bekommt und jeden Morgen an einen Grizzlybären erinnert.« Nun lachte Mia herzlich.

»Von alldem mal abgesehen, habe ich schreckliche Angst, meinen besten Freund zu verlieren«, gab Mia bedrückt zu.

»Wenn du nicht bereit bist, das Risiko einzugehen, wird das wahrscheinlich früher oder später auch passieren, Mia.«

»Ich weiß nicht«, murmelte Mia.

»Denk nur daran, wie er auf Chris reagiert hat. Mein Gott, ich hatte ja keine Ahnung, wie eifersüchtig er sein kann.« Lizzy tätschelte Mias Hand. »Wir beide wissen, dass man verloren ist, wenn man sich auf die Kerle verlässt. Ich bin dafür, dass du es ihm sagst, Süße.« Mia schluckte die herannahende Panikattacke hinunter. »Weißt du was? Wir machen uns einen entspannten DVD-Abend, um dich von meinem Idioten von Bruder abzulenken.« Statt einer Liebesschnulze wählte Lizzy einen Horrorfilm, bei dem sie sich so richtig gruseln konnten. Mia schlief allerdings bereits nach den ersten zehn Minuten ein.

Mitten in der Nacht wurde Mia wach, kämmte sich ihre wilde Mähne mit den Fingern durch und schlich auf Zehenspitzen die Treppe hinunter und den Flur entlang, um Lizzys Eltern nicht zu wecken. Im Wohnzimmer brannte Licht. Mia blickte auf die große Pendeluhr im Flur. Es war Viertel nach zwölf, und Mia war erleichtert, dass es noch nicht so spät war. Vielleicht arbeitete Richard noch. Mia fand es unhöflich, sich ohne ein Wort rauszuschleichen, und betrat daher nervös das Zimmer. Sie blickte sich um, konnte aber niemanden entdecken.

»Seltsam…«, murmelte sie und wollte gerade das Licht ausmachen, als ihr eine Reisetasche auf dem Sessel auffiel, an die auch ein Gitarrenkoffer gelehnt war. Auf der Küchenanrichte stand ein dampfender Becher mit Tee.

Panik ergriff Mia, und plötzlich kam ihr das Herausschleichen nicht mehr so unhöflich vor. Sie wog kurz ihre Möglichkeiten ab. Noch konnte sie schnell zu Lizzy zurückeilen und versuchen weiterzuschlafen. Sie glaubte allerdings nicht, dass sie auch nur ein Auge zumachen würde, wenn sie wusste, dass Nic nebenan schlief. Haustür oder Terrassentür? Mia hörte Geräusche aus dem Nebenzimmer, woraufhin sie sich für die Terrassentür entschied. Sie stürmte zurück in den Wohn- und Küchenbereich, als sie plötzlich Nic gegenüberstand, mit nichts weiter bekleidet als seiner Jeans. Er hatte wohl geduscht, denn seine Haare waren feucht und kräuselten sich im Nacken. Ein paar Wassertropfen rollten seine Brust hinunter. Mia wusste gar nicht, wohin sie zuerst schauen sollte. Bedrückendes Schweigen breitete sich im Raum aus.

»Hey, Mia«, murmelte er, stemmte seine Hände in die Hüften und seufzte.

»Ich wusste nicht, dass ihr heute wiederkommen würdet. Ist Liam auch wieder da?«

Er nickte nur, während Mia sich Mühe gab, ihm ins Gesicht zu sehen, damit sie sich nicht noch unbehaglicher fühlte, als sie es ohnehin schon tat. Nic blickte kurz auf seine nackten Füße und fuhr sich dann durch die Haare. Unschlüssig starrten sie sich an, und Mia kam sich albern vor. Sie hatte einen Streit vom Zaun ge-

125

brochen, der in seinen Augen völlig unverständlich sein musste. Er wartete sicher darauf, dass sie einen Schritt auf ihn zumachte.

»Hör zu, Mia, wegen ...«, begann er unsicher.

»Schon gut«, unterbrach sie ihn. Nic betrachtete sie immer noch, kam aber etwas näher. Sie riskierte einen Blick nach unten und sah die Narbe von der Blinddarm-OP vor vielen Jahren sowie die gekräuselten hellen Härchen, die im Bund seiner Jeans verschwanden. Ihr wurde warm, und sie spürte, wie ihr das Blut in die Wangen schoss. »Gut, du bist sicher müde ... Ich geh dann mal«, sagte sie eine Spur zu hastig und wandte sich zur Tür.

»Warte!«, rief er und war plötzlich bei ihr. Sie konnte nicht anders, als ihn anzusehen, und erkannte, wie müde er war. Er hatte ganz rote Augen, die von dunklen Schatten umgeben waren. Seufzend berührte sie sein Gesicht.

»Nic ...«, hauchte sie nur, aber er schüttelte den Kopf. Ein paar Zentimeter trennten sie noch voneinander, und Mia vergaß beinahe zu atmen, während Nic unbehaglich lächelte.

»Ich ...«, begann sie erneut, doch er legte einen Finger auf ihren Mund. In diesem Moment meldete sich ihr Verstand ab, und ihr Herz entschied, das zu tun, was sie schon sehr lange hatte tun wollen. Ohne weiter darüber nachzudenken, wanderte ihre Hand in seinen Nacken, ihre Nasen berührten sich, während Mia einen Moment innehielt und sanft ihre Lippen auf seine legte. Ihre andere Hand glitt in seine noch feuchten Haare. Als hätte sie einen Schalter umgelegt, drängte Nic Mia gegen die Kühlschrankwand. Er umfing ihr Gesicht mit beiden Händen und lehnte seinen Körper mit ungeheurer Kraft gegen ihren. Sie seufzte auf, was ihre Leidenschaft nur weiter entfachte. Ihr Kuss wurde intensiver, ihre Zunge strich über seine Unterlippe, und Nic entfuhr ein Stöhnen. Entfernt hörten sie das Klingeln des Telefons. Sein Arm legte sich um Mias Taille, und er zog sie fest an sich, als könnten sie nicht nah genug beieinander sein. Ihr Herz klopfte wie wild, als würde es gleich aus ihrer Brust springen, und alles in ihr zog sich in freudiger Erwartung zusammen. Mia öffnete leicht den Mund, und ihre Zungen berührten sich. Nics Erregung war deutlich zu fühlen. Mia presste ihren Körper noch näher an Nic.

Plötzlich zog Nic sich etwas von ihr zurück und hielt schwer atmend inne. Mia fürchtete schon, er hätte es sich anders überlegt, da hörte sie die aufgebrachten Stimmen.

Das Licht im Flur ging an, und jetzt waren die Stimmen besser zuzuordnen. Es war Lizzy, die Nics Namen rief. Er schloss genervt die Augen, gab Mia einen leichten Kuss und löste sich von ihr.

»Hier!«, rief er mit belegter Stimme und trat zurück ins Wohnzimmer. Mia folgte ihm und hörte an Lizzys Tonfall, dass etwas ganz und gar nicht in Ordnung war.

Lizzys Sprachvermögen löste sich spontan in Luft auf, als sie Mia und Nic vor sich stehen sah. Richard und Lynn im Bademantel kamen knapp hinter ihrer Tochter zum Stehen und starrten Nic und Mia an. Unsicher sah Mia kurz zu Nic, dessen Haare zerwühlt in alle Richtungen abstanden. Sie war versucht, ihm übers Haar zu streichen, als Lizzy auf sie zugestürmt kam und sie fest in die Arme schloss. »O Gott sei Dank, dir geht es gut!«

Mia sah verwirrt zu Nic und erwiderte Lizzys Umarmung. »Natürlich geht es mir gut, Lizzy.«

Lizzy starrte sie ungläubig an und wurde plötzlich böse. »Wie kannst du es wagen, uns so einen Schreck einzujagen? Alle sind in völligem Aufruhr wegen dir. Ich dachte schon, du hättest eine Dummheit gemacht, weil du heute Mittag so fertig warst.« Mia löste sich von ihr, errötete und sah ihre Freundin verständnislos an.

»Lizzy, jetzt beruhige dich bitte und sag uns, was los ist«, sagte Nic mit sanfter Stimme, was Lizzy offenbar daran erinnerte, dass er auch noch da war.

»Du!«, sagte sie nur und machte ein Gesicht, als wäre ein Gewitter im Anmarsch. Ein ausgestreckter Finger pikte seine nackte

Brust. »Du!«, sagte sie noch mal, und Nic wich einen Schritt zurück. Dann besann Lizzy sich und begann zu erklären: »Celine hat angerufen, gerade eben. Sie ist völlig aufgelöst. Bitte, Dad, ruf sie an und sag ihr, dass Mia hier ist.« Richard nickte und griff zum Telefon. Lizzy stützte sich auf der Küchenanrichte ab und holte tief Luft. »Die Polizei war gerade bei euch und hat deine Mutter gefragt, wo du bist. Celine war davon ausgegangen, dass du in deinem Bett liegst, obwohl ich ihr extra noch eine SMS geschickt hatte, dass du bei mir schläfst. Was ist das nur für eine Unart von euch Kennedy-Frauen, dass ihr nie wisst, wo euer Handy ist?«, empörte Lizzy sich.

»Nun erzähl schon weiter!«, drängte Lynn.

»Jedenfalls wurde dein Auto gegen einen Baum gefahren. Der Schlüssel steckte wohl noch, doch von dir fehlte jede Spur. Die Polizei hat anhand deines Kennzeichens deine Adresse rausgefunden. Alle haben gedacht, dir sei etwas passiert, und als du nicht neben mir lagst, dachte ich, du wärst nach alledem noch irgendwohin gefahren und …« Lizzy kamen die Tränen, und der Schock war ihr im Gesicht abzulesen.

»Sie kommt sofort rüber«, informierte Richard sie, kurz bevor es an der Terrassentür klopfte und Celine tränenüberströmt hereinstürmte, gefolgt von der restlichen Familie Kennedy, und ihre Tochter fest in den Arm nahm. Sie redete auf Französisch auf Mia ein und weinte. Mia erwiderte die Umarmung und streichelte beruhigend über den Rücken ihrer Mutter.

»Mum, sieh doch! Es muss ein Irrtum sein, mir geht es gut«, sagte Mia und blickte über Celines Schulter zu ihrer Familie, die ebenfalls völlig aufgewühlt war. Hinter Liam trat ein Polizist durch die Tür.

»Ma'am, ist das Ihre Tochter?« Celine nickte nur, und der Beamte wandte sich an Mia: »Miss Kennedy, geht es Ihnen gut? Sind Sie heute in einen Unfall verwickelt gewesen?«

»Nein, ich meine ja … Also nein, ich war in keinen Unfall verwickelt, und ja, mir geht es bestens.«

»Ihr Auto wurde in der Nähe des Bahnhofs gegen einen Baum gefahren, von einem Fahrer fehlte jede Spur. Ihr Schlüssel steckte allerdings noch.« Er hielt ein Plastiktütchen hoch, in dem sich ihr Autoschlüssel mit dem Eiffelturm-Schlüsselanhänger befand, und Mia erstarrte.

»Wie ist das möglich?«, fragte sie verwirrt.

»Das würden wir sehr gerne von Ihnen wissen, Miss Kennedy. Ich fürchte, ich muss Sie mit zur Wache nehmen, um den Vorfall aufzunehmen und Ihnen einige Fragen zu stellen.«

Mia verschlug es die Sprache.

»Soll das heißen, Sie glauben, dass Emilia gegen einen Baum gefahren ist und dann einfach ausgestiegen und, ohne einen Kratzer davongetragen zu haben, nach Hause gelaufen ist?« Sophie ließ keinen Zweifel daran, was sie von dieser Theorie hielt. »Bei Ihnen piept's wohl!«, sagte sie entrüstet.

»Wann ist der Unfall denn passiert? Sie war doch die ganze Zeit hier bei uns«, entgegnete Richard in einem Ton, der keinen Widerspruch duldete. Mia war dankbar für den Rückhalt.

»Heute Abend gegen einundzwanzig Uhr«, antwortete der Polizist.

»Ich bin den ganzen Tag nicht mit meinem Auto gefahren«, gab Mia zurück. »Ich hab nicht mal bemerkt, dass es weg ist.«

»Und wo waren Sie dann eben, als niemand Ihren Aufenthaltsort kannte?«, hakte der Polizist nach.

»Sie war bei mir! Hier unten … in der Küche. Allein!«, fügte Nic hinzu. Alle Anwesenden hielten erstaunt inne. Nic schob sich an Sophie vorbei und baute sich hinter Mia auf.

»Also gut, ich denke, wir müssen trotzdem zur Wache fahren. Wenn es zutrifft, was Sie sagen, wollen Sie sicher auch Anzeige erstatten.«

Mias Gedanken überschlugen sich. »Wer sollte meinen Auto-schlüssel klauen, um dann gegen einen Baum zu fahren?«

»Das werden wir hoffentlich auf der Wache klären.«

Mia setzte sich automatisch in Bewegung, als Nic ihr folgte.

»Ich komme mit!«

Mias Herz klopfte wie wild, sie wandte sich zu ihm um und sagte: »Du bist so erschöpft und die ganze Nacht auf gewesen. Leg dich lieber hin. Ich schaff das schon allein.«

»Ganz sicher bin ich nicht zu erschöpft, um herauszufinden, was hier los ist. Irgendein Irrer hat deine Schlüssel geklaut und dein Auto vor einen Baum gesetzt. Ich hol mir nur schnell ein paar Schuhe.«

»Und ein Shirt wäre auch nicht schlecht«, schlug Liam vor.

»Ich komme auch mit«, fügte Lizzy entschlossen hinzu, und Celine folgte dem Polizisten ebenfalls nach draußen, als Mia sie aufhielt.

»Mum, ist schon gut. Bleib hier. Wir sehen uns gleich zu Hause.«

»Bist du sicher?« Mia nickte und deutete auf ihre Begleiter.

»Nic und Lizzy können auch direkt bezeugen, dass du hier warst. Damit du keine Probleme bekommst, Mia«, merkte Richard an.

»Ich rufe Sam, unseren Anwalt, auf jeden Fall an, damit keine Schwierigkeiten für sie entstehen«, erklärte Nic, der in Sweater, Lederjacke und Boots zurückkam. Mias Mutter lächelte ihn dankbar an.

Gemeinsam mit Lizzy stiegen Mia und Nic in seinen Wagen ein. »Lizzy, alles wird gut«, murmelte Mia und streckte eine Hand zu Lizzy aus, die auf der Rücksitzbank saß.

»Das sagst du so. Aber für ein paar schreckliche Sekunden dachte ich, dir wäre was zugestoßen und du wärst vielleicht sogar tot.« Lizzy ergriff ihre Hand und drückte sie fest. »Allein in der Küche, ja?«, fragte sie anschließend nur, während sie sich anschnallte, und Hitze stieg in Mias Wangen. Nic grinste. »Du kannst so froh sein, dass ihr nicht wirklich was passiert ist. Sonst hätte ich dich umgebracht. Und bevor du fragst, es wäre kein angenehmer Tod gewesen.« Keiner von beiden antwortete darauf, aber eins war allen klar: Lizzy war nicht zu Scherzen aufgelegt.

10

Die Aufnahme der Aussage verlief für Mia problemlos. Nic hatte Sam, seinen Anwalt, mit dem er seit Jugendtagen befreundet war, trotzdem aus dem Bett geklingelt und ihn gebeten zu kommen. Durch Sams Auftauchen wurden alle Vorgänge beschleunigt, sodass die drei gegen kurz nach zwei wieder im Auto saßen. Mia war völlig erledigt. An Schlaf war nicht zu denken. Sie war viel zu aufgebracht. Wer konnte nur an ihren Schlüssel gekommen sein? Und wie? Aber die viel wichtigere Frage lautete: Warum?

Mia wäre viel lieber bei Nic geblieben, doch sie wusste, ihre Mutter würde völlig außer sich sein, sollte sie nach diesem Schrecken nicht nach Hause kommen. Außerdem war ein winziger Teil in ihr erleichtert, an diesem Abend keine Entscheidung treffen zu müssen, wie es mit ihnen beiden weiterging. Sie sah, dass in Celines Schlafzimmer noch Licht brannte, und verabschiedete sich verlegen von Nic und Lizzy. Nic betrachtete sie wehmütig. Der wenige Schlaf der vergangenen Tage forderte auch von ihm seinen Tribut. Lizzy schlüpfte durch die Haustür, um den beiden noch ein bisschen Privatsphäre zu gönnen. Nic grinste, während er um das Auto herumging und sich lässig dagegenlehnte. Er nahm Mias Hand und zog sie an sich.

»Was für ein verrückter Tag …«, murmelte er in ihr Haar, während Mia ihren Kopf an seine Brust lehnte. Sie hörte das regelmäßige Pochen seines Herzens und hätte ewig so dastehen können.

»Danke, dass du mich trotzdem begleitet hast«, flüsterte Mia.

»Ach, mach dir um mich keine Sorgen. Ich bin schon mit weniger Schlaf ausgekommen. Ich mach mir nur Gedanken um dich. Morgen sollten wir mal darüber nachdenken, wer so etwas tun könnte. Im Moment fällt mir niemand ein, der dir schaden wollen würde.« Mia brummte nur leise, und Nic gab ihr einen Kuss aufs Haar. »Du solltest jetzt reingehen«, meinte er, und die Niedergeschlagenheit war ihm deutlich anzuhören.

»Nur ein bisschen noch, ja?«, bat Mia, und Nic lächelte.

»Glaubst du, sie beobachten uns?«

»Ich verwette mein gewonnenes Essen bei Pedro und lege noch eine Pizza-und-Popcorn-Nacht drauf.«

»Schade, denn ich würde dich gern wieder küssen«, flüsterte er, und in Mias Magen machten sich sämtliche Schmetterlinge zu einem Sturzflug bereit. Sie löste sich sachte von ihm, um ihn ansehen zu können.

»Und worauf wartest du dann noch?«, fragte sie herausfordernd.

Nic ließ sich nicht länger bitten und umfing Mias Gesicht mit beiden Händen. Der Kuss war sanft und zärtlich. Nach einer Weile löste er sich von ihr und sah sich um.

»Was ist?«, murmelte Mia mit verschleiertem Blick.

»Na, als ich das beim letzten Mal gemacht habe, tauchte plötzlich die Polizei auf. Ich wollte nur sichergehen, dass das nicht zur Gewohnheit wird.«

Mia kicherte. Plötzlich ging die Kennedy-Haustür auf, und sie sah ihre Mutter.

»Mia? Kommst du?«, rief Celine. »Entschuldige, Nic, aber …«

Nic winkte ab, lächelte und strich Mia über die Wange. »Schlaf gut, Honey.«

Mia ging wie in Trance auf ihr Haus zu und wurde von ihrer Mutter erneut in die Arme geschlossen.

Am Mittwochmorgen hetzte Mia nach dem Frühstück durchs Haus, als ihr mit Entsetzen der Termin bei ihrer Praktikumschefin Cathleen um halb zwölf einfiel. Nach einer warmen Dusche legte sie einen Hauch Make-up auf und machte sich mit ihrer geschulterten Zeichenmappe auf den Weg zu ihrem Auto. Da fiel ihr auf, dass sie gar kein Auto mehr hatte. Mia fluchte und wog ihre Möglichkeiten ab. Wenn sie den Bus nahm, würde sie vielleicht noch pünktlich kommen. Also rannte sie los, als sie aus den Augenwinkeln eine Bewegung wahrnahm.

Dort im Auto auf der anderen Straßenseite vor dem Haus saß jemand. Sie kannte das Auto jedoch nicht. Skeptisch hielt sie inne. Es war nicht gerade selten, dass sich Paparazzi vor Liams und Nics Elternhäusern aufhielten, um einen Schnappschuss zu ergattern. Bevor sie sich entscheiden konnte, ob sie sich das Auto näher anschauen oder es ignorieren sollte, wurde der Motor des Wagens angelassen, und er fuhr schnell davon. Mia schüttelte den Kopf und beeilte sich. Nach ein paar Metern fuhr ein Auto in Schrittgeschwindigkeit neben ihr her, und Mia erschrak. Es war Lizzy.

»Was ist denn mit dir los?«

»Ach, nichts weiter. Bitte sag mir, dass du in unsere Wohnung fährst und mich bei Cathleen absetzen kannst«, keuchte Mia.

Lizzy grinste breit und hielt an. »Nun, ich könnte mich dazu überreden lassen, wenn du mir alles von gestern Abend erzählst.«

Mias Augen leuchteten, und sie stieg ein. Sie war selbst so glücklich, dass sie es am liebsten der ganzen Welt erzählt hätte, aber Lizzy genügte erst einmal. Sie freute sich ehrlich für Mia und

Nic und betonte nur an die hundertmal, dass sie also doch recht gehabt hatte.

»Und was bedeutet das jetzt? Seid ihr zusammen? So richtig, meine ich?«

Mia schüttelte den Kopf. »Ich habe keine Ahnung. Wir hatten auch nicht wirklich Gelegenheit, darüber zu reden, weil wir so unsanft unterbrochen wurden.« Sie zwinkerte Lizzy zu.

»Jetzt bin ich also schuld, ja?« Lizzy wirkte alles andere als ernst, was Mia wiederum zum Lachen brachte.

»Na, ich würde eher demjenigen die Schuld geben, der mein Auto zu Schrott gefahren hat.« Plötzlich wurden sie beide still.

»Hast du eine Idee, wer das gewesen sein könnte?«

Mia schüttelte den Kopf. »Ich finde den Gedanken zu heftig, dass jemand das bewusst getan haben könnte. Deswegen sind alle Menschen, die mir hin und wieder durch den Kopf gehen, unschuldig. Warten wir einfach ab, was die Polizei dazu sagt.«

Lizzy schien noch etwas ergänzen zu wollen, behielt es jedoch lieber für sich. »Heute Abend treffen sich alle bei Jeff. Du kommst doch auch, oder?«, wechselte sie das Thema, und Mia stimmte zu.

Nic, Mia, Liam und Lizzy wollten sich gegen acht Uhr mit der Band in Jeffs Bar treffen. Es war ein kleiner Pub, der direkt an der Strandpromenade lag und so etwas wie ihr Stammlokal war. Mia machte hin und wieder die Buchhaltung für Jeff oder sprang spontan für eine Kellnerin ein. Heute würde sie einfach Gast sein. Jeff war dreiundsechzig, und dieses Pub in Bodwin gehörte ihm schon sein ganzes Leben. Er hatte ein mürrisches Gemüt, war aber immer großzügig und freundlich zu Mia gewesen.

Er brachte ihnen die erste Getränkefuhre und erzählte Mia von Kelly, seiner neuen Kellnerin.

»Kelly hat schon fünf Gläser zerdeppert und ist erst seit zwanzig Minuten hier. Wenn sie nicht aufpasst, hab ich ihr in einer Stunde gekündigt«, maulte er wie üblich.

»Sei nicht so hart mit ihr. Weißt du noch, wie viele Gläser ich dich in den ersten Tagen gekostet habe? Mich hast du auch behalten, und sag jetzt nicht, dass du es bereust«, erinnerte ihn Mia und verzog das Gesicht, als sie ein erneutes Klirren hörte.

»Ich glaub's nicht!«, murrte Jeff und verschwand hinter der Theke.

Mia wechselte einen Blick mit Nic, der sie beobachtet hatte. Es war seltsam zwischen ihnen, seit Liam zwischen ihnen stand. Nic schien unschlüssig zu sein, wie er vor seinem Freund mit Mia umgehen sollte, und tat einfach gar nichts, was Mia irritierte.

Sie wollten eine Runde Darts spielen, als ein kleiner Aufruhr durch die Gäste ging und die restlichen Bandmitglieder die Bar betraten. Liam und Nic begrüßten ihre Kumpels mit Handschlag. Obwohl sie so oft zusammen waren und es einige Meinungsverschiedenheiten gab, waren sie immer noch Freunde. Während John Mia hochhob, als sei sie leicht wie eine Feder, begrüßte Stan sie mit einem Handschlag. Plötzlich versteifte sich Nic, woraufhin Mia in dieselbe Richtung sah wie er.

Jim kam in Begleitung von Angela. Mia konnte sich noch allzu gut an die letzte Begegnung mit ihr beim Konzert der Band erinnern und hielt die Luft an. Sie war ohne Frage schön mit ihren ellenlangen Beinen und der makellosen Figur, die ihr hautenger Minirock betonte. Das Blut gefror Mia in den Adern. Dieses Supermodel hatte mit ihr so gar nichts gemeinsam. Sie gesellten sich zu ihnen, und Jim grinste breit in die Runde, als gäbe es etwas zu feiern. Anhand der Vermutung, in welcher Beziehung sie zu Nic stand, war es unmöglich, ihr unvoreingenommen gegenüberzutreten.

Angela betrachtete Nic eingehend und beugte sich auf eine Art zu ihm hinüber, die Mia nicht gefiel. Sie stützte eine ihrer Hände hoch oben auf Nics Oberschenkel ab, als wäre es das Natürlichste der Welt. Dann flüsterte sie ihm etwas ins Ohr, was Nic mit einem seltsamen Ausdruck in den Augen kurz kommentierte. Was hatte das zu bedeuten? Sie berührte Nic auf eine zu selbstverständliche Art. Mia wollte sie nicht so anstarren, doch sie konnte nicht anders. Angela sagte wieder etwas zu ihm und wirkte so vertraut mit ihm, dass Mia ihr gern an die Gurgel gegangen wäre. Plötzlich blickten beide in ihre Richtung, und Mia fühlte sich ertappt. Die Frau kam auf sie zu und lächelte sehr freundlich, nein, *zu* freundlich. Sie sah Mia an, und ihr herablassender Blick wurde kühler.

»Dann muss das wohl *Honey* sein!« Ihre Stimme strotzte vor Spott, und sie sah bedeutsam zu Nic, der nur knapp nickte und sich nicht wohl in seiner Haut zu fühlen schien. »Oh, ich wollte in kein Fettnäpfchen treten«, sagte sie unschuldig, was eine Lüge war.

»Keine Sorge, das bist du nicht«, antwortete Nic betont ruhig und warf sich eine Erdnuss in den Mund. Er wirkte so gleichgültig, wie Mia ihn selten erlebt hatte.

»Da die Jungs nicht gedenken, uns bekannt zu machen: Ich bin Angela und gehöre zum Management. Ich toure mit den Jungs und kümmere mich persönlich um ihr Wohlergehen.« Der Satz hing bedeutungsschwer in der Luft, und Mia kämpfte mit dem Drang, aufzustehen und zu gehen. Sie konnte sich lebhaft vorstellen, wie diese persönliche Betreuung aussah.

Sie brauchte einen Moment, um sich zu sammeln, bevor sie kühl erwiderte: »Ich weiß nicht, was du gehört hast, aber mein Name ist Emilia. Schön, dich kennenzulernen. Nic hat dich noch gar nicht erwähnt. Bitte entschuldigt mich einen Moment.« Sie grinste angestrengt, stand vom Stuhl auf und ließ sie allesamt stehen.

Toilette? Nein. Jeffs Büroräume? Zu auffällig. Also steuerte sie auf die Bar zu und machte sich daran, ein Bier nach dem anderen zu zapfen. Sie verspürte nicht die geringste Lust, an den Tisch zurückzukehren. Jeff, der gerade aus dem Keller kam, sah sie irritiert an.

»Was treibst du da, Kennedy?«, rief er quer durch den Raum, sodass alle auf sie aufmerksam wurden, auch Lizzy.

Mia setzte zu einem Lächeln an. »Ich dachte, ich gebe Kelly ein paar Tipps im Umgang mit dir.« Sie holte tief Luft, schnürte sich eine Schürze über das kurze Kleid und band sich die Haare im Nacken zusammen.

Plötzlich lächelte Jeff breit, als könne er sein Glück kaum fassen. »Jesus, ich bin gerettet«, stieß er hervor und schob sich hinter den Tresen.

Mia ignorierte alle fragenden Blicke ihrer Freunde und tat das, was sie gut konnte. Nach einer Weile übernahm Kelly das Bierzapfen, und Mia brachte die Getränke an die Tische. Unter anderem bediente sie auch die Swores und erinnerte sich an das Gespräch zwischen ihr und Nic, in dem es darum gegangen war, dass sie nicht in seine Welt gehörte. Er hatte es vehement bestritten. Sie brachte ihnen einige Biere und ein Mischgetränk für Lizzy, die Mia prüfend ansah.

»Was machst du da eigentlich?«, fragte sie halblaut. Nic beobachtete sie ebenso wie John und Liam. Die anderen scherten sich nicht weiter um sie, sondern grölten und spielten Darts.

Mia wich ihrer Freundin aus. »Bitte lass mich einfach«, bat sie und stellte alle Getränke auf den Tisch.

Angela kam rauchend auf den Tisch zu und legte beide Arme um Nic, der sich ihr sofort entzog. Mia erstarrte. »Ist das dein Job?«, fragte sie übertrieben freundlich.

Mia reckte sich zu ihrer vollen Größe und hob stolz den Kopf. »Einer davon, ja«, antwortete sie.

»Mia geht noch zur Uni und ist eine angehende Designerin«, erklärte Nic ungehalten. Das machte es für Mia nur noch schlimmer. Sie brauchte sich für nichts zu schämen.

»Lass gut sein, Nic! Ich bin genau da, wo ich hingehöre, und bediene Menschen wie euch«, sagte sie und reckte dabei trotzig das Kinn.

Nic wirkte bestürzt, aber nur für einen Augenblick, dann stand er von seinem Hocker auf, als wäre ihm das alles zu anstrengend. Vielleicht war sie das ja, und Nic hatte dieses Ganze Hin und Her endgültig satt. Mia war so müde, zu müde, um zu warten, dass er ihr ein Zeichen gab, was sie von ihm zu erwarten hatte. Sie konnte einfach nicht mehr. Gestern war sie es gewesen, die ihn geküsst hatte, und heute hatte er keine Ahnung, wie er sich ihr gegenüber verhalten sollte, sobald andere dabei waren. Das war nicht sonderlich schmeichelhaft. Die Angst, dass er es sich anders überlegt hatte oder sie nur eine Ablenkung vom stressigen Touralltag war, beschlich sie immer mehr. Mia wünschte sich endlich Klarheit.

Sie füllte wieder ihr Tablett und wollte sich gerade umdrehen, um die Getränke zu verteilen, als sie jemandem gegenüberstand, den sie hier am allerwenigsten erwartet hatte.

»Hallo, Mia«, begrüßte Chris sie mit seltsam belegter Stimme.

Mia war so überrascht, dass sie ihn nur mit großen Augen anstarren konnte. »Chris!«

Er lächelte und fuhr sich unsicher durch sein nach hinten gekämmtes Haar. Er trug Jeans und T-Shirt, was Mia noch nie an ihm gesehen hatte.

»Wie ... was machst du denn hier?«

Er deutete auf Bill und Lizzy, die sich gerade in den Armen lagen. »Ich dachte, ich sollte vielleicht nicht so schnell aufgeben.« Er hielt inne, sah sie entschuldigend an, und Mia wusste nicht, was sie denken sollte. War es Zufall, oder hatte Lizzy irgendwelche Fäden gezogen, oder wollte gar das Schicksal ihr ein Zeichen geben? War die Lösung für ihr Problem die ganze Zeit vor ihrer Nase gewesen? Mia seufzte und konnte nicht glauben, dass nun alles zusammenkam. Wie war so etwas nur möglich? Seit Tagen machte sie nun schon diese Achterbahnfahrt der Gefühle mit.

»Chris, ich bring das eben weg, dann hab ich Zeit für einen Drink«, entschied sie. Das war sie ihm schuldig.

Also nahm er an einem Tisch Platz, Mia brachte ihm und sich etwas zu trinken und setzte sich dann zu ihm.

»Ich war wirklich nicht fair zu dir letzten Freitag. Ich weiß auch nicht, aber irgendwas fühlte sich nicht richtig an.«

Mia hatte Schuldgefühle, weil er sich schlecht fühlte und sich rechtfertigte. In Wahrheit hatte er mit allem recht. Sie griff über den Tisch nach seiner Hand und sah ihn traurig an.

»Hör zu, Chris, ich weiß, du wünschst dir mehr ...«, begann sie und wusste mit einem Mal genau, was zu sagen war.

Es gab kein Schicksal, und selbst wenn es etwas gab, was sie insgeheim auf ihrem Weg leitete, dann waren es ihre Gefühle. Sie waren es, auf die sie hören musste, und nach all diesen Tagen lag es nur an ihr, die ganze Geschichte zu entkomplizieren.

Nic hatte sich derweil an die Bar gesetzt. Natürlich merkte Mia, wie er sie mit seinen Blicken durchbohrte, und sie wappnete sich innerlich gegen den Streit, der mit Sicherheit später über sie hereinbrechen würde. Sie tat nichts Verbotenes, oder? Sie gewährte Chris diesen Drink, den er ihr anbot, und würde danach zu den anderen zurückkehren. Insgeheim befriedigte es sie ungemein, Nic so sauer zu sehen. Jetzt wusste er vielleicht mal, wie sie sich fühlte.

* * *

Missmutig sah Nic seiner Freundin und ihrem Verehrer zu. Was tat er hier? Hatte Mia ihn sogar hierher eingeladen? Warum nahm sie seine Hand, nachdem sie erst gestern mit ihm in der Küche herumgemacht hatte? Das konnte unmöglich ihr Ernst sein. Sie sah so bezaubernd aus in ihrem roten, kurzen Kleid und mit der unordentlichen Haarmähne. Sie war eine Schönheit, ganz ohne Frage, und seit er von der verbotenen Frucht gekostet hatte, war sie viel realer. Warum musste ausgerechnet heute Angela auftauchen? Mia und er hatten erst gestern einen wichtigen Schritt gewagt, und jetzt war alles wieder so kompliziert. Nein, es wäre ohnehin kompliziert geworden, erinnerte er sich.

Er nippte hastig an seiner Whisky-Cola, um den Kummer hinunterzuspülen, und starrte missmutig in eine andere Richtung. Wie lange machte er das nun schon mit? Wie satt er es hatte, einen anderen Mann an ihrer Seite ertragen zu müssen! Bisher waren sie alle wieder aus Mias Leben verschwunden. Aber wie lang würde das noch so sein? Wann würde der Richtige auftauchen und sie völlig in Beschlag nehmen?

Nic wusste, dass Mia in manchen Dingen ebenso romantisch und naiv war wie viele andere junge Frauen. Sie glaubte an die große, wahre Liebe und wünschte sich einen Mann, Kinder und ein Heim. Er würde in diesem Leben keinen Platz haben. Nie hatte er sich so in Zukunftsplanungen verstrickt wie in den letzten Wochen und Monaten. Allerdings gab es etwas, das er mehr als alles andere wollte: Er wollte Mia bei sich haben und ein Stück seiner Privatsphäre behalten. Oder lag genau da das Problem? Er spülte den bitteren Geschmack seiner Gedanken mit seinem Drink hinunter.

Dann blickte er über die Schulter, und ihm fiel auf, wie ernst sich Mia mit diesem Typen unterhielt. Wie beiläufig streifte er ihren Arm, während er ihr aufmerksam zuhörte. Der Anzugfuzzi hing förmlich an ihren Lippen, was Nic mit einem verächtlichen Blick kommentierte. Er kannte die Maschen der Kerle zur Genüge und wollte es diesem Typen nicht zu leicht machen, sich in Mias Herz zu schleichen. Abrupt stand er auf, nur um im gleichen Moment innezuhalten, als er Mias drohenden Gesichtsausdruck sah.

Seufzend wandte er sich um und sank zurück auf den Barhocker. Seine Laune war selten so tief im Keller gewesen. Er machte Jeff ein Zeichen, dass er ihm einen neuen Drink bringen sollte, als ihn eine Stimme in die Wirklichkeit zurückholte. »Entschuldige, ist hier noch frei?«

Nic hob den Blick und sah Angela neben sich. Er nickte vage, ohne wirklich Lust auf ein Gespräch mit ihr zu haben, womit sie ihn ohnehin nur provozieren würde. Sie quälte ihn, weil er nicht mehr ihre Trophäe im Bett war und sie keinen Vorzeigelover mehr hatte. Das alles interessierte ihn nicht. Das Einzige, was ihn interessierte, war Mia.

»Du siehst ziemlich schlecht aus«, bemerkte sie, legte einen Zeigefinger auf seinen Arm, den er auf dem Tresen abgelegt hatte, und wanderte mit ihrem Finger Richtung Schulter. »Ich könnte etwas dagegen tun«, hauchte sie und machte keinen Hehl aus ihren Absichten oder ihren Reizen. Es hatte mal eine Zeit gegeben, in der er ihnen erlegen wäre.

»Und was hast du vor?«, fragte er lahm.

»Weißt du noch, in Florida? Es war eine heiße lange Nacht nach einem Wahnsinnsgig. Ich trug nichts weiter als rote hochhackige Pumps und einen Trenchcoat, und du konntest ihn mir gar nicht schnell genug vom Leib reißen. Im Ficken waren wir unschlagbar gut, findest du nicht?«

Sicher, er war immer auf seine Kosten gekommen, ihre Art war jedoch irgendwann abtörnend gewesen. Sie war zu aggressiv dabei zu bekommen, was sie wollte. Er lachte und blieb ihr eine Antwort schuldig.

»Warum zierst du dich so? Doch nicht etwa wegen *Honey*? Sie scheint ziemlich interessiert an einem anderen Mann zu sein, und ist sie nicht auch Liams Schwester?« Ihre Worte versetzten Nic einen Stich. Wie immer hatte sie einen Blick fürs Detail und fasste seine Situation höchst treffend zusammen. Aber nichts konnte ihn dazu bringen, sich erneut auf Angela einzulassen.

»Angela, zwischen uns wird nichts mehr laufen!«, entgegnete er knapp und distanziert. Eilig stand er von seinem Stuhl auf, doch sie hängte sich an seinen Hals und machte Anstalten, ihn zu küssen. Sofort stieß er sie von sich. »Nie wieder!«, betonte er noch mal so laut und nachdrücklich, dass die Swores und Lizzy sich zu ihnen umdrehten.

Als er zu Mia blickte, war Chris von der Bildfläche verschwunden. Wo steckte er nur? War er nur vorgegangen, um das Auto zu holen? Mia sah nicht zu ihm herüber, doch er wusste, dass sie ihn absichtlich ignorierte. Ihre Haltung war angespannt, und sie sprach aufgeregt mit seiner Schwester, die ihm wiederum einen scharfen Blick zuwarf. Dann griff Mia zu ihrer Jacke, nahm den Schlüssel des Terminators entgegen und verließ den Pub über den Strandeingang. Lizzy sah ihr nach, und sie wirkte besorgt, bis ihr Blick sich wieder auf ihn richtete. Seine Schwester hatte ihre Hände in die Hüften gestemmt und sah ihn mit einem Funkeln in den Augen an, das ihn hätte beunruhigen sollen. Was konnte es schon noch schlimmer machen?

»Ich soll dir Grüße von Mia ausrichten. Sie ist gegangen«, stieß Lizzy scharf aus.

»Aha.«

»Was soll das heißen, ›Aha‹?«, fragte Lizzy angriffslustig.

»Aha heißt eben aha, Lizzy. Bringt dieser Anzugtyp sie wenigstens nach Hause?«

»Nein, Mia ist ohne ihn gegangen.«

»Warum das?« Jetzt war Nic verwirrt.

»Na, weil sie dachte, dass sie mit dir hier wäre und du nun anderweitig beschäftigt warst.« Lizzys Stimme war voller Ungeduld.

»Elizabeth, Mia hat sich eine kleine Ewigkeit mit diesem Schmalztypen unterhalten. Sie hat mich schon, seit wir hier sind, keinen Moment beachtet. Woher soll ich denn ahnen, dass sie den Abend mit mir verbringen will?« Er wusste selbst, wie trotzig er klang, und Lizzy sah ihn mit einem mitleidigen und zugleich tadelnden Blick an.

»Wir beide wissen sehr genau, was hier heute Abend abgelaufen ist.« Sie deutete hinter Nic und meinte Angela.

»Ich wusste nicht, dass sie hier auftaucht, und sie hat mich einfach kurz überrumpelt. Ich hab kein Interesse an ihr. Aber Mia …«

Erbarmungslos fügte Lizzy hinzu: »Nun hör mir mal zu, mein lieber Bruder. Ist dir noch nie der Gedanke gekommen, dass Mia, wenn sie die Wahl zwischen einem romantischen Candle-Light-Dinner mit Liam Payne und einem DVD-Abend inklusive Pizzaservice mit dir hätte, immer dich wählen würde?« Lizzy durchbohrte ihn mit einem bedeutungsschweren Blick, wandte sich dann aber ab und rief ihm noch über die Schultern zu: »Wie lange soll das noch so zwischen euch beiden gehen? Nun geh ihr schon nach!« Damit verschwand sie in der Menge.

Nic riss die Tür auf und konnte Mia in der Ferne sehen. Sie ging den Weg bis zur Promenade zurück und war gerade bei der Treppe angekommen, als er sie endlich einholte. Nach Luft schnappend, stützte er sich am Geländer ab. Mia betrachtete ihn mit ausdrucksloser Miene.

»Mia … ich wusste, ich krieg dich noch.« Er holte tief Luft. Abwartend sah sie ihn an. Ihre Haltung war angespannt und, was Nic noch weniger gefiel, abweisend. Langsam kam er wieder zu Atem.

»Was soll ich sagen, damit du mir glaubst, dass ich nichts davon wusste, dass Angela heute kommen würde.«

»Darum geht's doch gar nicht, Nic«, erwiderte sie traurig.

»Und worum geht's dann?«

Sie wandte sich auf dem Absatz ihrer Stilettos um und marschierte weiter die Treppen hoch.

»Warum bist du so wütend auf mich? Was bitte hab ich getan?«

Sie sah ihn entgeistert an.

»Du hast nichts getan!« Nic sah, wie sie innehielt, die Augen schloss und langsam wieder öffnete, bevor sie weiterlief. »Und das ist genau das Problem.«

»Wann habe ich ›nichts‹ getan?« Nic wusste nicht, worauf sie hinauswollte. »Nun spuck's schon aus, Mia! Wir haben uns doch immer alles sagen können.«

Aber Mia lachte nur freudlos auf und blickte ihn fest an. »Ist das wahr, Nic? Hast du mir immer die Wahrheit gesagt in den letzten Jahren?«

Aufmerksam sah sie ihm in die Augen, und da wusste er, was sie meinte. Schuldbewusst sah er zu Boden. »Wahrscheinlich nicht«, räumte er ein.

»Warte! Bevor du etwas sagst und ich wieder den Mut verliere. Ich war es nicht. Ich war nicht ehrlich. Ja, wir haben über Alltägliches gesprochen, über die Familie, deine Tour und die Uni. Aber das Wichtigste konnte ich dir nicht sagen. Ich konnte dir nicht sagen, wie schwer es mir fiel, mein Leben hier ohne dich weiterzuführen. Ich hasse es, dass ich dir ständig nahe sein will und es nicht kann. Alle paar Monate kommst du wieder, und es wird nur schwieriger zwischen uns. Ich hasse es, das Gefühl zu haben, nicht gut genug für deine Welt zu sein. Dass du kommst und gehst, wann du möchtest, und ich immer noch hier feststecke. Dann sehe ich dich mit diesem Model, dieser Schauspielerin oder sonst irgendeiner Frau und weiß nicht, worauf ich eigentlich warte. Also versuche ich, mein Leben ohne dich weiterzuführen. Ich lerne Männer kennen, die nicht annähernd so sind wie du, und ich hasse mich dafür, dass ich sie trotz allem an dir messe. Was bleibt mir denn für eine Wahl? Was soll ich rumheulen und mich fragen, wie mein Leben mit Jake gewesen wäre, wenn mein Dad nicht gestorben wäre? Ob ich dann von dir losgekommen wäre? Und nun habe ich diese Chance wieder. Ein Leben, ein normales Leben mit einem Mann zu führen …« Nics Mienenspiel war kaum zu deuten.

»Du meinst diesen Anzugfuzzi?«, fragte er leise.

»Er heißt Chris!«, rief sie verzweifelt und schüttelte den Kopf. »Im Gegensatz zu dir weiß Chris, was mir in den letzten Wochen widerfahren ist. Er ist nämlich hier und bemüht sich um mich. Er steht vor mir und sagt mir, dass er mit mir zusammen sein will. Doch was passiert? Du tauchst auf, und ich habe Chris innerhalb eines Tages vergessen.« Mia brach ab und sah Nic hilflos an. Er fühlte sich, als hätte sie ihm nicht nur eine Ohrfeige verpasst, sondern ihn zusätzlich mit dem Laster überrollt, neben dem sie standen.

»Mia, ich bitte dich … Hör mich an«, bat er flehentlich.

»Es könnte sogar sein, dass er in mich verliebt ist. Gut, er ist vielleicht ein Schnösel, aber er will mich an seiner Seite haben – immer! Genau, das ist es doch, was du mir nicht bieten kannst! Außer ein paar Wochen im Jahr. *Er ist da!* Ganz im Gegensatz zu dir.«

»Ich verstehe«, sagte er und wirkte bestürzt, erschöpft, und doch widersprach er ihr nicht. »Aber du sollst eins wissen, Mia, ich wollte dich immer anrufen.«

»Warum hast du es nicht getan? Welchen Grund hätte es gegeben, mich nicht einmal anzurufen und mir das Gefühl zu geben, dir nicht gleichgültig zu sein? Ich habe wenigstens den Anstand und beleidige oder boykottiere deine Beziehungen nicht! Ich frage nie nach den Tausenden von Frauen, mit denen du abgelichtet wirst.«

»Weil es keine gibt, Mia!«, rief er und gewann wenigstens kurz ihre Aufmerksamkeit. »Es gibt keine Frauen, die mir nur ansatzweise etwas bedeuten.«

Ihre Stimme wurde ganz leise und erstickt, als müsse sie mit einem riesigen Kloß im Hals kämpfen. Dann fügte sie verletzt hinzu:»Das ist schade, erklärt jedoch eine ganze Menge. Ich frage dich nämlich auch nicht danach, was an mir so falsch ist, dass du nicht mit mir zusammen sein kannst. Warum du mich einfach nicht genug willst, um dieses Katz-und-Maus-Spiel zwischen uns endlich zu beenden.« Damit ließ sie ihn stehen und ging zu Lizzys Auto.

* * *

Nachdem sie einige Zeit ziellos in der Stadt herumgefahren war, hielt sie vor ihrer früheren Schule. Sie blickte auf das alte Gebäude, das viele Erinnerungen in ihr weckte. Sie sah ihre Schulzeit vor sich, wie sie mit ihren Freundinnen über den Schulhof stolziert war. Sie hatte immer viele Freunde gehabt. Sie war Vertrauensschülerin gewesen und hatte nie Probleme in der Schule gehabt. Ganz im Gegensatz zu Nic.

Er war der seltsame Freak, der lieber Musik machte, als Mathe zu büffeln oder mit Mädchen auszugehen. Aber er war ihr allerbester Freund gewesen. Dadurch, dass Mia ihn akzeptierte und immer mit ihm rumhing, fasste er etwas Fuß. Nicht zuletzt fand sich in seinem letzten Schuljahr ein Teil der Swores zusammen.

Sie sah Nic mit einer Wollmütze, seiner Gitarre und abgewetzten Jeans, die damals so gar nicht *in* gewesen waren, auf dem Dach der Sporthalle hocken. Es war damals so viel einfacher zwischen ihnen gewesen. Wann war es nur so kompliziert geworden? Durch die Berühmtheit der Swores war alles in diese Endlosschleife geraten. Sie legte beide Hände auf das Lenkrad und stützte ihren Kopf darauf, während im Radio *Chasing Cars* von Snow Patrol lief.

Irgendwie war das nicht besonders aufmunternd … Mia seufzte und krampfte die Hände zusammen. Was hatte sie Nic alles gesagt? Sie spürte, wie ihr Puls in ihrer Panik zu rasen begann. Heiße Scham überfiel sie. Sie hatte zu viel preisgegeben, was tief in ihr verborgen war. Es würde sich alles ändern. Alles würde zwischen ihnen anders sein. Ihre Freundschaft war dahin. Eine Weile konzentrierte sie sich auf ihre Atmung, und das beruhigte sie wieder. Sie stieg aus dem Wagen und ließ die kühle Luft in ihre Lungen fließen.

Da stand sie nun, vor den Mauern ihrer alten Schule, und kam endlich zu der einzig richtigen Erkenntnis. Sie würde Nic ziehen lassen müssen. Sie spürte den schmerzhaften Stich in ihrem Magen. Sie hatte die letzten Jahre im Stand-by-Modus verharrt, um da zu sein, wenn er zurückkam. Sie hatte darauf gehofft, dass alles schon werden würde – von ganz allein. Das war aber nie geschehen. Deswegen hatte sie selbst nicht richtig gelebt.

Es wurde Zeit, dass sie sich selbst so viel wert war, dass sie ihr eigenes Leben führen konnte. Dass sie das bekam, was sie sich wünschte. Der Tod ihres Dads war der beste Beweis, dass man nicht unendlich viel Zeit hatte. Sie musste an sich selbst denken. Sie musste sich für sich selbst entscheiden, nicht für Nic oder Chris oder sonst wen, sondern nur für sich selbst.

Mia wischte über ihre Wangen – Tränen waren okay. Sie fühlte sich danach meist besser. Irgendwie war es gut zu wissen, was man tun wollte. Dann stieg sie wieder in ihren Wagen, um endlich nach Hause zu fahren. Sie war so müde und erledigt von den vergangenen Tagen, dass sie hoffte, in einen tiefen, traumlosen Schlaf zu fallen.

Als sie auf ihr Zuhause zufuhr, fasste sie einen weiteren Entschluss. Sie würde endgültig dort ausziehen. Dieses Haus mit ihrer Familie würde immer ihre Heimat bleiben. Aber sie wollte nicht ständig in mehrere Teile zerrissen sein, weil sie allen gerecht werden wollte. Sie wollte ganz sie selbst sein.

11

*D*eine Mum sucht überall nach dir, Nic«, seufzte Mia, doch es lag kein Vorwurf in ihren Worten, als sie ihn in der Gartenlaube aufsuchte. So war es immer schon mit Nic gewesen. Sobald er sich von der Welt verraten fühlte, zog er sich so weit zurück, dass es selbst Mia fast unmöglich war, zu ihm durchzudringen. Im Moment lief es richtig schlecht für die Swores, und Mia fürchtete nicht zu Unrecht, wenn nicht bald der Durchbruch käme, gäbe es die Band nicht mehr lange.

Seine langen, viel zu dünnen Beine lagen ausgestreckt auf dem Klappsofa, das einst Sophie gehört hatte und hier nur zwischengelagert werden sollte. Mittlerweile war es ein festes Möbelstück ihrer kleinen Hütte, und obwohl es ein hässliches Blumenmuster trug und muffig roch, kämpften Nic und Mia vor jeder Sperrmüllabholung um dieses Teil. Ihre Eltern hatten es endlich aufgegeben, das Ding loswerden zu wollen, worüber Nic sehr erleichtert war. Ein Gefühl, das jedoch im Augenblick weit entfernt schien. Die Wut über die Ungerechtigkeit seines Vaters war noch frisch, und Nic wünschte sich, er könne etwas kurz und klein schlagen. Er sprang auf und ging mit der geballten Faust auf ein Holzregal los. Höllischer Schmerz durchfuhr ihn.

Mia schrie entsetzt auf. »Bist du verrückt geworden?« Nic rührte sich nicht. Er sah dabei zu, wie sie auf ihn zustürmte und seine ver-

letzte Hand in ihre nahm. Empört schaute sie zu ihm auf und deutete auf die Prellung. »Was denkst du dir nur dabei?«

»Ich hasse meinen Dad!«, schrie er. »Soll er doch sehen, wohin mich seine Ignoranz treibt.«

Mias Blick wandelte sich und war von Mitgefühl erfüllt. »Du möchtest ihm also unbedingt seinen Willen gewähren?«, fragte sie herausfordernd. Nic hielt verdutzt inne. »Na, immerhin kriegt er so, was er will, wenn du auf die Art mit deiner Hand umgehst. Dann kannst du keine Songs mehr aufnehmen.«

»Dafür könnte ich dann aber auch nicht schreiben«, entrüstete er sich, und Mias Stirn legte sich in Falten. »Ich werde nie und nimmer diese Ausbildung in seiner Firma beginnen. Das kann er voll vergessen!«

»Ich weiß«, murmelte Mia und sah ihn bedrückt an. Dieser Blick entsprach den Zweifeln, die er bereits im Gesicht seines Vaters gesehen hatte.

»Du findest, ich sollte endlich von meinem Traum abrücken, richtig?«, klagte er sie an und machte einen Schritt auf sie zu, doch Mia wich keineswegs vor ihm zurück. Mit gestrafften Schultern trat sie ihm entgegen. »Du denkst, dass ich meine Zeit verplempere, meine besten Jahre vergeude und ein Versager werde, so wie mein Vater es prophezeit. Die heilige Mia, die es immer allen und jedem recht machen muss. Sogar jetzt bist du da, wenn ich dich beleidige.«

Mia räusperte sich, legte eine Hand gegen seine Brust, eine sanfte, wohltuende Berührung ihrer warmen Haut, die durch sein Shirt drang und ihn auf einen Schlag besänftigte, wie ihn nichts auf dieser Welt beruhigen konnte. »Du kannst mir die schlimmsten Dinge an den Kopf werfen, es wird nichts an meiner Liebe zu dir ändern!« Worte, die ihn innehalten ließen, die er sich seit einer ganzen Weile von ihr zu hören wünschte. »Du wirst immer mein bester Freund sein, und ich werde dich nie verlassen, es sei denn, du wünschst es von mir. Hörst du?« Ernüchterung folgte, und Nic verzog schmerz-

verzerrt sein Gesicht, ehe er sich durch sein viel zu langes Haar fuhr und sich von ihr zurückzog. »Ich bin auf deiner Seite, das solltest du nach all der Zeit doch wissen. Außerdem glaube ich an dich und deine Musik. Ich weiß, wie gut du bist, wie viel Talent du hast, und nur weil du noch nicht zur rechten Zeit am rechten Ort warst, heißt das nicht, dass du nicht erfolgreich werden kannst. Dass du nach all dieser Zeit immer noch dafür kämpfst, deinen Traum zu verwirklichen, zeigt nur, wie stark du bist, Nic. Es hat nichts mit Hängenlassen oder Zeitvergeuden zu tun. Wenn dein Vater Ernst macht und dir ein Ultimatum setzt, dann finden wir eine Lösung.«

»Und welche?« Ein schwaches, ungläubiges Lächeln erschien auf seinem Gesicht. »Soll ich vielleicht hier schlafen?« Er deutete auf das Sofa, während er sich darauf niederließ, die Ellenbogen auf seine Beine stemmte und den Kopf in die Hände stützte.

Mia rollte ungeduldig mit den Augen. »Warum nicht? Das hat schon mal geklappt, weißt du nicht mehr?« Grinsend ließ sie sich neben ihn sinken.

»Damals war ich acht Jahre alt, und du hast mich gerade mal ein paar Stunden mit Essen versorgen können, ehe das Ganze aufgeflogen ist«, erinnerte sie Nic, stimmte aber in ihr Grinsen ein. »Das hat uns die Strafe unseres Lebens eingebracht. Die längste Woche meines Lebens zu Hause, abgeschottet von der Außenwelt und von dir.« Sein Murmeln klang unerwartet sanft, und Mia erwiderte seinen Blick.

»Mir erging es nicht anders, und ich würde jede Strafe erneut akzeptieren, wenn es dir irgendwie helfen würde.« Einen Moment herrschte Stille, sie lauschten nur den Grillen, die im Garten um sie herum zirpten, und von weit her rief ein Vogel. Das Einzige, was Nic noch wahrnahm, waren Mias Augen, die im dämmrigen Licht der einzigen Lichtquelle in diesem Gartenhäuschen funkelten. Es war nicht die Farbe darin, die ihn fesselte, es war der Ausdruck in ihrem Blick, so liebevoll, ja beinahe zärtlich sah sie ihn an.

»Ich weiß«, entgegnete er und seufzte frustriert. *Diese Frau war offenkundig ein weiteres Luftschloss, und obwohl sie so nah war, war sie doch ganz fern. Vielleicht konnte er hier glücklich werden, als Bankkaufmann, der in der Firma seines Vaters ein festes und geregeltes Einkommen bezog. Womöglich würde er eine Hobbyband gründen und an den Wochenenden weiter Musik machen. Eventuell ließ sich all das ertragen, was er seit jeher abgelehnt hatte, wenn er es mit Mia an seiner Seite tun würde. Woher wollte er wissen, dass Mia dasselbe für ihn empfand? Er war nicht mutig genug, das herauszufinden. Nicht auszudenken, wenn Mia seine Gefühle nicht erwiderte. Sie hatte ja selbst gerade von Freundschaft gesprochen. Und selbst wenn, wäre es fair? Sich selbst und, noch viel wichtiger, ihr gegenüber? Sie verdiente es nicht, sein Plan B zu sein, nicht solange es ihn hinaus in die Welt zog, als gäbe es dort eine Verlockung, die ihn fortwährend zu sich rief und Nic von den wunderbaren Dingen erzählte, die er versäumte, weil er zu feige war, sich dem Sturm entgegenzustellen. Bevor er noch eine Dummheit anstellen konnte, stand er abrupt auf und öffnete die Tür zu einer Welt, die sich in diesem Moment für sie beide für immer gänzlich verändern sollte.* »Ich muss diesen Kampf allein ausfechten, Honey«, *sagte er mit gesenktem Kopf, weil er nicht fähig war, zu ihr zurückzublicken.* »Es ist nicht fair, dir diese Bürde aufzuhalsen.« *Damit verließ er die Gartenlaube, Mia und eine Welt, die er zeitweise verachtet hatte und die ihm zukünftig schrecklich fehlen sollte.*

* * *

Lizzys lang herbeigesehnter Tag begann genauso, wie es zu erwarten gewesen war: stressig. Das Wetter hatte sich nicht zum Besseren gewandt, sondern eher zum Schlechteren. Für den Abend war sogar Sturm angesagt worden. Lizzys Verzweiflung kannte keine Grenzen. Nic konnte sich nur zu genau vorstellen, wie viel Lizzy sich von dieser Party erhoffte. Um die Aufmerksamkeit von den Produzenten zu gewinnen, musste man sich zweifellos etwas einfallen lassen. Niemand wusste das besser als die Swores, und im Moment musste es für Lizzy so wirken, als würden ihr alle Felle davonschwimmen. Nic fühlte sich so schlecht wie nie. Obwohl sein Dad und er so etwas wie einen Waffenstillstand vereinbart hatten, war die Stimmung im Hause Donahue frostig. Mia war am Morgen nach ihrem großen Streit mit gepackten Taschen und ein paar Kartons in Lizzys Auto gestiegen und in ihre gemeinsame Wohnung zurückgekehrt. Die Polizei hatte Mias Auto zwar nach der Spurensicherung wieder freigegeben, aber nach dem Unfall war es leider reif für den Schrottplatz. Mia hatte Lizzy einen kurzen Brief hinterlassen, in dem sie erklärte, dass sie Zeit für sich allein bräuchte, um ihre Gedanken ordnen zu können. Sie hatte versprochen, sich bei seiner Schwester zu melden, sobald ihr danach war. All das wusste Nic auch nur, weil er ihn heimlich gelesen hatte, als Lizzy ihn wutentbrannt auf den Küchentisch geworfen und liegen gelassen hatte. Seitdem hatte sie kein Wort mit ihm gewechselt. Hinzu kam, dass Liam ihn mied, was sicher an dem Versprechen lag, das Nic gebrochen hatte. Sein bester Freund hatte vor langer Zeit eine Bedingung gestellt, und seither verging kein Tag, an dem Nic dieses Versprechen nicht bereute. Also tat Nic das Einzige, was er in solch einer Situation tun konnte. Er hatte sich in die Gartenlaube zurückgezogen und schrieb Songs. Seine Texte waren voller Kummer, Selbsthass und Herzschmerz, und sie flossen geradezu aus ihm heraus. Er wollte mit niemandem reden. Was sollte er auch schon sagen? Es war unmöglich, seine Gefühle zu erklären, zumindest ohne Gitarre. Er wäre sicher nach London gefahren, um sich in seinem Selbstmitleid zu baden. Zwei Dinge hielten ihn allerdings zurück: Lizzys Geburtstagsfeier und die winzige Hoffnung, dass Mia niemals den Geburtstag ihrer besten Freundin verpassen würde.

Am Abend zuvor war das Zelt geliefert und aufgebaut worden. Die Stimmung war immer noch hundsmiserabel, als das Geburtstagskind am Morgen aufgewacht war. Nic, Liam und ein paar Jungs aus der Band übernahmen den Aufbau der Biertischgarnituren im Zelt, während Lizzy selbst, Celine, Sophie, Bea und Josslin, die mit ihrer Familie übers Wochenende zu Besuch war, in ihren Küchen standen und ein Büfett vorbereiteten. Irgendwie waren während der Vorbereitung ihre Absichten aus dem Ruder gelaufen, sodass nun in beiden Küchen Hochbetrieb herrschte. Nic lief gerade durch das Wohnzimmer, wo Lizzy wie ein wütender Tiger mit dem Telefon am Ohr hin und her lief. Sie würdigte ihn keines Blickes, sondern brüllte stattdessen in den Hörer.

»Sag mir lieber mal, warum meine beste Freundin nicht bei mir ist, um meine Geburtstagsfeier vorzubereiten, so wie sie es mir versprochen hat«, warf sie Mia vor. »Ich finde, du hast genug geschmollt und kannst langsam mal wieder nach Hause kommen. Ich dachte, wir verbringen unsere Semesterferien zusammen und du feierst meinen Geburtstag mit mir. Doch was machst du? Haust einfach ab, ohne Vorwarnung und ohne eine wirkliche Erklärung, und lässt mich mit meiner mies gelaunten Familie allein.« Josslin stieß ein empörtes Keuchen aus, was Lizzy nicht weiter beachtete.

✳ ✳ ✳

Sanft massierte Mia ihre Nasenwurzel, holte tief Luft und suchte nach der Geduld, die ihr kurzzeitig abhandengekommen war. »Lizzy, ich weiß, du bist sauer …«, begann sie.

»Ich bin nicht sauer, *Emilia,* ich bin echt wütend auf dich!«

»Ich weiß, und es tut mir auch leid, aber …«

»Mir ist egal, wie leid es dir tut.«

»*Elizabeth,* lässt du mich bitte auch mal zu Wort kommen?«, fragte Mia freundlich, aber bestimmt. Lizzy schnaubte wieder empört.

»Schau mal aus dem Wohnzimmerfenster«, wies Mia sie nun an und beobachtete, wie Lizzys Kopf sofort am Wohnzimmerfenster auftauchte. Mia hob einen Arm und hielt den Hörer weit von ihrem Ohr weg, damit der laute Aufschrei sie nicht taub werden ließ. Da stand Lizzy auch schon an der Tür und strahlte. Mia hatte gerade die Autotür von Lizzys Terminator geöffnet und winkte ihr lächelnd zu, während sie weiter ins Telefon sprach: »Du glaubst doch nicht ernsthaft, dass mich irgendwas davon abhalten könnte, mit meiner besten Freundin ihren Geburtstag zu feiern, oder? Kein Unwetter …« Mia kletterte ins Auto und griff nach einer Tüte. »Keine Naturkatastrophe …« Sie kletterte nun endlich aus dem Auto, das Handy zwischen Schulter und Ohr geklemmt, die Tüte mit Geschenken am Arm baumelnd und einen Kuchen in der anderen Hand. »Und schon gar kein Kerl …«, beendete Mia ihren Satz mühsam und kam jetzt auf die Haustür zu.

»Hallo, Geburtstagskind«, begrüßte Mia ihre Freundin und streckte ihr den Kuchen entgegen.

»Hey«, murmelte Lizzy kleinlaut und mit Tränen in den Augen.

»Eigentlich sollten noch dreiundzwanzig Kerzen auf dem Kuchen brennen, und du solltest mich nicht anschnauzen, sondern vor Überraschung quietschen. Aber da war jetzt keine Zeit mehr für.« Mia versetzte ihr einen leichten Seitenhieb.

»Tut mir leid, ich war wohl etwas …«

»Voreilig?«, half Mia nach, betrat den Flur und ging zielstrebig an Lizzy vorbei.

»Na ja … ja …« Zerknirscht folgte Lizzy Mia, die den Kuchen auf der Küchenzeile abstellte und Lynn und Josslin begrüßte. Sie wandte sich strahlend zu Lizzy um und drückte sie fest an sich.

»Alles Liebe zu deinem Geburtstag. Ich bin so froh, dass es dich gibt, du Nervensäge.«

Lizzy bemühte sich offensichtlich, nicht loszuweinen. »Tut mir leid. Der Kuchen ist echt toll«, entschuldigte sie sich kleinlaut.

Mia kramte ein in buntes Geschenkpapier gewickeltes Päckchen aus der Tragetasche. »Bitte schön.«

Lizzy nahm das Paket entgegen und öffnete es sofort. Ein Kleid kam zum Vorschein, und Lizzy hielt verzückt inne, während sie es betrachtete.

»Wow!«, brachte sie nur hervor.

»Ich hoffe, es gefällt dir?«, fragte Mia unsicher.

»Gefallen? Es ist wunderschön, Mia, ich finde einfach Wahnsinn, was du so alles zustande bringst.« Mia hatte für sie ein Kleid in einem wunderschönen Goldton, verziert mit zarter Spitze, entworfen und selbst genäht. »Damit steht meine Garderobe für heute Abend fest. Danke, Mia! Das ist wirklich wundervoll.«

Mia wurde rot, und auch Lynn und Josslin sprachen ihr ein großes Lob aus. »Ich freu mich, wenn es dir gefällt. So und nun, was kann ich tun?« Sie klatschte in die Hände und wartete auf Kommandos.

»Eigentlich würde ich lieber erst mal wissen, wie es dir geht und was eigentlich los ist«, fragte Lizzy vorsichtig.

Mia schüttelte den Kopf. »Heute nicht, Süße. Heute feiern wir deinen Geburtstag und reden nicht über mich. Mach dir keine Sorgen. Im Gegenteil, freu dich lieber. Unsere Wohnung ist nicht wiederzuerkennen. Ich habe alles aufgeräumt, geputzt und unsere Wäsche gewaschen. Sag mal, erinnerst du dich an ein T-Shirt in Übergröße? Keine Ahnung, wo das herkommt ...« Mia plapperte weiter und begann wie selbstverständlich die Spülmaschine einzuräumen, was Lizzy so sehr ablenkte, dass sie nicht weiter nachbohrte.

»Sag mal, Mia, gibt es eigentlich Neuigkeiten von der Polizei? Celine meinte, du hättest gestern noch mal zum Revier kommen müssen?«, fragte Josslin ernst.

Mia nickte, und ihr Blick verdüsterte sich. »Die Polizei hat alle Spuren gesichert und auszuwerten versucht. Aber es wurden ausschließlich meine Fingerabdrücke im Innenraum gefunden. Es gibt aber einen Anhaltspunkt dafür, dass jemand anderes den Wagen gefahren hat …« Alle sahen Mia gespannt an. »Der Sitz war für eine recht große Person eingestellt.«

»Das ist doch gut, oder? Ich meine, dann kannst du ihn nicht gefahren haben. Somit bist du aus dem Schneider, oder?«

»Ja, aber dank Lizzys Aussage war ich nie wirklich verdächtig. Das bedeutet aber auch, dass irgendjemand sich wirklich große Mühe gegeben hat, keine Spuren zu hinterlassen. Es war also keine spontane Tat.«

»Unglaublich! Wer sollte so etwas tun?«, fragte Lynn bestürzt.

Mia zuckte mit den Achseln und sagte: »Keine Ahnung. Ich habe so gehofft, dass es einfach ein Zufallsdiebstahl war, und darf gar nicht drüber nachdenken, was das alles zu bedeuten hat.«

»Übernimmt die Versicherung den Schaden?« Josslin schaute Mia mitleidig an.

»Nicht solange die Ermittlungen andauern …«

»Aber Liam wird sicher einspringen und dir aus der Patsche helfen, oder?« Lizzy rollte mit den Augen, weil sie Mias Antwort kannte.

»Er hat es angeboten, aber ich möchte keine großen Geschenke von ihm annehmen. Im Moment komm ich ganz gut zurecht, wenn ich mir Lizzys Terminator oder Mums Auto leihe.«

In Lynns Küche fehlte schließlich noch Backpapier, und Mia lief eilig hinüber, um auch ihre Familie zu begrüßen. Schwungvoll betrat sie die Terrasse der Donahues und stolperte über Nic, der an einem Stromkabel herumfummelte, um die Beleuchtung anzuschließen. Er konnte gerade noch rechtzeitig verhindern, dass sie fiel.

Mia gab einen erstickten Laut von sich, presste dann die Lippen aufeinander und bedachte ihn mit einem ausdruckslosen Blick. Es war das erste Mal, dass sie sich seit ihrer Auseinandersetzung über den Weg liefen.

»Nicht so stürmisch. Auch wenn ich daran gewöhnt bin, dass die Frauen auf mich fliegen …« Seine Stimme war so anziehend, und Mia versuchte, seinem Charme nicht wieder zu verfallen. Es war so typisch, dass er sie sofort wieder in seinen Bann zog. Sie hatte beschlossen, sich von ihm nicht aus der Ruhe bringen zu lassen. Immerhin war sie nur hier, um mit ihrer besten Freundin ihren Geburtstag zu feiern, und nichts würde sie davon abhalten können. Entschlossen trat sie ein paar Schritte von ihm zurück und strich überflüssigerweise ihr Kleid glatt.

Sie hatte gewusst, dass sie ihm heute gegenübertreten musste, und doch war sie nicht darauf vorbereitet gewesen, wie sehr sein Anblick sie treffen würde. Seine Jeans saßen locker auf seinen Hüften, das rote Shirt spannte eng um seine Brust, und die Beanie-Mütze stand ihm ausgesprochen gut. Ein Blick in sein Gesicht, und Mia musste sich zusammenreißen, um nicht sofort Wachs in seinen Händen zu werden. Es gab nur eine gewisse Anzahl an Zurückweisungen, die sie unbeschadet einstecken konnte. Sie war wütend, aber viel mehr war sie verletzt.

Ihr rutschte eine schärfere Antwort heraus, als sie zunächst beabsichtigt hatte. »Du weißt ja, wie das mit Fliegen ist, sie streiten sich alle um dieselbe Scheiße.«

Er wirkte vor den Kopf gestoßen. Sie konnte exakt den Augenblick bestimmen, als er seinen Panzer hervorholte und eine Maske aufsetzte, die keine Gefühle mehr erkennen ließ. Mia hasste diese Momente, weil er dann undurchschaubar für sie wurde. Mit einem Mal schlug ihre Wut in Traurigkeit um. Das war ihnen also geblieben von dem, was sie einmal gehabt hatten. Sie kämpfte gegen den Drang, sein Gesicht zu berühren und so vielleicht seine Maske aufbrechen zu können.

»Nun, ich gehöre jedenfalls nicht zu ihnen.«

»Zu den Fliegen oder den Frauen?«, fragte Nic.

»Zu keinem von beiden«, hörte sie sich sagen, wobei ihre innere Stimme zu rebellieren begann: *Lüge! Lüge!*

Mia biss sich auf die Unterlippe, und Nic wandte rasch seinen Blick ab.

»Ich muss dann …«, sagte er schnell, klopfte sich den Schmutz von den Händen und lief zum Zelt zurück.

»Nic?« Er wandte sich zu ihr um. »Ich bin wegen Lizzy hier. Ich möchte, dass sie einen schönen Geburtstag hat.«

»Das möchte ich auch.« Mit schmerzverzerrter Miene wandte er sich endgültig ab. Mia begegnete Liams Blick, der sie beide missmutig beobachtete und zur Begrüßung lediglich nickte.

✶ ✶ ✶

Die ersten Gäste kamen kurz vor Einbruch der Dunkelheit, und Nic baute mit seinen Bandkollegen die letzten Instrumente auf, während seine Schwester alle Gäste begrüßte. Sie sah hübsch aus in ihrem neuen Kleid, und Nic war nicht überrascht, dass Mia es entworfen hatte. Sie war talentiert und hatte schon viele tolle Sachen gemacht. Lizzy wirkte sehr, sehr glücklich, und Nic wusste, einer der Gründe dafür war, dass Mia hier war. Dennoch tat es weh zu wissen, dass Mia ohne Lizzys Geburtstag wahrscheinlich nicht zurückgekommen wäre.

Meistens empfand er es als lästig, dass ausgerechnet Mia auch Lizzys beste Freundin sein musste. Das gab Lizzy einen Einblick in Nics Leben, den er lieber mit niemandem geteilt hätte. In der letzten Woche hatte er allerdings erkennen müssen, wie wichtig die beiden Frauen füreinander waren. Sie waren wie Schwestern. Schwestern, die sich brauchten.

Er war Mia dankbar dafür, dass sie Lizzys Glück über ihre eigenen Wünsche gestellt hatte. Das war für ihn keine große Überraschung gewesen. Das war eine ihrer größten Stärken. An dem Tag, an dem Mia ihre Kisten und Taschen ins Auto geworfen hatte und in ihre Wohnung in der Nähe des Campus gefahren war, hatte er die Vorstellung, dass sie wegen ihm von hier floh, kaum ertragen können. Natürlich war der Teil in ihm, der so schrecklich verliebt in diese junge Frau war, fast vor Schmerz zergangen, als er ihre Worte vor Jeffs Bar gehört hatte. Auch der Teil, der Mias bester Freund war, war schockiert gewesen. So bewiesen sie doch, dass nichts von der großen, vom Schicksal gesegneten Freundschaft echt war. Sie hatten sich beide etwas vorgemacht, und vielleicht waren all die Gründe, die ihn davon abgehalten hatten, Mia für sich zu gewinnen, richtig gewesen. Alles hatte sich in diesem Moment gewandelt. Alles, was er von Mia zu wissen glaubte, hatte sich als Lüge herausgestellt. Sie war unglücklich hier. Sie hasste ihn dafür, dass er sie verließ, gab ihm die Schuld dafür. Und sie hatte recht.

Wäre er nicht ein Teil der Swores geworden, wären sie beide zur Uni gegangen und sicher längst ein Paar. Sie würden zusammenwohnen, ein Leben teilen, und alles wäre einfach. So einfach wie das Atmen. Sie würden sich Fußballspiele angucken wie Kumpels. Er würde leckeres Essen für sie kochen und sie damit überraschen, wie Verliebte das eben taten. Er würde ihre Tränen trocknen und sie wieder zum Lachen bringen wie ihr bester Freund. Und sie würden sich leidenschaftlich lieben. Aber wäre er glücklich ohne seine Musik? Und wäre es dann wirklich so einfach? Nic hatte immer gedacht, dass er es für Mia erträglicher machte, wenn er sie ihr Leben in Falmouth leben ließ. Nun hatte er festgestellt, dass sie auch hier nicht glücklich war. Zum ersten Mal erlaubte er sich einen Blick auf etwas, das er sich bisher selbst verwehrt hatte. Ein Leben mit Mia an seiner Seite, irgendwo auf dieser Welt.

Daher hatte er sich vorgenommen, an diesem Abend alles auf eine Karte zu setzen. Er hatte verstanden, dass sie ihre Zeit zum

Nachdenken brauchte. Er brauchte sie auch, um all das verarbeiten zu können. Ihre erste Begegnung nach ihrer Auseinandersetzung hatte er sich zwar anders vorgestellt, aber er kannte Mia gut genug, um zu wissen, wie hitzig sie sein konnte. Er würde nicht aufgeben und hoffte, dass es nicht zu spät war.

Er warf einen Blick zum Büfett, wo Mia gerade aufgetaucht war, und ihr Anblick versetzte ihn in Hochstimmung. Sie hatte ihr Haar hochgesteckt, einzelne Locken umspielten das Gesicht. Ihr Kleid war ein Gegenstück zu Lizzys. Es war kurz und schwarz, mit zwei verspielten Trägern, die mit einer hübschen Spitze bis zu ihrem Arm hinunter reichten. Sie trug schwarze Stiefel und sah verdammt sexy darin aus. Sein Mund wurde ganz trocken, während sich sein Körper danach sehnte, jeden Zentimeter ihrer Haut zu erkunden. Er wollte sie so sehr. Mias Blick glitt zu ihm hinüber und huschte sofort zurück, als er sie dabei ertappte. Nic grinste und wurde etwas ruhiger.

Wenige Minuten später hatte seine Selbstsicherheit sich in Luft aufgelöst. Lizzys neuster Freund Bill war mit Chris aufgetaucht. Wie hatte Nic darauf nicht vorbereitet sein können? Er fluchte innerlich, pfefferte die Drumsticks von Stan über die kleine Bühne und verschwand an der frischen Luft. Er wollte Mias und Chris' Zusammentreffen nicht beobachten und floh quer über den Rasen, als ihn eine junge Frau begrüßte.

»Hallo, Nic, wie schön, dich zu sehen …« Weiter hörte er nicht zu, denn er stiefelte, ohne ihr Beachtung zu schenken, an ihr vorbei. Auf so etwas konnte er jetzt verzichten. Er wollte nichts hören. Er betrat die Küche über die Terrassentür und marschierte zum Sekretär seines Vaters, wo er sich einen Schluck von dessen teurem Whisky genehmigte.

»Na, mein Junge. Musst du dir Mut antrinken? Oder betrinkst du dich?«, fragte eine ihm nur allzu vertraute Stimme. Er erkannte Sophie und schluckte den Whisky rasch hinunter. Sie stellte eine Schüssel auf der Küchentheke ab und betrachtete ihn neugierig. Er zuckte mit den Schultern und goss sich etwas nach.

»Bist dir wohl nicht sicher, was?«, hakte sie nach, kam auf ihn zu und fügte hinzu: »Na, was ist? Wo sind deine Manieren, mein Freundchen? Ich weiß genau, dass du irgendwann mal welche hattest. Ich hab zum Teil dazu beigetragen.« Sie deutete auf den Whisky, und Nic grinste.

»Was auch sonst …«, murmelte er gedehnt und goss etwas in ein zweites Glas.

»Ich dachte nicht, dass du so geizig wärst, Domenic Donahue!«, tadelte Sophie ihn und deutete auf ihr Glas.

Er schenkte noch etwas nach und schüttelte den Kopf. »Wehe, du sagst etwas davon zu Celine. Dann bin ich ein toter Mann.« Er deutete mit dem Finger auf sie.

»Von mir erfährt sie kein Sterbenswörtchen.«

Sophie Kennedy war ein Fall für sich. Sie war eigenwillig, stur, direkt und unglaublich unvernünftig. Aber sie war eine wohlwollende Frau, hilfsbereit und klug. Ihre Meinung hielt sie nicht zurück, sodass jeder schnell wusste, woran er war, und es war immer lustig mit ihr. Nic kannte keine Frau, die in diesem Alter mehr Freude an einer Packung Zigaretten und einer Flasche selbst gebranntem Fusel hatte als Sophie. Sie war für ihn wie eine Großmutter, die er nie gehabt hatte, und er ahnte, dass sie genau wusste, was in ihrer Familie vor sich ging. Sie wusste erstaunlich gut über all die Probleme und Gefühlslagen ihrer Lieben Bescheid und hielt mit ihren Vermutungen nie lang hinterm Berg. Nic spürte, dass sie ihn von Mal zu Mal genauer begutachtete. Wusste sie, was zwischen Mia und ihm vor sich ging?

»Du solltest vielleicht mit dem Rauchen aufhören …«, schlug er unschuldig vor.

»Glashaus, Steine, nicht werfen! Fass dir an die eigene Nase, bevor du einer alten Lady gute Ratschläge gibst, Bursche!«, schoss sie zurück und klopfte demonstrativ auf ihre Gesäßtasche, in der ihre Zigaretten verwahrt waren. Nic grinste breit.

»Keine Ahnung, was du meinst, Granny!« Er wusste nur zu gut, wie er sie ärgern konnte. Sie mochten ihre kleinen Wortgefechte.

»Nun, ich rede von Zigaretten, Alkoholexzessen und ein paar nicht frei verkäuflichen Substanzen, zu denen du sicher nicht immer Nein sagst! Auch wenn ich schon alt bin, so bin ich doch nicht von gestern.«

»Dafür bist du aber so richtig, richtig alt. Dein Husten klingt gar nicht gut.«

»Du frecher Tunichtgut, Domenic Donahue, ich hätte dich häufiger übers Knie legen sollen!« Sophie knuffte ihn viel zu sanft, als dass sie ihm hätte wehtun können.

»Ach was, du wirst wahrscheinlich senil, denn ich hab nie Schläge bekommen«, lachte Nic, und Sophie lachte mit.

»Natürlich nicht, denn bei all dem Unsinn, den Liam und du immer angestellt habt, wusste ich immer, dass aus euch mal was Anständiges wird!«

»Na, ob man das von ein paar Rockstars behaupten kann?« Nic starrte nachdenklich vor sich hin.

»Aber klar doch! Besser als diese Schlipsträger ... denen kann man nicht trauen! Ihr zertrümmert wenigstens nur ein Hotelzimmer, wenn euch danach ist! Aber diese Banker treiben die ganze Welt in den Ruin. Dein Dad ist natürlich ein viel zu kleiner Fisch und beinahe unschuldig«, erklärte Sophie, sorgsam darauf bedacht, von niemandem gehört zu werden. Sein Dad würde sich sicher nicht freuen zu hören, er wäre ein kleiner Fisch. Nic lachte leise vor sich hin. Man konnte sich Sophies Art nicht entziehen. Es entstand eine kleine Pause, in der sie einfach nur schwiegen.

»Wann hast du vor, endlich etwas zu unternehmen?«, fragte Sophie völlig unvermittelt mit ruhiger Stimme und sah ihn über ihre Brillengläser hinweg direkt an. Verblüfft blickte er in ihre blauen Augen. »Na, glaubst du etwa, ich wüsste nicht, was hier los ist?« Sie schüttelte den Kopf. »Ich bin eine alte Frau und habe sicherlich viel gesehen. Wenn man etwas wirklich will, sollte man nicht zögern, dafür zu kämpfen, sonst ist vielleicht ein anderer schneller!«

Nic seufzte nachdenklich. »Es ist komplizierter, als du denkst.« »Natürlich ist es das, Nic. Die Liebe muss immer das absolut Größte sein, und wenn es das nicht ist, dann ist es keine Liebe. Man muss bereit sein, für sie in den Kampf zu ziehen, und wo sind deine Eier geblieben, mein Junge? Lässt seit zwei Wochen zu, dass meine Mia sich ihre hübschen Augen ausweint. Ich dachte, du hättest den Schneid, zu ihr zu stehen. Seit jeher warst du es, dem Mias Herz gehörte. Nie gab es jemanden, der an dich heranreichte. Nic, du musst dich endlich entscheiden, was du tun willst. Und wenn sie es vielleicht selbst noch nicht weiß, hat Mia ihren Entschluss längst getroffen. Und lass dir eins über uns Kennedy-Frauen gesagt sein: Wir wissen *immer,* was wir wollen. Ich glaube nicht, dass du noch viele Gelegenheiten bekommen wirst, da anzuknüpfen, wo ihr aufgehört habt. Sie hat am Mittwoch ihrer Mutter und mir erklärt, dass sie auszieht, endgültig und für immer. Sie wird nicht für alle Ewigkeiten hier sein, du alter Hornochse. Da draußen rennt vielleicht kein zweiter Nic Donahue rum. Aber es wird auch nicht immer nur ein Chris da sein. Irgendwann kommt einer wie Jake und bietet ihr all das, was sie von dir nicht bekommt. Dann könnte es endgültig zu spät sein.«

Sophie wurde rüde unterbrochen. »Ich dachte, sie wäre mit Chris zusammen!«

Sophie lachte nur. »Ach was, das hat sie doch neulich endgültig beendet.«

Nic sah Sophie an, als hätte sie ihm gerade von seinem Lottogewinn erzählt. »Sie hat ihn in den Wind geschossen? Was macht er dann hier?«

»Na, darauf warten, dass du es wieder verbockst, nehm ich an. Im Moment sieht auch alles ganz danach aus, wenn du mich fragst.«

»Sophie?« Sie sah ihn argwöhnisch an. »Ich könnte dich auf der Stelle küssen.« Er drückte sie kurz an sich.

»Heb dir das lieber für Mia auf«, rief sie ihm nach, als er rasch durch die Küchentür nach draußen verschwand.

Nic beobachtete seinen Vater und Mia seit einer ganzen Weile. Lächelnd ließ sie sich von seinem alten Herrn beim Tanzen führen. Seit ihrem Gespräch waren sie sich weitestgehend aus dem Weg gegangen, und das machte ihn wahnsinnig.

Er ist hier. Ganz im Gegensatz zu dir! Mias Satz hämmerte nach wie vor in seinem Kopf. Sie glaubte, nicht gut genug für ihn zu sein. Sie verstand nicht, dass es nur darum ging, dass sie *zu* gut für ihn war. *Zu* gut für seine Welt. Ein altbekannter Song ertönte aus den Boxen und brachte eine romantische Stimmung in das Zelt. Nic nahm aus den Augenwinkeln wahr, wie sich Chris durch die Menge schob und auf Mia zusteuerte. Nein, das konnte er auf keinen Fall zulassen. Mit drei großen, geschmeidigen Schritten war er bei seinem Vater und ihr. Er tippte ihm lässig auf die Schulter und grinste ihn mit seinem charmantesten Lächeln an. Richard löste sich von seiner Tanzpartnerin und warf seinem Sohn einen triumphierenden Blick zu.

»Darf ich?«, fragte Nic mit rauer Stimme. Mias Blick erdolchte ihn, und er fürchtete, sie würde ablehnen. Sein Vater legte ihre Hand in seine und ließ ihr damit keine Wahl. »Mia, das ist unser Song, und ich bitte dich nur um diesen einen Tanz.«

Mias Körper versteifte sich kurz, als er sie an sich zog und seinen Blick über die tanzenden Gäste schweifen ließ. Langsam bewegten sie sich zum Takt der Musik.

»Du hast vielleicht Nerven …«, beschwerte sie sich an seiner Brust.

»Erinnerst du dich noch, wann wir zu diesem Song getanzt haben?«, fragte er unvermittelt, und Mia entspannte sich langsam unter seinen Bewegungen.

»Natürlich … bei deiner Abschlussfeier, bei meiner … und so oft danach.«

Er hörte den sanfteren Ton in ihrer Stimme und entschied, sie noch etwas näher an sich zu ziehen. Er lachte leise und spürte die Blicke seiner Familie im Rücken. Er kümmerte sich nicht weiter darum. »Verrückt, dass sie ausgerechnet heute dieses Lied spielen, oder nicht?«

»Mmhhhmmm …«

Nic hörte den schwindenden Widerstand in ihrer Stimme.

Nach einem kurzen vertrauten Schweigen sagte er sanft: »Bitte entschuldige, Mia. Ich war furchtbar dumm … Wir sollten miteinander reden.« Sie sah ihm in die Augen und hielt seinen Blick gefangen. Es war, als wären sie ganz allein in diesem Zelt. Nichts konnte sie jetzt voneinander trennen. Nic war ihrem Gesicht so nah, dass er versucht war, sie zu küssen. Nur ein paar Zentimeter trennten sie noch voneinander. Nach einigen Sekunden zwang Mia sich wegzusehen. Sie schmiegte sich an ihn und bettete ihren Kopf an seine Brust. Ihr Atem kitzelte ihn an der freiliegenden Haut und ließ ihn erzittern. Sie vergab ihm, das wusste er. Er legte seine Wange auf ihren Kopf.

Sein warmer Körper drängte sich an ihren, und er konnte keinen klaren Gedanken fassen, während Mias Hände wie von selbst über seinen Rücken strichen. Erst als eine schrille Frauenstimme nach Nic rief, löste er sich widerstrebend von Mia. »Es tut mir leid, Mia. Ich muss auf die Bühne, ein paar Geburtstagsgeschenke verteilen. Wir reden danach, okay?« Er bedachte sie mit einem warmen Blick, ergriff ihre Hand und hauchte einen Kuss darauf, bevor er sich von ihr abwandte.

12

Die Swores betraten die Bühne, die wie zu ihren Anfangs-
zeiten aus einem einfachen Podest bestand. Nic nahm
seine Gitarre und legte sie um. Er strich seine Haare aus dem Gesicht und schaffte es mit nur einem Wort, sich die Aufmerksamkeit aller Gäste zu sichern. Es war immer wieder schön zu sehen,
wie wohl er sich auf der Bühne fühlte. Dort gehörte er hin. Er
stimmte zuallererst ein »Happy Birthday«-Lied für seine Schwester an, und seine Stimme bannte Mias ganze Aufmerksamkeit.

»Auf das Drängen Einzelner hin werden wir euch auch hier
nicht mit unserer Musik verschonen ...« Er grinste und setzte sich
mit der Gitarre auf einen Hocker vor das Mikrofon, während die
Gäste jubelten und kreischten. Sein Blick glitt suchend über die
Menge, und als er den von Mia auffing, lächelte er.

»Nun, es gibt da ein neues Stück, das ein sehr persönliches Lied
ist, und ich werde es einer ganz besonderen Frau widmen. Sozu-
sagen als nachträgliches Geburtstagsgeschenk. Das ist für dich,
Honey.« Ein Raunen ging durchs Zelt. Mias Herz setzte kurz aus
und schlug, als es wieder im Takt war, heftig gegen ihre Rippen.
Ihr Atem ging schnell, viel zu schnell.

»Es heißt *Die eine*.« Leises Gitarrenzupfen setzte ein, das Nic
mit seiner kräftigen, rauen Stimme sanft untermalte.

»Niemals daran gedacht,
was in deinem Herz vorgeht,
was in unserem Zuhause vor sich geht,
Alles, was ich wollte, war Glück
Glück für dich

Doch du stehst da, siehst mich an
voller Hoffnung und Vertrauen
Vertrauen in mich

Du solltest lernen, mich zu hassen,
doch du willst mich
willst mich retten aus der Dunkelheit,
willst meine Seele heilen,
aber, oh Honey, ich weiß nicht, wie

Doch du stehst da, siehst mich an
voller Hoffnung, Vertrauen und Liebe
Liebe zu mir
Doch du stehst da, siehst mich an
voller Hoffnung, Vertrauen und Liebe, Liebe, Liebe
Liebe zu mir

Nun sehe ich dich,
so wie ich es hätte tun sollen, lange vorher,
ich entscheide zu kämpfen,
zu kämpfen für uns,
bevor du zu weit fort bist

Nun stehe ich da, sehe dich an
voller Hoffnung, Vertrauen und Liebe
Liebe zu dir

nun bleibe ich da, sehe dich an
voller Hoffnung, Vertrauen und Liebe

Es ist die eine Sache, die ich weiß,
du bist die eine,
das eine Mädchen, auf das ich gewartet habe
das Mädchen, das mich zu einem besseren Mann macht,
mich vervollständigt.
Die eine!

Ungläubig lauschte Mia seiner Stimme. Was tat er denn da? Er
hatte sie ziehen lassen. Er hatte sie nicht zurückgehalten und auch
nicht von seiner Liebe überzeugt, und doch stand Nic da auf der
Bühne und sang dieses Lied. Nur für sie. Er hatte ihr mal erzählt,
dass er seine Emotionen, die er nicht aussprechen konnte, am besten in Musik verwandelte. War es das?

»Na endlich. Das wurde aber auch mal Zeit«, seufzte Lizzy und
drückte Mias Hand fest. Mia war dankbar dafür, denn sonst wäre
sie vor Schreck umgefallen. Der Song endete, und Nics Blick suchte wieder Mia, die ihn weiterhin nur sprachlos anstarren konnte.

Lizzy sah sie lächelnd von der Seite an und sagte: »Nun lass
dich endlich von ihm einfangen, bevor es wieder Komplikationen
gibt.« Mia brachte nur ein schwaches Lächeln zustande und
wischte vorsichtig über ihre Augen. Nic grinste breit und formte
mit seinen Lippen das Wort »Später«, als Jim das nächste Lied anstimmte. »Das nächste Stück ist ebenfalls etwas ganz Besonderes
an diesem Abend. Das erste Mal spielen die Swores kein Lied, das
aus eigener Feder stammt, sondern von einer großartigen Songwriterin, die niemand Geringeres ist als meine kleine nervige,
wahnsinnig talentierte Schwester Lizzy. Sollten uns mal die Ideen
ausgehen, wirst du engagiert. Versprochen!« Statt hysterisch zu
schreien, wie Mia es erwartet hätte, liefen Tränen über Lizzys

Wangen. Dies war ohne Frage das beste Geburtstagsgeschenk, das Nic ihr machen konnte.

Mia beschloss, erst mal frische Luft zu schnappen. Sie verließ mit schnellen Schritten das Zelt und atmete im Garten der Donahues tief durch. Von drinnen erklangen rockige Töne, und Mia lauschte Nics unverwechselbarer Stimme.

Es hatte bereits zu regnen begonnen. Der Sturm würde sie vielleicht diese Nacht noch treffen. Schwer atmend blieb sie unter dem Vorzelt stehen und versuchte, ihren flatternden Magen zu beruhigen. Sie wollte schon wieder reingehen, als eine Hand sie am Arm festhielt.

»Mia …« Sie blickte in Chris' mürrisches Gesicht. Er baute sich direkt vor ihr auf und sah ihr tief in die Augen, als wollte er sie gleich küssen. Sein Atem roch nach Alkohol, und seine Pupillen waren riesig. Mia senkte erschrocken den Blick und ließ sich von ihm zurückdrängen.

Er lachte spöttisch und sagte: »Ich hätte es wissen müssen.« Damit wandte er sich von ihr ab.

»Was ist bitte los mit dir, Chris? Ich dachte, wir hätten alles besprochen?!«, fragte sie überrascht. Er schien sich über irgendetwas köstlich zu amüsieren. Ein ironischer Laut kam über seine Lippen. »Wenn du etwas zu sagen hast, dann sag es und mach es nicht auf diese herablassende Art!« Ein paar Freunde von der Uni, die in der Nähe standen, sahen zu ihnen herüber.

»Ich denke nicht, dass es noch irgendwas zu erklären gibt nach dem, was ich da drinnen eben gesehen habe.«

»Entschuldige? Ich kann dir nicht ganz folgen.« Mia wusste natürlich längst, was er meinte. Wie hatte sie nur annehmen können, dass er ihre Trennung gleichmütig hinnehmen würde.

Er wandte sich ihr wieder zu, und sein Gesicht hatte einen gequälten Ausdruck angenommen. »Hast du wirklich gedacht, ich lass mich von dir abservieren, komme zu dieser Party und sehe dabei zu, wie du und dieser Möchtegernrockstar …« Er brach ab und sah beinahe gequält aus. »Ich bin verliebt in dich, Mia. Schon von Anfang an. Was habe ich bloß getan, dass du mich so behandelst? Ich war immer anständig zu dir! Und dann hintergehst du mich mit ihm. Ich habe gehofft, dich trotzdem für mich gewinnen zu können.«

Mia sah ihm an, wie verletzt er war. Sie wollte sich etwas distanzieren, doch er griff erneut nach ihrem Arm und drückte viel zu fest.

»Hör zu, Chris, es tut mir leid. Aber du verstehst das falsch …«
Er lachte spöttisch, und sein Blick wurde böse. »Ach so … Rede dich nicht raus! Ich habe Augen im Kopf, und dieses Lied … Wie lange läuft das schon mit euch beiden?«

»Lass uns in Ruhe darüber reden, dann wirst du verstehen …«

»Halt einfach die Klappe!«, schnauzte er sie an, und einer der beiden Männer in der Nähe, ein Kommilitone von Lizzy, kam auf sie zu, während der andere ins Zelt lief. Mia war das furchtbar peinlich.

»Chris, sei vernünftig … ich finde, wir sollten das heute nicht mehr besprechen.«

»Alles okay?«, fragte Lizzys Bekannter misstrauisch. Mia sah ihn beruhigend an.

»Hey, Kumpel, warum lässt du sie nicht erst mal los und unterhältst dich vernünftig mit ihr?!«, schlug er weiter vor und stellte sich neben sie beide.

»Bitte, Chris, lass uns morgen darüber reden …« Chris ließ von ihrem Arm ab, bewegte sich aber keinen Zentimeter.

»Du liebst ihn?!«, fragte Chris direkt, aber es klang wie eine Feststellung.

Mia sah die Traurigkeit in seinen Augen, die sie nur zu gut kannte. Sie wollte, dass er mit ihr abschließen konnte. Also antwortete sie ehrlich. »Ja«, hauchte sie, »aber ich wollte es wirklich mit dir versuchen. Verzeih mir.« Sie merkte jedoch, dass sie nur ihre Handlungen rechtfertigen wollte und Chris damit nicht im Geringsten half.

Mittlerweile kamen ein paar Leute aus dem Zelt, die in geringem Abstand vor ihnen stehen blieben. Der andere junge Mann schien Hilfe geholt zu haben. Sie ging langsam auf die anderen zu, die sie nur entgeistert anstarrten. Chris folgte ihr wieder und verstellte ihr erneut den Weg.

»Was ist denn hier los?«, fragte Lizzy laut und fing Mias flüchtigen Blick auf. Chris ließ sich von der Anwesenheit der anderen gar nicht stören. Der Wodka hatte seine Wirkung bereits entfaltet.

»Wie lange schon?«

Mia wirkte unsicher und wollte sich an ihm vorbeidrängen. Er ließ das nicht zu, und seine Hände umschlossen ihr Handgelenk fest.

»Sag es mir!« Er starrte sie an, aber bevor er ihr auch nur ansatzweise näher kommen konnte, schlug sie die Augen nieder und wich einen Schritt zurück.

»Schon lange«, wisperte sie und wollte noch weiter zurückweichen. Mia wusste, dass sie ihm eine Erklärung schuldig war. Es mochte nicht ihre Absicht gewesen sein, aber sie hatte zugelassen, dass er sich in sie verliebte. Er tat ihr leid. Er ging definitiv zu weit! Das war auch nicht der immer beherrschte Chris, den sie zu kennen geglaubt hatte.

»Was wolltest du dann von mir? Warum hab ich mich dann die letzten Wochen zum Affen gemacht?«

»Du bist betrunken, lass mich jetzt bitte los«, sagte sie bestimmt und wollte sich ihm wieder entziehen. Er drängte sich näher an sie, und aus den Augenwinkeln sah Mia, wie jemand blitzschnell angeschossen kam. Sie wurde zur Seite gestoßen und von Lizzy aufgefangen. Es geschah alles in Sekundenschnelle. Ein Faustschlag traf Chris ins Gesicht, und er ging taumelnd zu Boden. Nic stand breitbeinig und wutentbrannt über ihm.

»Fass sie nicht noch mal an!«, brüllte er und blickte mit Genugtuung auf Chris herab. Mia drehte sich um und schaute ungläubig zwischen beiden hin und her. Als Chris sich wieder gefangen hatte, raffte er sich auf und taumelte auf Nic zu.

»Nic!«, schrie Mia entsetzt und wollte schon dazwischengehen, als Liam seinem Freund zu Hilfe eilte. Erstaunlicherweise behielt heute Liam den klaren Kopf und stieß Chris nur erneut zu Boden. Er umfing Nics Mitte und hielt ihn davon ab, sich noch einmal auf ihn zu stürzen, und sagte: »Es reicht, Nic. Er hat genug.«

Nic sah das offenbar anders und wirkte so wütend, wie Mia ihn selten gesehen hatte. Sie blickte ihm ins Gesicht und sah die aufgeplatzte Braue, aus der Blut tropfte. Chris hatte es wesentlich heftiger erwischt. Mia lief auf Nic zu und schaute besorgt zu ihm auf. All seine Wut war wie weggeblasen, als Mias Hände sanft sein Gesicht berührten.

Er umfing ihre Wange mit einer Hand und hauchte: »Geht's dir gut?« Mia nickte und schüttelte gleichzeitig den Kopf, was Nic zum Lachen brachte.

»Das fragst du mich? Im Ernst jetzt? Bist du verrückt geworden?«

Nic antwortete nicht, sondern sah weiter mit unergründlichem Blick auf sie herab.

Bill schob sich aus der Menge und half seinem blutenden Freund auf die Beine. »Dieser abgehalfterte Superstar wird dich niemals glücklich machen. Er ist ein Versager, der zu dumm für die Uni war. Was auch immer du dir erhoffst, er wird dich enttäuschen und sitzen lassen. Dann brauchst du nicht mehr bei mir anzukommen, du Schlampe!« Erst bei der letzten Beleidigung bäumte Nic sich noch mal schützend vor Mia auf und machte zwei Schritte auf Chris zu, der sich mit Bill beeilte fortzukommen.

»Gut, Leute, die Show ist vorbei. Nic gibt später sicherlich Autogramme für seinen Boxkampf«, rief Liam, und Stolz schwang in seiner Stimme mit.

»Das muss versorgt werden«, meinte Lizzy und sah vorwurfsvoll zu ihrem Bruder auf. »Du Rüpel!« Allerdings grinste sie bei diesen Worten.

»Es stimmt also, was man über euch Rockstars sagt«, murmelte Josslin und tätschelte Nics Schulter. »Ihr seid richtige Raufbolde.«

»Na, hör mal, er hat regelrecht darum gebettelt«, lachte Nic selbstzufrieden. »So behandelt ein Gentleman eine Lady nicht.«

»Ach, und was bist du?« Lizzy schnaubte und schaute Bill und Chris hinterher. »Was ist denn passiert?«, fragte Lizzy.

»Ich hatte mich getäuscht … er wirkte so gefasst, als ich ihm letzte Woche gesagt hab, dass ich ihn nicht mehr treffen will …«

*　*　*

»Ach, du lieber Gott, was hast du nur angestellt, mein Junge?« Lynn tauchte dicht gefolgt von Mias Familie vor ihnen auf.

»Mum, alles okay«, winkte Nic ab. Aber Lynn ließ sich nicht so leicht abschütteln und hakte weiter nach.

»Unser Sohn musste nur einem Kerl Manieren beibringen!« Das war Richard, der die Szene von der Terrasse aus beobachtete. Das war nun ein Zuspruch, den Nic am allerwenigsten erwartet hatte. Sein Vater lehnte seinen Lebensstil vehement ab. Er ließ keine Gelegenheit aus, ihn daran zu erinnern, dass er sich für ihn schämte. Dass er ihm in dieser Situation Rückendeckung gab, tat Nic wirklich gut.

»Was? Aber was hat das bitte schön mit deinen eigenen Manieren zu tun, Nic? So löst man keine Konflikte.«

Nic verdrehte die Augen. Wie oft hatte er diesen Satz schon zu hören bekommen? Und wieder war es sein Vater, der ihn in Schutz nahm. Nic konnte es kaum fassen.

»Manche Typen verstehen diese diplomatische Konfliktlösung nicht, Liebling.«

»Und das aus deinem Mund?«, murmelte Nic.

»Wenn es aus den richtigen Absichten geschieht …« Damit ließ er die kleine Menschenansammlung stehen.

»Es ist meine Schuld, Lynn«, gab Mia leise zu.

»Du hast mit Nic gekämpft?«, fragte Lynn und lächelte nachsichtig.

Nic grinste breit und sagte: »Dann sähe ich schlimmer aus.« Mia konnte ein Grinsen ebenfalls nicht unterdrücken, boxte ihm liebevoll in den Bauch, während Nic schützend einen Arm um ihre Schultern legte.

»Woran sollst du bitte Schuld haben? Dass der Kerl dich bedrängt hat?«, fragte Liam verständnislos, und Mia setzte zu einer Erwiderung an, die scheinbar niemand hören wollte.

»Nun …«

»Na, hoffentlich hast du ihm ordentlich eins übergebraten, Nic!«, fügte Sophie ungehalten hinzu. »Ich konnte ihn noch nie leiden.« Damit verschwand sie wieder im Zelt und hinterließ nur erstaunte Blicke.

»Er hat dich bedrängt, Süße?«, fragte Lynn sofort mit wachsender Besorgnis. »Na, dann ist es gut, dass du ihm eine verpasst hast.«

»Sag ich doch!«, schnaubte Nic.

»Komm, das muss versorgt werden«, drängte Mia Nic und zupfte an seinem Ärmel. »Ich glaube, im Bad haben wir Jod und Pflaster«, überlegte sie.

Mia überquerte mit Nic an der Hand die Wiese zu ihrem Haus und ging vor Nic hinein. Nachdenklich betrachtete er sie.

Sie betraten das Bad, wo Mia sich sofort auf die Suche nach dem Desinfektionsmittel im Arzneischrank begab.

»Setz dich da hin!«, befahl sie und deutete auf den Stuhl in der Ecke. Nic betrachtete ihre Rückansicht. Das eng anliegende, schmal geschnittene Kleid betonte ihren Po so vorteilhaft, dass er sich sehr zurückhalten musste, um nicht über sie herzufallen. Hatte sie überhaupt eine Ahnung, was sie mit solcher Kleidung bei einem Mann auslöste? Er setzte sich schnell und trommelte rhythmisch mit seinen Fingern gegen das Holz der Truhe, um sich abzulenken. Mia kam mit Jod, Wattestäbchen und einer Dose voller Pflaster bewaffnet zurück.

»Halt dich bloß nicht zurück und sag mir ordentlich die Meinung«, forderte er Mia heraus, die ihn streng ansah.

»Was denkst du dir nur? Er hätte dich ernsthaft verletzen können.« Sie deutete auf die Hand, mit der er Chris eine verpasst hatte und die nun geschwollen und blutig war. »Was geschieht, wenn das eine starke Prellung ist und du nicht spielen kannst?«

»Meine Hand ist schon in Ordnung, Mia. Ein bisschen Eis, und dann wird es in ein paar Tagen gut sein.« Entrüstet entzog er sich ihr. »Hey, ich war klar im Vorteil. Außerdem war er schon betrunkener als ich …«

»Was das alles ja nicht besser macht.«

»Aber Mia … er hat sich wirklich nicht gut benommen!«

Sie seufzte ergeben und erwiderte leise: »Trotzdem hat er das nicht verdient. Eigentlich bin ich selber schuld.«

»Mia! Er hat dich bedrängt und dir Angst eingejagt. Welchen Grund könnte irgendein Kerl haben, eine Frau so zu behandeln?!«

Sie antwortete nicht, und Nic war versucht, das Thema weiter auszudehnen. »Wieso nimmst du ihn auch noch in Schutz?«, fragte er provozierend.

»Weil ich ihm falsche Hoffnungen gemacht habe. Und anstatt ihm schon vor Wochen den Laufpass zu geben, hab ich seine Gefühle nicht weiter ernst genommen und ihn einfach links liegen lassen. Egal, was du über ihn denkst und was ich an ihm auszusetzen hatte, auf diese Weise war das einfach nicht fair.«

Nic verstummte und dachte über ihre Worte nach. »Ich kann ihm nicht verübeln, dass er ebenfalls bemerkt hat, was für eine wundervolle Frau du bist.« Nics Stimme war plötzlich rau, und Mias Augen schimmerten, als sich ihre Blicke trafen. »Trotzdem würde ich ihm gern allein deswegen noch in den Hintern treten.« Mia umfing sein Kinn und sah ihm fest in die Augen.

»Au!«, beschwerte sich Nic.

»Etwas Buße tut dir ganz gut. Chris verbringt die Nacht sicher in der Notaufnahme.«

»Das wird schon wieder, glaub mir. Außerdem habe ich ihm nur einen Gefallen getan. Hätte ich ihm keins auf die Nase gegeben, hätte Liam das für mich übernommen, und glaub mir, dann hätte er nicht mehr ins Krankenhaus laufen können. Du hast ja keine Ahnung, was dein Bruder für ein Temperament hat.«

»Ihr scheint beide reichlich Übung im Randalieren zu haben«, sagte Mia scharf. Nic erwiderte lieber nichts darauf. Sie strich über sein Gesicht, jetzt wieder viel sanfter, betrachtete die Verletzung genauer und begann, die Wunde mit wassergetränkten Wattestäbchen zu reinigen. »Du hast Glück gehabt! Es ist nicht sehr tief.«

»Das war's wert.« Plötzlich war ihr Blick auf ihn gerichtet. Er war ganz sanft, beinahe zärtlich.

»Es war lieb von dir, dass du eingeschritten bist«, sagte sie leise.

»Ich dachte, ich sollte Buße tun, weil ich so ein böser Junge bin?«, stichelte Nic.

»Nun … trotz Emanzipation wünscht sich jedes Mädchen hin und wieder einen Retter. Und du warst heute meiner.«

»Also bin ich heute ein Held? So mit Helm und Rüstung?«, versuchte er Mia zum Lachen zu bringen.

»Vergiss die Strumpfhose nicht.«

Nic verzog entsetzt das Gesicht. »Die zwickt doch so entsetzlich.«

Da war es um Mia geschehen. Sie lachte so lange, bis ihr die Tränen kamen. Nic genoss es, sie so zu sehen, stimmte mit ein und legte die Arme um sie.

Plötzlich wurde Mia ernst und sah ihn aufmerksam an. »Du warst es schon immer – mein Held.«

Nic wickelte eine ihrer Locken um seinen Finger. »Nie zuvor hast du einen Helden gebraucht.«

»Du hast ja keine Ahnung«, erwiderte sie nur leise, tränkte ein weiteres Wattestäbchen mit Jod, womit sie die Reinigung der Wunde fortsetzte. »Ich werde das hier vermissen ... wenn du heimkommst und ich nicht mehr hier bin.« Ihre Worte klangen zwar beiläufig, doch Nic versteifte sich sofort.

Er schüttelte den Kopf und sagte: »Ich bin nie bloß meine Eltern besuchen gekommen. Ich wollte vor allem immer zu dir zurückkehren.«

Mias Augen füllten sich mit Tränen, und Nic überlegte, ob sie ihn testen wollte. Was sollte er ihr noch sagen, nachdem er ihr sein Herz zu Füßen gelegt hatte, als er den Song vorhin nur für sie gesungen hatte? Sie schien auf etwas zu warten, dann räusperte er sich, um den Kloß in seinem Hals loszuwerden. Ihre Augen zogen ihn an wie Magneten. Mia wandte sich wieder der Wunde zu und seufzte unzufrieden. Sie musste ein Stück näher zu ihm rücken und stellte sich zwischen seine Beine. Die Haut ihres Dekolletés schimmerte im Licht wie Seide.

»Honey ...«, begann er unsicher und brach ab. Diesmal stand er entschlossen auf und zog sie an sich. Er hob ihr Kinn sanft an und sah ihr tief in die Augen. Er beobachtete, wie sie ihre Lippen kurz mit der Zunge befeuchtete, und seine Erregung war so unglaublich groß. Da wusste er, dass es für sie beide kein Entkommen mehr gab.

Zärtlich berührten seine Lippen kurz darauf ihre. Die Berührung jagte einen Schwarm Schmetterlinge durch seinen Körper. Er hatte sich noch nie derart leicht gefühlt.

Mia ließ das Wattestäbchen fallen, und ihre Hände glitten vorsichtig über seine Brust in seinen Nacken. Dort streichelte sie seine erhitzte Haut und fuhr durch seine Haare, während Nic die empfindliche Stelle unter Mias Ohrläppchen liebkoste.

Mia erwiderte den Kuss heftiger. Nics Selbstbeherrschung fiel ebenfalls von ihm ab, und er zog sie fester an sich. Er fühlte, wie sie unter seinem Kuss erzitterte. Seine Zunge bat fordernd um Einlass, und als sie dieser Aufforderung nachkam, gaben sie sich ihrer Leidenschaft endgültig hin. Es gab nur diesen einen Augenblick, nach dem sie sich beide so sehr gesehnt hatten. Nur diesen einen Menschen.

✳ ✳ ✳

Mias Körper fügte sich vollkommen Nics Wünschen. Und wenn das bedeutete, etwas Gefährliches zu tun, so würde sie nicht eine Sekunde zögern. Sie spürte Nics Erregung an ihrem Bauch. Sein Keuchen und der kehlige Laut, der ihm entfuhr, bewiesen, dass er sie genauso wollte. Ihr Kuss wurde leidenschaftlicher, ungestümer. Wild drängte Nic Mia gegen die Badezimmerkommode, umfing ihre Taille und hob sie an, sodass er sie auf den Schrank setzen konnte. Er schob sich zwischen ihre Beine. Kosmetikartikel und ordentlich aufgestapelte Toilettenpapierrollen segelten herunter. Seine Hände fanden wie von selbst den Weg zu ihren Brüsten, und Mia erzitterte unter seiner Berührung. Ihre Brustwarzen zogen sich vor Erwartung zusammen und forderten mehr von seinen Liebkosungen.

Keuchend hielt er inne und unterbrach den Kuss, was Mia kurzzeitig in die Realität zurückbrachte. Sein Blick war verschleiert vor Erregung, was es ihr noch unverständlicher machte, warum er sich zurückzog. Hatte sie etwas falsch gemacht? Oder machte er womöglich sogar einen Rückzieher?

»Mia … nein … lass uns in dein Zimmer gehen …« Sie sah ihn atemlos an, als er ihr einen weiteren Kuss gab und ihr zuflüsterte: »Ich will es richtig machen.«

Er wollte sie nicht zurückweisen, im Gegenteil. Nics Körper war angespannt, seine Muskeln traten deutlich unter seinem Shirt hervor, und dieser Anblick zog Mias Blick magnetisch an. Sie wusste genau, wie es sich dort anfühlte. Sie wollte ihn liebkosen und jeden Muskel, jede Sehne spüren. Nic war in den letzten Jahren selbstbewusster geworden und hatte gelernt, was Frauen wollten. Seit Ewigkeiten hatte sie ihn nicht mehr so unsicher gesehen. Seine Stimme war rau. Ihre Hand griff nach seinem Shirt und zog ihn näher zu sich heran. Sie fühlte sich in diesem Moment so begehrt und geliebt wie nie zuvor.

Er hielt sie so fest, als wollte er ihr keine Fluchtmöglichkeit mehr lassen. Mia wusste aber, ein Wort von ihr, und er würde zurücktreten. Er küsste sie leidenschaftlich, und seine Hand glitt unter ihr Kleid. Sie wollte nicht, dass er aufhörte. Plötzlich schaute er sie fragend an. Sie sah ihm tief in die Augen. Ein Hauch von Zärtlichkeit, gepaart mit leidenschaftlichem Verlangen und Unsicherheit lagen in seinem Blick. Es schien, als erwarte er ein Zeichen von ihr.

Ein brennendes Verlangen breitete sich in ihrer Brust aus und wanderte über ihren Bauch bis in ihren Schoß. Zärtlich vergrub sie ihre Hände in seinem Haar. Nic schloss kurz die Augen und hielt kurz inne, nur um sich dann noch näher an sie zu drängen. Er umschloss ihren Mund mit seinem, und ihre Lippen öffneten sich wie von selbst für seine Zunge. Mia seufzte leise vor Erregung.

»Mia!«, stöhnte er. Ein weiterer langer Kuss wurde von ihr beendet.

»Einverstanden!« Nic half ihr von der Kommode und wuschelte sich durch die Haare. Mit vor Leidenschaft dunklen Augen sah er sie grinsend an, was Mia unbeholfen erwiderte.

»Das ist die beste Idee des ganzen Abends«, sagte er.

Widerstrebend löste er sich von ihr, steuerte die Tür an und öffnete sie. Mit fragendem Blick wandte er sich wieder Mia zu. Sie stand hinter ihm und schob ihn sanft, aber bestimmt über die Schwelle. Drängend zog Nic sie an sich, umfasste ihren Po und hob sie an. Mias Beine schlangen sich um seine Hüften, und ihre Mitte presste sich vor die deutliche Wölbung seiner Jeans, was sie noch weiter erregte. Fest umschlungen trug Nic sie die Treppenstufen hinauf, bis er sie notgedrungen hinunterließ, damit sie die Leiter zu ihrer Dachluke hinaufsteigen konnten.

Kaum angekommen, fielen sie erneut übereinander her. Mia streifte ihm die Jacke von den Schultern, während sie nicht aufhörten, sich zu küssen. Es war, als wollte er ihr etwas sagen, doch Mia hatte genug Zeit mit Reden verbracht. Sie wollte keine weiteren Verwicklungen. Sie wollte Nic. Er schien dennoch etwas loswerden zu wollen.

»Bitte sieh mich an, Mia.« Und das tat sie. »Bist du dir völlig sicher?«, fragte er, und Mia liebte ihn noch mehr dafür.

»Nerv nicht, Donahue!«, erwiderte sie deshalb grinsend und ließ ihre Hände unter sein T-Shirt gleiten. All die aufgestaute Leidenschaft schwappte nun wellenartig über sie hinweg und begrub sie unter sich. Ihre Hände glitten unter den dünnen Stoff seines schwarzen, eng anliegenden T-Shirts. Er zuckte zusammen, als ihre Finger jeden Muskelstrang nachzeichneten. Sie hielt abrupt inne und sah ihm in die Augen.

Er lachte leise in ihr Haar. Sie spürte seinen warmen Atem auf ihrer Haut, fühlte seinen schnellen Herzschlag unter ihren Händen.

Voller Leidenschaft drückte er sie an sich, und seine warmen Hände glitten zu den winzigen Knöpfen an ihrem Kleid, die er geduldig öffnete. Mia strich unter dem T-Shirt über seinen straffen Bauch und schob es hoch, sodass er es sich über den Kopf zog. Sie hatte diesen Anblick so häufig gesehen, und dennoch war es nun völlig neu und aufregend anders, Nic auf diese Weise so nahe zu sein. Ihr Kleid war nun ebenfalls geöffnet, und unter Nics begierigem Blick schob er die Träger rechts und links über ihre Schulter. Sanft glitt der Stoff über ihre Haut und fiel zu Boden. Ein kurzer Lufthauch brachte die feinen Härchen auf ihrer Haut zum Aufrichten, und Mia war versucht, ihre Blöße vor Nic zu verstecken. Da bemerkte sie, wie er keuchte und sanft, beinahe ehrfürchtig über ihre weiche Haut strich. Er öffnete den rosafarbenen Spitzen-BH, und sein Gesicht näherte sich ihrer Brust. Sobald seine Zunge Mias Brustwarze liebkoste, warf sie den Kopf in den Nacken und stöhnte. Als er sich ihrer zweiten Brustwarze zuwandte, rief der sanfte Druck seiner Zunge eine Ekstase in ihrem Körper hervor, die Mia nicht erwartet hatte. Er ging vor ihr in die Knie, und seine Hände strichen ihre Beine hinauf, bis zu ihrem Slip, und seine Finger hakten sich in das Bündchen. Vorsichtig zog er es hinunter. Nic half ihr aus dem Höschen und warf ihr einen glühenden Blick zu. »Oh, Mia«, wisperte er mit heiserer Stimme und schluckte offensichtlich, als sein Blick auf ihren Venushügel fiel, der von dem in Form rasierten dunklen Haar verdeckt wurde. Seine Hände machten an ihrer intimsten Stelle halt. Mia flehte innerlich, er möge sie endlich dort berühren, wo das Verlangen beinahe unerträglich pulsierte. Sie wollte ihn spüren, seine Finger in ihr. Eine ungeahnte Sehnsucht übernahm die Kontrolle von Mias Körper, denn sie wollte Nic mehr denn je. Sofort. Sie biss sich auf ihre Unterlippe und kämpfte den Drang nieder, ihn tatsächlich anzuflehen. Er schloss die Augen, während er durch die winzige Schambehaarung streichelte. Dann kam er elegant auf die Beine, umfing ihre Hüften und dirigierte sie zu ihrem Bett. Dort legte Mia sich hin und ließ Nic nicht aus den Augen. »Du hast keine Ahnung, was du mit mir machst, oder?«, stieß er atemlos hervor und strich durch sein Haar.

»Zeig es mir«, brachte sie unter Mühe hervor. Er öffnete eilig den Knopf seiner Jeans und ließ sie an seinen Beinen hinabgleiten. Zum Vorschein kam eine anliegende schwarze Boxershorts, die viel zu eng für seinen erigierten Penis war. Sein glühender Blick traf ihren, während er die Shorts ebenfalls hinabschob und sich ihr völlig nackt präsentierte. Mias Mund wurde trocken, und in ihrem Bauch zog es erwartungsvoll. Er kniete mit einem Bein neben ihr, spreizte ihre Beine, und Mia errötete vor Scham. Zärtlich strichen seine Finger an der Innenseite ihrer Schenkel hinauf. Diesmal machten sie keinen Halt. Mia drängte sich ihm lustvoll entgegen, ehe Nic sanft über sie glitt. Zielsicher umfing Mia seinen Schwanz mit einer Hand, und Nic schnappte nach Luft. Sein Keuchen erregte sie nur noch mehr, und sie schob ihm ihre Hüften entgegen. »Bitte«, wimmerte sie förmlich und wünschte sich Erlösung. Diesmal ließ er sich nicht lange bitten, griff nach einem der Kondompäckchen in seiner Hosentasche, zog das Gummi geübt über und glitt in sie. Ein lustvolles Stöhnen entfuhr ihnen, und wie von selbst fanden sie in einen gemeinsamen Rhythmus, der sie in ungeahnte Höhen bringen sollte. Dass draußen der prophezeite Sturm über den kleinen Ort fegte, bekam keiner der beiden mit.

13

Sonnenstrahlen fielen auf Nics Gesicht, und langsam wachte er auf. Er musste vergessen haben, seine Vorhänge zuzuziehen. Genüsslich streckte er sich und war erstaunt, dass er nicht in seinem eigenen Bett lag. Für einen Augenblick setzte sein Herz aus, als er den schlanken Arm erblickte, der über seiner Brust lag. Mit voller Wucht trafen ihn die süßen Erinnerungen an ihre erste gemeinsame Nacht. Sein Blick glitt zu der Staffelei am Fenster. Er schloss die Augen, bevor er an sich hinunterblickte. Er sah auf einen breit aufgefächerten Vorhang dunkelbrauner Locken.

O Gott, Mia! Er schob eine Haarsträhne zur Seite und betrachtete glücklich ihr schlafendes Gesicht. Sie wirkte völlig entspannt. Eine Welle von Zärtlichkeit und neuem Verlangen überrollte ihn, als er ihren schlanken und nackten Körper an seinen geschmiegt wahrnahm. In seiner Erinnerung spürte er ihre Küsse, ihr Streicheln, ihre Stimme an seinem Ohr, wie sie seinen Namen hauchte, als sie sich liebten. Als er daran dachte, wurde er sofort hart und verfluchte sich dafür. Sie war unglaublich. Sein einziger Halt in der großen, weiten Welt da draußen. Und er? Er liebte sie eben nicht nur, wie ein Freund seine beste Freundin liebte. Er hatte sich schon so lange nach ihr verzehrt, nach ihrem Körper, ihren Küssen und ihrem Geschmack.

Liam würde ihn umbringen, so viel stand fest. Er sah immer noch sein Gesicht vor sich, als er Nic warnte, seine Finger von Mia zu lassen. Liam hatte unmissverständlich klargemacht, dass er eine Beziehung zwischen ihnen nicht dulden würde und seine Freundschaft mit Nic Geschichte wäre. Eiseskälte breitete sich in ihm aus. Die elementarste Frage des Ganzen war: Was bedeutete diese Nacht für sie beide? Sie würde eindeutig Konsequenzen für sie haben – so viel stand fest. Sie konnten nicht mehr zurück, Nic wollte das auch gar nicht.

Wie willst du mit einer Frau befreundet sein, die du ständig in dein Bett zerren möchtest?

Eine feste Freundin passte eigentlich nicht in sein Leben. Er hatte seit seiner Karriere kaum noch ein Privatleben, geschweige denn Zeit. Er hielt sich selten länger an ein und demselben Ort auf. Er kämpfte mit vielen Dämonen und schaffte es kaum, Verantwortung für sich selbst zu übernehmen. Wie sollte er das nur einer Frau zumuten? Wie könnte er das Mia zumuten?

Sie war der wichtigste Mensch in seinem Leben, und dieses Leben wollte er nicht für sie. In den vergangenen Wochen hatte er selbst feststellen müssen, dass Mia keineswegs glücklich war. Er blickte auf sie herab – direkt in ihre aufmerksamen Augen, die ihn offenbar schon länger beobachteten.

»Hey«, sagte sie leise, hob den Arm und streichelte über seine Wange.

»Guten Morgen, Honey!«

»Wo warst du mit deinen Gedanken? Welche Dämonen hast du wieder heraufbeschworen?«, fragte Mia direkt, rekelte sich kurz und rollte sich dann halb auf ihn.

»Ich kann mich nicht erinnern«, entgegnete er und zog sie an sich, um sie lang und intensiv zu küssen. Sie verloren sich wieder in ihrem Kuss. Mia zog Nic an sich, er spürte ihre Haut an seiner, und der Tag begann so, wie der Abend zuvor geendet hatte.

Einige Zeit später knurrte Mias Magen, und Nic lachte. »Da hat jemand Hunger …«

»Ich hatte gehofft, für immer mit dir hierbleiben zu können«, murmelte sie und versteckte ihren Kopf in seiner Halsmulde.

»Ich bin auch nicht wirklich scharf darauf, Liam unter die Augen zu treten«, murmelte er in ihr Haar.

»Er hat nichts zu melden!«, schimpfte Mia, was Nic ein liebevolles Lächeln entlockte.

»Du vergisst, dass er nicht nur dein Bruder ist. Er ist auch mein bester Freund, und es gibt da diesen Kodex …«

»Ach was! Der gilt nur für Ex-Freundinnen«, ereiferte sich Mia.

Nic schüttelte grinsend den Kopf. »So einfach ist das nicht, Mia. Vielleicht würde es helfen, wenn ich ein paar Antworten hätte.«

»Ich glaub, wir bleiben einfach hier oben, und ich schau mal, was noch so in meiner Tasche herumliegt. Irgendwo hab ich bestimmt noch einen Müsliriegel oder Traubenzucker. Vielleicht hättest du noch Chancen auf einen Kaugummi oder ein Päckchen Gummibärchen.«

Nic schmunzelte. »Das heißt, wir überleben die nächsten zehn Minuten.«

Mia boxte ihn sanft gegen die Schulter. »So verfressen bin ich gar nicht. Ich kann durchaus von Luft und Liebe leben …«

»Liebe, ja?«

Sie sah ihm tief in die Augen, küsste ihn voller Hingabe und drängte sich an ihn. Beinahe wären sie erneut im Bett gelandet, doch Mias Magen knurrte wieder.

»Bereit, dich den Aasgeiern zum Fraß vorzuwerfen?«, fragte Nic theatralisch, und Mia lachte bei seinem Anblick.

»Ich schon, aber du solltest dir lieber was überziehen«, schlug sie vor. »Ich bin mir nicht sicher, ob meine Mum dein Outfit gutheißen würde.«

Nic gab ihr einen Klaps auf den Po und suchte seine Sachen zusammen.

* * *

Unten war niemand zu sehen, und Nic hob ratlos die Schultern. »Vielleicht sollten wir die Chance nutzen, uns mit Essbarem eindecken und wieder nach oben verschwinden«, schlug er halbherzig vor. Die Vorstellung, den ganzen Tag mit ihm im Bett zu verbringen, war viel verlockender, als ihren Familien etwas erklären zu müssen, was sie selbst nicht so genau verstanden.

»Vergiss es, ich glaube, einen zweiten Anlauf schaffen wir nicht.«

Nic umarmte Mia von hinten, küsste sie auf die Schulter und murmelte: »Aber es gibt da noch ein paar Dinge, die ich mit dir machen wollte …«

»Eine Versuchung, der ich in der Tat nicht widerstehen kann …«, flüsterte sie zurück.

»Na endlich! Wir dachten schon, wir sehen euch frühestens in ein paar Tagen oder so wieder«, ertönte eine Stimme, und sie fuhren erschrocken auseinander.

»Lizzy, du hast mich vielleicht erschreckt.«

Ihre Freundin grinste von einem Ohr zum anderen und wackelte mit den Brauen. »Na, schöne Nacht gehabt?«

Nic schnaubte entnervt und ließ Mia mit den Worten »Deine Baustelle!« stehen.

»Na, danke auch, Mr Donahue!« Er drehte sich beim Gehen zu ihr um und hob unschuldig die Hände, während er schelmisch grinsend den Raum verließ.

»Was tust du überhaupt hier?«, fragte Mia ihre Freundin, die anfing, die Spülmaschine einzuräumen.

»Na, während ihr verschwunden wart, haben wir uns schon mal ans Aufräumen gemacht. Ich stell nur die Spülmaschine an und mach mich dann daran, das Chaos zu beseitigen. Das ist jetzt völlig unwichtig. Nun erzähl schon, jedes pikante Detail bitte.« Lizzys Gesicht verzog sich zu einer Grimasse. »Oder besser doch nicht. Wir reden hier schließlich über meinen Bruder.«

Mia lachte. »Keine Sorge, ich werde nicht ins Detail gehen.«

»Also gibt es tatsächlich ein Happy End, ja?«

Mia zuckte die Achseln. »Ich weiß nicht. Ich meine, es ist alles noch so vage und unklar, wie das klappen soll.«

Lizzy strich Mia über den Rücken. »Ach, Süße, sei erst mal froh darüber, dass ihr euch endlich habt. Glaub mir, keiner ist glücklicher als ich darüber. Alles Weitere wird sich mit der Zeit finden.«

»Meinst du?«

»Ja, ganz bestimmt! Sag mir nur rechtzeitig Bescheid, wenn du zu ihm ziehst, damit ich mir einen Untermieter suchen kann.«

Mia lachte. »So schnell wirst du mich nicht los!«

Lizzy wirkte etwas betrübt. »Ich freu mich so für euch. Aber ich werde deine ungeteilte Aufmerksamkeit auch sehr vermissen. Vor allem unsere Pläne für die Zukunft. Ich wäre gern eine alte Schrulle mit dir geworden.«

»Sei nicht albern, Lizzy. So weit sind wir noch lange nicht.«

Gemeinsam gingen sie hinaus in die warme Frühlingsluft, auf der Suche nach frischem Kaffee und Frühstück, was es zweifellos im Donahue-Haus geben würde. Mia täuschte sich nicht. Die versammelte Familie saß zwanglos in der Küche und dem Wohnzimmer verteilt beisammen. Sie begrüßten Mia fröhlich.

»Kaffee und Croissant, meine Liebe?«, fragte Lynn und reichte ihr einen Becher mit heißem Kaffee.

Nic kam mit einem frischen T-Shirt und einer kurzen Hose aus dem Flur, erblickte sie und strahlte. Er ging an ihr vorbei, ließ dabei keinen Zentimeter zwischen ihnen und trank einen großen Schluck aus ihrem Kaffeebecher.

»Da habt ihr ja schon einiges geschafft, nicht wahr?«, fragte er in die Runde.

»Und das, während du Dornröschen gespielt hast, oder wo bist du gestern abgeblieben?«, fragte Liam kauend, während er genüsslich Lynns Croissants verdrückte.

Nic strich verlegen durch sein Haar. »Ach, weißt du ...«

»Nic hatte Kopfschmerzen, und ich war strikt dagegen, dass er zur Party zurückkehrt«, schwindelte Mia und verzog keine Miene. »Immerhin könnte es ja eine Gehirnerschütterung sein.« Nic hob die Brauen und begegnete flüchtig Mias Blick, dann schnappte er sich ein Croissant und ließ sich neben Liam nieder. Der hatte noch nicht zu erkennen gegeben, ob er ihnen glaubte.

»Wenn du weiter so viele Croissants in dich hineinstopfst, drückt Paul dir einen Personal Trainer aufs Auge«, warnte Nic seinen Freund und deutete auf Liams vollgepackten Teller.

»He, ich darf das, ich wachse noch«, verteidigte sich Liam und stichelte zurück. »Ich hoffe, du hast dich gut ausgeruht und nicht unnötig verausgabt. Wir wollen ja nicht, dass du bei den nächsten Auftritten schlappmachst, nicht wahr?«

Nics Gesichtsfarbe wechselte von tiefrot zu leichenblass, und er verschluckte sich prompt bei dem Versuch zu antworten.

Freundschaftlich klopfte Liam ihm auf den Rücken und grinste ihn vielsagend an. »Als unser Star solltest du dich gut schonen ...« Mia war unsicher, ob dies eine Warnung war. Liams Stimme klang etwas gestelzt.

Der Sonntagabend rückte näher, und alle sahen sehnsüchtig einem entspannten Fernsehabend entgegen. Den Tag über hatten sie damit verbracht, das riesige Zelt abzubauen und alles zurück an seinen Platz zu bringen. Lizzy war sehr zufrieden mit ihrer Geburtstagsparty, die Kontakte zu den Produzenten waren intensiver geworden, und sie hatten ihr in Aussicht gestellt, schnellstmöglich in ihre Aufnahmen reinzuhören. Das war mehr, als sie hätte erwarten können. Die Tatsache, dass Nic ihren Song performt hatte, war diesem Ausgang sicher zuträglich gewesen. Liam hatte sich vor einer Stunde verabschiedet, um ein Mädchen zu treffen, dem er auf der Party begegnet war, und Mia und Nic wollten die Gunst der Stunde nutzen, und nahmen Lizzys gut gemeinten Vorschlag an, ihre letzten Tage zu zweit in Mias und Lizzys Wohnung zu verbringen. Mia wollte Nic nicht von seiner Familie fernhalten, doch er sagte sofort zu. Sie packten ein paar Sachen zusammen und verabschiedeten sich von allen.

Es wurde schon dunkel, als sie endlich losfuhren, und Mia schlief im Auto sofort ein. Ihre Nacht war tatsächlich kurz gewesen.

Nic weckte sie liebevoll, als sie ankamen. »Hey, Schneewittchen, wir sind da.«

Verschlafen schloss Mia die Haustür auf. Sie war glücklich darüber, dass sie ihre Wohnung vorher aufgeräumt hatte, denn das wäre ihr sehr unangenehm gewesen. Sie ging an der Tür von Josés Wohnung vorbei, klopfte kurz und brüllte durch die Tür: »Ich bin wieder da!«

Nic sah sie irritiert an, während Mia, ohne auf eine Antwort zu warten, gähnend die letzten Stufen zu ihrer Wohnung hochstieg. Plötzlich tauchte der Kopf eines gut aussehenden Mannes durch den Spalt seiner Tür auf.

»Das wurde aber auch Zeit, *chérie*«, sagte er und erstarrte, als er Nic sah. »Uhhh, hübscher Männerbesuch?«

»Keine *chérie* heute Abend, José«, warnte Mia ihn lachend.

»Das ist aber ein hübsches Kerlchen. Morgen will ich alles wissen … jedes Detail!«, rief er zu Mia hoch, die schon vor ihrer Tür stand.

»Gute Nacht, José!« Sie schüttelte den Kopf und lächelte über Nics seltsame Miene.

»Möchtest du mir etwas zu dieser bizarren Begegnung sagen?«

Mia lachte. »Ich dachte, du würdest so schnell nichts mehr als bizarr bezeichnen. José ist unser Nachbar und kümmert sich um die Wohnung, wenn wir nicht da sind. Und wie du dir denken kannst: Er ist stockschwul.« Mia schob ihre Tasche mit dem Fuß über die Türschwelle und trat ein.

Nic war erst einmal hier gewesen, um Mia und Lizzy abzuholen. Damals war die Wohnung nicht so wohnlich gewesen. Jetzt hingen überall Fotos und Zeichnungen von Mia. Nic fühlte sich sofort wohl. Mia reichte ihm aus dem Kühlschrank ein Bier, das er dankend entgegennahm, aber hinter sich auf dem Schränkchen abstellte. Er kam mit einem eindeutigen Blick auf Mia zu.

»Ich würde gern dein Zimmer sehen.« Er grinste anzüglich, und Mia hielt einen Augenblick inne. Sie konnte ihr Glück kaum fassen. Er atmete hörbar ein und wieder aus, als sie sich auf die Zehenspitzen stellte, ihre Arme um seinen Hals schlang und ihn leidenschaftlich küsste. Sie presste sich nah an ihn. Nic umfing ihre Taille, ließ seine Hände hinunter zu Mias Po gleiten und sie darauf ruhen. Ihr Kuss wurde inniger und zärtlicher. Irgendwann schob Mia ihn rückwärts durch eine Tür. Nic ließ sie keinen Augenblick los, um seine Liebkosungen zu unterbrechen. Er übernahm das Ruder und legte sie auf ihr Bett, während er sein Shirt auszog und ihr schwungvoll entgegenwarf.

Sie genossen jeden Moment dieser zweiten Nacht, weil sie ganz genau wussten, dass ihnen nicht mehr viele bleiben würden, bevor Nic in seinen Alltag zurückmusste. Keiner von beiden hatte eine Lösung für ihre gemeinsame Zukunft parat. Sie mieden das Thema, denn was sollten sie schon sagen? In stillem Einverständnis kosteten sie jeden Moment aus.

Einen Abend später besuchten sie ihren Lieblingsitaliener. Pedro brachte ihnen gerade eine Spezialität des Hauses und zwinkerte Mia gut gelaunt zu, als Nic einen Anruf seines Handys wegdrückte. »Ich wünsche euch einen guten Appetit. Nur eine Kleinigkeit von meiner *mammá* für unsere Turteltauben.« Auf dem Teller befanden sich verschiedene Desserts, die mit Herzen aus Himbeersauce verziert waren. Mia hielt sich bereits den Bauch.

»Keine Ahnung, wo das noch hinsoll«, murmelte sie, nachdem sie sich artig bedankt hatten.

»Das ist durchaus eine gute Frage«, neckte er sie. »Ich weiß ohnehin nicht, wo du das alles hinsteckst. Wobei das bestimmt ein Gen der Kennedys ist. Liams Appetit ist auch zügellos.«

»Willst du damit etwa andeuten, ich sei verfressen?«, schnappte sie gespielt empört. »Das erklärt eine ganze Menge, Mr Donahue.«

»Ich sage nur die Wahrheit«, entgegnete Nic mit Unschuldsmiene. »Außerdem … Was erklärt das denn bitte schön?«

»Na, deine miserable Erfolgsquote bei Frauen.«

Nic riss entsetzt die Augen auf. »Wie bitte? Das soll wohl ein Scherz sein!«

»Na, du hast schon richtig gehört, aber dein zweifelhafter Charme hat die Frauen keineswegs immer umgehauen, höchstens ins Koma befördert, wenn du solche Unverschämtheiten als Schmeicheleien von dir gibst.« Nic begann ihr in die Seite zu piksen, während sie versuchte, einen Löffel Pannacotta in den Mund zu schieben, und schließlich in Gelächter ausbrach. »Ich erinnere mich genau daran, wie Susan dir den Kakao ins Gesicht geschüttet hat, nachdem du ihr gesagt hast, sie solle nicht deine ganzen Gummibärchen aufessen.«

Nun lachte Nic auch. »Ich war neun, und sie hat mir einfach meine Süßigkeiten weggenommen. Außerdem kam das mit dem Kakao erst, weil ich ihr an den Zöpfen gezogen habe.«

Entsetzt riss Mia die Augen auf. »Ich sollte mir also gut überlegen, mit wem ich mich hier einlasse. Spielt Frauen an den Zöpfen rum ...« Nics blaue Augen wurden dunkler, und er beugte sich vor und liebkoste ihren Hals an der empfindlichen Stelle unter Mias Ohr. »Mittlerweile spiele ich vorzugsweise an anderen Körperteilen herum, was mich daran erinnert, dass unser eigentliches Dessert zu Hause auf uns wartet.« Sie seufzte ergeben, und ein Schauer zog über ihren Körper. Es war wie immer. Sie waren Nic und Mia, doch mit so viel körperlicher und emotionaler Nähe, wie es nur ging. Schnellstmöglich beglich Nic die Rechnung, und sie machten sich auf den Weg zum Auto. Ein Mann hechtete auf sie zu, und Mia dachte schon, er wolle sie nach dem Weg fragen, als er eine Kamera zückte und Fotos schoss. Es gesellten sich sofort weitere Paparazzi hinzu, und das Blitzlicht blendete Mia so sehr, dass sie kurzzeitig die Orientierung verlor und stehen blieb.

»Hattest du einen schönen Abend, Nic? Wer ist deine Begleitung? Deine neueste Eroberung? Wie ist dein Name, Süße? Wo habt ihr euch kennengelernt? Ist es diesmal was Ernstes? Wird sie dich nach London begleiten?« Nics Erstarrung verflog im Nu, und er hob routiniert den Arm, um sich vor dem grellen Licht zu schützen. Seine Hand in ihrem Rücken drängte sie vorwärts, während er bloß »Kein Kommentar!« erwiderte und Mia schnellstmöglich ins Auto bugsierte. Eilig fuhr er los, bremste jedoch ein klein wenig ab, weil ein Motorrad neben das Auto fuhr und der Fahrer darauf Fotos machte. Fluchend rangierte Nic den Wagen durch die enge Straße.

»Wo fährst du denn hin?«, fragte Mia geschockt.

»Auf keinen Fall zu deiner Wohnung«, stieß er durch die zusammengebissenen Zähne aus.

»Aber ...«

»Mia, lass mich kurz nachdenken, okay?«, herrschte er sie gestresst an und fügte schnell ein »Sorry!« hinzu. Plötzlich fiel ihr erneut die Veränderung seiner Person auf, und sie seufzte. Eine Weile fuhren sie ziellos durch Falmouth, und Nic behielt den Rückspiegel fest im Blick. Mia wagte es nicht, ihn erneut anzusprechen. Gefrustet kamen sie eine Stunde später in ihrer Wohnung an. Die Paparazzi hatten sie abschütteln können, doch Nic ging auch jetzt sofort beunruhigt zu ihren Fenstern, die zur Straße hinaus zeigten. Er hob sein Handy ans Ohr und sprach mit irgendwem, den Mia nicht zuordnen konnte. Die Anspannung zwischen ihnen war greifbar, und Mia tat das, was sie immer tat, wenn sie wütend und unsicher war: aufräumen. Lizzy würde es ihr ohne Frage danken.

Sie stand in der Küche und kümmerte sich um den Abwasch. Ihr Kopf versuchte ihr immer wieder klarzumachen, dass Nic war, wie er war. Er war mit Leib und Seele Musiker. Er liebte es, sich treiben zu lassen, keine festen Arbeitszeiten zu haben, und Mia liebte ihn genau dafür, was er war. Sie wusste, dass es keine andere Möglichkeit gab, als dass Nic bald wieder in sein Leben zurückkehren musste. Es war ohnehin nur eine Frage der Zeit gewesen, dass ihnen so etwas passierte. Mia hatte diesen Gedanken weit genug verdrängt, dass dieser Überfall sie eiskalt erwischt hatte. Plötzlich nahmen all die Unsicherheiten, wie es mit ihnen weitergehen würde, neuen Raum ein. Schlagartig hasste sie die Offenheit, die ihr vor ein paar Stunden noch reizvoll vorgekommen war. Jetzt drängte sich ihr bloß eine Frage auf: Wo standen sie beide? Was würde geschehen, wenn er zurückmusste? Würde er sie ignorieren wie das letzte Mal?

Als Nic auflegte, herrschte Stille. Irgendwann wandte er sich zu ihr um. Mia und er wechselten einen Blick, und ihr stiegen Tränen in die Augen. Er schien es zu bemerken und kam auf sie zu. Sie hielt wie ein Polizist eine Hand hoch und sagte laut: »Stopp!«

»Mia …«

Sie würde auf keinen Fall weinen. Auf keinen Fall wollte sie, dass er sich noch schlechter fühlte, als er es zweifellos schon tat.

Also durfte er nicht näher kommen. Er hielt es offenbar nicht aus und trat trotzdem zu ihr.

»*Domenic Donahue!* Ich warne dich, keinen Schritt weiter … sonst …« Ihre Stimme zitterte, und Mia wandte sich rasch um.

»Sonst …«, wiederholte er leise.

»Sonst trete ich dir so dermaßen in den Arsch, dass du tagelang nicht sitzen kannst!« An Nics Mundwinkel zupfte ein Lächeln.

»Bitte gib mir einfach ein paar Minuten.« Damit verschwand sie kurz im Bad, drehte den Wasserhahn auf und vergoss ein paar Tränen, bevor sie sich wieder aufrichtete. Ihre wunderschöne, kuschelige Blase war gerade zerplatzt, und das musste sie erst mal verdauen. Mia trat wieder ins Wohnzimmer und sah Nic am Fenster stehen.

»Werden wir darüber reden?«, fragte er traurig.

»Worüber?«

Er kam auf sie zu, nahm ihre Hand und sagte: »Über das, was gerade geschehen ist, über meine Abreise, über uns …« Mia schluckte und wandte den Blick ab. »Bitte lass uns darüber reden. Es hat uns nie wirklich weit gebracht zu hoffen, dass sich alles von alleine regelt.«

»Also gut«, gab sie sich geschlagen.

Nic seufzte erleichtert und setzte sich auf das Sofa. Er deutete auf den Platz neben sich, wo sie sich niederließ. »Das eben war …«

»… beängstigend«, platzte es aus ihr heraus. »Ich meine, nicht die Reporter, sondern die Art, wie du damit umgegangen bist.«

Verblüfft musterte er sie. »Wie meinst du das?«

»Du warst so … anders. Du hast nicht eine Sekunde verwirrt gewirkt, sondern hast eher an einen Soldaten erinnert, der ganz routiniert das Problem löst. Ich weiß nicht, du warst einfach anders. Diese Seite kenne ich nicht an dir.«

»Dennoch gehört sie zu meinem Leben dazu«, murmelte er und strich durch sein Haar. »Ich glaube, in London gehe ich lockerer damit um, aber ich hatte Angst, dass dich diese Situation überfordert.«

»Das hat sie auch«, gab Mia zu. »Woher wussten sie, dass du dort warst?«

»Keine Ahnung, nur ein einziger Fan muss mich gesehen haben und es bei Twitter gepostet haben, was diese Aasgeier sofort auf unsere Fährte brachte.« Mia schwieg. »Der Grund, warum ich nicht direkt hierhergefahren bin, ist, dass sie dich in Zukunft belästigen würden. Ich hoffe sehr, dass uns niemand gefolgt ist. Ich habe Paul direkt angerufen, damit er die sozialen Medien überwacht, ebenso wie die Zeitungen. Es wäre besser, wenn wir heute noch nach Hause fahren. Wenigstens hat das zukünftig keine Paparazzibelagerung für euch zur Folge und es kommt keiner auf die Idee, dass wir mehr sind als Freunde. Nur um sicherzugehen.«

Mia kaute auf ihrer Lippe und musste die Ernüchterung erst mal verkraften. »Okay, dann pack ich wohl mal meine Sachen zusammen, oder?« Sie war im Begriff aufzustehen, doch Nic griff nach ihrer Hand.

»Du weißt, ich fahre übermorgen zurück nach London. Wo wirst du sein, Mia? Du willst offenbar endgültig von zu Hause ausziehen. Was sind deine Pläne?«

»Ich weiß es selbst nicht genau. Bisher habe ich die Wochen immer irgendwie gefüllt, in denen du fort warst. Die Uni, meine Arbeit für Cathleen und Jeff ... die Tanzstunden, Sophie und Haley ... Das ist mein Leben. Was steht bei euch an?«

Nic seufzte. »Es gibt ein paar Meetings mit der Plattenfirma, dem Management und den Jungs. Danach geht's für einige Wochen ins Studio außerhalb von London. Keine Ahnung, wann wir da fertig sein werden. Ein paar Auftritte bei den British Music Awards und anderen Fernsehshows stehen ebenfalls an. Ich weiß selbst nicht, wann ich wo sein werde.«

Mias Gesicht verdüsterte sich. Kein Wort davon, dass er sie bei sich haben wollte. Abrupt stand sie auf und begann die Gläser, die noch auf dem Tisch standen, einzusammeln. Dann rückte sie dem Zeitschriftenstapel zu Leibe.

»Mia?«

»Was?«, herrschte sie ihn an.

»Du sagst gar nichts dazu«, murmelte er und rieb sich erschöpft über die Stirn.

»Was soll ich schon dazu sagen, wenn du mir eröffnest, dass wir uns übermorgen trennen werden, weil du einfach keine Zeit für mich hast?«

»Das will ich damit auf keinen Fall sagen!«, entrüstete sich Nic und stand nun ebenfalls auf.

»Es klang aber so«, fügte sie deutlich hinzu.

»Es tut mir leid, Mia«, sagte er und sah wirklich so aus. »Mia! Nun rede doch mit mir. Dir muss auch klar gewesen sein, dass mein Leben kompliziert ist.«

Ja, das hatte sie verdammt noch mal gewusst, und doch fühlte es sich so an, als gehörte sie nicht dazu. Als wolle er sie dort nicht.

»*Emilia!* Nun lass uns endlich darüber reden!«, rief er bestimmt, während sie wie ein kleiner Tornado durch die Wohnung flog und nur noch mehr Unordnung machte.

Sie stemmte beide Hände in die Hüften und sah ihn mit einem herausfordernden Blick an. »Nun zähl schon all die Dinge auf, die dich dazu veranlassen, gleich aus dieser Tür zu marschieren und mich wieder zu verlassen.«

»Das wird nicht passieren, Honey!«

Mia sah ihn hoffnungsvoll an. »Nein?« Ihre Unterlippe bebte, und sie musste sich sehr zusammenreißen, um nicht laut loszuschluchzen und sich in seine Arme zu werfen. »Warum fühlt es sich dann genau so an?«

Nic kam auf sie zu und schlang beide Arme um sie. Er hielt sie fest, während Mia versuchte, ihre Tränen zurückzuhalten. »Mia, ich … Die ganze Zeit, in der ich dich wollte, hat mich die Frage nach dem *Wie* immer davon abgehalten.« Er hielt inne. »Und jetzt gibt es eine gute und eine schlechte Nachricht …«

»Die schlechte bitte zuerst!«

»Ich weiß immer noch nicht, *wie*. Aber die gute ist, dass ich einfach zu stur bin, um das hinzunehmen. Ich will uns! Solange du es nur auch willst?!« Es klang eher wie eine Frage, und Mia sah zu ihm auf.

»Natürlich will ich das hier.« Sie deutete auf sie beide.

»Dumme Mia …«, schalt Nic sie.

»Was ist mit all den anderen Frauen? Mit Angela?«

»Ein Ablenkungsversuch … Ich musste es wenigstens versuchen. Ich denke, so ähnlich war es auch bei dir, oder?«

Mia nickte, auch wenn ihr schlechtes Gewissen sie deswegen noch immer quälte.

»Werde ich meinem Management also einen neuen Beziehungsstatus bekannt geben?«

Mia seufzte erleichtert. Nic quälten offenbar genau dieselben Fragen wie sie. »Ich werde deine Fragen nur aus meiner Sicht beantworten können. Du wirst deine eigenen Antworten finden müssen. Falls du wissen möchtest, ob ich vorhabe, andere Männer zu treffen, ist die Antwort ein klares Nein mit vielen, vielen Ausrufezeichen. Aber ich habe keine Antwort für dich, wie wir mit der Distanz, mit der Presse, mit deinen Fans, mit alldem umgehen sollen. Wenn du es herausfindest … Du weißt, wo ich bin. Du weißt, wo ich immer war. Wenn du bereit für dieses *Wir* bist, dann komm zurück und hol mich. Ich denke, es sollte ziemlich klar sein, dass ich dir bis ans Ende der Welt folgen werde.«

Nic wirkte zerknirscht. »Es tut mir leid, dass ich für den Rest bis jetzt noch keine Antworten habe. Aber ich finde sie, ganz bestimmt! Das verspreche ich dir.«

Sie fiel in seine Arme und ließ sich halten. »Ich wäre vorerst schon einmal mit einem Versprechen zufrieden, das beinhaltet, dass es keine anderen Frauen gibt.«

Nic gluckste. »Natürlich nicht.«

»Versprich es!«, drängte sie weiter, und das tat er.

* * *

Sie packten Nics Tasche und ein paar Sachen für Mia und fuhren zu ihrem einzigen gemeinsamen Zuhause. Dort verbrachten sie den nächsten Tag mit Nics Eltern und Lizzy. Am Abend gingen sie am Strand spazieren, aßen an einem Imbissstand, und Mia wurde von Nic auf der Schaukel im Garten geküsst, bevor sie ihre letzte Nacht in der Gartenlaube verbrachten.

Nic musste eingeschlafen sein, denn das Nächste, was er wahrnahm, war etwas Nasses und Kaltes an seinem Arm, der vom Sofa hing. Und da war dieses leise Kichern.

Langsam öffnete er die Augen und sah in Mias Gesicht. Sie lächelte spitzbübisch und lag immer noch in seinen Armen. Nic lächelte zurück und wurde das Gefühl nicht los, dass sie ihn auslachte. Er sah an seinem Arm hinab und entdeckte die rote, flauschige Nachbarskatze, die genüsslich an seiner Hand schleckte und ihre Schnauze an seinem Arm rieb. Mia lachte glockenhell, und Nic spürte einen stechenden Schmerz durch seinen Kopf fahren.

Er rieb sich das verzerrte Gesicht. Er hasste Kater – und zwar beide, den Kater, der seinen Schädel malträtierte und von den drei Bier am Abend zuvor entsprungen war, und dieses rote, flauschige heimtückische Biest von einem Katzentier.

»Tiger wird dich also auch vermissen«, murmelte Mia und verzog das Gesicht zu einer Grimasse, als hätte sie sich gerade erst daran erinnert.

Nic fühlte sich sofort seltsam unvollständig. »Was tut diese fleischfressende Bestie hier? Wie ist er hier reingekommen?«, fragte er, womit er ihr ein Grinsen auf das Gesicht zauberte.

Mia rief empört: »Tiger ist keine Bestie!«, lächelte jedoch und deutete auf das Klappfenster über dem Rasenmäher, das offen stand.

Nic fand Katzen lästig. Selbstverständlich hatte er keine Angst vor ihnen, aber geheuer waren sie ihm nicht. Unerklärlicherweise hatte Tiger, die Nachbarskatze, es immer auf ihn abgesehen. Sobald er seine Schuhe auf der Terrasse vergessen hatte, lag Tiger eingerollt darauf. Und zwar jedes einzelne Mal.

»Du wirst dich daran gewöhnen müssen, dass er nie dasselbe für dich empfinden wird, Tiger!«, flüsterte Mia dem Kater zu, während sie sich über Nics nackte Brust beugte, um den Kater zu streicheln. »Was schaust du mich so an?«

»Du wirst mir wahnsinnig fehlen«, gestand er ihr, weil er ahnte, dass sie daran zweifelte.

»Tatsächlich?«, hauchte sie, und Hoffnung zeichnete sich in ihren Augen ab. »Du wirst mich nicht beim Anblick deiner besessenen Groupies oder einer bildschönen Kollegin vergessen?«

»Nein, ganz sicher nicht. Du hast keine Ahnung, wie gut es mir genau in diesem Moment geht. Lass uns einfach hierbleiben. In dieser Hütte, für den Rest unseres Lebens«, wisperte er leise, aber eindringlich. Er schloss die Augen und wartete auf ihr Lachen, doch es geschah nichts. Als er sie wieder ansah, bemerkte er bloß ihren forschenden Blick.

»Du liebst dieses aufregende Leben, oder nicht? Die Musik, deine Fans und den ganzen Schnickschnack.«

»Natürlich, ich habe mir nichts sehnlicher gewünscht, aber abgesehen von der finanziellen Unabhängigkeit und dem Luxus, in dem ich schwelge, gibt es auch einige Nachteile. Der größte Wermutstropfen ist, dass ich dich hier zurücklassen muss.« Nic gab

Mia einen Kuss auf das Haar. »Man sollte denken, dieses Leben bietet mir mehr Freiheiten als früher, doch das stimmt nicht. Das Management lenkt und organisiert mein Leben. So gesehen bin ich in einem Käfig gefangen, und auch wenn er vergoldet ist, bleibt er ein Gefängnis.« Nach einer schier endlosen Pause fügte er hinzu: »Ich komme mir nur hier vollkommen wie ich selbst vor. Ich fühle mich nur hier zu Hause. Im Haus meiner Eltern. Mit dir in dieser Gartenlaube, mit dir, wenn wir über den Strand toben, mit …« Er brach ab, als er plötzlich Mias traurigen Blick sah. Mit ihrem Zeigefinger zeichnete sie feine Linien auf seiner nackten Brust.

»Dann bleib hier oder komm öfter nach Hause«, wisperte sie, und er hörte deutlich die Traurigkeit in ihrer Stimme. Er hatte sich so oft gefragt, wie es ihr erging, wenn er fort war. Fühlte sie eine ebenso starke Sehnsucht wie er?

Nic legte die freie Hand unter ihr Kinn und hob es sanft an, sodass sie ihn ansehen musste. Sein Blick versank in ihrem, und in diesem Moment löste sich alles um sie herum auf … Da sah er es! Er sah etwas in ihren Augen, das ihn beflügelte weiterzugehen … etwas zu wagen … zu träumen … sich etwas zu wünschen – ein Leben mit ihr …

Er stockte, als er den sehnsüchtigen Ausdruck in ihren Augen betrachtete, der all das ausdrückte, was er empfand. Seine Hand strich ihr Kinn bis zu ihrem Hals entlang. Nic spürte das sanfte Pochen ihrer Halsschlagader an seiner Fingerspitze. Dieses Gefühl drängte ihn danach, in ihr Haar zu fassen und sich mit aller Kraft das zu nehmen, was er seit einer kleinen Ewigkeit begehrte. Er küsste sie zuerst zärtlich, doch kaum hatten ihre Lippen sich berührt, überkam sie die Leidenschaft erneut.

Seine Fingerkuppen waren durch die Gitarrensaiten leicht rau, doch Mia schien es keineswegs zu stören. Nics Finger verweilten für einen Sekundenbruchteil an ihrer Halsmulde und bewegten sich dann in Richtung ihres Nackens. Mia rollte sich über ihn, und Nic umfing ihren nackten Hintern, während sie sich rittlings auf ihn setzte. Erstaunt erkannte er, wie bereit sie wieder für ihn war, und seine Begierde erwachte erneut. Sein Schwanz pulsierte gegen ihre feuchte Mitte, und Mias Brustwarzen waren zu erregten Knospen geformt, die er mit seinen Fingerkuppen liebkoste. Mia rieb sich rhythmisch an ihm, bis sie ihn tief in sich aufnahm und ihm ein Keuchen entrang. Ihr Atem ging stoßweise, während ihr Kuss begieriger wurde. Ihr Blick war vor Verlangen ganz verschleiert, und es dauerte nicht lange, bis sie gemeinsam den Höhepunkt erreichten. Sie waren sich noch nie so nahe gewesen, er hatte ihren Körper noch nie so intensiv und unmittelbar gespürt. Denken war in diesem Moment nicht möglich, so als hätten sich alle Sorgen und Ängste von ihm gelöst. So natürlich wie der Herzschlag, der wie der Flügelschlag eines Schmetterlings an Mias Hals zu spüren war.

14

Mia war längst in einen tiefen, unruhigen Schlaf gefallen, während Nic noch wach lag, ganz nah an sein Mädchen geschmiegt. Er betrachtete ihr Gesicht und genoss den Atem, der wie eine wiederkehrende Brise über seine Brust strich. Er fuhr zärtlich durch ihr Haar und sog ihren vertrauten Duft ein. Nic hasste es, sie wieder verlassen zu müssen. Er fühlte sich schlecht, weil er ihr keine Lösung anbieten konnte. Womöglich würden sie beide einen Weg finden, zusammen zu sein. Aber eins war sicher, sollten die Medien erst mal auf sie aufmerksam werden, dann würde sie nie mehr so wie bisher leben können. Man würde sie nicht nur auf Schritt und Tritt verfolgen. Sie würde von Kopf bis Fuß analysiert und kritisiert werden. Es würden Gerüchte in die Welt gesetzt werden, und sie würde immer wieder über das Aus ihrer Beziehung lesen, weil er sich scheinbar neu verliebt hatte. Wie sollte Mia das überstehen können? Würde sie das wollen? Das alles machte ihm eine Scheißangst.

Langsam entzog er sich Mias Klammergriff. Sie hatte die Arme fest um ihn geschlungen, so als spürte sie, dass er ganz heimlich eine Entscheidung getroffen hatte. Liam und Nic hatten abgesprochen, schon in der Nacht loszufahren. Ohne große Verabschiedungsszenen. Nic wusste, dass Mia Abschiede genauso sehr hasste wie er und dass sie ihm nicht böse sein würde. Er zog sich leise an, um sie nicht zu wecken. Da hörte er bereits Liams leise Rufe durch den Garten. Er öffnete die Tür zur Hütte, nachdem er die Knöpfe an der Hose geschlossen hatte.

Er zog sein Shirt über, legte einen Zettel und seinen Pullover neben sie. Er betrachtete Mia ein letztes Mal mit einem zugleich liebevollen und wehmütigen Blick. Wie sie so friedlich dalag und noch nicht ahnte, dass er fort sein würde, wenn sie die Augen aufschlug. Ein Kloß in seinem Hals hinderte ihn am Schlucken. Dieses Gesicht würde er eine Weile nicht sehen, und so versuchte er, sich jedes Detail einzuprägen. Zuletzt hauchte er ihr einen Kuss aufs Haar und ging hinaus.

Nic warf Liam, der bereits auf ihn wartete, seine Autoschlüssel zu, damit er den ersten Teil der Strecke fuhr. Schweigend stiegen sie ins Auto, und Liam stellte den CD-Player an, während Nic aus dem Fenster starrte und Liams Blick mied. Als die Musik ertönte, stellte Nic wortlos auf Radio. Diese CD hatte er mit Mia auf dem Heimweg gehört, und er brauchte dringend Ablenkung.

Sie waren schon eine ganze Weile gefahren, als Liam sich räusperte. »Du machst mir Angst, wenn du so beharrlich schweigst, Mann.«

Nic sah zu seinem Freund und setzte ein leichtes Lächeln auf. »Ich gebe mir Mühe, nicht mit dir zu streiten.«

Liam sah verblüfft zu Nic. »Was hab ich nun wieder angestellt?«

Nic seufzte, grinste aber traurig. »Ich bin sauer, dass ausgerechnet dein Song unseren Durchbruch gebracht hat. Diesem Tape ist es zu verdanken, dass ich diesen Ort jetzt wieder verlassen muss.«

Liam setzte ein schiefes Grinsen auf, wurde aber sofort wieder ernst. »Bereust du es?«

»Manchmal«, gab Nic zu. »Aber was sollten wir sonst tun? Wir sind Musiker mit Leib und Seele. Wäre da eben nicht …«

»… meine entzückende Schwester, an die du dein Herz wahrscheinlich schon in den Windeln verloren hast.«

Nic verstummte. Mit diesem Thema betraten sie dünnes Eis. Er stützte den Ellbogen gegen die Scheibe und lehnte den Kopf gegen die Hand. »Seit wann weißt du es?«

»Ich hab es schon am Abend geahnt, als du Chris eins übergebraten hast, sicher war ich erst am kommenden Morgen«, antwortete Liam nach einer Weile. »Ihr habt euch einfach total seltsam benommen, und ich kenne euch beide eben sehr gut.«

»Und?«, flüsterte Nic und konnte die Spannung beinahe nicht ertragen.

»Wenn du wissen willst, wie ich dazu stehe, dann ist die Antwort immer noch die gleiche wie damals.« Nic schloss gequält die Augen. »Aber ...«

»Aber?«, echote er.

Liam seufzte. »Ich bin nicht blind, Nic. Mia empfindet genauso und ... obwohl ich denke, dass es ein Fehler ist, wenn ihr es miteinander versucht, kann ich dich nicht auf diese Weise erpressen.«

»Du verlässt nicht die Band?«

»Nein«, entfuhr es Liam, der Nic von der Seite ansah. »Mit der Zeit musste ich einsehen, dass ich offenbar nicht weiß, was meine Schwester braucht. Nach allem, was sie zu Hause gestemmt hat, während ich besoffen in der Ecke irgendeines Hotelzimmers lag und den Tod meines Vaters sowie mich selbst betrauert habe ... sie ist eine viel stärkere Frau, als ich gedacht habe, und ich glaube, uns ist allen klar, was sie braucht ... dich! Wie habt ihr das jetzt vor?«

»Fragst du mich das als Mias Bruder oder als mein bester Freund?«, fragte Nic vorsichtig.

»Ich bin immer beides, Buddy.«

»Ich weiß es nicht ... Mia hat mir zu verstehen gegeben, dass sie mit mir kommen würde. Ich habe aber Schiss. Ich bin völlig unerfahren im Umgang mit einer Frau an meiner Seite. Was, wenn ich sie unglücklich mache, weil ich ständig weg bin?«, sagte er offen, was Liam einen seltsamen Laut entlockte.

205

»Ohne einander seid ihr sowieso nicht zu gebrauchen, geschweige denn auszuhalten. Da stimmt Lizzy mir übrigens uneingeschränkt zu.«

»Lizzy?«, hakte Nic erschrocken nach.

»Wenn die besten Freunde anbandeln und plötzlich nur noch Augen füreinander haben, führt es nur zwangsläufig dazu, dass man sich untereinander austauscht. Vorgestern waren wir sogar zusammen bei Jeff.«

»Jetzt sag mir nicht, du wolltest dich wegen Mia revanchieren und fängst nun was mit meiner Schwester an?«

»Gott bewahre!«, stieß Liam bestürzt aus. »Nicht böse sein, aber eher würde ich mich erhängen. Dieses chaotische Weib treibt mich schon die wenigen Wochen im Jahr, die wir nach Hause kommen, in den Wahnsinn.« Nic lachte. Er war dankbar für Liams Worte, und seine miserable Stimmung begann, sich zu bessern.

* * *

Mia erwachte langsam aus einem verrückten Traum. Draußen dämmerte es bereits. Sie wollte Nic anstupsen, um ihm davon zu erzählen, als sie ins Leere fasste. Nic … Sie wandte sich langsam auf dem Sofa um und … fand nichts. Er lag nicht mehr neben ihr. Sie richtete sich auf und sah sich in der Gartenhütte um. Einen Moment hielt sie inne und fragte sich, ob es diese Nacht nur in ihren Träumen gegeben hatte. Abgesehen von der zerwühlten Decke wirkte alles wie immer. Seine Klamotten lagen nicht mehr auf dem Boden verstreut, und plötzlich streifte ihre Hand ein Stück Papier. Sie drehte es um und sah die Worte wie versteinert an.

Wir hassen Abschiede … stand in unordentlicher Schrift darauf.

Ungläubig hielt sie den Zettel näher an die Augen, als hoffte sie, er würde sich in Luft auflösen oder sie würde sich nur täuschen.

Aber sie irrte sich nicht, und schließlich verschwammen die Buchstaben vor ihren Augen.

Er war fort.

Mia ließ sich zurück in die Kissen fallen und starrte an die Decke. Überwältigt vom Schmerz, blieb sie reglos liegen. Wenn sie sich nicht bewegen, die Augen schließen und ihre Erinnerungen löschen würde, dann würde alles gut werden. Es änderte jedoch nichts. Ihr Herz verkrampfte sich nur stärker, und plötzlich stieß sie die angestaute Luft aus.

Aber diese letzte Nacht … Sie hatten sich derart geliebt, dass jede Bewegung ihrer Schenkel sie deutlich daran erinnerte. Es war wunderschön gewesen, viel intensiver als die Nächte zuvor.

Mia wusste, dass es viel zu früh war, um aufzustehen. Sie fror und würde nicht mehr schlafen können. Also zog sie Nics Pullover an und ging zurück ins Haus, um in der Küche Kaffee zu machen. Der Wecker verriet ihr, dass es erst 5:32 Uhr war und sie keine Angst haben musste, irgendwem über den Weg zu laufen, der sie mit quälenden Fragen löchern würde. Sie ging in ihr Zimmer, setzte sich aufs Sofa und blickte in den Garten und dem herannahenden Tag entgegen. Einem Tag ohne Nic.

✳ ✳ ✳

Das erste Meeting der Swores fand ein paar Tage nach Nics und Liams Rückkehr statt und war geprägt von Freude über ihr Wiedersehen mit der Band und Neugier, wie es mit dem neuen Album weitergehen würde. Sie hatten sich bei Paul im Büro eingefunden, mit vielen Bechern Kaffee und Bagels. Paul hatte fünf Wochen für die Studioarbeit angesetzt, und bis dahin hatten sie nicht mehr viel Zeit. Es war besser, gut vorbereitet ins Studio zu gehen, als erst dort Songs zu schreiben. Es sah aber gut aus. Alle hatten in ihrer freien Zeit mit ein paar Songs begonnen. Meistens wurden sie erst in der Gemeinschaft richtig gut. Die Stimmung war ausgelassen und alle Feindseligkeiten der letzten Wochen vergessen.

Als das Thema auf Nics Urlaub kam, hakte John mehrfach nach: »Nun erzähl schon, Nici-Boy! Wie ist das nun mit Mia ausgegangen?« Nic wurde das Gefühl nicht los, dass da ein Vögelchen gezwitschert hatte, und sah Liam anklagend an. »Du bist ein richtiges Klatschweib!«, beschwerte er sich.

Liam zuckte nur mit den Achseln. »Ich dachte, du sagst es ihnen sowieso.«

»Ja, eben: *Ich* sage es ihnen!«

»Hört endlich auf zu streiten, ihr Mädchen«, fuhr Jim grinsend dazwischen.

»Willst du uns etwa sagen, dass du offiziell vom Junggesellenmarkt bist, Donahue?«, fragte Stan.

Paul, ihr Manager, wurde hellhörig und ließ Angela mit ihrer Aufgabenliste stehen. »Hier gibt es also Neuigkeiten, von denen ich wissen sollte?«

»Ich bin offiziell vom Markt«, grinste Nic, und der Stolz, den er dabei empfand, war für ihn Neuland.

Paul sah ihn interessiert, aber skeptisch an. »Wer ist es?«

»Na, Liams heiße Schwester!«, antwortete Jim prompt und wurde von Nic mit einem leeren Pappbecher beworfen.

»Nicht im Ernst? Die kleine Schwester vom besten Kumpel? Das hört sich super an. Vielleicht können wir daraus eine richtige Lovestory machen.« Natürlich dachte Paul sofort ans Geschäft, was Nic tierisch nervte, und er zog die Notbremse.

»Halt! Stopp! Es wird keine Home- oder Lovestory von uns geben. Lass uns mal Zeit zum Durchatmen und zum Überlegen, wie es weitergehen soll. Die Pressegeier werden noch früh genug auf uns aufmerksam.«

»Sehe ich da schon dunkle Wolken am Horizont der Frischverliebten?«, meldete sich Angela zu Wort. Ihre Augen blitzten vor

Boshaftigkeit, und Nic empfand Genugtuung dabei zu sehen, dass sie scheinbar in ihrem Stolz gekränkt war. Er ging nicht weiter darauf ein, sondern wandte sich an Paul.

»Wenn es nach mir geht, erfährt die Öffentlichkeit so spät wie möglich davon. In keinem Fall werde ich Mia der Presse und den Fans ausliefern. Ich werde sie so lange davor beschützen, wie es geht. Das Leben in Falmouth soll so normal wie möglich für sie weitergehen. Also keine Berichte, keine Doku und am allerwenigsten Fotos von uns oder meiner Familie!«

»Aber … das ist die perfekte Promotion für das neue Album«, gab Paul zu bedenken und fügte hinzu: »Du musst auch an die anderen denken. So einen Zufall sollte man … nutzen!«

Nic blickte mit starrer Miene zu seinem Manager. Wieder einmal zeigte sich, dass dieser Typ seine Großmutter verkaufen würde, um Profit daraus zu schlagen. Bislang war es okay gewesen, weil es sich nur auf sein eigenes Leben beschränkt hatte. Aber jetzt ging Paul definitiv zu weit. Die Raumtemperatur kühlte sich ab. Wo eben noch freudige Gemüter miteinander gelacht und Nic beglückwünscht hatten, saßen sich jetzt sechs versteinerte Mienen gegenüber.

»Pass auf, Paul, ich sag das jetzt nur ein einziges Mal! Es wird kein Wort über Mia und mich verloren. Es war pures Glück, dass es die Fotos von Mia und mir nur in die Online-Magazine geschafft hatten und nicht jedes Klatschblatt davon berichtet.«

»Da kannst du dich sicher bei Prinz Harry und seiner Meghan bedanken«, warf Liam behutsam ein, um die Stimmung aufzulockern. Es konnte das sinkende Schiff jedoch nicht mehr retten.

»Das Letzte, was meine Schwester braucht, sind irre Paparazzi, die ihr das Leben schwer machen.«

»Wenn nur ein Fitzelchen davon an die Presse gelangt und ich rauskriegen sollte, dass du etwas damit zu tun hast, bin ich raus.«

Nic war selbst über seine resolute Haltung überrascht, die er vorher nicht überdacht hatte. Er bereute kein einziges Wort. Im Augenblick würde es ihm nicht schwerfallen, alles hinzuwerfen, mit Mia über alle Berge zu verschwinden und irgendwo in Timbuktu ein Haus zu bauen. Scheinbar waren die anderen ebenso geschockt.

»Hey, nun mal langsam«, beschwichtigte John, als er sah, dass auf Pauls Hals hektische rote Flecken erschienen.

»Weißt du überhaupt, was du da sagst?«, warf Stan ein und fixierte Nic mit seinem Blick.

»Ich weiß sehr genau, was ich sage. Jeder Rummel, der um meine Person gemacht wird, ist in Ordnung. Ich akzeptiere Shootings in Unterwäsche, habe Zusammenführungen mit den unterschiedlichsten Frauen hingenommen, um der Presse etwas zum Schreiben zu geben. Ich gebe artig Autogramme, lasse mich immer und überall ablichten. Ich werde dafür kräftig entlohnt. Aber meine Familie wird, so gut es geht, vor der Öffentlichkeit abgeschirmt. Punkt!«

»Die Fans haben auch ein Recht darauf, etwas über dein Privatleben zu erfahren.«

»Das werden sie. Sie werden erfahren, dass Mia und ich zusammen sind – zu gegebener Zeit. Aber ich beschütze mein Mädchen, so gut es eben geht, vor ständigen Verfolgungen.«

»Wie stellst du dir das vor, Nic?«, fragte Paul, der anscheinend seine Sprache wiedergefunden hatte.

»Ganz einfach: Keiner sagt einen Ton. Ansonsten bin ich raus!«

»So einfach geht das nicht!«

»Vielleicht nicht, aber das werden wir dann sehen. Ich habe einen ziemlich guten Anwalt.«

Nic war, solange er zurückdachte, immer der Rebell von ihnen gewesen. Er hatte vieles auf die harte Tour durchgezogen, war oft auf die Schnauze geflogen und immer wieder aufgestanden. Alle hatten in den letzten Monaten die Veränderung an ihm bemerkt. Er war ständig gereizt gewesen, hatte keine Geduld gehabt und wollte nur seine Ruhe haben. Einige Zeit war es sogar noch schlimmer geworden. Er hatte sich im Tonstudio oder in seiner Wohnung vergraben. Seine Laune war rückblickend kaum auszuhalten gewesen, und er hatte eindeutig zu viel getrunken. Oft hatte er schon daran gedacht aufzuhören, und dabei waren seine Gründe dafür nicht annähernd so gut gewesen. Abgesehen von den rechtlichen Konsequenzen, gab es allerdings noch zwei andere Dinge, die ihn bislang davon abgehalten hatten. Zum einen fühlte er sich seinen Bandkollegen sehr verbunden und wollte ihnen auf keinen Fall schaden. Außerdem war er mit Leib und Seele Musiker und konnte sich einfach nichts vorstellen, was er lieber tun wollte. Der Lebensstil hatte ebenfalls seinen Reiz. Er trug gerne die angesagtesten Label-Jeans, fuhr einen Sportwagen, und sein Name stand ganz oben auf der Gästeliste der prominentesten Clubs und Restaurants. Sein Loft in London, die kleine Villa in Italien und die luxuriösen Hotelsuiten wollte er nicht mehr missen. Geld allein machte vielleicht nicht glücklich, aber entspannte einen ungemein. Seine Musik traf den Nerv der Menschen, und er wurde umjubelt. Insgesamt betrachtet musste er trotz alldem jedoch feststellen, dass er damals vor ihrem Durchbruch um einiges glücklicher gewesen war.

Ob das nur an seinen Gefühlen für Mia gelegen hatte, konnte Nic nicht einschätzen, aber er wusste eins ganz sicher: Er wollte diese Chance mit ihr nicht seiner Karriere opfern.

Nic verließ gerade Pauls Büro und war auf dem Weg zu seinem Loft, als ihn Emma, eine von Pauls Mitarbeiterinnen, aufhielt. Sie kümmerte sich in der Regel um die Fanpost. Innerlich verfluchte er die kleine, freundliche Frau. Er war so geschlaucht von den letzten Tagen, die mit Radiointerviews und einem Shooting für das *Warrior Magazine* gefüllt waren, dass er sich nur noch nach seinem Bett sehnte.

»Nic? Ich denke, du solltest dir etwas ansehen …« Er wollte abwinken und sie auf morgen vertrösten, als die ehrliche Sorge in ihren Augen ihn umstimmte.

»Was ist denn los?«, fragte er beunruhigt.

»Ich weiß nicht genau … Vielleicht ist es gar nichts. Seit immer mehr davon kommen, mache ich mir doch etwas Sorgen.« Sie führte ihn zu ihrem Schreibtisch und zog einen Stuhl für Nic heran. »Glaub mir, du solltest dich lieber setzen.«

Dann zeigte sie ihm eine ganze Mappe mit Briefen. Mit Drohbriefen. Nics erster Impuls war, laut loszulachen. Aber ein Foto von sich und Mia ließ ihn innehalten. Das Foto war definitiv in den letzten Wochen entstanden. Dass jemand ein privates Foto von ihm machte, ließ ihn nicht erstarren. Viel mehr aber die Tatsache, dass Mias Gesicht mit einem spitzen Gegenstand völlig zerkratzt worden war. Dazu nahm er sich einen der Drohbriefe vor. Auf das weiße Papier waren ausgeschnittene Buchstaben geklebt worden, wie im Film.

WaRuM antwOrtest Du niC#t? iC# weiSs, Dass Mia, Diese SC#LaMPe, siC# zwisc#en uns Drängt. aBer iC# KÜMMere MiC# DaruM.

Das sollte hoffentlich ein Scherz sein. Verblüfft sah Nic zwischen dem Foto, dem Brief und Emma hin und her. Er hatte schon viel erlebt, verrückte Fans, deren Begeisterung für ihre Lieblingsgruppe über die normalen Grenzen hinausging. Es gab Fans, die sich sein Gesicht oder seinen Namen tätowiert hatten. Und selbst für Nic, der Tattoos liebte, war das ziemlich krank.

»Wie lange geht das schon so?«, fragte er.

Sie schüttelte hilflos den Kopf. »Seit ihr zurück seid, kamen immer mehr. Aber vorher gab es auch ein paar«, gab Emma zu und sah ihn entschuldigend an.

»Wusste Paul davon?«

Sie nickte bestürzt. »Es tut mir so leid! Ich dachte, er würde es an dich weitergeben.« Nic war nicht überrascht, dass Paul es ihm verheimlicht hatte. Sein Manager wollte ihn ruhig halten, damit er ja nicht aus der Spur lief.

»Vielleicht sollte langsam die Polizei eingeschaltet werden«, gab Emma zu bedenken.

Bei dem Wort Polizei tauchte eine sehr ausgeprägte Erinnerung in Nic auf. Plötzlich lief ein eiskalter Schauer über seinen Rücken, und ihm wurde übel. Er legte die Blätter in die Mappe zurück und stand auf. Bevor er verschwand, sagte er an Emma gewandt: »Bitte sag Paul nicht, dass ich hiervon weiß, ja?« Sie nickte zerknirscht und ließ Nic gehen.

* * *

Die Swores waren fort, und die ersten Tage schlichen nur so dahin. Aus Angst vor dem Alleinsein in ihrer Wohnung in Falmouth blieb Mia vorerst im Kreise ihrer Familie und in Lizzys Nähe. Sie befürchtete, dass all die Zweifel sie so verunsichern würden, dass sie, was ihren Auszug betraf, einen Rückzieher machen könnte. Nic rief sie mindestens einmal am Tag an und schickte ihr Nachrichten und Fotos, womit er bewies, dass er sich bemühte, sie an seinem Leben teilhaben zu lassen. Das war dennoch irgendwie nicht genug. Oft hatte sie Nics Nummer gewählt und sofort wieder aufgelegt, weil sie ihn nicht nerven wollte.

Das einzig Gute für Mia war, dass sie selbst viel zum Arbeiten kam. Sie bearbeitete für ihre Chefin die Entwürfe und machte eigene, was für ihre Mappe genauso wichtig war. Sie hatte noch zwei Semester vor sich, und so langsam musste sie darüber nachdenken, wo sie selbst hin wollte. Wollte sie für ein Modelabel arbeiten? Oder ein eigenes kleines Modelabel gründen? Alles war so schwammig, und Mias Traurigkeit ließ sie keinen richtigen Gedanken fassen, was ihre Zukunft betraf. Das Einzige, worin sie sich absolut sicher war, war, dass sie Nic wollte. Frustriert legte Mia den Zeichenstift weg und pustete sich eine Locke aus der Stirn. Sie musste Geduld haben. Nic brauchte Zeit, um über alles in Ruhe nachzudenken. Geduld zählte jedoch nicht zu ihren besonderen Stärken.

Ihre Mutter machte sich große Sorgen um sie und trieb Mia mit ihrer ständigen Fragerei in den Wahnsinn. So war Mia erleichtert, als sie endlich wieder in ihre kleine chaotische Wohnung in der Nähe des Unigeländes zurückkehrte. Ein Teil von ihr hatte die Einsamkeit und die Erinnerung an ihre Zeit mit Nic dort gefürchtet. Umso erfreuter war sie, als Lizzy darauf bestand, sie zu begleiten.

Eines Abends hatten sie das wichtigste Zeug in den Terminator gepackt. Der Abschied war für Mia nicht leicht, denn Haley weinte sich die Augen aus dem Kopf, und Mias Herz wurde ganz schwer. Selbst wenn sie weiterhin für die Kleine da sein wollte, war Haley im Hause Kennedy auch ohne Mia gut aufgehoben. Lizzy und Mia atmeten tief durch, als sie nach einer halben Stunde vor ihrer Wohnungstür standen. Das Uni-Leben war etwas sehr Spezielles. Es war laut und ging wild zu, und Mia genoss die Ungezwungenheit. Hier war alles so viel einfacher. Es gab fast nur Partys, Bücher und einen ordentlichen Kater.

»Ich glaube, wir können uns neben dem schimmeligen Käse auf eine Flasche Wein im Kühlschrank freuen«, sagte Lizzy und wühlte in der Handtasche nach ihrem Schlüssel.

Mia blieb wie erstarrt stehen. Etwas stimmte nicht. Die Tür stand einen Spaltbreit auf. Nicht so weit, dass es direkt zu sehen wäre, aber die Tür war definitiv nur angelehnt. Das war seltsam. Lizzy suchte immer noch den Schlüssel, als sie von Mia angestupst wurde.

»Du, Lizzy ...«

Irritiert folgte sie Mias wachsamem Blick. Die stieß mit dem Fuß sachte die Tür auf. Wie versteinert starrten sie ins Innere ihrer Wohnung, und selbst Lizzy war sprachlos. Mia sog scharf die Luft ein, als sie die Unordnung erblickte. Und mit Unordnung war nicht das Chaos gemeint, das üblicherweise in ihrer Wohnung herrschte, sondern ein Durcheinander, in dem alles kurz und klein geschlagen und schlichtweg verwüstet worden war. Das einfache Holzmobiliar, das mit einem schweren Gegenstand zertrümmert worden war, lag in vielen Einzelteilen vor ihren Füßen. Lizzy machte einen Schritt, wurde aber von Mia aufgehalten.

»Sollten wir nicht lieber ...« Sie schluckte den Rest ihrer Worte beim Anblick von Lizzys Blick, der keinen Widerspruch duldete, hinunter und folgte ihrer Freundin in die Wohnung. Das Wohnzimmer war spärlich eingerichtet gewesen. Das alte Ausziehsofa war mit roter Farbe beschmiert worden. Der Fernseher, der kaputt auf dem Boden lag, hing noch an der Steckdose, und das Radio machte ein seltsames Geräusch, obwohl es in einer Ecke des Raumes lag, wo es nicht hingehörte. Mias Staffelei lag zertrümmert neben dem kleinen Klapptisch. Man konnte kaum einen Schritt gehen, ohne auf zerrissene Kleidungsstücke, irgendwelche CDs oder andere persönliche Gegenstände zu treten.

Fassungslos betrachteten sie ihre zerstörte Wohnung, ihr Zuhause. Mia fröstelte, als sie in dem Metallmülleimer Asche und halb verkohlte Fotos von ihnen beiden fand. Es roch noch immer nach dem Feuer, und sie öffnete ein Fenster, weil sie den beißenden Gestank nicht ertragen konnte. Lizzy suchte ihren Blick, und Mia konnte die Fassungslosigkeit in den Augen ihrer Freundin sehen.

»Ich kann nicht glauben, dass ich das jemals sage, aber mir fehlen die Worte. Ich habe nicht mal mehr trostlose Gedanken, Mia.«

»Was ist hier nur passiert?«

Lizzy erwiderte nichts. Sie wusste nicht, wohin sie zuerst schauen sollte, und drückte ihre Handtasche fest an ihre Brust. Es dauerte ein paar Minuten, bis sie wieder sprechen konnte.

»Irgendjemand hat uns einen Besuch abgestattet und uns ein Andenken hinterlassen«, stellte sie sarkastisch fest.

»Was tun wir jetzt?«

»Ich rufe die Polizei.«

Lizzy telefonierte mit einem Beamten und erklärte, was vorgefallen war, während Mia sich weiter vortastete. Etwas hatte ihre Aufmerksamkeit erregt. Ihre Zimmertür stand offen, während Lizzys geschlossen war. Sie ging zögernd vorwärts und schob die Tür auf, was nicht so einfach war, denn dahinter lag etwas Schweres. Ein Schrei entfuhr ihr, und Lizzy war in Sekundenschnelle bei ihr. Das Zimmer war noch schlimmer demoliert worden als die anderen. All ihre Kleider und ihre Bücher lagen zerrissen und zerstreut im Raum herum. Kein einziges Foto hing mehr an den Wänden. Ihr Zuhause war nicht mehr wiederzuerkennen.

Das, was Mia und Lizzy allerdings wirklich schockierte, war das Wort, das mit roter Farbe an die Wand geschmiert worden war: *HURE!*

Ein Polizist nahm Mias und Lizzys Aussage auf. Beide waren zu entsetzt, um zu verstehen, was vorgefallen war. Wie sich herausgestellt hatte, war Lizzys Zimmer nicht mal betreten worden. Man hatte nur Mias Zimmer und den Rest der gemeinsamen Wohnung zerstört. Die Beamten gingen davon aus, dass dieser Einbruch persönliche Hintergründe hatte, was Mia am meisten beunruhigte. Sie zitterte, trotz der Decke und dem warmen Becher Tee in ihrer Hand. Wie eine Ertrinkende klammerte sie sich daran fest.

Die Tür war nicht gewaltsam aufgebrochen worden, was vermuten ließ, dass der Täter die Möglichkeit gehabt hatte, sich einen Schlüssel zu besorgen. Mia und Lizzy hatten sofort an ihre letzte Begegnung mit der Polizei gedacht. Mia wurde speiübel bei dem Gedanken, dass jemand ihr etwas anhaben wollte. Die Polizisten raubten ihr die letzte Hoffnung: Hierbei handelte es sich unmöglich um einen Zufall. Diesmal hatte Mia niemanden beauftragt, nach ihrer Wohnung zu sehen, da sie geplant hatte, wieder zurückzukehren, nachdem Nic fort war. Der Einbruch musste am Wochenende passiert sein.

Der Polizist, der Mias Daten aufgenommen hatte, stellte ihr einen älteren Herrn vor, der die Befragung übernehmen würde. Er war der Hauptkommissar und bearbeitete ab jetzt ihren Fall. Er war Mitte fünfzig und ein sympathischer Mann mit grauen Haaren und einem Schnauzbart. Seine Augen waren dunkel und blickten mitfühlend auf sie herab.

»Mein Name ist Jeffrey Smith, Miss ...« Er blätterte in seinem Notizblock, um ihren Namen zu suchen.

»Kennedy.« Er nickte und ließ sich neben ihr nieder.

»Ich fühle mit Ihnen. Wenn jemand Unbekanntes mit schlechten Absichten in das eigene Zuhause eindringt, ist das fürchterlich. Vor allem für zwei junge Frauen, die alleine leben. Ich kann Ihnen dieses Gefühl leider nicht nehmen, allerdings kann ich dafür sorgen, dass diese Person gefasst wird, und Ihnen ein Stück dieser Sicherheit zurückgeben. Wären Sie bereit, mir dafür ein paar Fragen zu beantworten?« Seine mitfühlende Art war keineswegs geheuchelt, und Mia fühlte sich wohl. Er erinnerte sie an ihren Vater, was es ihr nicht unbedingt leichter machte. Sie war ohnehin sehr aufgewühlt.

»Sicher ...«

»Wann waren Sie oder Ihre Mitbewohnerin das letzte Mal in dieser Wohnung? Miss Donahue erzählte einem Kollegen, dass

Sie beide sich in den letzten Wochen bei ihren Eltern aufgehalten haben?«

Mia nickte und sah zu Lizzy, die nachdenklich in einen Küchenschrank schaute. Sie war beauftragt worden, die Wohnung zu durchsuchen und festzustellen, ob etwas fehlte, und sah so mitgenommen aus, wie Mia sich fühlte.

»Miss Kennedy?!« Der Polizist sah sie prüfend an.

»Ähm … ich war am Dienstag, nein, warten Sie … es war Mittwoch, zuletzt in der Wohnung. Ich glaube, Lizzy war seitdem nicht noch mal hier. Das Wochenende war …« Erinnerungen an Nic durchfuhren sie, und sie schluckte. »Am Wochenende war ihr Geburtstag, und mein Freund und ich waren danach für ein paar Tage alleine hier.« Mia errötete, als hätte sie irgendwelche intimen Details preisgegeben. Der Polizist schien nichts bemerkt zu haben, oder er war so taktvoll, es nicht zu erwähnen.

»Es wäre gut, wenn wir auch mit ihm reden könnten. Vielleicht ist ihm etwas aufgefallen, oder er hat was bemerkt, was Ihnen entgangen ist. Wo können wir ihn erreichen?« Mia seufzte und erklärte ihm die Situation.

Er wirkte entspannt, als er von Nics Berühmtheit erfuhr, und sagte: »Und wenn Ihr Freund der Papst wäre, müsste ich ihn trotzdem befragen.«

Mia nickte und wählte sofort Nics Nummer. Sie ließ es einige Male klingeln, aber er ging nicht dran. Sofort fühlte Mia sich noch einsamer. Sie wählte Liams Nummer. Er war in irgendeiner Bar, der Musik im Hintergrund nach zu urteilen. Liam sagte, dass Nic nach Hause gegangen sei.

»Was ist denn los, Mia? Du hörst dich furchtbar aufgeregt an.« Sie erklärte ihm kurz und knapp, was passiert war und dass die Polizei mit Nic reden wollte, weil er zuletzt mit ihr vor Ort gewesen war. Liam versprach, Nic Bescheid zu geben.

Dann setzten sie die Befragung fort.

»Wer hat einen Schlüssel zu dieser Wohnung?«

»Hm, Lizzy und ich haben jeweils einen und unsere Eltern. Außerdem hat José, unser Nachbar, einen Schlüssel, falls wir längere Zeit fort sind.«

»Und dieser José heißt wie weiter?«

»Fernandez. Er wohnt unter uns. Sie glauben doch nicht …?«

»Nun, Miss, ich glaube erst mal noch gar nichts. Aber wir müssen alles überprüfen. Ist ein Schlüssel verloren gegangen oder gestohlen worden?«

»Mein Schlüsselbund wurde mir vor der Sache mit dem Auto geklaut. Den hat man mir mittlerweile zurückgegeben. Daran habe ich überhaupt nicht gedacht.«

»Womöglich wurde ein Duplikat angefertigt. Gibt es jemanden, der Ihnen schaden möchte? Jemanden, mit dem Sie Streit hatten? Jemand in Ihrem Freundeskreis, der sich vielleicht seltsam verhalten hat?«

Mia starrte ihn ungläubig an. »Sie hatten von ähnlichen Fällen gesprochen, die hier ganz in der Nähe stattgefunden haben?«, echauffierte sich Mia und atmete schwerer. Sie war unfähig, die Möglichkeit in Betracht zu ziehen, dass es jemand gezielt auf sie abgesehen haben könnte.

»Hören Sie, ich weiß, dass diese Vorstellung noch viel schlimmer ist. Aber sehen Sie, ein paar Beweise deuten auf eine persönlich motivierte Tat hin. Die Tür wurde nicht gewaltsam geöffnet, und alles ist verwüstet, außer dem Zimmer Ihrer Freundin. In ihrem Zimmer wurde diese Beschimpfung an der Wand gefunden. Sehen Sie es mir nach, wenn ich ehrlich zu Ihnen bin, aber das sieht nach jemandem aus, der genau wusste, was er tat. Hinzu kommt der Fall mit Ihrem Auto. Ich fürchte, dass Sie im Moment gut auf sich aufpassen müssen. Gibt es einen Ort, wo Sie bleiben können?«

Mia war sprachlos. »Muss ich Angst haben?«, fragte sie und atmete hörbar ein.

»Nun, da bis jetzt keine Person zu Schaden gekommen ist, gehe ich nicht davon aus. Allerdings müssen wir das unbedingt klären«, antwortete er behutsam.

Wer tat nur so etwas? Und wieso wollte er ihr Angst machen? Die Vermutung, die der Beamte geäußert hatte, wollte ihr nicht mehr aus dem Kopf gehen, und Mia lief es eiskalt den Rücken runter.

Kurz bevor die Befragung beendet war – draußen war es bereits dunkel geworden –, stürmten Richard, Lynn und Celine herein. Besorgt lief Celine auf Mia zu, und sie ließ sich nur allzu gern von ihrer Mutter in die Arme nehmen.

»Oh, *chérie!* Was ist nur geschehen?« Mia atmete das erste Mal auf, als sie in den Armen ihrer Mutter lag. Richard und Lynn taten das Gleiche bei ihrer Tochter. Alle starrten fassungslos auf die zerstörte Wohnung und ließen sich von den Beamten ebenfalls einige Fragen stellen und Informationen geben. Schließlich fuhren sie alle gemeinsam nach Hause. Es gab keinen Platz auf der Welt, an dem Mia lieber gewesen wäre, abgesehen vielleicht von Nics sicheren Armen. Er hatte sich nach wie vor nicht gemeldet, und in Mia machte sich ein unangenehmes Gefühl breit.

15

Das unerwartete Klingeln an Nics Wohnungstür ließ ihn hochschrecken und riss ihn aus seinen Gedanken. Es war schon beinahe Mitternacht. Wer konnte das um diese Zeit sein? Er erwartete niemanden, und ihm war nicht nach Gesellschaft. Seine Entdeckung am Tage war grauenhaft, und Nics Gemütszustand wechselte zwischen Fassungslosigkeit und Panik. Der Eingang zu seinem Reich war nur über eine Seitenstraße zu erreichen. Die Haustür wirkte wie der Eingang zu einem Lagerraum, was eine ziemlich gute Tarnung war, und so kam auch kaum jemand auf die Idee, hier einer bekannten Persönlichkeit über den Weg laufen zu wollen. Als er die Tür öffnete, stand Liam vor ihm.

»Was machst du denn hier?«, fragte Nic irritiert.

»Ich überbringe dir eine Nachricht von deiner Freundin. Was mich aber zu der Frage führt, warum du nicht selbst mit ihr gesprochen hast, wenn du noch wach bist.« Liam legte seine Jacke ab, fuhr sich kurz durch die Haare und atmete noch mal tief durch. »Was hast du angestellt?« Liams Ärger verunsicherte Nic.

Nic zog eine Grimasse, trat aber zur Seite und bedeutete Liam, ihm zu folgen. Nic blieb abrupt vor dem großen Tisch im Esszimmer seines geräumigen Lofts stehen, und Liam rannte beinahe in ihn rein. Viele Blätter und Fotos waren auf dem Tisch verstreut worden und erregten Liams Aufmerksamkeit. Irritiert schaute er Nic an.

»Was ist das alles, verdammt noch mal?« Liam hielt ein Foto in der Hand, das Nic und Mia zeigte. Mit Großbuchstaben war das Wort »Hure« darauf geschrieben. Er ließ seinen Blick über den Tisch gleiten. Ein weiteres Foto zeigte Mia und Nic in vertrauter Pose am Strand und im Auto. Auf jedem Foto war Mias Gesicht mit einem spitzen Gegenstand unkenntlich gemacht. Dazu tauchte Mias Name in jedem der Drohbriefe auf, die Liam überflog, und Nic überkam eine schreckliche Unruhe.

»Kannst du dich noch an den Abend erinnern, als ihr kurz gedacht habt, Mia wäre gegen einen Baum gefahren und verschwunden?«, fragte Nic tonlos.

Liam schwieg nachdenklich und strich sich fahrig durch das Haar. Er wurde blass, sehr blass. »Du glaubst doch nicht etwa …?« Er sah auf all die Briefe und nahm sich einen nach dem anderen vor. »Nein!« Fassungslosigkeit überfiel ihn, und er setzte sich. »Glaubst du wirklich, jemand würde …? Ein Fan?«

»Nein, kein Fan. Ein Stalker! Ich habe alles nach dem Poststempeldatum sortiert, und irgendjemand hat uns scheinbar verfolgt. Es gibt einige Fotos, die es eigentlich nicht geben kann, Liam! Ich dachte, das Schlimmste, was uns passieren kann, ist, dass uns die Presse verfolgt, wir tausend Gerüchte ertragen müssen … oder dass es einfach nicht funktioniert. Aber das … das ist so viel größer! Was soll ich jetzt nur tun? Die Polizei verständigen? Mia anrufen? Was soll ich ihr sagen? Wie soll ich sie beschützen?« Nic griff bestürzt nach seiner Bierflasche, die auf dem Tisch stand. »Ich meine, wenn dieselbe Person Mias Schlüssel geklaut und ihr Auto kaputtgefahren hat, zu was ist sie dann noch fähig?«

Das war Liams Stichwort. »Nic? Du solltest dich hinsetzen! Ich muss dir was sagen ... ich bin nicht ohne Grund hier.« Und dann erzählte er ihm von Mias Telefonanruf. Die Verzweiflung stand Nic ins Gesicht geschrieben. Die beiden Freunde saßen nebeneinander auf dem Sofa, und Nic ließ den Kopf in die Hände sinken.

»Ich habe geahnt, dass das alles vollkommen aus dem Ruder läuft, aber du wolltest ja nicht auf mich hören«, entfuhr es Liam. Er war vollkommen außer sich. Nic schwieg. »Warum hast du nicht mit ihr gesprochen?«, fragte Liam.

»Ich war zu sehr damit beschäftigt, diesen Schock zu verdauen!«, rief Nic aufgebracht und sprang auf.

»Und was hattest du damit vor?« Anklagend deutete er auf die Bilder.

»Keine Ahnung – zur Polizei gehen natürlich.«

»Ich muss Mia anrufen! Sie wartet auf eine Nachricht von uns, Nic«, sagte Liam schließlich. »Domenic!«, rief er etwas lauter, weil Nic nicht reagierte.

Plötzlich sah er ihn aus roten Augen an. »Bitte, Liam, du musst mir glauben. Das habe ich nie gewollt. Ich wusste, es gibt krasse Fans, die seltsame Dinge tun, aber so etwas hätte ich nie erwartet. Ich wollte Mia nie in Gefahr bringen. Niemals, eher würde ich mir das Bein und den Arm abhacken oder ...«

Liam nahm neben Nic Platz und legte eine Hand auf seinen Rücken. »Bevor du mir noch mehr Möglichkeiten nennst, wie du dich verstümmeln würdest, um Mia zu beschützen, sage ich dir: Ich habe dich gewarnt, Nic. Dieser Job fordert alles von uns, und du hast nichts mehr als das gewollt, wenn ich dich daran erinnern darf.«

»Das mag ja sein, aber das hat sich gründlich verändert. Alles, was ich will, ist Mia, klar?« Verzweifelt raufte Nic sich die Haare, dann schwiegen sie beide eine Weile.

»Ich denke, das Beste wird sein, das alles der Polizei zu geben. Dann sollen die diesen Wahnsinnigen finden«, überlegte Liam.

»Und was, wenn sie ihn nicht finden? Was, wenn ich Mia immer weiter in große Gefahr bringe? Einfach nur, weil ich sie liebe? Was, wenn diese Person uns nach wie vor beobachtet?«

»Wahrscheinlicher ist, dass du das Objekt der Begierde bist.«

»Dann ist Mia jetzt in Sicherheit, weil ich fort bin?«

»Wahrscheinlich, aber, Nic … das spielt keine Rolle.«

Nic war aufgestanden und rannte im Loft umher wie ein aufgescheuchtes Huhn. Er schien fieberhaft einen Plan auszuhecken.

»Ich werde sie verlassen. Ich werde den Kontakt zu Mia abbrechen … bis der Stalker gefasst wurde.«

»Das wird sie niemals zulassen! Du weißt doch, wie kämpferisch sie ist«, gab Liam zu bedenken.

»Dann darf es ihr niemand sagen!«, erwiderte Nic scharf.

»Nic, hörst du dir eigentlich selber zu? Sie wird dich hassen. Sie wird es nicht verstehen.«

»Aber hast du nicht selbst gesagt, dass wir nie hätten zusammenkommen dürfen? Mia ist ernsthaft in Gefahr …«

»Ja, aber …« Liam stand ebenfalls auf und hielt Nic an den Schultern fest, damit er ihn ansehen musste. »Du liebst Mia. Nichts anderes hast du gerade bewiesen. Aber, Nic, warum willst du wieder eine Entscheidung über Mias Kopf hinweg fällen? Lass uns zurückfahren und Mia einweihen. Wir machen einen Plan und lassen sie von der Polizei schützen.«

Nic schüttelte hektisch den Kopf. Liam sah die blanke Angst in seinen Augen. »Verstehst du denn nicht, Liam? Wenn Mia irgendetwas passiert, ist es meine Schuld.«

»Womöglich wird sie dir diesen Schritt nie verzeihen«, rief Liam aufgebracht. »Bist du dir darüber im Klaren?«

Nic hatte sich längst entschieden. »Mag sein, aber ich könnte es mir nie verzeihen, wenn ihr etwas zustoßen würde.«

»Wahrscheinlich hast du recht, Nic.«

»Mia wäre dann unversehrt.« Nics Stimme war ausdruckslos.

»Was ist mit einer weiteren Option? Bodyguard, Polizei … jemand, der ständig bei ihr ist. Vielleicht könnte sie herkommen und bei dir sein …«

»Mia würde daran kaputtgehen, eingesperrt zu sein, auch wenn es ein goldener Käfig ist. Außerdem ist sie hier in noch größerer Gefahr.«

»Domenic …«, versuchte Liam es erneut, ließ sich aber aufs Sofa fallen.

Irgendwo klingelte ein Telefon, und Nic verfolgte das Geräusch, bis er sein Handy fand. Sein Blick verriet Liam, wer dran war.

»Also abgemacht? Liam? Du verrätst niemandem ein Wort?«

Er schüttelte den Kopf. »Sie wird mich wahrscheinlich umbringen, wenn sie es erfährt, aber ich glaube, du hast recht.«

»Du würdest es nur eine Weile tun müssen und nur damit sie sicher ist!«, beschwichtigte Nic.

»Wir sollten die Polizei informieren«, sagte Liam.

»Das werde ich, nach meinem Anruf bei Mia.«

Liam legte eine Hand an seine Stirn, atmete tief durch und nickte dann zögernd.

Nics Gesichtsausdruck veränderte sich kaum merklich. Er ging auf die Terrasse, zündete sich eine Zigarette an, stützte sich auf die Brüstung und atmete tief durch, während er auf die Schnellwahltaste auf seinem iPhone drückte. Mias Stimme meldete sich mit deutlicher Erleichterung.

»Nic … Ich dachte schon, irgendwas stimmt nicht«, sagte sie, und Nics Herz zerbrach in tausend Teile.

* * *

Müde, aber zu aufgewühlt, um schlafen zu können, sanken Lizzy und Mia mit einem Tee in der Hand auf die Gartenstühle auf der Kennedy-Terrasse.

»Ich kann nicht glauben, dass es jemand aus meinem Bekanntenkreis sein soll …« Mia schüttelte ungläubig den Kopf. Lizzy schwieg verdächtig. »Hey, was ist?«, hakte sie nach.

Lizzy zuckte mit den Achseln. »Mia, ich verstehe, dass du erschüttert bist, glaub mir, das bin ich auch. Aber so abwegig ist der Gedanke nicht. Wie hätte man die Tür so sauber aufkriegen sollen? Da liegt der Gedanke doch nahe. Und wer sollte speziell dein Zimmer so besudeln?« Lizzy schaute nach unten und vermied es, Mia direkt anzusehen.

»Wie kannst du nur so was von Menschen glauben, die du kennst?«, fragte Mia aufgebracht. Sie konnte nicht glauben, dass das wirklich passiert war, um ihr zu schaden. Was hatte sie denn getan, um so einen Hass zu verdienen?

»Du bist manchmal einfach zu naiv!«, stöhnte Lizzy. »Es gibt nicht nur gute Menschen auf der Welt. Wenn irgendwelche Gewaltverbrechen geschehen, wie oft sind das Menschen, die dem Opfer nahestehen? Wie kannst du immer so gutgläubig sein? Denk doch mal nach: Wen hast du zuletzt sehr verärgert? Oder wer hätte Grund, dir eins reinzuwürgen?«

»Du glaubst doch nicht, dass Chris …« Mia kam nicht weiter zu Wort.

»Ich glaube nichts, Mia! Nichts! Aber Fakt ist, dass dein Urteilsvermögen manchmal nicht wirklich realistisch ist.«

Mia rief noch einmal bei Nic an, nur um wieder bei der Voicemail zu landen, und sie fühlte sich schrecklich allein. Wo steckte er nur? Plötzlich klingelte ihr Telefon.

»Nic … ich dachte schon, irgendwas stimmt nicht«, sagte sie erleichtert.

»Mia …« Seine Stimme klang seltsam. Hatte sie ihn etwa geweckt?

»Tut mir leid, dass ich so oft angerufen habe. Aber hier ist wirklich was los … Hast du mit Liam gesprochen?«

»Ja, hab ich … Hör zu, Mia …«

»Ich frag dich nicht gern, aber wäre es möglich, für ein paar Tage bei dir unterzutauchen? Du brauchst dich gar nicht weiter um mich zu kümmern. Die Polizei fände es nur gut, wenn ich eine Weile aus der Schusslinie und aus der Stadt wäre.« Nic schwieg am Telefon. »Nic? Bist du noch dran?«

»Ja … Es tut mir so schrecklich leid wegen deiner Wohnung, Mia! Ich hoffe wirklich, die Sache klärt sich bald auf und die Polizei findet den Verrückten schnell. Liam wollte zurückkommen, und wir dachten, vielleicht könnte dir ein Bodyguard ein sicheres Gefühl verschaffen. Was meinst du?«

»Ein Bodyguard?«, wiederholte sie missmutig und fühlte sich noch mehr vor den Kopf gestoßen.

»Die Sache ist die … Du kannst nicht herkommen! Das … Das wäre nicht richtig. Nicht, nachdem ich über uns nachgedacht habe und zu dem Schluss gekommen bin, dass es nicht klappen wird. Dich hier zu haben, macht die Sache nur schwieriger. Ich muss …« Er hielt kurz inne und sprach dann leiser weiter: »Ich muss mich auf meine Arbeit konzentrieren. Ich kann keine weitere Ablenkung gebrauchen.«

Mia hatte die Augen geschlossen und brachte vor Schock kein Wort heraus. Fassungslosigkeit machte sich in ihr breit. Was war passiert? Wie konnte sich innerhalb weniger Tage alles, einfach alles in ihrem Leben in eine Katastrophe verwandeln? Wie hatten sich Nics Gefühle so verändern können? Sie verlor den Boden unter den Füßen.

»Wann genau kam es denn zu dieser Hundertachtzig-Grad-Wendung?«, fragte sie tonlos.

»Mir ist einfach klar geworden, dass ich keinen Platz für eine Freundin in meinem Leben habe.«

»Du hast keinen Platz für *eine* Freundin oder nur für *mich* nicht?«

»Du hast selbst gesagt, dass du nicht in diese Welt hineinpasst.«

Das bestätigte Mia jeden Selbstzweifel, den sie je gehabt hatte, und es blieb ihr nichts weiter zu sagen als »Leb wohl, Nic!«. Dann klappte sie ihr Telefon zu, starrte in die Dunkelheit und brach in Tränen aus. Wie konnte er ihr das antun? Was war nur in ihn gefahren? Sie hatten jeden Tag telefoniert, seit er weg war, und er hatte ihr ständig gesagt, wie sehr sie ihm fehlte. Es gab nichts, was ihre Tränen trocknen konnte.

In dieser Sekunde trat Lizzy auf sie zu. Fassungslos starrte sie Mia an, kam mit eiligen Schritten näher und drückte sie fest an sich. »Oh, Mia! Es tut mir so leid, Süße! Bitte, ich hab es vorhin nicht so gemeint.« Das war es ja gar nicht, doch Mia konnte nicht lange genug aufhören zu weinen, um ihrer Freundin zu sagen, was passiert war. Nur langsam beruhigte sie sich und murmelte: »Es ist Nic … Er hat mich gerade verlassen.«

Das Entsetzen stand Lizzy ins Gesicht geschrieben, und sie brachte keinen anständigen Satz zu Ende. »Das ist nicht sein Ernst! Was ist er nur für ein Arschloch!« Nichts würde jemals wieder so sein wie zuvor.

Es gab keine Worte, die Mias Kummer lindern konnten. Keine Umarmung, keine Streicheleinheiten. Selbst Haley schaffte es nicht, Mia aus ihrer Trauer zu holen. Sie war seit einigen Wochen nicht mehr vor die Tür gegangen und hatte sich überall krankgemeldet. Das Praktikum bei Cathleen hatte sie endgültig abgebrochen, und das Training ihrer Ballettschüler übernahm eine andere Lehrerin. Nach zahllosen Versuchen aller Familienangehörigen, sie endlich aus ihrem Zimmer zu locken, entschied Mia, dass es reichte. Sie musste ganz dringend aus diesem Haus raus. Sie fühlte sich erdrückt, eigentlich wollte sie schon längst fort sein. Jede ihrer Bewegungen führte zu höchster Wachsamkeit bei ihren Mitbewohnern, als hätten sie Angst, Mia würde sich aus dem Fenster stürzen. Sie fühlte sich nicht, als würde sie in ihrem Kummer ertrinken, sondern war wie erstarrt. Alle Gefühle oder Emotionen, die sie gehabt hatte, waren zu Eis gefroren. Es war schrecklich, nichts zu empfinden. Hinzu kam, dass sie sich auch körperlich nicht wohlfühlte. Sie war so ausgelaugt und müde, dass sie ernsthaft Sorge hatte, Depressionen zu bekommen. Der einzige Ausweg, ihren Frust darüber an niemandem auszulassen, der es nicht verdient hatte, war, fortzugehen. In Gedanken hatte sie längst ihre Koffer gepackt und war vor ihrem Leben in Bodwin weggelaufen. Wo sollte sie nur hin? Eine beliebige Stadt in England aussuchen und sich dort ein Zimmer nehmen? Und wovon sollte sie das bezahlen? Mia entschied sich, erst einmal bei Jeff auszuhelfen, um ein bisschen Geld zusammenzubekommen.

Am Abend in der Bar liefen die neusten Nachrichten rund um die Stars. Es war ein Kurzbericht über die Swores dabei, und Jeff holte Mia aus seinem Büro zum Tresen zurück.

»Hey, Kleine, sieh mal, wer hier ist.« Er deutete auf den Bildschirm, der über dem Getränkehalter hing. Natürlich wusste er nichts von ihrem Liebesdesaster und glaubte, ihr etwas Gutes zu tun. Es war ein Kurzinterview mit Nic, und als sie sein ernstes Gesicht betrachtete, wurden ihre Knie augenblicklich butterweich. Er sah so hinreißend aus. Wie sehr er ihr fehlte … Eine Faust bildete sich um ihr Herz und drückte fest zu.

Auf die Frage, wie es mit dem neuen Album lief, antwortete er ausweichend. Er schob sich an den Reportern vorbei in ein Restaurant, wo sie ihn abgefangen hatten. Ihm voraus ging eine blonde Frau mit spitzen Gesichtszügen. Auf die Frage bezüglich seiner Begleitung antwortete er nicht, und es folgten ein paar Fotos, die ihn mit der blonden, ihr nur zu bekannten Frau zeigten. Angela. Mia wurde übel, und sie krallte sich am Tresen fest.

»Alles in Ordnung, Mia? Du solltest dich mal sehen, du bist kreidebleich. Als hättest du einen Geist gesehen«, fragte Jeff besorgt und stellte das Glas zur Seite, das er gerade trocken rieb. Sie nickte abwesend.

»Ja, ja! Ich … Mir ist nur ein bisschen übel …«

Angela und Nic? Das konnte nicht sein Ernst sein! Abgesehen von Fassungslosigkeit spürte sie nichts. Im Grunde war es völlig egal. Sie war hier, er war fort. Warum sollte er nur an sie denken? Er hatte sie abserviert. Sie passte nicht in sein Leben. Punkt!

Mia spürte, wie die Übelkeit erneut in ihr aufstieg. Sie stürzte, eine Hand vor den Mund gepresst, zur nächsten Toilette und erbrach sich mehrmals. Anschließend spülte sie ihren Mund gründlich aus. Sie fühlte sich völlig geschafft, wie nach einer langen Grippe, von der sie sich nicht richtig erholt hatte.

Als sie vor die Toilettentür trat, erwartete Jeff sie. »Alles in Ordnung?«

Mia nickte nur, aus Angst, sich erneut zu übergeben.

»Für heute ist erst mal Schluss! Du solltest dich ausruhen. Soll ich Lizzy anrufen?«

»Warum?«

»Na, damit sie dich abholt. Du kannst in dem Zustand unmöglich Auto fahren.«

»Völliger Quatsch! Ich bin mit Mums Auto da und fahre selbst«, entgegnete Mia unwirsch.

»Bist du sicher?«

»Natürlich! Hab mir nur den Magen verdorben oder einen Mageninfekt eingefangen.« Sie wusste es natürlich besser. Sie fand ihr Leben kurz gesagt zum Kotzen, und genau das tat sie.

»Was auch immer es ist. Du bist doch nicht etwa schwanger?« Jeff zwinkerte ihr zu. Für Sekunden stand die Welt um Mia herum still. Es lief ihr eiskalt den Rücken runter, und sie merkte noch, wie ihre Hand nach etwas greifen wollte. Dann wurde alles schwarz.

Mia nahm leises Gemurmel um sich herum wahr, während sich die Dunkelheit verflüchtigte. Als sie die Augen öffnete, sah sie Lizzy über sich gebeugt. Sie wirkte ängstlich und sprach mit ihr.

»Mia? Süße, hörst du mich?« Ein zweites Gesicht tauchte über Mia auf. Es war Jeffs.

»Sie hat zumindest die Augen geöffnet. Ich finde immer noch, dass wir einen Krankenwagen rufen sollten.«

»Nein!«, entschied Lizzy. »Sie hat seit Alans Tod panische Angst vor den Dingern, ganz zu schweigen von Krankenhäusern. Das will ich ihr nur antun, wenn es nicht anders geht.« Sie streichelte über Mias Wange und forderte ihre Aufmerksamkeit. »Mia, hörst du mich? Kannst du bitte antworten?«

Mia nickte. »Ja …«, krächzte sie und blickte sich unsicher um. Sie lag in Jeffs Büro auf dem Sofa, das er selbst häufig für kurze Nächte benötigte. Er hatte eine dünne Baumwolldecke über sie gelegt und einen kalten Waschlappen auf ihrer Stirn platziert. Das war ungewöhnlich fürsorglich für Jeff. Trotz der Decke war ihr kalt, und sie zitterte wie Espenlaub.

»Gott sei Dank, Mia! Du hast uns einen ganz schönen Schrecken eingejagt. Wie fühlst du dich?«

»Als hätte mich ein Laster überrollt«, antwortete sie wahrheitsgemäß.

»So wie du aussiehst, hat er noch mal zurückgesetzt«, witzelte Jeff mit seinem üblichen Humor.

»Mmmhhmm, was machst du nur für Sachen? Brauchst du einen Arzt? Was meinst du?«, fragte Lizzy.

Entschieden schüttelte Mia den Kopf. »Ich möchte gern nach Hause. Was ist überhaupt passiert?« Langsam richtete sie sich auf und sah in Jeffs besorgtes Gesicht. Noch bevor er wirklich antworten konnte, fiel ihr langsam alles wieder ein.

Schwanger … um Himmels willen!

Mia wurde erneut übel, und Lizzy reichte ihr den Papiermüll-eimer. Jeff verließ fluchtartig das Zimmer, während Lizzy tapfer Mias Rücken streichelte. Sie würgte einige Male und fühlte sich so erschöpft, dass sie sich an Lizzy lehnen musste. Den Korb stellte Lizzy, so weit es ging, von ihnen fort und fragte:»Was ist nur mit dir? Rede doch endlich mit mir! Bist du krank, meine Süße?«

Mia begann erst zu wimmern, dann zu schluchzen. Der Kummer und die Angst kamen mit voller Wucht zurück.

Als sie sich langsam beruhigte, streichelte Lizzy Mia immer noch über den Rücken. Sie wartete, dass sie von selbst zu erzählen begann.

»Danke, Lizzy! Es tut mir so leid, dass du das mit ansehen musstest.«

»Mach dir keine Gedanken, Mia. Mich haut so schnell nichts aus den Latschen. Wie oft hast du mir schon die Haare gehalten? Aber ich fürchte, den armen Jeff hast du vergrault.« Sie wollte Mia zum Lachen bringen. Dann fügte sie sanft hinzu:»Hey, du vergisst, was ich dir vor vielen Jahren nach dem Pony-Disput versprochen habe. Ich werde immer bei dir sein.«

Mia brach erneut in Tränen aus.»Wenn du wüsstest … Ich … Es ist etwas Fürchterliches passiert.«

Lizzy zog Mia die Decke fester um ihre Schultern.»Du kannst es mir erzählen, Süße.«

»Es … Es geht um … deinen Bruder …«

»Das dachte ich mir schon.« Lizzy starrte sie fragend an.

Mia bemerkte eine Unruhe an Lizzy. Sie schien nervös, als ahnte sie schon, was kommen würde.

»Du musst schwören, dass du nichts von alledem irgendwem erzählst. Vor allem nicht Nic! Hörst du? Versprich es mir!«

Lizzy nickte und sagte argwöhnisch:»Ich verspreche es!«

»Ich … Also es besteht die klitzekleine, große Möglichkeit, dass ich schwanger bin«, hauchte Mia und schluckte den Kloß in ihrem Hals hinunter.

Neue Tränen traten ihr in die Augen und vernebelten ihr die Sicht. Während der letzten Wochen hatte sie nicht einmal daran gedacht. Wie dumm, töricht, naiv, blöd und wahnsinnig war sie gewesen? Sie hatte wegen einer Blasenentzündung ein Antibiotikum genommen, das die Wirkung der Antibabypille herabsetzt, und in der letzten Nacht vor Nics Abreise hatten sie kein Kondom benutzt. Wie hatte sie das nur vergessen können? Alles war so schnell gegangen ... Sie war so auf Nic fixiert gewesen, dass sie nicht daran gedacht hatte. Selbst danach hatte sie das ganze Gefühlschaos so sehr beschäftigt, dass sie keinen einzigen Gedanken an den ungeschützten Sex und ihre ausgebliebene Periode verschwendet hatte.

Lizzy betrachtete Mia schweigend, öffnete dann den Mund wie ein Fisch und schloss ihn wieder.

»Oh, Lizzy, bitte sag irgendwas! Sag mir, dass das nicht sein kann und ich mir keine Sorgen machen muss.«

»Bist du sicher? Ich meine, hast du einen Test gemacht, oder warst du beim Arzt? Hast du deine Periode bekommen?« So viele Fragen, auf die Mia keine Antwort hatte.

»Im Grunde steht nur der Verdacht im Raum, und das erst seit gerade eben.« Sie erklärte Lizzy alles, was sich am Abend ereignet hatte.

Eine Weile sagten sie beide nichts, und erst als Jeff hereinkam und Mia besorgt aus sicherem Abstand betrachtete, löste sich das Schweigen der beiden jungen Frauen auf.

»Es tut mir sehr leid, Jeff, für die ganzen Unannehmlichkeiten ...«, entschuldigte Mia sich mehrmals, während Lizzy sie samt vollem Papierkorb und Decke nach draußen schob.

Ihr Gelegenheits-Chef lächelte mitfühlend und sagte: »Gute Besserung!« Allerdings schien er ebenso erleichtert zu sein wie sie, dass sie endlich gingen.

»Ich kauf dir einen neuen«, versprach Mia und hob den Mülleimer hoch.

»Ich zieh es dir vom Gehalt ab!«, scherzte er und winkte ab.

Nach einem kurzen Weg über die Promenade standen sie vor Lizzys Terminator.

»Wir holen Celines Wagen morgen ab!«, entschied Lizzy, und Mia hatte nicht die Kraft, sich dagegen zu sträuben.

Im Auto sagte Lizzy: »Wir rufen morgen deinen Frauenarzt an und bitten ihn um einen Termin.« Panik blitzte in Mias Augen auf, was Lizzy nicht verborgen blieb. Es war eine Sache, zu *ahnen,* dass da etwas sein *könnte,* aber eine völlig andere, zu *wissen,* dass da etwas *war.*

»Keine Sorge, Süße! Ich lass dich nicht allein!«

»Aber du sagst es doch niemandem?«

»Mia, sieh mich an. Habe ich jemals dein Vertrauen missbraucht?«

»Na ja, dass mit dem kurz geschnittenen Pony war wirklich nicht nett, und ich erinnere mich da an eine Puppe ...« Mia lächelte schwach, als Lizzy empört ihren Namen rief. »Nein, natürlich nicht ...«

»Okay, ich sehe, wir verstehen uns.«

Etwa eine Stunde später schlief Mia völlig erschöpft vom vielen Weinen und mit ihrem Periodenkalender an der Brust ein. Sie war seit fünfzehn Tagen überfällig ...

16

ie Swores saßen im Tonstudio und feilten an ihrem neuen Album, das erstaunlich gut geworden war – eine Scheibe, die all ihre Facetten zeigte. Einige Songs handelten von ihren Träumen und Sehnsüchten, andere vom Elend der Welt und wieder andere von ihnen selbst. Jeder Musiker verarbeitete so seine persönlichen Schicksalsschläge oder Triumphe. Man gab für den Erfolg ein Stück seiner Seele preis. Nics Song für Mia war ebenfalls in die Endauswahl gekommen. Ein Teil von ihm hoffte, dass er es aufs Album schaffte. Es war der ehrlichste Song, den er je geschrieben hatte. Ein anderer Teil wusste nicht, ob er in der Lage dazu sein würde, ihn immer und immer wieder zu singen. Er war sich nicht sicher, ob er das je wieder tun könnte.

Seit ihrem letzten Gespräch vor wenigen Wochen hatte er nicht mit ihr gesprochen. Alles, was er von Liam erfuhr, waren oberflächliche Dinge und wie es um Mias Sicherheit bestellt war. Nic fürchtete jedoch, dass Liam ihm nicht die ganze Wahrheit erzählte. In Nics Kopf echote Mias »*Leb wohl, Nic!*« immer und immer wieder nach, und es brach ihm jedes Mal aufs Neue das Herz. Das Wichtigste war allerdings, dass er sie beschützte.

An dem verhängnisvollen Abend vor einigen Wochen hatten sie die Polizei in Falmouth verständigt und die Situation geschildert. Nachdem sie alle Briefe zusammengepackt und ihnen per Eilkurier zugeschickt hatten, gab die Polizei ihnen recht. Sie glaubten auch, dass es einen Zusammenhang zwischen den Verbrechen gab. Nic hatte erklärt, wie er vorzugehen beabsichtigte, und die Hauptermittler versprachen, nichts davon an Mia weiterzugeben. Er konnte sich nur annähernd vorstellen, wie es ihr ging. Sie litt sicher genauso wie er. Leider konnte sie sich nicht wie er mit dem Gedanken trösten, dass sie dadurch außer Gefahr war.

Liam beendete gerade ein Telefonat mit der Polizei, und an seiner Haltung konnte Nic erkennen, dass es nichts Neues gab.

»Sie wissen nichts! Es gab keine neuen Briefe und keine neuen Hinweise in Falmouth oder in Bodwin.« Sein Freund rieb sich die Augen. »Verdammter Stalker!«, rief Liam und feuerte seine Zigarettenpackung durchs Tonstudio. Alle mieden ihn, wenn er so drauf war, um ja nicht sein Blitzableiter zu werden. Nic wich ihm nicht aus. Er wusste, dass Liam ihn dafür hasste, ihm das Versprechen abgerungen zu haben, Mia nichts zu sagen. Er war gezwungen, seine Familie anzulügen oder ihr aus dem Weg zu gehen.

»Liam!«, sagte er ruhig und berührte ihn an der Schulter. Nic hatte in den letzten Wochen jede Hoffnung verloren, dass die Polizei irgendwas herausfinden würde. Jeden Tag hatte er angerufen, nur um danach noch niedergeschlagener zu sein als zuvor.

»Wie kannst du so cool sein?!«, brüllte Liam seinen Freund an. »Man könnte meinen, Mia bedeute dir nichts!«

Nic zuckte kurz zusammen, als hätte Liam ihn geschlagen. Er ging auf Nic zu und drängte ihn gegen die nächste Wand. John schoss pfeilschnell auf sie zu, aber Nic bedeutete ihm, nicht einzugreifen. Nic kannte diese Reaktion nur zu gut. Liam schlug um sich – wie jedes Mal, wenn er nicht weiterwusste. Dann bekam es jemand mit seinen Wutausbrüchen zu tun.

Da Nic sich nicht rührte, sondern reglos vor Liam erstarrte, zog der sich langsam zurück. Ein Blick in Nics Augen, die von tiefen

Schatten umgeben waren, erinnerte ihn offenbar daran, dass Nic auch ein Opfer brachte.

Liam sackte in sich zusammen und murmelte nur:»Tut mir leid, Mann.« Nic hob seine Zigaretten auf und warf sie ihm zu. Liam zündete sich eine an und hielt danach Nic die Packung hin. »Ich denke, für heute haben wir genug gearbeitet. Lasst uns was trinken gehen!«

»Ja, in diesen Laden von vorgestern! Da war diese Kellnerin mit den langen Beinen …« Träumerisch warf Stan seine Drumsticks in die Ecke. Nic und Liam sahen den anderen dabei zu, wie sie den Raum verließen. Die Band wusste, was vor sich ging. Es war besser, offen damit umzugehen, weil alle Familien hatten und so prüfen konnten, ob etwas Ähnliches bei ihnen vorgefallen war.

»Wirst du klarkommen?«, fragte Nic.

Liam seufzte und sah ihn besorgt an.»Und du?«

Nics Blick verdüsterte sich.»Ich fange an, meinen Job und mein ganzes Leben zu hassen … Also mal sehen …«

Damit half er seinem Kumpel auf.»Kommst du nicht mit?«, fragte Liam verwundert, als er bemerkte, dass Nic keine Anstalten machte, das Studio zu verlassen.

»Nein, Mann, ich bleibe lieber hier. Mir ist nicht so nach Feiern zumute!«

* * *

Der nächste Tag lief rückblickend wie ein Film vor Mias innerem Auge ab. Lizzy hatte die Nacht bei ihr verbracht und am frühen Morgen für ihre Freundin Frühstück gemacht, was Mia kaum hinunterbekam und direkt im Bad wieder erbrach. Lizzy rief bei Mias Frauenarzt an und schilderte der Sprechstundenhilfe so knapp wie möglich die Situation. Sie sollten eine Stunde später in der Arztpraxis sein. Lizzy nahm die Hand ihrer Freundin, während sie im Wartezimmer Platz nahmen. Mias Hände waren nass geschwitzt und eiskalt.

Lizzy musterte sie besorgt und flüsterte: »Egal, was gleich passieren wird ... ich bin bei dir. Alles wird gut. Bitte glaub mir.« »Ich weiß nicht«, murmelte Mia und kämpfte gegen die Übelkeit an. »Oh, bitte, Lizzy, sag irgendwas. Erzähl mir etwas ... Ich halte das nicht aus ...« Der Gedanke, dass die gemeinsame Zeit mit Nic noch mehr Konsequenzen hatte als ohnehin schon, war einfach abwegig und Angst einflößend.

Lizzy tauschte einen kurzen Blick mit ihr und begann: »Hab ich dir schon erzählt, dass ... ich ... vorhabe, in Urlaub zu fahren? Ja ... genau!« Lizzys Miene hellte sich auf. »Mia, hör mir zu! Egal, was Dr. Hamilton gleich sagt, wir beide fahren weg. Irgendwohin, wo es schön warm ist. Das wollten wir ohnehin schon seit Ewigkeiten machen. Was hältst du von Italien? So ein bisschen Dolce Vita täte uns beiden gut, oder was meinst du?« Sie zwinkerte ihr zu und blickte Mia erwartungsvoll an.

»Und was ist mit Haley? Meiner Granny? Der Uni? Was ist mit dem ganzen Chaos hier?«, fragte Mia, dankbar für die Ablenkung.

»Jetzt hör mir mal zu, Süße! Es wird langsam Zeit, dass sich jemand anderes darum kümmert! Es reicht für dich! Haley hat eine Mutter, Sophie hat Celine und ... der Rest kommt auch mal eine Zeit ohne dich, ohne uns aus. Glaub mir!«

Mias Frauenarzt, Dr. Hamilton, war ein älterer, grauhaariger und liebenswürdiger Mann. Er war ebenfalls der Frauenarzt ihrer Mutter und ein guter Freund von Mias Dad gewesen. Als Mia ihm stockend von ihrer Befürchtung berichtete, nickte er nachdenklich und blickte sie eindringlich an.

»Ich nehme an, ein Baby war nicht geplant?«, fragte er mitfühlend.

Mia schüttelte den Kopf. »Verstehen Sie mich nicht falsch, Dr. Hamilton. Ich liebe Kinder. Für mich war immer klar, dass ich eines Tages Mutter werden will. Aber jetzt?«

Er nickte. Eine Arzthelferin klopfte an und brachte das Ergebnis ihrer Urinprobe herein, das sich der Arzt umgehend ansah. »Wenn Sie es mir erlauben, Emilia, schau ich mir das mal kurz an. Dann haben wir Gewissheit.«

»Und?«, brachte Lizzy atemlos hervor und ließ erahnen, wie nervös sie selbst in Wahrheit war.

Er blickte erst kurz zu Lizzy, dann zu Mia und sagte einfühlsam: »Auch wenn das jetzt nicht einfach für Sie ist, möchte ich Ihnen gratulieren, Emilia. Sie sind tatsächlich schwanger.«

Schwanger ...

Mia legte eine Hand an ihre Stirn und ließ den Kopf sinken. Mühsam unterdrückte sie ihre Tränen.

»Lassen Sie mich kurz nachsehen, wie weit Sie schon sind.«

Mia schloss die Augen und spürte Lizzys Hand in ihrer, während der Doktor den Ultraschallkopf in ihr bewegte. Die Stille war erdrückend,

Dr. Hamilton räusperte sich. »Emilia, ich sehe, dass das ein großer Schock für Sie ist, und meine Tür steht Ihnen jederzeit offen. Sie sind nicht allein und nicht die einzige junge Frau, die erst mal geschockt ist. Aber bitte glauben Sie daran, dass es Ihnen, wenn wir uns in vier Wochen wiedersehen, deutlich besser gehen wird. Zumindest sollte die Übelkeit dann ein wenig nachlassen. Denken Sie in Ruhe über alles nach.«

Danach nahm sie alles nur verschwommen wahr. Er sprach von der sechsten Woche und dass erst mal alles in Ordnung sei. Den Herzschlag könnte man jedoch erst in zwei oder drei Wochen sehen. Er stellte ihr einen Mutterpass aus und zeigte Mia den kleinen grauen Fleck auf dem ersten Ultraschallbild.

Ihr Baby ...

Die Arzthelferinnen nahmen ihr noch einmal Blut ab, stellten ihr Fragen und überhäuften sie mit allerlei Prospekten und Informationsmaterial, das Lizzy entgegennahm.

Als sie im Auto saßen, sprach Mia immer noch nicht. Es war kein Laut über ihre Lippen gekommen, keine Reaktion war an ihrem Gesicht abzulesen, seitdem sie Bescheid wusste. Alles, was sie wollte, war, sich in ihrem Zimmer zu verkriechen und die Decke über ihren Kopf zu ziehen. Sie wollte Ruhe und brauchte Zeit zum Nachdenken.

Lizzy respektierte ihren Wunsch, sagte ihr aber, dass sie in der Nähe bleiben würde. Wortlos schleppte sie sich in ihr Dachgeschosszimmer und legte sich ins Bett. Dort blieb sie auch – für ganze drei Tage. Lizzy kümmerte sich rührend um sie. Sie rief bei Jason, Mias Boss im Tanzstudio, an und meldete Mia weiterhin krank, sie brachte ihr Essen und schirmte sie, so gut es ging, vor ihrer Familie ab. Das wurde jedoch immer schwieriger, denn Sophie und Celine stellten immer hartnäckigere Fragen. Mia faselte von einem Magen-Darm-Virus, der gerade rumging, und dass sie sich besser fernhalten sollten, damit sie sie nicht ansteckte. Das besänftigte sie zumindest kurzzeitig. In Wahrheit waren es all die kleinen Dinge, die sie nicht tat, für die Mia Lizzy zu Dank verpflichtet war.

Sie stellte keine lästigen Fragen wegen ihres Wohlbefindens, sie erwähnte kein einziges Mal Nic und versuchte keine Lösungsansätze aufzuführen.

Am späten Abend des dritten Tages kramte Mia in ihrer Tasche nach dem Mutterpass, und das erste Mal blickte sie nicht mehr voller Abneigung auf die kleine Erbse auf dem Ultraschallbild. Stattdessen überrollte sie eine Welle der Verzweiflung. Plötzlich hielt sie es nicht mehr in ihrem Zimmer aus, in dem sie alles an Nic erinnerte. Mia zog sich eine Jacke über und schlich leise aus der Terrassentür.

An der frischen Luft im Garten konnte sie viel besser atmen, und die Übelkeit ließ sich dort auch viel besser aushalten. Ihr

Blick glitt zu dem Bild in ihrer Hand. Eine Träne löste sich aus ihren Wimpern. Wie sollte sie das nur alles schaffen? Wie sollte sie ein Baby bekommen? Wie sollte sie es erziehen, eine gute Mutter sein? Was würde aus der Uni werden? Was würde nur aus ihr werden? Was würde sie dem Kind bieten können? Aber vor allem: Was sollte sie Nic sagen? Sie dachte an ihre vergangenen, gemeinsamen Momente. Sie sah ihn lachen, ihr zuwinken, wie er seinen Mund zu einem frechen Grinsen verzog, um sie zu necken. Wie er sie sanft küsste. Da brach alles aus ihr heraus. Sie weinte um ihren Vater. Sie weinte um ihre Mutter, die ihn schmerzlich vermisste, dass sie keinen vollen Monat in ihrem Zuhause aushielt. Und dann weinte sie um sich. Darum, dass sie Nic liebte und er immer so weit fort von ihr war.

Es war genug! Vor einigen Wochen, noch bevor sie wirklich auf ein gemeinsames Leben mit ihm hoffen konnte, hatte sie entschieden, endlich ihren eigenen Weg zu gehen. Wo war der Wille dazu nur geblieben? Nic hatte die Entscheidung mit sich genommen, erkannte Mia. Als ein Leben mit ihm in Aussicht gewesen war, hatte sie ihn gewollt. Wieder war sie es, die auf der Strecke blieb.

Es wird langsam mal Zeit, dass sich jemand anderes darum kümmert. Es reicht für dich!, hallten Lizzys Worte in ihren Gedanken wider.

Verdammt, sie hatte recht! Sie war immer hiergeblieben, hatte sich um alles gekümmert, während ihre Familie in der Weltgeschichte unterwegs war. Sie wollte unbedingt etwas von der Welt sehen. Woher sollte sie wissen, wie es dort draußen so war, wenn sie nie dort war? Sie würde ihren Koffer und Lizzy einpacken und in einen Flieger steigen. Mia erinnerte sich genau daran, dass ihre Patentante Lilien sie immer gedrängt hatte, sie in Südfrankreich besuchen zu kommen, sobald sie Semesterferien hatte.

Lilien war die engste Freundin ihrer Mutter und gleichzeitig ihre Patentante. Sie lebte seit zehn Jahren wieder in Südfrankreich, nachdem sie aus den USA geflohen war. Lilien war abgesehen von Mias Mutter und Großmutter die beeindruckendste Frau, die Mia kannte. Sie hatte viele Jahre mit ihrem Mann, der Künstler war, eine Galerie geführt, ehe er sie für eine neunzehnjährige Studentin verließ, mit der er inzwischen drei Kinder hatte. Seitdem führte sie eine eigene Galerie und war ziemlich erfolgreich. Es hatte jedoch lange gedauert, bis sie diesen Tiefschlag überwunden hatte, erzählte ihre Mutter immer wieder. Mia freute sich darauf, Lilien endlich wiederzusehen. Die Semesterferien waren zwar zu Ende, doch Mia hatte nicht die Absicht, auf irgendetwas oder irgendjemanden Rücksicht zu nehmen.

Mia trat mit der festen Absicht zurück ins Haus, ihrer Mutter endlich die Wahrheit zu sagen. Es war ohnehin nur eine Frage der Zeit, bis sie es herausfinden würde. Ihre Mum genauso wie Sophie waren wahre Spürnasen, wenn es um Geheimnisse ging. Abgesehen davon verdienten sie es, davon zu erfahren. Mia fand ihre Mutter in ihrem Schlafzimmer. Dort saß sie vor ihrem antiken Schminktisch und schrieb etwas in ein kleines Buch. Sie sah wunderschön aus in ihrem weißen Leinenanzug und den großen Creolen, die an den Ohren baumelten. Die Traurigkeit in ihren Augen bestätigte Mia, dass sie gerade an ihren Vater gedacht hatte.

»Mia«, sagte sie überrascht. »Fühlst du dich etwas besser? Ich wollte dir gleich ein bisschen Suppe hinaufbringen.«

»Hi, Mum – störe ich dich?«, fragte Mia und ließ sich im Schneidersitz auf dem Bett nieder.

»Nein, ganz und gar nicht«, versicherte ihr Celine und packte das kleine Büchlein in das Schubfach des Tischs. Ein Bild von ihr und Alan in jungen Jahren stand darauf und zeigte ein schwer verliebtes Paar. Celine stand auf und setzte sich zu Mia auf das Bett.

Geduldig wartete sie, bis Mia das Wort ergriff. »Ich bin schwanger, Mum!«, platzte es förmlich aus ihr heraus, und Celine sog scharf die Luft ein, fasste sich jedoch schnell wieder.

Mia gab sich gar nicht erst Mühe, die Tränen zurückzuhalten. »Ich weiß es erst seit ein paar Tagen.«

»Deswegen ist Lizzy wie eine Glucke um dich herumgeschwirrt. Sophie und ich haben uns schon gewundert, dass sie das Risiko einging, sich anzustecken«, schmunzelte Celine und umfing Mias Gesicht mit beiden Händen. »Oh, meine Süße.« Dann nahm sie Mia in die Arme und streichelte über ihr Haar. Es war das erste Mal, dass Mia sich ein klein wenig besser fühlte. Eine kleine Ewigkeit sprach niemand ein Wort, und Celine hielt Mia nur tröstend fest, während sie weinte. »Bist du dir auch ganz sicher?«

Mia nickte. »Lizzy und ich waren bei Dr. Hamilton.«

Verständnisvoll strich Celine über Mias Wange und blickte in ihre geröteten Augen. »Warum bist du nicht eher zu mir gekommen? Ich ... Wir ...«

Mia schüttelte nur resigniert den Kopf und suchte nach den richtigen Worten. »Ich ... Ich konnte nicht, und eigentlich, Mum, ich weiß auch nicht. Hier ist alles so schwer. Ich glaube, ich hatte nicht das Gefühl, dass du mir wirklich helfen könntest.«

»Aber warum?«, fragte Celine verdattert.

»Mum«, stieß Mia verzweifelt aus. »Du verbringst mehr Zeit auf irgendwelchen Reisen als hier zu Hause. Ich halte hier die Stellung, weil ich weiß, warum du flüchtest, aber ich kann dieses Leben für dich hier nicht weiterführen.«

Schuld blitzte in ihren Augen auf. »Ich dachte immer, das wäre okay für dich.«

»Es ist mein Zuhause – natürlich ist es irgendwie okay gewesen, aber wolltest du mit Anfang zwanzig in einer Kleinstadt festsitzen?« Celine biss sich verlegen auf die Unterlippe. »Ich würde gern Urlaub machen. Meinst du, Lilien würde Lizzy und mich für ein paar Wochen bei sich aufnehmen?«

»Aber … Warum willst du fort? Du wirst es doch behalten, oder?« In Celines Stimme schwang ein kleiner, ungewollter Vorwurf mit. Für Mia war eine Abtreibung nie wirklich eine Option gewesen. Das hätte sie nicht fertiggebracht. Und seit den paar Tagen, in denen sie es nun wusste, wurde dieser Gedanke immer abwegiger. Das Wesen war so winzig und wehrlos – sie liebte es jetzt schon. Es war nicht die Schuld des Babys, dass Mia Angst hatte.

»Was ist der Grund für diese Flucht, Mia?« Eindringlich schaute Celine sie an. »Ist es wegen Nic? Er ist doch der Vater, nehme ich schwer an.«

Tränen traten erneut in ihre Augen. Sie schniefte in ein Taschentuch und blickte starr geradeaus.

Eine Ahnung überkam Celine. »Nic weiß es gar nicht, oder?« Mia schüttelte nur den Kopf. Celines Stimme glich eher einem Flüstern, dennoch schrak Mia zusammen, als hätte sie sie angebrüllt. »Du willst gehen, ohne es ihm zu sagen?« Celine erkannte die Antwort in den Augen ihrer Tochter. Sie konnte es nicht glauben. »Aber Mia … das kannst du nicht tun. Nic hat ein Recht darauf zu erfahren, dass er Vater wird.«

»Mum, er liebt mich nicht. Oder nicht genug … Er hat mich verlassen.«

Celine seufzte. »Nun hör mir mal zu, mein Schatz! Ich kann das gar nicht glauben. Aber lass dir von mir sagen, dass das eine mit dem anderen nichts zu tun hat. Dieses Kind braucht Eltern. Egal ob sie sich lieben, zusammen sind oder nicht. Du wirst das keineswegs ganz allein machen wollen.«

»Ich kann es ihm nicht sagen, zumindest jetzt noch nicht. Ich brauche ein bisschen Zeit, bis ich weiß, was ich tun soll, und vielleicht täte mir ein Tapetenwechsel ganz gut.«

»Es gefällt mir nicht, dich in diesem Zustand fortzulassen, und ich meine damit nicht die Schwangerschaft, sondern deinen Gefühlszustand.«

»Darum brauchst du dich nicht zu sorgen. Ich habe Liebeskummer, Mum, und die Schwangerschaft stellt mein ganzes Leben auf den Kopf. Ich finde, mir steht ein kleiner Nervenzusammenbruch zu, ebenso wie diese Reise.« Es war ein kleiner Seitenhieb, denn ihre Mutter nahm selten viel Rücksicht, wenn sie das Fernweh packte, und Celine nickte schwermütig.

»Ich verstehe dich ja, Mia. Dennoch solltest du es Nic sagen, wenn nicht vor deinem Urlaub, dann spätestens danach. Lass nicht zu, dass er es über Umwege herausfindet.«

»Du sagst ihm doch nichts, oder?«, vergewisserte sich Mia.

»Meine Kleine, das würde ich niemals tun. Das ist ganz allein eure Angelegenheit. Ich bin für dich da, Mia! Glaub mir, es wird alles gut werden, ganz bestimmt.« Zärtlich strich sie über Mias wilden Haarschopf, und Mia wünschte sich so sehr, dass es stimmte.

17

*D*ie letzten Stufen der Dachbodenleiter nahm Nic gleich doppelt, doch als er oben ankam, hielt er inne. Die Dachkammer wurde von beängstigender Stille und Dunkelheit erfüllt. Eine einzelne Kerze glomm auf dem Beistelltisch der Leseecke und beschien die weichen Gesichtszüge seiner besten Freundin Mia. Das Herz wurde ihm bei ihrem Anblick noch viel schwerer, als es bei der Rückreise nach Bodwin bereits gewesen war. Liams Trauer hatte sich nach den grauenvollen Nachrichten in heißen, jähen Zorn entladen. Obwohl er stets als der Ruhigere von ihnen beiden galt, war er ebenso temperamentvoll wie seine Schwester und hatte so lange gegen eine Laterne getreten, bis das Licht defekt war. Nic hatte sich bemüht, ihn zu halten, damit er nicht den Boden unter den Füßen verlor, das war jedoch selbst ihm nicht gelungen. Wie ein Häufchen Elend hatte Liam neben ihm im Van gesessen, zwischen ihnen unzählige Gepäckstücke getürmt, um eine Barriere zu schaffen. Liam musste allein mit sich sein, und obwohl es Nic schwerfiel, ihm dabei zuzusehen, wie er litt, akzeptierte er das Bedürfnis seines Freundes.

Der Anblick von Mia, die in das Kerzenlicht starrte und reglos wie eine Zinnfigur dasaß, brachte ihn jedoch förmlich um den Verstand. Er war nicht da gewesen, um ihr beizustehen, um sie zu halten und sie in ihrem freien Fall aufzufangen. Das erste Mal in ihrem

Leben hatte Nic nicht Mias Hand gehalten, und das, wo etwas derart Schreckliches geschehen war. Mias Dad hatte einen Herzinfarkt erlitten, und während Celine und Sophie im Wohnzimmer Tränen weinten und von Bea, Mias Tante, getröstet wurden, war niemand für Mia da gewesen. Nics schlechtes Gewissen brach sich Bahn, und er eilte auf Mia zu, deren leerer Blick ihn traf. Sie verzog keine Miene, als sie verwundert sagte: »Nic?«

»Ja, ich bin es. Ich bin da.« *Unsicher, wie er sich nach ihrem letzten Streit, in dem es darum gegangen war, dass Mia mit ihrem Freund Jake nach Australien gehen wollte, verhalten sollte, hockte er sich vor sie und nahm ihre Hand in seine. Der Streit war längst zu einer Nichtigkeit verkümmert.* »Mia, es tut mir so leid«, *wisperte er.* »Dein Dad ... Ich kann es einfach nicht fassen.«

»Ich auch nicht«, *murmelte sie. Nic richtete seinen Blick auf ihre grünen Augen, die in Tränen schwammen.* »Bislang konnte ich nicht weinen ... Ich ... hab einfach nur dagesessen und konnte nichts ...« *Ihre Stimme erstickte, ehe eine Träne über ihre Wange rollte und sie sich in seine Arme stürzte. Er ließ sich mit ihr auf den Boden fallen, schlang beide Arme fest um sie, während sie ihren Kopf gegen seine Brust drängte. Erst nach einer gefühlten Ewigkeit ebbte die Tränenflut ab, und Mia murmelte:* »Kannst du mich bis in alle Ewigkeit so festhalten?« *Das Flehen in ihren Worten hätte Nic alles schwören lassen.*

»Ich bin und bleibe hier, solange du willst!«

»Versprochen?«, *hauchte sie.*

»Versprochen.« *Nic wusste natürlich, dass er dieses Ehrenwort schon bald würde brechen müssen, aber für den Moment wollte er ganz für sie da sein. Dicht aneinandergedrängt schliefen sie auf dem Teppichboden ein.*

✻　✻　✻

Nic lauschte dem Hämmern um sich herum. Was war das für ein ekelhaftes Geräusch? Wieder klopfte es, und das Dröhnen wurde lauter. Einen Arm hatte er über seine Augen gelegt, der andere hing kraftlos herunter, während er ausgestreckt auf der schmalen, harten Bank lag. Gemütlich war anders. Das Dröhnen nahm zu, und so langsam nervte es ihn richtig. Allerdings war er nicht bereit, die Augen zu öffnen. Was sollte das bringen? Die Realität konnte warten … Was würden seine Eltern denken? Er konnte die besorgte Stimme seiner Mutter förmlich in seinen Gedanken hören. *Sorgst du dich nicht um dich? Was soll nur aus dir werden?*

In Wahrheit provozierte ihn der Blick seines Vaters im Hintergrund viel mehr, und auch wenn er es nie zugeben würde, so tat er manche Dinge schlicht, um diese angespannte Haltung seines Vaters zu sehen. Der vorwurfsvolle Blick war um einiges leichter zu ertragen als der enttäuschte, den er zur Schau trug. *Was willst du deiner armen Mutter eigentlich noch alles zumuten?* Was natürlich nur ein Vorwand war, um sein Gewissen zu packen. In Wahrheit schämte er sich für seinen Sohn. Er schämte sich vor seinen Kollegen, Freunden und Nachbarn. Diesmal würde er sich ins nächste Mauseloch verkriechen wollen, sollte diese Geschichte an die Öffentlichkeit kommen. Und das würde sie – mit absoluter Sicherheit.

Das Dröhnen war unerträglich, und so hob er schließlich den Arm und öffnete die Augen. Seine Sicht war vernebelt und getrübt. Nur langsam gewöhnten sich seine Augen an das grelle Licht, und Nic erinnerte sich daran, wieso er die Augen geschlossen hatte. Er starrte an die schmutzige Decke und betrachtete die Deckenlampe näher. Verfluchte Scheiße, wozu brauchte man so ein Licht? Das Klopfen war noch lauter geworden, und Nic erkannte endlich, was es war. Das Hämmern kam aus seinem Kopf und wurde mit jeder Sekunde stärker. Der Rum … Oder war es Whisky gewesen? Die Erinnerung verschwamm, selbst bei gezielter Betrachtung.

Er winkelte ein Bein an, nur um festzustellen, dass sein Körper fähig war, normale Bewegungen zu machen. Warum hatte der Alkohol seine geistigen Funktionen nicht außer Betrieb gesetzt wie zeitweise seine körperlichen? Trotz des heftigen Hämmerns in seinem Kopf erinnerte er sich an Mias Lächeln, an das Gefühl seiner Hände auf ihrer Haut, an ihren Geschmack ... an alles. Sobald der letzte Tropfen Alkohol aus seinem Körper gewichen war, würde er sich wieder mit seiner geschundenen Seele auseinandersetzen müssen.

Eine laute Stimme ließ ihn zusammenzucken. »Donahue!«, brüllte der Wachmann und versetzte den Eisenstäben einen ordentlichen Hieb. »Ihre Mitfahrgelegenheit ist da ...«

Nic richtete sich mit schmerzverzerrter Miene auf und starrte den Polizeibeamten aus geröteten Augen an. Wen hatten sie erreicht? Seine Jungs waren sicher selbst auf der Piste oder krochen gerade volltrunken ins Bett. Er hatte keine Ahnung, wer sich zu dieser unchristlichen Zeit auf die Straße begeben würde, um ihn aus dem Kittchen zu holen. Sein Vater hätte ihm einen Denkzettel verpassen wollen und seine Mutter sicherlich davon abgehalten, in ein Auto zu steigen.

Der Wachmann wirkte außerordentlich akkurat. Jeder Teil seiner Kleidung saß perfekt an seinem Körper, und sicherlich schnitt er die Kanten seines Rasens mit der Nagelschere. Scheinbar hasste er Randalierer, und mit Sicherheit trug Nics Promistatus nicht gerade dazu bei, dass er ihm sympathischer wurde. Aber was juckte es Nic? Seine Bekanntheit bewirkte zumindest, dass er eine »Ich komme aus dem Gefängnis frei«-Karte bekam.

Nic stand langsam auf, ignorierte seinen rebellierenden Magen und folgte dem Wachmann aus der Zelle. Kurz vor dem Ausgang musste er eine Unterschrift leisten, bekam seine persönlichen Sachen wieder und wurde entlassen.

Er sah sich um und erstarrte beim Anblick der jungen Frau vor ihm. Langsam drehte sie sich um und schaute zu ihm auf, als hätte sie mindestens zwanzig Sprüche auf der Zunge, die ihn da treffen sollten, wo es besonders wehtat. Nic durchfuhr ein seltsamer Schmerz, der rein gar nichts mit seinem Kater zu tun hatte. Lizzy starrte ihn weiter an, als wollte sie ihn mit ihrem Blick erdolchen. Nic war auf alles gefasst gewesen. Das Einzige, was seine sonst so schlagfertige Schwester sagte, war: »Können wir?«

Er war zu verblüfft, um irgendetwas zu entgegnen. Das war zu seltsam. Lizzy war ein sehr direkter Mensch, und er liebte sie meistens genau deswegen. Abgesehen von Mia war sie der einzige Mensch, von dem er absolute Offenheit erwarten durfte. Manchmal gab sie ihren Senf zu Dingen dazu, die sie nichts angingen, und Nic hasste ihre Neugier. Sie war eine sehr nervige, aber liebenswerte kleine Schwester. Er hätte durchaus erwartet, an Ort und Stelle so richtig von ihr zusammengefaltet zu werden. Schließlich war Diskretion nicht gerade Lizzys Stärke. Sie ging voraus, ohne sich umzudrehen und sich zu vergewissern, dass er ihr folgte.

Er lief ihr in einem geringen Sicherheitsabstand hinterher – nur um sicherzugehen, dass sie nicht auf dem Parkplatz über ihn herfiel. Zielsicher marschierte sie zu ihrem Terminator.

Sie schloss die Tür auf, warf ihre Handtasche auf den Rücksitz und bedeutete Nic einzusteigen. Bevor er sich angeschnallt hatte, fuhr sie ruckartig an.

Das musste seine Strafe dafür sein, dass er nach dieser durchzechten Nacht, mit einem höllischen Kater und einem rebellierenden Magen, in Lizzys Auto heimgefahren wurde. Rasant war nicht das richtige Wort für ihren Fahrstil. Lizzy hatte mit Ach und Krach, viel Geheule und der reinen Frustration ihres Fahrlehrers nach einigen Versuchen ihren Führerschein bestanden. Nur der liebe Gott wusste, wie sie bisher ohne größere Komplikationen durch den Straßenverkehr gekommen war. Er hatte so oft überlegt, ihr endlich ein neues Auto zu kaufen. Immer, wenn er wieder mal kurz davor gewesen war, hatte sie einen Pfeiler mitgenommen oder einen Baum gerammt. Mittlerweile dachte er, dass sie kein neues Auto wollte. Sie liebte dieses mit all seinen Macken zu sehr. Er zog den Gurt strammer und klammerte sich an der Tür fest. Es war beängstigend still im Auto. Einzig das Quietschen der Scheibenwischer war zu hören. Nic wurde übel. Eine stille Lizzy war wesentlich besorgniserregender als eine vor Wut schäumende. Sie starrte nur geradeaus, als säße er gar nicht neben ihr. Um sich von der Übelkeit abzulenken, fragte er vorsichtig:»Wieso bist du gekommen?«

Lizzy antwortete zuerst gar nicht. Erst als er dachte, sie würde weiter schweigen, sagte sie:»Warum fragst du? Wolltest du deinen Aufenthalt in dieser Unterkunft verlängern?«

Verblüfft blickte Nic auf die prasselnden Regentropfen auf der Scheibe.»Wer hat dich informiert?« Er konnte sich keinen Reim darauf machen.

Lizzy seufzte.»Liam hat mich angerufen, nachdem sie dich mitgenommen hatten. Er wusste nicht, wen er sonst hätte kontaktieren können, ohne dass die Presse davon Wind bekommen hätte. Deine Kumpels sind wohl alle sternhagelvoll.«

Nach und nach dämmerte ihm, dass Lizzy seit Stunden im Auto sitzen musste.»Du kommst von zu Hause?«

Lizzy nickte stumm.

»Und Mum und Dad?«

»Schlafen«, sagte sie kurz angebunden.

Nic atmete tief durch.»Lizzy, ich …«, begann er nach einer Weile.

Rigoros unterbrach sie ihn.»Lass es einfach!«

»Ich wollte nur Danke sagen.«

»Du wolltest Danke sagen? Danke?«, brüllte sie und fuhr abrupt links ran, ohne groß auf den Verkehr zu achten, was Nic ins Schwitzen brachte. Sie standen in der Einfahrt eines billigen Hostels. Das Blinken der grellen Lichtanlage tat ihm in den Augen weh. Seine Schwester starrte sprachlos die Windschutzscheibe an, auf die immer noch der Regen prasselte.

Leise, beinahe tonlos begann sie:»Was denkst du dir eigentlich? Ich meine, denkst du überhaupt jemals wirklich nach?« Das war etwas, was scheinbar jeder von ihm dachte.»Hast du überhaupt eine Ahnung davon, was hier los ist? Kannst du dir nur ansatzweise vorstellen, was ich deinetwegen durchmache? Jedes Mal …« Nic fiel es schwer, sich beschuldigen zu lassen. Was tat er ihr denn an?

»Du hättest nicht kommen brauchen«, sagte er laut.»Du hättest mich einfach im Knast lassen sollen, um mir einen Denkzettel zu verpassen. So hätte Dad es gemacht.«

Lizzy schaute zu ihm auf, und als er ihrem Blick begegnete, sah er ihre Sorge und Enttäuschung. Sofort überkam ihn ein schlechtes Gewissen. Er war immer davon ausgegangen, dass er sich über Lizzys Gefühlswelt keine großen Gedanken machen musste. Über seine besorgte Mutter und seinen enttäuschten Vater und natürlich über Mia und Liam … Lizzy hatte er nicht auf dem Schirm gehabt. Wie war das möglich gewesen? Schließlich war sie wichtig für ihn. Ein sehr wichtiger Rückhalt. Meist zeigte sie nicht, was sie wirklich bewegte. Da war der eine oder andere Streit mit ihren Eltern gewesen, der Tod ihrer Großmutter vor einigen Jahren und natürlich ein paar Mal Liebeskummer. Aber was seine Schwester für eine Last mit sich herumtrug, welche Sorgen sie nachts wach hielten, wusste er nicht wirklich.

Er war der Nachdenkliche gewesen – Lizzy die quirlige und ewig lächelnde gute Schülerin. Er hatte Probleme in der Schule gehabt, war immer zu ruhig und meist ein Außenseiter gewesen. Aber jetzt saß seine kleine Schwester mit den großen blauen Augen neben ihm und sah ihn auf eine Weise an, die ihn erschreckte. Was hatte er getan, ohne es zu merken?

»Du hast es versaut, ist dir das eigentlich klar? Du hast da etwas sehr, sehr, sehr Gutes versaut. Du hast es so leicht … Du steigst in ein Taxi, in deinen Tourbus oder ein Flugzeug und haust einfach ab. Du betrinkst dich jeden Abend, feierst von einer Party in die nächste, und niemand stört sich daran. Es gehört sich schließlich für einen verdammten Rockstar, sich wie ein Arschloch zu benehmen. Nur weißt du, was ich immer dachte? Dieser Typ mit der Gitarre, der einem von dem einen oder anderen Magazin entgegenlächelt und du, das seien zwei verschiedene Typen. Mein Bruder kann nicht derselbe Mensch sein, den ich im Fernsehen sehe, volltrunken und zwei Frauen im Arm. Ich war mir immer sicher, dass das zu deinem Job gehört, dass du ein Image zu erfüllen hast. Doch ich habe mich getäuscht. Alles um dich herum hat sich verändert. Warum solltest du dich nicht auch verändert haben? Du bist nicht mehr derselbe, Nic! Du bist immer mein Fels gewesen. Egal wo du dich auf der verdammten Welt herumgetrieben hast, ich wusste, sobald ich dich brauchen würde, wärst du da. Ich habe mich getäuscht. Dich interessiert nichts und niemand mehr außer dir selbst.«

Ihre Hände krallten sich am Lenkrad fest, sodass ihre Fingerknöchel weiß hervortraten. Sie verstummte, als hätte sie ihre Kraft verloren, noch mehr zu sagen.

Nach einer Weile erwiderte er mit leiser Stimme: »Es tut mir leid …«

Lizzy sah zu ihm auf. »Oh, *Domenic,* du hast gar keine Ahnung, wie sehr es dir leidtun wird. Ich bin nicht die Richtige, dir das zu sagen. Aber eins kann ich dir versichern: Es wird der Moment kommen, an dem dir klar wird, was du alles verloren hast. Du wirst wissen, dass es einen Augenblick in deinem Leben gegeben hat, an dem du die falsche Weggabelung gewählt hast, und du wirst dich noch mehr dafür hassen, als du es ohnehin jetzt schon tust.« Lizzy seufzte, startete den Motor, und nach dem vierten Versuch sprang er auch endlich wieder an.

Nic fühlte sich, als hätte sie ihn geschlagen, und er wünschte, sie hätte es tatsächlich getan. Eine Weile schwiegen sie, während Lizzy den Wagen durch die leeren Straßen fuhr. Es dämmerte bereits.

»In dein Hotel?«

»Ja, wenn das geht … Vielleicht willst du dich bei mir ausruhen?«

»Nein«, sagte sie und wirkte, als wäre sie mit den Gedanken weit, weit weg. »Ich werde zu Hause gebraucht.«

»Wie geht es ihr?«

Lizzy lachte freudlos auf. »Ich werde auf keinen Fall mit dir über Mia reden. Sei froh, dass ich überhaupt mit dir rede.«

Diese Reaktion hatte er erwartet. Lizzy konnte nicht wissen, dass alles, was er tat, nur Mias Sicherheit diente. So hatte er es gewollt. Aber es fühlte sich nicht halb so heldenhaft an, wie er immer gehofft hatte. »Wenn du glaubst, ich hätte mich leichtfertig von Mia getrennt, dann kennst du mich schlecht.«

Sie warf Nic einen flüchtigen Blick zu. »Findest du nicht, dass dieses Hin und Her jetzt doch etwas zu weit geht? Ich meine, es gab einige Komplikationen. Das sehe ich ein, Nic. Ihr seid oder wart die besten Freunde, man hat viel erlebt, weiß lange nicht, ob die Gefühle echt sind, und so weiter. Vielleicht hattet ihr auch Angst, eine Beziehung würde die Freundschaft kaputt machen, aber nach den letzten Wochen müsste echt jedem klar geworden sein, dass ihr füreinander geschaffen seid.«

»Sie ist die eine, Lizzy. Da bin ich mir ganz sicher, aber dieses Leben ist nichts für sie.«

»Woher willst du das wissen? Du hast es doch gar nicht versucht. Du hast dem Ganzen nicht mal eine echte Chance gegeben.«

»Du hast keine Ahnung, was ich durchmache, okay?«, rief er und erntete ein Kopfschütteln. »Außerdem hast du gut reden!

Hast du Dad mittlerweile erzählt, dass du dein BWL-Studium nur machst, um Zeit zu schinden?«

»Es geht gerade nicht um mich, Nic.«

»Ach nein? Von diesen ganzen Vorwürfen bist du selbst nicht ganz befreit, oder?«

»Das betrifft dich aber nicht!«

»Diese Sache betrifft mich ebenso sehr, wie dich meine Beziehung zu Mia etwas angeht.«

Er konnte sehen, dass Lizzy ihm recht gab und deswegen schwieg. Dann fielen ihm die Euroscheine auf, die im offenen Handschuhfach in einer Tüte lagen.

»Wozu wechselst du Geld?«, hakte Nic nach.

»Vergiss es! Ich werde dir nichts sagen. Dieses Recht hast du verwirkt.« Nic blickte aus dem Fenster und schwieg.

Nach einer Weile fragte Lizzy in weniger angriffslustigem Ton: »Du hast also ein Polizeiauto angepinkelt?« Ein Grinsen zupfte an ihrem Mundwinkel, und für einen Moment war die Welt wieder in Ordnung.

* * *

Die Sonnenstrahlen wärmten Mias Körper, und das Rauschen der Wellen war eine Wohltat für ihre Seele. Jeden Abend unternahm sie diesen Spaziergang von Liliens großzügigem Anwesen aus, das direkt am Strand lag. Mia liebte England, mochte die französische Heimat ihrer Mutter jedoch auch gern. Welch Liebesbeweis ihre Mutter ihrem Vater damit gemacht hatte, dass sie ihn nach Bodwin begleitet hatte. Mia strich eine Strähne ihres Haars aus dem Gesicht, welche sie sofort vom Wind wieder an der Nase kitzelte. Jeden Abend kam sie an einer kleinen Familie vorbei, die mit ihrem Kind und dem kleinen Hund am Wasser spielte. Mia sah ihnen gern dabei zu, es führte ihr vor Augen, wie es mit Nic sein könnte. Der Wunsch, eine Familie zu haben und nicht bloß eine alleinerziehende Mutter zu sein, nahm mehr Gestalt an, und Mia seufzte ergeben. Wenn sie dieses Bild noch nicht überzeugt hatte, dann Haley, die unter der Trennung ihrer Eltern schrecklich litt und ihr erst am Morgen beim täglichen Telefonat mit ihrem Zuhause aufgeregt erzählt hatte, dass sie am Wochenende ihren Daddy besuchte. Seit dieser Bemerkung dachte Mia mehr denn je an ihren eigenen Vater und die enge Beziehung, die sie mit ihm gehabt hatte. Das wollte sie für das Baby und auch für Nic. Er sollte die Chance haben, Vater zu sein, ganz egal, was aus ihnen beiden werden würde.

18

Drei Wochen nach dem denkwürdigen Treffen von Lizzy und Nic kamen Liam und er für ein verlängertes Wochenende nach Hause. Die Arbeit im Studio war weitestgehend abgeschlossen, sodass sie sich etwas entspannen konnten. Abgesehen von ein paar Interviews und Gesprächen standen in den nächsten Wochen kaum Termine an. Die Plattenfirma war hochzufrieden mit den neuen Songs und gönnte den Swores eine kleine Auszeit.

Zu hören, dass Mia und Lizzy nach wie vor in Frankreich waren, erleichterte Nic einerseits, weil er Mia nicht unter die Augen treten musste und sie somit weit aus der Gefahrenzone des Stalkers war – zumindest hoffte er das. Andererseits war er enttäuscht, weil er sie nicht sehen würde und nicht wusste, wie es ihr ging. Zuerst hatte er vorgehabt, nur eine Nacht zu bleiben, damit es keine Konfrontationen gab. Da dies nun nicht zu befürchten war, blieb er seiner Mutter zuliebe mehrere Tage zu Besuch. Nic fühlte sich schäbig und konnte am Morgen kaum in den Spiegel schauen.

Die Wochen waren dahingeschlichen, und nichts hatte ihn ablenken können. Am schlimmsten hatten ihn Lizzys Worte getroffen, als sie ihn vor ihrer überstürzten Abreise aus dem Gefängnis gerettet hatte. Ein Loch, das niemand anders als Mia füllen konnte, klaffte in seiner Brust. Es quälte ihn, mit niemandem darüber reden zu können. Er fühlte sich einsam.

Es war ein Sonntagmittag im Hochsommer. Die Sonne stand hoch am Himmel und brannte auf sie nieder, als wäre es August. Richard stand am Grill und wendete das Fleisch auf dem Rost, während Celine und Lynn den Tisch mit frischem Salat, Kartoffeln und eingelegten Köstlichkeiten deckten. Nic kam aus dem Haus, um seiner Mutter beim Tragen des Geschirrs zu helfen, während Haley um sie herumrannte. Sophie meckerte über das warme Wetter und hängte Wäsche im Garten auf. Sie deutete auf Liam, der sich in der Sonne aalte.

»Der verrückte Saukerl hier hat mir seine gesamte Schmutzwäsche dagelassen, und was tut er? Er sonnt sich! Was soll ich für einen Stundenlohn nehmen, um ihm seine Wäsche zu machen?«, fragte sie Richard, dem sie damit ein Lachen entlockte.

»Lass dich nicht über den Tisch ziehen … Verdienen tut er genug …«, lachte er.

»Och, Granny, und ich dachte, du machst das, weil du mich so gern hier hast«, neckte Liam sie. .

Richard brachte gerade einen vollen Teller mit Fleisch und Würstchen zum Essenstisch, auf den sich die Jungs sofort stürzten, als ein Taxi vor dem Gartentürchen hielt.

Haley quietschte laut und sprang vom Stuhl auf. Alle Blicke richteten sich nun auf die zwei Frauen, die nacheinander mit ihrem Gepäck durch das Gartentor kamen. Sie waren braun gebrannt und luftig gekleidet. Lizzy grinste von einem Ohr zum anderen, und Mia lächelte glücklich, als sich Haley auf sie stürzte.

»Mia, ich kann's nicht glauben«, rief Celine.

»Warum habt ihr nicht angerufen?«, fragte Lynn, während Richard schimpfte: »Wir hätten euch doch abgeholt.« Allgemeines Stühlerücken war zu hören.

Mia und Lizzy umgab der Duft der Ferne, und sie wirkten so erholt, als sie auf ihre Familie zugingen. Lizzy trug Shorts und Sandalen und hatte wieder eine neue flippige Haarfarbe, Pink, während Mia ihr Haar offen trug. Sie hatte ein kurzes Sommerkleid an und sah wunderschön aus.

Alles an ihr sieht anders aus, dachte Nic. Sein Herz verkrampfte sich, als er sie so nah und doch so weit entfernt von ihm stehen sah.

Mia hielt abrupt inne, als sie Liam und Nic am Tisch entdeckte, und hielt Lizzy zurück. »Wir hätten anrufen sollen«, murmelte sie.

»Mia!«, rief Haley mit ihrer Kinderstimme und schlang die Arme um ihre Cousine, die in die Hocke gegangen war.

»*Salut chérie*«, begrüßte sie die Kleine und blickte unübersehbar nervös zu Nic. Er hatte keine Ahnung, wie er reagieren sollte, und war viel zu beschäftigt damit, die Überraschung zu verdauen.

Freudestrahlend wurden sie von den Familien begrüßt. Lachend lief Liam auf die beiden Frauen zu und drückte seine kleine Schwester an seine breite Brust.

»Hey, na, ihr Ausreißer. Das nenn ich mal eine Überraschung«, sagte er überschwänglich und begrüßte Lizzy.

»Ja, das kann man wohl so sagen. Ich wusste gar nicht, dass ihr auch hier seid«, bemerkte Lizzy und wechselte einen Blick mit Mia.

»O ja, seit gestern schon.«

Celine wartete Liams Umarmung ab, ehe sie ihre Tochter ebenfalls in die Arme schloss. Sie schniefte kurz und murmelte liebevoll: »Mein Engel, ich habe dich so vermisst. Schön, dass ihr zurück seid.«

Da drängte sich Sophie zu ihnen durch, drückte Mia ungewöhnlich ruppig an ihre Brust und sagte: »Celine, bist du etwa festgewachsen?« Dann wandte sie sich zu Mia. »Wie schön, dass du zurück bist. Du hast uns richtig gefehlt.«

Lynn streichelte Mias Hand und lächelte liebevoll. »Geht es dir besser, Mia? Lizzy sagte, dass du vor eurer Abreise krank gewesen seist.«

Mia ließ sich Zeit mit der Antwort und tauschte einen Blick mit ihrer Freundin. »Es ... geht mir gut. Danke, Lynn.« Sie lächelte unsicher. Für einen Moment begegnete sie Nics Blick. Sein Herzschlag verdoppelte sich, und sein Herz drohte ihm beinahe aus der Brust zu springen.

Bea strich ihrer Nichte übers Haar. »Nun erzählt doch mal. War euer Urlaub schön? Und wie waren die Franzosen so? Ich hab da ja ein paar vage Erinnerungen.«

»O ja, da gab es ein paar echte Leckerbissen, nicht wahr, Mia? Ich musste ihnen Mia regelrecht entreißen. Frag mal Lilien, wie viele Franzosen mit gebrochenem Herzen zurückgeblieben sind. Würde mich nicht wundern, wenn morgen eine ganze Wagenladung aus Frankreich herkommen würde, die um Mias Hand anhalten wollen«, sagte Lizzy kichernd und wurde von Mia nur mit einem bösen Blick bedacht. Lizzy sah ihren Bruder an.

»Nun, ich würde behaupten, dass das Klischee stimmt«, erwiderte Mia. »Sie schwingen große Reden und stellen das Verrückteste an. Aber eigentlich sind sie ziemlich selbstverliebt.«

»Bis auf Henry«, kicherte Lizzy ungehalten, und Mia stimmte mit ein.

Lizzy begann, die Geschichte von Henry zu erzählen. Er arbeitete in Liliens Kunstatelier und war ein schmieriger Typ. Er war schrecklich um Lizzy bemüht gewesen, was die aber zu erwähnen vergaß.

»Ich hoffe, ihr habt ordentlichen Appetit«, sagte Richard und kam mit einem vollen Fleischteller auf Mia zu.

»O Gott!« Ruckartig schob Mia den Stuhl zurück, auf den sie sich niedergelassen hatte, presste eine Hand auf ihren Mund und die andere auf ihren Bauch. Sie flüchtete sofort ins Haus. Lizzy kam zum Tisch zurück, wo sie alle bestürzt ansahen.

»Was habe ich getan?«, fragte Richard besorgt und verwirrt zugleich. Lizzy lächelte ihn nachsichtig an.

»Nichts, Dad. Gar nichts ... Schon gut ...«

»Ist sie etwa immer noch krank?«, fragte Richard besorgt. »Vielleicht sollte sie einen Arzt aufsuchen. Ich hab erst neulich von einer dieser Krankheiten aus dem Ausland gehört. Vielleicht hat sie sich in Frankreich was Neues eingefangen ...«

Ehe Sophie oder Celine etwas darauf erwidern konnte, ertönte Haleys kindliche Stimme: »O nein, das ist das Baby. Das bringt Mia dauernd zum Brechen. Hat Mum gesagt.«

Lizzys Augen wurden groß, und sie rief scharf: »Haley!«

Entsetzt wandte sich Celine zuerst an Haley, dann an ihre Schwester Bea, die betont unschuldig dreinblickte. Der Schock war Liam und ihren Gästen anzusehen. Nic fühlte sich wie erstarrt und betrachtete die kleine Haley, die keine Ahnung hatte, was sie angerichtet hatte. Er brachte kein Wort heraus. Dafür war Liam umso lebendiger.

»Baby? Was für ein Baby?«

✳   ✳   ✳

Mia betrachtete sich beim Zähneputzen im Spiegel. Diese Übelkeit war zum Haareraufen, obwohl sie sich ein paar Tage nicht mehr so heftig übergeben hatte. Jeglicher Fleischgeruch brachte sie sofort zum Brechen, wobei ihre Nerven sicherlich verrücktspielten. Wie hätte sie damit rechnen können, dass Nic bei ihrer Rückkehr ebenfalls da sein würde? Wenn sie ihr Leben wieder in die Hand nehmen wollte, war der erste Schritt, Nic endlich von dem Baby zu erzählen. Das hatte sie auch vorgehabt. Mia hatte viel darüber nachgedacht und entschieden, dass sie es nicht länger vor sich herschieben wollte. Lizzy war sehr erleichtert und zuversichtlich über diese Entscheidung gewesen und hatte ihr im Flugzeug noch gut zugeredet.

»Du wirst sehen, alles wird gut werden, sobald er Bescheid weiß«, hatte sie ihr am Morgen gesagt. Ein letztes Mal spülte sie ihren Mund aus und straffte entschlossen die Schultern. Sie würde ihn um ein Gespräch unter vier Augen bitten, und dann gäbe es kein Zurück mehr. Jeglichen Zweifel schob Mia zur Seite und lief zur Terrasse zurück.

Sie wusste sofort, dass etwas ganz und gar nicht stimmte. Es herrschte absolute Stille. Entgeistert sahen sie alle an, was Mia verunsicherte.

»Wusstest du etwa davon?«, fragte Liam Nic, der wie gelähmt auf seinem Stuhl saß. »Du bist schwanger?«, rief er in Mias Richtung. Mia wurde schwindelig, und das Blut wich aus ihrem Gesicht. »Verflucht noch mal, meine Schwester ist schwanger, alle wussten davon, nur ich nicht?«

»Liam!«, warnte Sophie ihn sanft, aber bestimmt. Es dauerte einen Moment, ehe Mia sich rühren konnte. Wie es zu erwarten war, ließ ihr Bruder nicht locker.

»Ich fass es nicht …«

Mia zog es vor, die Flucht anzutreten. Verdammte Scheiße, so sollte das Ganze sicher nicht besprochen werden.

»Liam, deine Schwester hat ein paar schlimme Wochen hinter sich! Würdest du ihr bitte etwas Zeit lassen?«, versuchte nun Lizzy, ihn zu beruhigen.

»Ich glaub es einfach nicht. Alle haben es gewusst, und ich renn wie ein Volltrottel ahnungslos durch die Weltgeschichte.« Betreten sahen sich alle an.

»Oh, entschuldige, Bruderherz! Natürlich hätte ich mit meinen Sorgen als Allererstes zu dir kommen müssen. Nicht weil du mich unterstützt hättest, sondern weil du sonst nicht informiert gewesen wärst. Du bist ja irre!«Mia ging eilig auf ihre Tasche zu und schleuderte ihm ihren Mutterpass entgegen. »So, hier ... Es steht alles drin, was du wissen musst.« Damit verschwand sie im Haus.

»Emilia Soph...« Bevor Liam weiter wettern konnte, wurde ihm das Wort abgeschnitten.

»Halt den Mund, Liam!« Nics Stimme war so fest und kühl, dass Liam ihn entgeistert anstarrte. Er griff zum Tisch, hob den Mutterpass auf und nahm ihn in seine leicht zitternden Hände.

»Was?«

»Du sollst aufhören, Mia anzubrüllen, reiß dich gefälligst zusammen!«, hörte sie ihn sagen. Er folgte Mia ins Haus, und alle schauten teils verwirrt, teils erstarrt hinter den beiden her.

Mia wischte die Tränen von ihrer Wange, als sie Nics schwere Stiefel die Leiter zu ihrer Dachkammer aufsteigen hörte. Eine unglückliche Aneinanderreihung von Umständen hatte ihre Pläne zunichtegemacht, und Mia kannte Nic gut genug, dass die Art, wie er von der Schwangerschaft erfahren hatte, ihr Gespräch nicht einfacher machen würde. Unruhig nestelte sie an ein paar Ketten herum, die sie ungeschickt aufhängen wollte. Ihr ganzer Körper bebte vor Nervosität, und jeder Versuch, Herr der Lage zu werden, scheiterte, sobald sie zu ihm aufsah.

»Du bist schwanger?«, fragte er mit überraschend fester Stimme und blickte fassungslos auf den Mutterpass in seinen Händen, als hoffte er, dieser würde sich in Luft auflösen. Mia blickte weg, nickte nur nach wenigen Augenblicken.

»Wann hattest du vor, mir davon zu erzählen?«, fragte er scharf. Mia antwortete nicht, sondern ließ sich wie ein Häufchen Elend auf den Fußboden sinken und starrte aus dem Fenster. »Mia!«, rief er laut, sodass sie zusammenzuckte und ihn ansah, als hätte sie ihn gerade erst bemerkt. »Wann hattest du vor, es mir zu sagen?« Er war so aufgebracht, dass sein ganzer Körper bebte.

»Nach meiner Rückkehr«, antwortete sie leise.

»Verdammt, Mia, wie konnte das nur passieren?«

Sie hatte seine Anschuldigungen vorhergesehen, und trotzdem traf es sie härter als erwartet. Vielleicht weil sie es sich ebenso vorhielt. Sein Gesicht wirkte versteinert, als sei keine wirkliche Regung mehr möglich, als wäre er erstarrt in diesem entsetzten Ausdruck. Seine Vorwürfe trieben ihr nicht nur die Tränen in die Augen, sondern stachelten auch ihre Wut an. Sie hatte sie so lange zurückgehalten, dass es ihr leichtfiel, das Ventil zu öffnen.

»Du fragst mich, wie das passieren konnte?« Ihre Stimme war gefährlich ruhig.

»Normalerweise nehmen Frauen in deinem Alter die Pille!« Sein Vorwurf war ungehalten und kindisch. Immerhin war er mindestens genauso daran beteiligt gewesen, an Verhütung zu denken, wie sie. Bis vor wenigen Minuten hatte er wahrscheinlich noch nicht mal darüber nachgedacht, in dieser intensiven Zeit mit Mia etwas versäumt zu haben.

»Ist das eine ernsthafte Vorhaltung?«, fragte Mia entsetzt, lenkte dann aber ein und erklärte: »Ich musste wegen einer Blasenentzündung Antibiotika nehmen, und das setzt die Wirkung der Pille herab.«

»Wir haben schließlich ein Kondom verwendet.«

»Bis auf das letzte Mal«, erinnerte Mia ihn und legte ihre Wange auf das aufgestellte Knie. »In diesem Moment habe ich nicht daran gedacht«, gab sie leise zu. »Es fühlte sich so ...«

»... richtig an«, vervollständigte er ihren Satz und seufzte. Nics harte Miene wurde weicher, und Mia wusste, dass er sich genauso gut daran erinnerte wie sie. »Wie hast du denn mit Chris verhütet?«

Natürlich spielte er auf Chris an. Diese Frage war ihm natürlich gestattet, doch es klang so, als wollte er sie und dieses Baby jemand anderem anhängen. Mia wandte sich verletzt ab und hielt den Atem an. Die Richtung, die dieses Gespräch nahm, gefiel ihr ganz und gar nicht.

»Willst du wissen, ob du der Vater bist, Nic?«

»Natürlich bin ich der Vater!«, sagte er entschieden, als hätte er nie etwas anderes angenommen. »Verflucht, Mia!« Sie blickte zum zweiten Mal in sein Gesicht, das nicht mehr entsetzt wirkte, sondern verzweifelt.

»Wie kannst du dir so sicher sein?«

»Willst du mich etwa noch mehr provozieren?« Er kam auf sie zu.

»Nein, ich wundere mich nur. Jeder andere hätte daran gezweifelt.«

»Ich stehe zu meinen Fehlern! Das solltest du eigentlich wissen ...«

Mia schnappte nach Luft, stand auf und wandte sich endgültig von ihm ab. Sie hielt die Hände vor ihrem Bauch verschränkt, als wolle sie nicht, dass das Baby dieses Gespräch hörte. »Fehler?«, hauchte sie kaum hörbar. Auch wenn sie verstehen konnte, wie er es meinte, traf sie dieser Satz schmerzhaft.

»Als was würdest du es denn bitte bezeichnen, wenn zwei Erwachsene derart übereinander herfallen, dass sie so etwas Wichtiges vergessen?«, brachte er seine Ausführung energisch zum Punkt.

Mia kullerte eine Träne über die Wange. Sie war es so leid, zu weinen und sich so schuldig und einsam zu fühlen. »Als dumm, vielleicht«, räumte sie ein und wischte über ihre Wange, damit er nicht sah, wie sehr er sie verletzt hatte.

»Ich verstehe einfach nicht, wie du mir so etwas Wichtiges verheimlichen konntest«, eiferte er sich.

»Nach allem, was passiert ist ...«

»Ja, Mia, gerade nach dem, was passiert ist, hättest du es mir sagen sollen.«

Wie konnte er dieses Baby wollen, wenn er sie nicht wollte?
»Wahrscheinlich hätte ich das! Aber was würde das ändern?«
Ungläubig betrachtete er Mia. »Bist du noch ganz bei Trost?
Was hättest du dann getan, hm? Wärst du mit dem Baby vor mir
aufgetaucht und hättest verlangt, was dir zusteht? Ist es das, Mia?
Willst du nur das nötige Kleingeld, und dann verschwindest du
aus meinem Leben?«

»Nein, ich will überhaupt nichts von dir! Behalt deine Kröten
für dich! Ich komme schon klar!«, brüllte sie und spürte, wie ihr
erneut übel wurde. *Reg dich nicht so auf!,* versuchte sie sich selbst
zu beruhigen.

»Das kann unmöglich dein Ernst sein! Ich dachte, wir beide
kriegen das irgendwie schon hin, so wie immer«, murmelte Mia.

»Was soll ich denn anderes glauben? Für mich sieht es so aus,
als wolltest du nicht, dass ich der Vater deines Kindes bin.«

»Obwohl ich finde, dass du für den Moment jedes Recht verwirkt hast, mir einen Vorwurf zu machen, sage ich dir etwas, Nic.
Für mich hat es schon eine ganze Weile nur dich gegeben.«

Mia blickte Nic direkt in die Augen, die so voller Kummer waren, dass es sie kurzzeitig aus dem Konzept brachte. Er strich sich
das zu lange Haar aus der Stirn und entgegnete viel leiser als zuvor: »Hast du schon mal darüber nachgedacht, dass es gute Gründe für mein seltsames Verhalten gibt?«

Sie unterbrach ihn: »Nein, habe ich nicht, Nic. Wir beide sind
keine Kinder mehr. Wenn es etwas gegeben hätte, was dich an uns
hätte zweifeln lassen, hättest du mit mir reden können. Stattdessen hast du mich einfach von dir gestoßen. Einfach so. Ohne Vorwarnung. Du lässt mich seit Wochen im Ungewissen. Ich habe
keine Zeit, darauf zu warten, dass du irgendwann endlich du
selbst wirst und beginnst, Klartext zu reden. Ich kann mich im
Moment nicht auf dich verlassen. Dauernd haust du ab, beant-
wortest meine Anrufe nicht und triffst irgendwelche bescheuerten

Entscheidungen allein, anstatt mit mir zu reden. Dieses Baby wird kommen, und ich hab's satt, deine Allüren mit anzusehen. Glaubst du nicht, ich würde auch gern zwei Wochen abhauen und mich volllaufen lassen, um einfach mal Dampf abzulassen wegen dem ganzen Chaos, das dauernd über mich hereinbricht? Aber nein, ich bin damit beschäftigt, Eisenpräparate zu nehmen, genügend zu schlafen und zu essen, was ich dann doch wieder nur auskotze. Ganz zu schweigen davon, dass ich eine Wohnung brauche, nicht weiß, wie ich die Uni beenden soll, und mich gleichzeitig für die richtige Flaschen-und-Sauger-Kombination entscheiden muss. Aber ich habe verdammt noch mal keine Vorstellung davon, was ein Baby so alles braucht. Ich habe wirklich keine Ahnung, was als Nächstes passiert, aber ich werde mir diese Vorwürfe nicht länger anhören. Ich bin dir also keine Rechenschaft schuldig, verstanden?«

Für einen Moment verschlug es ihm offensichtlich die Sprache. »O nein, *Emilia* …« Seine Stimme klang tief verletzt und drohend.

Er stand dicht vor ihr, und sein maskuliner, vertrauter Duft und seine Augen ließen ihr Herz aussetzen. Es war verrückt, wie ihr Körper auf ihn reagierte, obwohl er sie so verletzt hatte.

»So wird das nichts. Ich habe nicht nur Pflichten als Vater, sondern auch Rechte. Du und dein Arsch bleiben schön hier bei mir! Verlass dich drauf!« Damit rauschte er aus ihrem Zimmer. Mia blickte ihm sprachlos hinterher. In all den Jahren, die sie sich kannten, hatte es nie einen derartigen Streit gegeben.

19

*E*rst in der Abenddämmerung kam Mia nach der Trauerfeier für ihren Vater und dem anschließenden Leichenschmaus zur Ruhe. Mia hatte ihre Mutter mit einem Schlafmittel versorgt, während Sophie sich vor ein paar Stunden zurückgezogen hatte. Nic hatte Liam in sein Zimmer gebracht, der seinen Kummer im Alkohol ertränkt hatte und nun in einem komatösen Zustand im Bett lag. Zeitgleich kamen Nic und Mia aus den angrenzenden Türen im Flur zusammen. Das schwarze eng anliegende Kleid betonte Mias schlanke Figur, ebenso wie ihre Blässe und die dunklen Ränder unter ihren Augen. Nic bewunderte ihre Stärke, auch wenn er über die Ungerechtigkeit hätte brüllen wollen. Sie hatte ihren Vater verloren und litt still, während sie noch die Kraft aufbrachte, sich um Liam, Sophie und ihre Mutter zu kümmern. Nic wollte verdammt sein, wenn er sie nicht endlich an einen Ort brachte, wo sie beginnen konnte, die Ereignisse langsam zu verarbeiten. Ein trauriges Lächeln umspielte ihre Lippen. »Hast du heute überhaupt etwas gegessen? Kann ich dir irgendwas holen?«

»Mir ist nicht danach.«

Nic seufzte, wusste aber zu gut, dass es keinen Sinn hatte, sie zu zwingen. »Dann bring ich dich jetzt in dein Bett!«, entschied er und legte seinen Arm um ihre Hüften.

»Eigentlich ...«, protestierte Mia.

»Vergiss es, Honey!« Widerstandslos ließ Mia sich nach oben führen. In der Dachkammer angekommen, trat sie ihre Pumps von den Füßen und lief hinter einen kleinen Paravent, um das Kleid auszuziehen. Nic wandte respektvoll den Blick ab, obwohl er sich dabei ertappte, wie er immer wieder zu ihr linste. »Würdest du kurz ...«, bat sie schließlich, kam mit halb geöffnetem Reißverschluss hervor. Die Haare hatte sie über ihre Schulter geschlungen, und Nic schluckte beim Anblick ihres nackten Rückens. Mit ungewohnt zittriger Hand schob er ihr den Reißverschluss weit genug hinunter, dass sie aus dem Kleid steigen konnte. Eine seltsame Spannung lag in der Luft, die fremd für sie beide war, und Nic versuchte sich davon abzulenken, indem er ein Thema anschlug, das ihn ohnehin beschäftigte. »Warum war Jake nicht da?« Bittere Galle kroch ihm die Speiseröhre hinauf, und Nic schüttelte sich kurz.

Mia zögerte eine Antwort hinaus. »Er weiß es noch gar nicht.«

Verdutzt hielt er inne. »Du meinst, du hast es ihm nicht gesagt?«

»Das eine erschließt sich doch aus dem anderen, oder nicht?« Mia trat erneut hinter dem Paravent hervor, und zwar nun in eine Leggins und ein altes T-Shirt, das einst ihm gehört hatte, gekleidet. Er war froh zu sehen, dass sie es immer noch trug.

»Warum nicht, Mia? Ich meine, du hast vor, in ein paar Wochen zu ihm zu ziehen. Er ist dein fester Freund, ihr habt Pläne ... Du solltest ihn nicht aus diesem wichtigen Prozess deines Lebens heraushalten.« Er war selbst verblüfft über die Fürsprache für Mias Freund. »Du musst es ihm sagen, er möchte zweifellos für dich da sein«, riet Nic ihr durch zusammengebissene Zähne.

»Ich ... Im Moment möchte ich ihn bloß nicht um mich haben. Er erwartet meine Ankunft in ein paar Wochen und ... es hat sich einfach alles geändert, verstehst du das, Nic? Er hätte unzählige Fragen, und ich könnte es nicht ertragen, ihn zu enttäuschen.«

»Das heißt, du denkst darüber nach, nicht zu gehen?«

Mia nickte, und Nic kannte sie zu gut, um sie zu drängen. Natürlich wusste er, dass dieser tragische Tod ihr gesamtes Leben beeinflussen würde. Obwohl ihm ihre Pläne, mit Jake nach Australien zu ziehen, nicht gefallen hatten, spürte er keine Erleichterung durch ihre Worte. Die Trauer um Alan, den Vater seiner besten Freunde, der wie ein großherziger Onkel für ihn gewesen war, mit dem er angeln und fischen gegangen war, erfüllte ihn nur mit Kummer. »Wie du dich auch entscheidest, ob du gehst oder nicht, ich bin für dich da.«

Ein ehrliches Lächeln huschte über ihre traurige Miene, und Mia kam auf ihn zu und umarmte ihn fest. »Danke, dass du gekommen bist. Ich weiß, diese Tour war wichtig für euch.«

»Sie ist unwichtig im Vergleich zu dir«, entgegnete er und spürte, wie wahr diese Aussage war.

*   *   *

Das Treiben in Jeffs Bar nahm Nic nur noch als diffuses Hintergrundgeräusch wahr. Der Alkohol vernebelte seine Sinne, jedoch betäubte er nicht den Schmerz in seinem Inneren.

»Hallo, Junge«, sagte Richard und blickte in die vom Alkohol geröteten und glasigen Augen.

»Was willst *du* denn hier?«, war Nics schroffe Begrüßung. Seine Stimme überschlug sich vor Überraschung beinahe.

»Ich habe nach dir gesucht.«

»Aha!«

»Wir haben uns Sorgen gemacht«, versuchte Richard es erneut.

»Worüber? Dass Liam mich umbringt oder dass ich mich zu Tode saufe?« Ein ironisches Grinsen huschte über sein Gesicht, das sofort einer schmerzvollen Grimasse wich.

»Ich weiß nicht, eher das Erstere.«

»Verdient hätte ich's jedenfalls – beides.«

»Sei nicht so hart mit dir«, versuchte sein Vater ihn zu beschwichtigen. Nic schüttelte missmutig den Kopf. Er fingerte eine Zigarette aus der Packung und zündete sie an. So wie Nic vor seinem Vater saß, erinnerte er mehr denn je an einen vom Leben geprügelten Rockstar.

»Du hast ja keine Ahnung!« Ein unaufrichtiges Lächeln zeichnete sich auf Nics grimmiger Miene ab. Er hielt seine Zigarette zwischen Zeige- und Mittelfinger, während er mit Daumen und Ringfinger sein Glas an die Lippen hob und einen kräftigen Schluck nahm. Er verzog das Gesicht, als der starke Alkohol seine Kehle hinabrann.

»Dann erzähl es mir«, schlug Richard vor.

Nics Augenbrauen schossen vor Überraschung in die Höhe. »Dir?«

»Warum nicht?«

»Du bist mein Vater?!« Es war eher eine Feststellung als eine Frage, und Richard grinste. »Du hältst doch nichts von dem, was ich mache!«

»Da hast du vollkommen recht. Aber nur, weil du mich mehr an meine eigene Vergangenheit erinnerst, als mir lieb ist. Ich war einst in einer ähnlichen Situation wie du, hätte beinahe alles verloren, und ich glaube, es fällt mir schwer, dabei zuzusehen, wie du dieselben Fehler machst wie ich. Außerdem: Nur weil ich doppelt so alt bin wie du, heißt das nicht, dass ich keine Fehler gemacht habe.«

Nic zog wieder eine Grimasse und fasste sich theatralisch ans Herz. »Das hat gesessen«, sagte er und grinste betont gleichmütig. Dann wurde seine Miene ernst, beinahe traurig und schuldbewusst. »Ich bin schon so lange in Mia verliebt. Viel länger, als ihr eigentlich klar ist. Dann kam der Durchbruch, und ich war ständig weg. Ich hatte keine Ahnung, was auf mich zukam, und es wäre unfair gewesen, sie zu diesem Zeitpunkt an mich zu binden.

In dieser Zeit traf sie Jake, und ich glaubte, sie verloren zu haben.«
Nic raufte sich sein wild abstehendes Haar. »Liam bat mich, sie
aufzugeben, und ich tat es, weil ich dachte, Mia wolle bei ihrer
Familie in Bodwin sein. Als ich dieses Mal zurückkam, war es anders zwischen uns, und dann hatten wir uns ...«

»Warum hast du deine Gefühle wieder boykottiert, Nic? Das
verstehe ich einfach nicht.«

Nic seufzte. Es machte keinen Sinn, es weiter zu verheimlichen.
»Ein Stalker ist für das ganze Chaos verantwortlich«, ließ Nic die
Bombe platzen. »Er ist für die Verwüstung der Wohnung und der
Sache mit Mias Auto verantwortlich. Es gibt unzählige Briefe und
Fotos. Ich wollte Mia nur in Sicherheit wissen, bis dieser Irre ge-
funden ist.«

Im ernsten Gesicht seines Vaters war nicht abzulesen, ob er ihn
verstand oder ihn für einen vollkommenen Idioten hielt. Nic
nahm einen Schluck und schaute seinen Vater zweifelnd an. »Ich
hatte solche Angst um sie. Ich könnte nicht damit leben, wenn ihr
etwas zustoßen würde. Es wäre meine Schuld, und ehrlich gesagt,
kann ich mir eine Welt ohne Mia nicht vorstellen.«

»Für mich klingt das, als bekämt ihr einen Oscar für das be-
schissenste Timing!« Ein Lächeln huschte über Nics Gesicht.
»Was ist dann passiert?«

»Ich habe mich wie ein Arsch benommen und ihr am Telefon
gesagt, dass ich es mir anders überlegt habe. Danach war Funkstille, bis Lizzy mich aus dem Knast geholt hat ...« Erschrocken sah
Nic seinen Vater an, der ihn wiederum fassungslos anstarrte.
»Oh ... das wusstest du ganz offensichtlich nicht. Eigentlich wurde das bis jetzt ziemlich gut vertuscht. Es gab einen kleinen Vorfall mit einem Auto ... Gut, bevor du Lizzy danach fragst: Es war
ein Polizeiauto, und ich habe es angepinkelt ...«

Richard holte tief Luft und winkte ab. »Tu mir einen Gefallen
und erzähl mir keine Details. Und was wird jetzt, mein Junge?

Wirst du hier weiter rumsitzen, anstatt dir dein Mädchen endlich zurückzuholen?«

»Sie wollte mich nicht, Dad.«

»Nun, vielleicht lässt du dir das mal aus Mias Sicht schildern. Denn soweit ich weiß, ging es Mia so schlecht, dass alle Frauen in den beiden Häusern wie aufgeschreckte Hühner herumgelaufen sind. Lizzy hat mal eben so die Uni unterbrochen, um mit Mia nach Frankreich zu fliegen, deine Mutter ist stinkwütend auf ihren Goldjungen und mich, und Celine und Sophie ... na ja, das brauch ich, glaube ich, nicht näher auszuführen, oder? Mia weiß nicht, wie ihr Leben weitergehen soll ...«

»Wie meinst du das?«, fragte Nic stirnrunzelnd.

»Ein Baby ändert einfach alles, Nic. Wie soll sie zukünftig ohne Uni-Abschluss ihren Lebensunterhalt bestreiten?«

»Natürlich macht sie die Uni fertig.«

»Und wer kümmert sich dann um euer Baby?«

Nic sah erbost aus. »Ich natürlich.«

Richard lachte. »Und wann? Während du irgendwelche Songs aufnimmst? Ich kann dir sagen, einen Säugling mit Blähungen zu versorgen ist eine echte Herausforderung für jeden Menschen, ohne dass er gleichzeitig noch arbeiten muss.«

»Dann häng ich alles an den Nagel. Alles, was ich will, ist Mia und das Baby. Der Rest ist mir egal.« Nic stellte sein Glas entschieden auf dem Tresen ab.

»Vielleicht solltest du das alles Mia sagen statt mir und dem Alkohol. Domenic, ihr müsst endlich miteinander reden.«

Nic stand schwankend von seinem Stuhl auf, als wäre ihm das gerade auch klar geworden. »Ich hab doch nicht daran gedacht, dass sie so was durchmachen muss – allein!«

»Natürlich konntest du nicht ahnen, dass sie schwanger werden würde«, beteuerte Richard.

»Nein! Aber ich bin auch kein Freund für sie gewesen.«

»Wie solltest du auch? Du warst schrecklich verliebt in dieses Mädchen.«

Nic zögerte, beschloss aber, ehrlich zu sein. »Ich hatte Angst, dass ich sie unglücklich mache.«

Richard räusperte sich. »Das ehrt dich, Junge. Was ist, wenn du das die letzten Jahre schon gemacht hast, weil du ihr diese Entscheidung abgenommen hast? Mia sollte diese Entscheidung, ob sie ein Leben an deiner Seite führen möchte, allein treffen.« Nic wurde sehr nachdenklich. »Abgesehen davon bekommen wir alle auf dieser Welt keine Garantie für irgendetwas. Es gibt viel Schreckliches: Krankheit, Tod, einen Rockstar als Sohn …«, witzelte Richard und sah Nic ernst an. »Aber eins kann ich dir versichern. Wir kriegen nicht unendlich viele Chancen, den einen Menschen zu finden. Wenn das Glück da ist, dann solltest du nach ihm greifen. Sei egoistisch. Sei ehrlich zu Mia.«

Nach einer Weile fragte Richard: »Aber eins würde mich noch interessieren: Warum hast du Mia nicht einfach von dieser Irren erzählt, anstatt dich selbst als Arschloch darzustellen und sie so zu verletzen?«

»Ich hatte einfach so große Angst um sie, Dad. Ich war so geschockt, als ich davon erfahren habe, dass ich alles getan hätte, um sie sofort aus der Schusslinie zu schaffen.«

Es herrschte kurz Stille, bis Richard fragte: »Und nun? Wie fühlst du dich bei dem Gedanken, dass du bald Vater wirst?«

Nic seufzte und zuckte mit den Achseln. »Keine Ahnung, es ist noch nicht ganz zu mir durchgedrungen. Ich will alles daransetzen, ein guter zu werden. So wie du, nur ohne die lästigen Bevormundungen.« Nic grinste über das empörte Gesicht seines Vaters. »Ging es dir auch so?«

»Als deine Mum mit Joss schwanger wurde, habe ich beinahe den Schwanz eingezogen. Es war ein ganz schönes Drama, aber sie hat mir verziehen. Es gibt kaum etwas Erschreckenderes, als die Verantwortung für eine Familie übernehmen zu müssen, aber gleichzeitig auch nichts Wundervolleres.« Nach einer Weile fügte er hinzu: »Ihr solltet vernünftig und ohne Vorwürfe miteinander reden. Das bringt rein gar nichts. Außerdem braucht Mia dich.«

»Ich weiß, ich bin eigentlich einer dieser Kerle, vor denen ich Mia immer beschützen wollte«, sagte er mit heiserer Stimme. Als Jeff wieder fragend mit der Flasche auf sie zusteuerte, winkte Richard schnell ab.

»O nein, das bist du nicht. Du bist ein guter Kerl, der einfach nur ein Händchen für schlechte Entscheidungen hat. Außerdem wird es dir nicht gerade leicht gemacht. Du stehst unter dem Druck der Öffentlichkeit.«

Nic verzog das Gesicht. »Als wenn das eine Entschuldigung wäre, mich wie ein Arsch zu benehmen.«

»Nein, das ist es sicher nicht. Aber es ist eine Erklärung.«

Eine Weile schwiegen beide. »Wenn das an die Öffentlichkeit kommt, dann ist die Hölle los. Man wird Mia überall verfolgen«, sagte Nic schließlich.

»Deswegen braucht sie dich noch viel dringender an ihrer Seite. Du kannst sie davor schützen, so lange es geht, und sie darauf vorbereiten, was auf sie zukommt.« Richard legte einen Arm um die Schultern seines Sohns. All ihre Streitigkeiten waren auf einen Schlag vergessen. »Es wird sich alles finden. Außerdem: Hast du mal darüber nachgedacht, dass vielleicht niemals etwas ohne Grund geschieht?« Es blieb Nic keine Chance, darauf zu antworten, weil Jeff sich zu ihnen gesellte.

»Sagt mal, wie geht es Mia denn inzwischen?«

Nun war es Richard, der ihn erstaunt musterte. »Wie meinst du das?«

»Na ja, vor ein paar Wochen ist sie hier zusammengeklappt, einfach so. Dann hat sie sich bestimmt eine Stunde die Seele aus dem Leib gekotzt, sodass ich deine Tochter angerufen habe. Danach hat sie nur noch geweint. Hatte wohl so was wie einen Nervenzusammenbruch. Mich geht das ja nichts an, aber ich hab mir schon Sorgen um die Kleine gemacht. Danach hab ich nur noch gehört, dass sie in Urlaub war. Es ist doch nichts Ernstes, oder? Hab sie seit Alans Tod nicht mehr so gesehen.« Diese Nachricht gab Nic schließlich den Rest, und er bat Richard, ihn nach Hause zu bringen.

Als Nic in seinem Bett lag, fand er einfach nicht in den Schlaf. Alles, woran er denken konnte, waren Mia und die Worte seines Vaters. Er rieb sich die Stirn und setzte sich an den Bettrand. Der Wecker auf seinem Nachttisch zeigte 3:52 Uhr an. Sehnsucht überkam ihn, als ihm bewusst wurde, dass Mia und sein Kind nur ein paar Meter von ihm entfernt waren.

Er ignorierte den hämmernden Schmerz hinter seinen Schläfen und stürmte die Treppe zur Haustür hinunter. Er musste einen Höllenlärm verursacht haben, denn im Zimmer seiner Schwester ging das Licht an, und als er die Haustür hinter sich ins Schloss warf, hörte er ihre verschlafene Stimme. Nic hatte sein Ziel ganz klar vor Augen und wollte sich durch nichts und niemanden von seinem Vorhaben abbringen lassen. Er setzte für seinen Zustand überraschend schwungvoll über das niedrige Gartentörchen und rannte auf das Kennedy-Haus zu. Er sprang die paar Stufen zur Terrasse hoch und stellte ernüchtert fest, dass kein Licht im Wohnzimmer brannte. Die Tür war ebenfalls verschlossen, was für die Uhrzeit natürlich nicht ungewöhnlich war. Er ging auf den Rasen zurück und schaute zum Dachgeschoss hoch. In Mias Zimmer brannte gedämpftes Licht, und Nic hielt Ausschau nach kleinen Steinen. Alles, was er fand, waren ein paar Stöcke.

»Verfluchter Mist!« Das brachte ihn jedoch nicht dazu, von seinem Vorhaben abzurücken. Er würde sich sein Mädchen holen, und zwar jetzt sofort! Er pfiff einmal, zweimal, dreimal, aber nichts geschah. Ratlos ging er vor dem Haus auf und ab.

»Mia!«, rief er. »*Emilia!*« Immer noch nichts. Es mochte dem Restalkohol oder seinen unterdrückten Gefühlen zu verdanken sein, aber Nic entschied, dass er das nicht hinnehmen würde. Er würde nicht bis morgen warten, um Mia zu sehen. Nicht noch einmal wollte er ihrem Glück etwas dazwischenfunken lassen. Also begann er, sehr laut sein Lied für Mia zu singen, was ihm sicher unter normalen Umständen sehr peinlich gewesen wäre. Es verfehlte aber diesmal nicht seine Wirkung. Endlich ging das Licht an, und Mias zarte Gestalt zeichnete sich am Fenster ab, das sie nun öffnete.

»Was?«

»Endlich, Mia!«

»Nic?«, rief sie ungläubig. »Bist du das?«

»Wer hätte sonst einen Grund, mitten in der Nacht vor deinem Fenster zu stehen und dich um Verzeihung zu bitten?«

Mia schwieg einen Augenblick. »Wofür willst du um Verzeihung bitten?« Ihre Haare waren offen, und ihre Locken standen wild in alle Richtungen ab.

»Für alles! Ich will alles …«

»Große Worte für jemanden, der vor wenigen Wochen wieder mal davongelaufen ist«, sagte sie bedrückt.

»Ich bin ein Idiot, Mia! Ich weiß, du hast Angst, dass ich bei der nächsten schwierigen Situation wieder verschwinde. Das werde ich nicht mehr, nie wieder. Ich verspreche dir, ich lass dich nie mehr irgendwo zurück. Vielleicht glaubst du mir jetzt nicht, aber wenn du mich lässt, dann beweise ich es dir, den Rest unseres Lebens. Ich liebe dich, Emilia, schon sehr lange. Aber ich bin ein Idiot, ein …«

»Ein Idiot bist du in jedem Fall!«, fiel sie ihm ins Wort. Mia schloss abrupt das Fenster und löschte das Licht in ihrem Zimmer. Nic starrte ungläubig zu der Stelle, wo sie gerade noch gestanden hatte.

»Ich werde nicht gehen! Ich bleib genau hier stehen und sing einfach weiter«, brüllte er entschlossen.

»Bitte nicht!«, schrie ein anderer Nachbar.

Da ging die Terrassentür auf, und Mia stürmte ihm entgegen. Nic konnte sein Glück kaum fassen und blieb wie angewurzelt stehen. »Du weckst noch die ganze Nachbarschaft auf!«

»Ist mir egal!«

Sie bremste wenige Zentimeter vor ihm ab und sah ihn durchdringend an. »Du liebst mich schon lange?«, wiederholte sie seine Worte und verschränkte ihre Arme vor der Brust. Der Ausdruck in ihren Augen war jedoch viel weicher geworden.

»Ja, schon … immer eigentlich.«

»Warum hast du nie etwas davon gesagt?«

Nic zuckte mit den Achseln und kam ihr noch etwas näher. »Ich hatte Angst. Was wäre geschehen, wenn du meine Gefühle nicht erwidert hättest? Ich kann nicht ohne dich leben, Mia, und ich dachte, wenn ich dich nicht auf diese Art haben kann, dann wenigstens als beste Freundin … und dann … kamen die Swores und … Jake … und du wolltest fort. Wenn Liam nicht gedroht hätte, die Band zu verlassen, hätte ich es dir nach der Trennung von Jake gebeichtet, aber …«

»Liam hat was?«, stieß Mia aus und sah gar nicht mehr besänftigt aus.

»Vergiss Liam, Mia, alles, was zählt, ist, dass du und ich jetzt hier sind. Wir beide zur selben Zeit.«

»Bist du sicher, dass es das ist, was du willst?«, fragte Mia unsicher. »Da wartet dieses Rockstarleben auf dich. Das ist bestimmt allemal aufregender, als Windeln zu wechseln.«

»Ich war mir nie so sicher wie jetzt …«, sagte er leise und streckte die Arme nach Mia aus.

»Und was genau willst du?«, flüsterte sie, und ihre großen Augen sahen ihn hoffnungsvoll an, sodass Nics Herz sich vor lauter

Liebe zusammenzog. »Ich will nicht, dass du nur wegen dem Baby mit mir zusammen bist.«

»Das ist nicht der Grund, Mia! Ich möchte bei dir sein, weil ich seit Jahren mit dem Gedanken an dich aufstehe und abends zu Bett gehe. Weil du die eine für mich bist und ich mir nicht vorstellen kann, jemals eine andere Frau auf diese Art zu lieben. Ich will dich, dich und unser Baby. Ich liebe dich. Das allein reicht mir. Ich häng alles an den Nagel, damit du die Uni zu Ende …« Mia legte ihm sanft einen Finger auf den Mund. Ihr Blick war voller Liebe und purem Glück.

Wie von selbst schmiegten sie sich aneinander. Nics Arm umfing sie, während ihre Hand über seinen Hals in sein Haar fuhr und ihre Lippen zueinanderfanden. Sie küssten sich innig. Endlich waren sie da, wo sie hingehörten.

Mia wischte eine Träne fort, was Nic sofort beunruhigte. »Hey …«

Mia winkte ab. »Es ist nur … Ich bin so glücklich. Ich habe beinahe aufgegeben, und dann stehst du plötzlich hier und sagst diese schönen Sachen. Ich kann einfach nicht anders …«

»Ich war mir gar nicht sicher, was ich sagen wollte … Es kam einfach so aus meinem Mund.«

Mia lächelte. »Ich liebe dich auch, Nic.«

Mit großen Augen sah er auf die kleine Gestalt hinunter. »Und ich weiß echt nicht, wieso …«, murmelte er, was Mia zum Lachen brachte.

»Das erklär ich dir im Laufe unseres Lebens«, hauchte sie und küsste ihn leidenschaftlicher.

»Ich glaube, wir gehen besser rein. Es wäre doch unangemessen, wenn ich vor aller Augen über dich herfallen würde.«

»Ach was, seit wann so schüchtern, Mr Rockstar? Ich hab gehört, dass du auch keine Hemmungen hattest, ein Polizeiauto anzupinkeln«, zog Mia ihn breit grinsend auf.

Er sah sie entrüstet an. »Diese Verschwiegenheitsklausel werde ich mit Lizzy noch mal durchgehen müssen.«

»Liam ist der Verräter …«

»Ehrlich gesagt wäre ich froh, in nächster Zeit meine Beziehung zur Polizei nicht zu vertiefen. Ich glaube, dieser Nachbar dahinten steht kurz davor, die Bullen zu rufen. Ich lass mir die Nacht mit meinem Mädchen nicht von Gitterstäben verderben. Zu dir oder zu mir, Honey?«, fragte er grinsend und bückte sich, um Mia hochzuheben, was sie kichernd geschehen ließ.

»Wie wäre es mit unserer Hütte?«, flüsterte sie und streichelte durch sein wildes Haar.

»Gute Idee!«

20

*D*u hattest mich schon bei der Aussage, dass du ›alles‹ willst«, kicherte Mia und sah Nic tief in die Augen. Er hielt sich theatralisch die Brust. »Und da lässt du mich so lange zappeln?« Er lachte ausgelassen und erinnerte Mia mehr und mehr an den unbeschwerten Nic von früher.

Es war irgendwann in der Morgendämmerung, und sie lagen auf dem Sofa in ihrer Hütte. Sie hatten sich die ganze Nacht geliebt, als wollten sie jeden verlorenen Moment der letzten Wochen nachholen. Irgendwann war Mia an Nics Brust eingeschlafen, und er hatte die Arme fest um sie geschlungen. Das war alles, was er für sein Glück brauchte. Alles, was er wollte, war Mia, und er hatte dem Gedanken mehr Raum gegeben, dass er womöglich alles an den Nagel hängen würde. Konnte er das wirklich? Seine Freunde und seine Kollegen im Stich lassen? Ja. Er hatte sich bereits entschieden. Er würde es Mia überlassen, wo sie wohnen wollte, und er würde sich um ihr Kind kümmern, damit Mia die Uni beenden konnte. Über diesem Gedanken war er eingeschlafen, so ruhig wie schon lange nicht mehr. Es fühlte sich alles so richtig an.

»Du hättest es verdient gehabt, noch viel länger warten zu müssen.«

Bedrückt hielt Nic inne. »Es tut mir so leid, Honey. Ich hatte ja keine Ahnung ...«

»Dass ich schwanger bin?«, fragte sie.

»Das war in der Tat eine Wendung, mit der ich nicht gerechnet habe.« Er schmunzelte leicht und hob ihr Kinn an, damit sie ihm in die Augen sehen musste. Zweifel flackerten darin auf, und Nic konnte es ihr nicht verdenken. »Hör zu, Mia! Ich weiß, dass wir ein wirklich beschissenes Timing hatten. Ein total beschissenes Timing sogar. Aber ich habe dich schon so lange geliebt. Wäre dieses Tape deines Bruders nicht der Hit geworden, dann wären wir längst hier. Wahrscheinlich hätten wir schon geheiratet und eine ganze Schar Kinder.« Mia schmunzelte. »Doch alles hat sich so plötzlich verändert. Von heute auf morgen waren wir im Fernsehen, im Radio, auf Plakaten in der Stadt und in jeder Zeitung. Ich wollte dich nicht in diese Welt mit hineinziehen.«

»Und deinen Erfolg erst mal genießen, mit allem, was dazugehörte, richtig?« Er wusste, sie spielte auf die Frauen in seinem Leben an.

»Nun ja ... ja!« Verletzt schloss Mia die Augen. »Bitte glaub mir, ich war dumm und ein Idiot. Ich wollte sehen, was die Welt mir noch zu bieten hatte. Und was habe ich gefunden? Nichts. Ich wollte nur immer wieder zu dir nach Hause. Irgendwann wollte ich gar nicht mehr fort. Aber da hattest du plötzlich Jake.«

Mia seufzte. »Ich wäre mit ihm fortgegangen, wäre ... wäre mein Vater nicht gestorben. Er hat mir zum Abschied ein paar Zeilen geschickt, und ich glaube nun, dass er recht damit hatte. Er hat geschrieben: *Leben ist das, was passiert, während du etwas anderes planst.*

Nic erinnerte sich gar nicht daran, dass Jake so tiefgründig gewesen war. Er hatte ihn eher als stumpfsinnigen Muskelprotz in Erinnerung. Womöglich war er aber etwas voreingenommen gewesen.

»Ich glaube, dass vieles, was geschieht, nicht ohne Grund passiert. Vielleicht ist das verrückt, aber …«

»Aber wenn dein Leben anders verlaufen wäre, wärst du wahrscheinlich nicht hiergeblieben, sondern mit ihm nach Australien gegangen, und wir hätten uns aus den Augen verloren. Wir hätten womöglich keine Zukunft miteinander gehabt, und du hättest mit *ihm* Babys bekommen.« Nic schmerzte es, darüber nachzudenken.

»Vielleicht wäre ich aber auch nur ein paar Umwege gegangen, um zu dir zurückzufinden«, murmelte Mia.

»Der Gedanke, dass zusammenkommt, was zusammengehört, gefällt mir. Aber noch mehr gefällt es mir, dass wir uns bewusst für etwas entscheiden«, sagte Nic und strich über Mias Nase. Sie sahen sich tief in die Augen und küssten sich innig. Wie von selbst glitten Mias Finger über sein nackte Haut. Sofort stand sein Körper in Flammen, und er konnte an nichts anderes mehr denken, als ihr so nahe zu sein wie nur möglich. Leidenschaftlich begrub er sie unter sich und genoss das Gefühl, wie sie bereitwillig ihre Arme um seinen Oberkörper schlang. Lustvoll zeichnete seine Zunge eine Spur von ihrem Ohr zu ihren Brüsten und verlor sich in den zärtlichen Liebkosungen von ihr. Erst einige Zeit später nahmen sie ihr Gespräch wieder auf.

Es war mittlerweile schon kurz vor Mittag, und Nic schälte sich aus Mias Umklammerung und der Bettdecke, um ihr etwas zum Frühstücken zu besorgen. Er wusste noch nicht viel über Babys, aber ihm war klar, dass Mia darauf achten musste, genügend zu sich zu nehmen. Sie schlief wieder tief und fest und murmelte kaum verständlich seinen Namen.

Nic stieg in seine Shorts, nahm sich frische Sachen mit ins Haus und marschierte ins Bad, wo er duschte. Er rasierte sich, zog sich frische Kleidung an und trat in die Küche. Seine Haare waren nur trocken gerubbelt. Er mochte seinen Bad-Boy-Look, ganz im Gegensatz zu seiner Mutter. Heute konnte ihr nichts den Tag verhageln, da war Nic sich absolut sicher. Sie blickte ihm glücklich entgegen, als er den Wohnbereich betrat.

»Guten Morgen, mein Schatz«, sagte sie gut gelaunt und bestückte gerade ein Tablett.

»Guten Morgen? Wohl eher guten Tag«, sagte Richard, grinste seinen Sohn aber an.

»Ich dachte, wir sehen euch den ganzen Tag nicht. Aber Mum meinte, Mia müsse unbedingt was essen«, lachte Lizzy, die neben ihrem Vater im Wohnzimmer auf dem Sofa saß.

»Ja, natürlich. Mia muss mehr denn je auf sich achten. Gerade wo mehr wieder rauskommt als rein.«

»Woher …?«

»Ich habe deine Liebesschwüre vom Fenster beobachtet und die beiden gerade ins Bild gesetzt«, gab Lizzy grinsend zu.

Nic lächelte über die Fürsorglichkeit seiner Mutter. »Ich muss mir also keine Gedanken darum machen, dass ihr mit meiner Wahl nicht einverstanden seid?«, witzelte er, und alle sahen ihn glücklich an.

»Ganz im Gegenteil.« Richard schüttelte den Kopf und las weiter in seiner Zeitung.

»Versau es bloß nicht noch mal!«, war Lizzys einziger Kommentar mit erhobenem Zeigefinger.

»Das hab ich nicht vor, du Nervensäge.«

»Mia verträgt morgens keine Milch, also gibt es Saft. Und sieh zu, dass sie noch vor dem Aufstehen was isst, dann wird ihr gar nicht erst übel«, gab Lynn Nic eine kurze Einweisung.

»Sie muss viel Wasser trinken, vor allem, wenn sie … na, du weißt schon. Ach, und diese Tabletten hat der Arzt ihr verschrieben«, kam es hilfreich von Lizzys Seite, während sie danach griff. »Celine hat sie eben vorbeigebracht.«

Nic wurde warm ums Herz. Plötzlich wurde ihm klar, dass seine Familie sich rührend um Mia gekümmert hatte, während er sich wie ein Arsch benommen hatte.»Danke!«, sagte er aufrichtig. Aufgewühlt fuhr er sich über die Haare.»Ich mein es ernst. Ihr habt Mia die ganze Zeit beigestanden und euch um sie gekümmert. Obwohl das meine Aufgabe gewesen wäre.«

Lynn kam um den Küchentresen herum, legte ihrem Sohn einen Arm um die Schulter und sagte:»Das mag zwar stimmen, aber wir haben es nicht nur deswegen getan. Wir alle lieben Mia, und egal, ob du mit ihr zusammen bist oder nicht, sie wird immer einen Platz in dieser Familie haben. Den hatte sie schon immer. Ebenso wie Liam und der Rest der Kennedys. Sie waren niemals nur Nachbarn, Nic. Und wir gehören genauso zu ihrer Familie. So ist das eben einfach. Aber ich bin sehr glücklich, wenn Mia und du uns auch verbindet.« Lynn lächelte Nic aufmunternd an, während sie ihm das Tablett zuschob.

Als Nic zurück in die Hütte kam, war Mia längst auf den Beinen und auch schon angezogen. Überrascht schaute sie auf das gut bestückte Tablett und grinste.

»Du kannst Gedanken lesen, oder?« Mia strich sich über den Bauch.

»Du solltest eigentlich was essen, bevor du aufstehst.«

»Du wurdest also gerade eingewiesen.« Mias Augen leuchteten.

»Jap.« Nic setzte das Tablett auf dem Sofa ab und zog Mia zu sich.»Warum bist du nicht einfach nackt im Bett geblieben?« Er küsste sie entlang der sehr empfindlichen Stelle an ihrem Hals.

»Du warst nicht da, sonst wäre ich immer noch nackt«, murmelte sie und strich mit den Händen über seine Brust.

»Mmmhhmm, das lässt sich ändern. Ich gehe sofort wieder ins Bett ...«

»Nackt!«, ergänzte Mia, und Nic lachte.

»Nackt, wenn du dein Frühstück isst und dich wieder ausziehst.«

Sie rollte mit den Augen. »Mir geht es heute ganz wunderbar. Mir ist gar nicht übel.«

»Und damit das so bleibt, isst du was. Mum hat mir irgendwas vom Abfall des Zuckerspiegels erzählt. Ich fürchte, ich werde meine Musikzeitschriften eine Zeit lang durch Schwangerschaftsbücher ersetzen müssen.«

Mia ließ sich auf der Couch nieder und nahm sich eins der Brötchen. »Gut«, sagte sie gespielt schnippisch.

»Außerdem haben wir dann kurz die Gelegenheit, darüber zu reden, wie wir das nun bewerkstelligen wollen.«

»Was genau meinst du?«, fragte Mia misstrauisch. Sie erinnerte sich gut an ihr letztes Gespräch und dessen Ausgang.

»Wo wir beide wohnen werden zum Beispiel. Ich ertrage Lizzys anzügliches Grinsen nicht länger, ganz zu schweigen von meinen Eltern.«

Bestürzt riss Mia die Augen auf. Daran hatte sie in der letzten Nacht überhaupt nicht gedacht. An Nics breitem Grinsen erkannte sie, dass es ihm genauso ging.

»O mein Gott, wie peinlich«, sagte sie und hielt sich beschämt die freie Hand vor die Augen.

»Ach was, sie sind alle völlig happy.« Mia schüttelte ihren hochroten Kopf. »Möchtest du, dass wir uns hier in Bodwin was suchen?«, fragte Nic neugierig.

Sie zuckte mit den Achseln. »Nein, dieses Pendeln zwischen London und hier ist einfach zu zeitaufwendig für dich.«

»Ich werde nicht weiter pendeln müssen«, sagte Nic vorsichtig. Er hatte Mia noch nichts von seinem neusten Plan erzählt, und irgendwie wusste er nicht, wie er es anders anstellen sollte.

»Wie meinst du das?« Entgeistert sah Mia zu ihm auf.

»Ich hab länger darüber nachgedacht, und ich werde die Swores an den Nagel hängen. Dann habe ich genug Zeit für dich und das Baby. Du kannst die Uni weitermachen, während ich mich um das

Baby kümmere. Du kannst als Designerin arbeiten, hier oder in London, ganz wie du willst. Außerdem ...« Nic seufzte, und dann erzählte er ihr alles über die Stalkerin und den wahren Grund, warum er sie verlassen hatte.

Mia hatte ihm stumm zugehört und wirkte alles andere als erfreut. »Nein, das wirst du nicht tun«, sagte sie fest. »Hör zu, Nic. Ich weiß, dass du nicht immer mit diesem Leben glücklich warst. Aber ich weiß auch, dass es immer dein Traum war. Schon als du Gitarrespielen gelernt hast, wolltest du nie was anderes als Musik machen. Du bist Musiker mit Leib und Seele. Wenn ich dich nicht so lange kennen würde oder einen Bruder hätte, dem es ganz genauso geht, könnte ich das jetzt vielleicht nicht so leicht ausschlagen. Im Moment glaubst du, dass ein Leben mit mir alles ist, was du willst. Aber irgendwann wirst du dich fragen, wie dein Leben ausgesehen hätte, wenn du nicht alles aufgegeben hättest. Ich weiß, wovon ich rede, denn ich habe genau das getan. Ich habe hier festgesessen, weil ich weder vor noch zurück konnte. Ich habe mich auf das gestürzt, was da war. Sophie und Haley, und ja, ich war auch oft glücklich hier. Aber meistens nur, wenn du da warst. Ich werde nicht dabei zusehen, wie du alles, was du bisher erreicht hast, alles, was dich ausmacht, wegwirfst. Wenn du in ein paar Jahren die Nase voll davon hast, ist das okay. Aber du solltest das nicht für jemand anderen tun.«

»Welchen besseren Grund gäbe es, alles an den Nagel zu hängen, als dich und unser Baby?«

»Wenn du es für dich tust«, gab Mia zur Antwort, und Nic wirkte erstaunt. »Du hast mir mal gesagt, dass du mich nicht in deine Welt mit hineinziehen willst, weil du Angst hast, ich würde alles für dich aufgeben und es irgendwann bereuen. Genauso ist das umgekehrt.«

»Und was sollen wir dann tun? Du bleibst hier, und wir sind immer getrennt voneinander? Nein, das kommt nicht infrage.«

Nics Miene war entschlossen. »Ich lass dich nicht zurück. Vergiss es!«, eiferte er sich, was Mia zum Schmunzeln brachte. Sie nahm einen Schluck von dem Saft und sagte dann: »Das musst du doch gar nicht. Ich komme mit dir nach London. Ich werde mich dort an der Uni einschreiben und nach einem ausgesetzten Semester mit meinem Studium fortfahren. Ich kann nebenbei an meinen Skizzen und Entwürfen zu Hause arbeiten. Wenn du mit der Band in London bist, kommst du ja immer nach Hause, und wenn du unterwegs bist, komm ich mit, so oft es geht.«

Nic war sprachlos. »Und du gibst dein Leben dann nicht auf? Wenn du von hier fortmusst? Fort von deiner Familie? Fort von Lizzy?«

Mia sah ihn traurig an. »Natürlich werde ich mein Zuhause vermissen, so wie du es tust. Wenn du dich daran erinnerst, ich bin schon vor einer Weile ausgezogen. Außerdem wäre ich endlich mit dir zusammen. Das ist es, was ich mir immer gewünscht habe. Ich war so unglücklich zu Hause, während du fort warst. Hier werden immer meine Wurzeln sein, aber mein Platz ist bei dir. Egal wo du bist, ich werde bei dir sein. Wenn das Kind irgendwann größer ist und zur Schule muss, dann müssen wir uns was anderes einfallen lassen. Aber wer weiß, was bis dahin noch alles passiert.«

Nic überbrückte die kurze Distanz zu ihr und küsste sie innig, womit Mia nicht gerechnet hatte.

»Du bist dir ganz sicher, dass du das tun möchtest?«

»Bist du verrückt geworden? Hast du mir nicht zugehört?«

»Aber dieses Leben, Tausende Fotografen, die uns ablichten, Fans und Autogramme, Auftritte, Frauen, die irgendwelche Geschichten über eine Nacht mit mir erfinden ...«

Mia sah ihn irritiert an. »Dann werde ich wohl lernen müssen, vor dem Rausgehen in den Spiegel zu gucken. Und was diese Frauen angeht: So schnell dulde ich niemanden mehr, der sich zwischen uns drängt.«

Nic lächelte erleichtert, wusste aber, dass Mia das alles erst erleben musste, um zu verstehen, was es für sie bedeutete. Er glaubte daran, dass sie beide es schaffen konnten. Sie mussten es. Wenn Mia damit nicht leben könnte, dann würde er einfach alles hinschmeißen. Das wäre ein Preis, den er durchaus dafür bezahlen wollte, wenn er nur mit der Frau, die er liebte, zusammen war. Mia nahm das Brötchen und aß weiter. »Hast du keinen Hunger?«, fragte sie beiläufig, als hätten sie gerade übers Wetter geredet und nicht eine alles verändernde Entscheidung getroffen.

»Ich liebe dich, Mia«, sagte er und küsste sie erneut so heftig, dass sie das Brötchen fallen ließ.

* * *

Es gab allerhand Dinge, die vor dem Umzug nach London in die Wege geleitet werden mussten. Mia kündigte endgültig bei Jason und bei Jeff, wobei ihr die Arbeit bei Jeff wirklich fehlen würde. Jeff war sichtlich betrübt, auch wenn er vorgab, sich für Mia zu freuen. Er war der Einzige außerhalb ihrer Familien, der wusste, dass Mia mit Nic und ihrem Baby nach London zog. Der Wirbel um ihre Beziehung war groß, und obwohl Liams Sorge um Mia nach wie vor nicht unbegründet war, fand auch er, dass sie in ihrem jetzigen Zustand an Nics Seite gehörte. Selbst Lizzy war seltsam euphorisch, was Mia beunruhigend fand. War sie vielleicht sogar froh, Mia mit ihren ganzen Gefühlsschwankungen loszuwerden? Celine und Sophie hatten Mühe, ihre aufkommenden Tränen zurückzuhalten, ganz zu schweigen von Haley, die wütend in ihr Zimmer stapfte. Mia konnte sie nicht dazu bringen, wieder rauszukommen, was ihr unheimlich leidtat.

Sie bekam wieder ein schlechtes Gewissen, doch sie war längst darüber hinweg, sich von so was abhalten zu lassen. Sofort begann sie damit, ihr Zeug in Kartons zu verpacken, zumindest das, was sie von zu Hause mitnehmen wollte. Alles aus ihrer Wohnung, was noch intakt war und gebraucht werden konnte, hatte sie verpackt in ihrer Garage eingelagert.

Lizzy half Mia gerade dabei, ihre Bücher auszusortieren, als sie endlich mit der Sprache herausrückte.»Jane Austen wird sich gut in Nics Bücherregal machen«, kicherte Lizzy ungemein gut gelaunt.

»Sag mal, ich werde das Gefühl nicht los, dass noch was im Busch ist«, gab Mia zur Antwort.

»Wie im Busch? Was meinst du?«

»Na, freust du dich so sehr für Nic und mich, oder bist du froh, mich endlich los zu sein?« Mia musste zugeben, dass sie mit ein paar Tränen oder traurigen Blicken gerechnet hatte und fast enttäuscht war, weil diese ausblieben.

Ihre Freundin seufzte.»Ach, mein Schatz, wenn du dir selbst in den letzten Wochen dabei zugesehen hättest, wie unsagbar traurig und unglücklich du warst, könntest du mich vielleicht besser verstehen. Du hast so gelitten, und dich jetzt derart strahlend zu erleben, ist einfach wundervoll. Und ist dir schon aufgefallen, dass du dich nicht mehr übergeben hast?« Mia stellte erstaunt fest, dass es stimmte.»Ich würde dich sogar mit meinem Bruder ans andere Ende der Welt gehen lassen … natürlich nur, wenn ich mitkommen darf …«

Mia kniff die Augen zusammen und sagte:»Da ich Lizzyisch ziemlich gut spreche … was willst du damit andeuten?«

»Nur dass ich mir in London eine WG suchen und mich dort an der Uni einschreiben werde, bis ich geklärt habe, was ich wirklich machen möchte. Das heißt, ich werde meine Patentanten-Pflichten und -Bedürfnisse auch weiterhin erfüllen können.«

»Das heißt, du ziehst auch nach London?« Lizzy nickte, und ihr war deutlich anzusehen, wie groß ihre Vorfreude war.

Mia fiel ihrer Freundin um den Hals und murmelte:»Du hast keine Ahnung, wie sehr ich mich darüber freue. Ich muss mich also nicht allein mit den ganzen verrückten Supermodels und Schauspielerinnen rumschlagen. Du bist da! Dann wird alles gut.« Mia hatte natürlich Ängste und Zweifel, ob es ihr in London so gut gehen würde wie hier. Jetzt, wo Lizzy in greifbarer Nähe sein würde, war Mia ruhiger. Wenigstens für eine Person dort wäre sie Mia und nicht nur Nic Donahues Anhang. Sie bekam feuchte Augen.

»Als könnte ich dich gelassen nach London ziehen lassen, ohne dass ich dort ein Auge auf dich habe. Sieh dir nur an, was dir in den letzten Monaten hier alles passiert ist.« Mia schniefte, und Lizzy gab ihr einen Kuss auf die Wange. »In Wahrheit ist es viel zu beängstigend, hier allein zurückzubleiben, ohne ein wirklicher Teil deines Lebens zu sein.«

Mia drückte ihre Freundin fest an sich. »Das bist du immer, egal wo ich bin …« Nach einer langen Umarmung nahmen sie auf Mias Sitzecke am Fenster Platz und sahen sich um.

»Kannst du glauben, dass dieser Teil meines Lebens vorüber ist? Meine Jugend mit dir, Liam und Nic? Dass jetzt ein neuer Abschnitt anfängt?«

Lizzy seufzte. »Wir wollen doch nicht den Tag vor dem Abend loben!« Mia knuffte ihre Freundin in die Seite. »Nein, ich kann mir auch nicht vorstellen, endgültig aus meinem Kinderzimmer rausgewachsen zu sein. Aber es warten noch so viele aufregende Dinge auf uns. Ich kann mir ein alltägliches Leben in London noch gar nicht wirklich ausmalen. Nic hat mir zwar angeboten, dass ich nebenbei im Plattenstudio der Swores arbeiten kann. So wäre mir zumindest schon mal eine Einnahmequelle sicher, aber du kennst das ja mit dieser Art der Vermittlung …«

Lizzy sprach weiter aufgeregt über London und das Leben dort. In Mia stiegen währenddessen Bilder aus längst vergangenen Zeiten auf. Sie sah sich selbst als kleines Mädchen das Treppenhaus hinunterstürmen, um in die Arme ihres Vaters zu fallen. Ihre

Mutter, die ihre Haare flocht und einen Spritzer ihres kostbaren Parfüms auf ihren Hals gab. Sophie, wie sie fluchend mit Mia die saubere Wäsche im Garten abhängte, weil es in Strömen zu regnen begonnen hatte. Wie sie mit den anderen auf dem Rasen lagen. Nic zupfte an seiner Gitarre, während sie miteinander lachten und Spaß hatten. Nics Gesicht, das sich in ihre Netzhaut eingebrannt zu haben schien. Sie tat das Richtige, das wusste sie längst. Hier hatte alles begonnen. Hier würde sie immer zu Hause sein, mit Nic.

»Was meinst du?«, fragte Lizzy und riss Mia damit aus ihren Gedanken.

»Ähm … entschuldige, was?«

»Hast du Angst? Wegen des Stalkers, meine ich.« Lizzy sah besorgt aus, und Mia schluckte. Obwohl das Glück mit Nic ihre Ängste begraben hatte, konnte sie nicht leugnen, dass da immer noch etwas an ihr nagte.

»Ich weiß nicht«, gab sie zu. »Ein bisschen schon. Allerdings glaube ich, dass ich in London bei Nic sicherer bin. Immerhin haben alle Übergriffe hier stattgefunden.«

Lizzy schnalzte mit der Zunge. »Womöglich gibt er es jetzt auch auf. Nic steht schließlich bald öffentlich zu dir, oder nicht?«

»Ja … kann schon sein«, murmelte Mia und knabberte an ihrer Unterlippe.

Lizzy trat zu ihr und schlang einen Arm um sie. »Es wird schon alles gut werden, Süße. Du wirst schon sehen. Immerhin reitest du mit meinem Bruder in den Sonnenaufgang. Wer hätte das gedacht?«

Lizzy lachte und machte sich daran, weiterzupacken, doch Mia blieb zurück. Konnte ihnen jetzt noch etwas einen Strich durch die Rechnung machen?

21

Mia hielt vor dem großen Supermarkt, drei Straßen von ihrem Zuhause entfernt. Sie hatte sich das Auto ihrer Mutter geliehen. Eine Art Heißhungerattacke hatte sie überfallen, und sie war wild entschlossen, die Lust auf Eis, Roastbeefsandwich und Erdnussbutter zu stillen. Fürs schlechte Gewissen standen auch Kiwis und Bananen auf ihrem Einkaufszettel. Als sie in ihren Rückspiegel blickte, sah sie ein schwarzes Auto, das ein paar Reihen hinter ihr parkte. Seltsam, sie hätte schwören können, dass sie es in ihrer Straße schon gesehen hatte, als sie zum Einkaufen aufgebrochen war.

Komischer Zufall!, dachte sie, als sie einen Einkaufswagen vor sich herschob. Ihr Appetit war grenzenlos. War das immer schon so gewesen oder eine Nebenwirkung der Schwangerschaft? Sie lief durch die Gänge und packte den Wagen immer voller, als jemand ihren Namen rief. Als sie zu der Person blickte, seufzte sie ergeben. Es war Mrs Sutten, eine Freundin ihrer Großmutter.

»Hallo, Kind, schön, dich endlich mal wiederzusehen. Du siehst großartig aus, Emilia.« Die ältere Dame trug richtig altbackene Kleidung, einen Faltenrock mit einem beigefarbenen selbst gestrickten Pullover und diese typischen Alte-Damen-Schuhe. Mia lächelte. Wahrscheinlich würden Lizzy und sie eines

Tages auch so herumlaufen. Gott sei Dank blieb bis dahin eine Menge Zeit.

»Vielen Dank, Mrs Sutten. Ich hoffe, Sie fühlen sich auch wohl?«

»Ach, meine Liebe, es gibt sicherlich immer etwas zu klagen. Ich strafe es jedoch mit Verachtung. Sophie sagte, dass sie sich sehr um ihre Enkelin gesorgt hat. Ich hoffe, es geht dir wieder gut? Ich halte ja nichts von diesen Reisen ins Ausland.« So ging es ein paar Minuten weiter, während Mia sich einen Monolog über die Sitten in fremden Ländern anhörte und dass man als Frau allein sicher nicht reisen sollte. Diese Frau lebte also tatsächlich noch in den Fünfzigern. Mia wunderte es jedes Mal, dass Sophie mit ihr befreundet war. Gegensätzlicher ging es kaum.

Mia verabschiedete sich höflich und war erleichtert, als die Kassen bereits in Sichtweite kamen. Eigentlich hatte sie einen Abstecher zu den Schokoküssen machen wollen, aber sie war von Mrs Suttens Monolog so erledigt, dass sie es nicht riskieren wollte, ihr noch einmal über den Weg zu laufen.

Außerdem wartete Nic bereits zu Hause auf sie. Er wollte ein paar Telefonate führen und einige Dinge in die Wege leiten, damit sie in den nächsten Tagen nach London aufbrechen konnten. Am Wochenende stand eine Preisverleihung an, auf der die Swores eine Auszeichnung entgegennehmen und einen neuen Song präsentieren würden. Nic hatte für alle Karten besorgt, sodass sie einen kurzen Ausflug nach London machen konnten. Mia war glücklich darüber, ihre Familie in den ersten Tagen in London um sich zu haben.

Sie wollte noch ein paar Kleinigkeiten fürs Abendessen besorgen und schlug den Weg in die Kühlabteilung ein, als wie aus dem Nichts ein anderer Einkaufswagen mit ihrem zusammenstieß. Sie blickte auf. »Anabelle.« Sie hatte ihre Freundinnen längere Zeit nicht mehr gesehen und freute sich über die zufällige Begegnung.

Allerdings fiel ihr ein, dass sie nicht über Mias Pläne informiert waren, weder Anabelle noch Lisa. Mia überkam das schlechte Gewissen. Sie würde aus ihrem Leben verschwinden – einfach so.

»Mia.« Anabelle schien leicht pikiert zu sein.

»Hallo, wie geht's dir? Schön, dich zu sehen.« Mia lächelte und umarmte sie.

»Ja, danke, alles bestens!« Zögerlich fragte sie dann: »Und bei dir? Dir soll es ja offenbar lange nicht so gut gegangen sein? Hat Lisa mir erzählt, nachdem du mich nicht mehr zurückgerufen hast.«

»Ach, bitte entschuldige ... Ich hatte wirklich viel um die Ohren.«

Anabelle rümpfte die Nase, sah jedoch schon milder gestimmt aus.

»Wir sollten uns mal wieder treffen, dann erzähl ich dir alles in Ruhe.«

Anabelle nickte nur unbestimmt und sah in Mias Einkaufswagen. »Wie es aussieht, feiert ihr eine Party? Sind die Swores wieder da?«

Mia nickte zwar, wollte aber keinen falschen Eindruck erwecken. »Nein, wir haben nichts zu feiern. Ich musste nur dringend wieder einkaufen. Am Wochenende bin ich in London. Nic und Liam haben uns Karten für eine Musikpreisverleihung gegeben. Sie treten dort auf. Ich weiß nicht, ob ...«

»Du meinst, ob wir vielleicht Lust hätten mitzukommen?« Eigentlich hatte sie nur sagen wollen, dass sie sich nicht in allzu naher Zukunft treffen konnten. Anabelle schien jedoch quasi zu hyperventilieren.

Sie seufzte und hörte sich selbst sagen: »Keine Ahnung, vielleicht haben sie noch Karten übrig. Ich werde sehen, was sich machen lässt. Wir telefonieren und machen was aus, ja? Ich muss Haley noch bei ihrer Freundin abholen. Mach's gut.« Damit verabschiedete sie sich und hoffte eindringlich, dass Anabelle die Pflegecreme gegen Schwangerschaftsstreifen in ihrem Wagen nicht gesehen hatte. Sie wollte ihren Freundinnen alles in Ruhe erklären. Irgendwie beschlich sie das Gefühl, dass sie es nicht sonderlich gut aufnehmen würden.

Völlig in Gedanken machte Mia sich auf die Suche nach dem Hühnchen, das sie am Abend zubereiten wollte. Als sie vor der Theke stand, konnte sie sich nicht überwinden, irgendetwas davon anzufassen. Übelkeit überkam Mia, und sie machte schnell kehrt. Sie bezahlte an der Kasse, packte alles in ihre Stoffbeutel und machte sich auf den Weg zum Auto. Von Weitem sah sie, dass dort etwas nicht stimmte. Mia kam näher und traute ihren Augen nicht.

Alle vier Reifen waren platt.

Mias Herzschlag setzte aus, und alle Farbe wich aus ihrem Gesicht. Galle stieg in ihr hoch.

Jemand rief ihren Namen, und Mia erkannte Anabelle, die ihr entgegenlief. »Was ist denn hier passiert?«

Mia war so dankbar für ein vertrautes Gesicht, dass sie sich kraftlos gegen sie lehnte, als Anabelle sie in den Arm nahm. »Wie schrecklich! Wir müssen die Polizei rufen.« Mia nickte ergeben und suchte in ihrer Tasche nach dem Handy und meldete den Vorfall.

Anabelle verabschiedete sich wegen eines dringenden Termins eilig, und Mia dachte im Stillen, dass sie wohl keinen Award für eine besonders gute Freundin bekommen würde.

Erneut griff sie zum Handy. »Lizzy, du musst sofort kommen. Bring Liam oder Nic mit … oder … nein, besser nicht … Ich weiß auch nicht. Bitte komm …«, flüsterte sie leise ins Telefon, und an Lizzys Stimme hörte sie, dass diese schon losrannte. »Nein, mir geht es gut. Ich bin in Ordnung. Ich habe Anabelle getroffen …« Lizzy echote den Namen ihrer gemeinsamen Bekannten, und Mia nickte nur, bis ihr auffiel, dass Lizzy sie wohl kaum sehen konnte.

»Ja, ich hab sie im Supermarkt getroffen. Bitte komm einfach, und sag Nic nichts davon.«

Der Filialleiter des Supermarkts kam herausgestürmt. Er faselte was von kaputten Überwachungskameras, und Mia hätte ihm am liebsten vor die Füße gekotzt.

Quasi gleichzeitig mit der Polizei kam Lizzys Terminator auf den Parkplatz des Supermarkts geheizt, und sie stieg so eilig aus, dass sie am Gurt hängen blieb und ins Stolpern geriet. Mias Blick glitt zur Beifahrertür, die sich ebenfalls geöffnet hatte, und zu dem Mann, der dort ausstieg. Nic trug ein kurze Hose, ein an den Ärmeln abgerissenes T-Shirt und Flipflops, die er in der Eile wohl vergessen hatte zu tauschen. Sein Blick war mörderisch.

Lizzy kam zeitgleich mit Nic vor Mia zum Stehen und entschuldigte sich: »Sorry, er hat mitbekommen, wie panisch ich war, und hat eins und eins zusammengezählt.«

Nic warf Lizzy einen bösen Blick zu, während er sich besorgt zu Mia umwandte. »Alles in Ordnung mit dir? Ist dir irgendwas passiert?«

Mia schüttelte nur den Kopf und ließ sich von ihm in die Arme nehmen. »Bitte verlass mich nicht wieder«, sagte sie leise. Das war ihre eigentliche Angst gewesen. Sie fürchtete, Nic würde sie erneut verlassen, damit sie sicher war. Er hielt sie ganz fest und machte beruhigende Laute.

»Wie kommst du denn auf so eine abwegige Idee?«, entgegnete er stirnrunzelnd, und seine Wut schien beinahe zu verrauchen.

»Beim letzten Mal, als so etwas passiert ist, hast du mich verlassen, und ich könnte es kein weiteres Mal ertragen.«

Zärtlich hob er Mias Kopf mit beiden Händen an und sagte: »Auf keinen Fall. Ich werde dich in Zukunft überhaupt nicht mehr aus den Augen lassen.« Er küsste sie zärtlich und innig auf die Lippen. Von Mia fielen buchstäblich alle Sorgen ab.

»Noch nicht einmal, wenn ich mit Lizzy unterwegs bin?«

Nic strafte seine Schwester mit einem weiteren bitterbösen Blick. »Sie hat mein Vertrauen durch ihre Verschleierungstaktik erst einmal verspielt.«

Lizzy murmelte so etwas wie: »Ohne dich sind wir wunderbar klargekommen.«

»Das ist ehrlich gesagt auf meinem Mist gewachsen«, erklärte Mia. Ein Polizist trat auf sie zu, und ihre Aufmerksamkeit wurde auf das Geschehen gelenkt. Nach einer langen Befragung und etlichen Telefonaten mit dem Hauptermittler in ihrer Sache konnten sie endlich nach Hause fahren.

Das Auto ihrer Mutter wurde zur Untersuchung zur Polizei geschleppt, und Mia nahm kraftlos auf dem Rücksitz des Terminators Platz. Lizzy und Nic unterhielten sich leise, während Mia ihren Gedanken freien Lauf ließ. Irgendwas an dieser ganzen Geschichte stank zum Himmel. In der gesamten Zeit, als zwischen Mia und Nic Funkstille herrschte, war sie von jeglichen Anfeindungen verschont geblieben. Und plötzlich, nachdem sie erst in der Nacht zuvor zusammengefunden hatten, begann alles von vorne. Sie atmete tief durch. Was sollten sie nur tun?

Nic holte tief Luft und schien sich nicht wohl in seiner Haut zu fühlen. »Honey … ich hab einen Bodyguard engagiert.« Jetzt wusste sie auch, warum, und rollte genervt mit den Augen. »Und roll nicht mit den Augen. Ich werde dich nicht weiterhin ungeschützt herumlaufen lassen. Er beobachtet unsere Häuser, solange wir hier sind, und wir bleiben einfach zusammen.«

»Findest du das nicht ein wenig übertrieben, Nic?«, fragte sie seufzend.

»Übertrieben?«, echote er. »Dieser Verrückte ist in deine Wohnung eingebrochen und hat zwei Autos geschrottet. Das reicht mir aus, um dich besser zu beschützen. Ich lass nicht zu, dass er euch noch einmal zu nahe kommt. Wenn ich nur daran denke, wie nah er eben war …« Nics Stimme brach, und er wandte seinen Blick ab und sah aus dem Fenster. Mia sah nur, wie seine Hände sich zu Fäusten ballten. Sie wollte niemand Fremdes in ihrem Haus haben, aber wenn das bedeutete, dass Nic sich besser fühlte, war sie damit einverstanden.

Zu Hause machten sich alle Sorgen, aber Mia war nur danach, mit Nic ins Bett zu gehen.

Lynn brachte ihnen etwas zu essen in Nics Zimmer und strich Mia sanft übers Haar. »Ich kann mir vorstellen, wie du dich fühlst, Süße.« Dann gab sie Mia einen Kuss auf die Stirn. »Kann ich etwas tun?«

Mia schüttelte den Kopf, bemühte sich aber um ein Lächeln. »Nein, danke, Lynn. Ihr tut schon so viel für uns.«

* * *

»Dreh bloß nicht durch, Junge«, sagte Richard. »Hier seid ihr sicher.« Daran zweifelte Nic noch, denn er hatte eine Scheißangst und würde sich erst besser fühlen, wenn in ein paar Stunden die Wachleute da sein würden. Bis dahin machte er garantiert kein Auge zu.

»Sind alle Türen abgeschlossen?«, fragte er zum wiederholten Mal seinen Vater, der ihm auf den Rücken klopfte und zustimmend brummte. Lynn verließ das Zimmer, nachdem sie ihrem Sohn im Vorbeigehen liebevoll über den Arm gestrichen hatte. Nic schaute auf Mia hinab, die vor dem Tablett mit ihrem Essen saß. Sie sah nicht so aus, als würde sie etwas hinunterkriegen. Er fühlte sich schrecklich, dass sie seinetwegen so viel durchmachen musste. Da bemerkte sie offenbar seinen seltsamen Blick und streckte die Hand nach ihm aus.

»Ich bin okay. Ich hab nur zu lange nichts gegessen und muss mich zum ersten Happen zwingen.« Die Schatten unter ihren Augen straften ihre Worte Lügen. Nic seufzte, zog sich die Schuhe aus und kletterte hinter sie aufs Bett. Er zog sie sanft zu sich nach hinten. Sie seufzte, und er spürte, wie sie sich langsam entspannte. »Die kriegen diesen Irren schon«, sagte sie zuversichtlich, und Nic nickte entschlossen. »Das müssen sie auch bald, denn unserer Familie gehen langsam die Autos aus«, witzelte Mia, was Nic ein Schnauben entlockte.

»Darüber brauchst du dir keine Sorgen zu machen. Celine bekommt ein neues. Sie muss sich nur noch die Farbe aussuchen.«

»Ach was, die Versicherung bezahlt das doch.«

»Vergiss es, Mia! Daran wirst du dich gewöhnen müssen. Wir sind eine Familie, Liam und ich haben mehr, als wir im ganzen Leben ausgeben können, und dir oder deiner Familie wird es an nichts fehlen.« Nic ließ seine Hände über Mias Bauch gleiten. Er fühlte eine leichte Wölbung und fragte sich plötzlich, ob die immer schon da gewesen war oder ob das sein Baby war. »Ist das …?«

»Ich fürchte schon. Meine Mum meinte, sie hätte auch sehr früh einen Bauch bekommen und nachher ausgesehen, als hätte sie einen Luftballon verschluckt.« Man hörte Mias Stimme an, dass ihr diese Vorstellung gar nicht gefiel. Für Nic konnte sich die Zeit mit einem Mal nicht schnell genug drehen. Die Vorstellung, dass Mia sein Baby bekam, schwappte wie eine Welle über ihn. Er war augenblicklich noch erfüllter von unersättlicher Liebe zu ihr, sein Beschützerinstinkt arbeitete auf Hochtouren, und ihm kam ein Haufen Fragen in den Sinn.

»Wann wirst du denn nun kugelrund sein?«, fragte er unbedacht.

»Vorsicht, Mr Donahue, ich bin von Hormonen gebeutelt.«

Nic zog eine Grimasse. »John hat mich schon davor gewarnt.«

Mia wurde aufmerksam. »Was hat er denn genau gesagt?«

Nic schüttelte den Kopf. »O nein, das sind Männergeheimnisse. Ich werde dir kein Sterbenswörtchen verraten.« Mia machte große Augen, während sie ihn flehend ansah. Nic lachte und legte den Kopf in den Nacken. Es war ein ehrliches, herzliches Lachen. Es war schön, so ungezwungen mit ihm umzugehen, und Mia wurde sich bewusst, wie sehr sie ihren Nic vermisst hatte. »Na gut«, gab er sich geschlagen. »Wie du weißt, hat John ja Erfahrungen mit schwangeren Frauen. Er sagte, dass ihr ganz schöne Stimmungsschwankungen habt und man ab dem sechsten oder siebten Monat am besten keinerlei Komplimente mehr macht.« Nic schlang die Arme fester um sie und lächelte auf Mia hinab.

»Und warum?«

Er grinste spitzbübisch. »Das wäre wie Topfschlagen im Minenfeld.« Mia stimmte in sein Lachen mit ein.

»Nun, da ich noch nie schwanger war, werde ich mich überraschen lassen müssen, wie dick und rund ich werde.«

»Und wann kommt das Baby eigentlich genau?«

Mia sah überrascht zu ihm hoch. Sie waren so sehr mit allen anderen Dingen beschäftigt gewesen, dass sie bisher noch kaum über den Termin gesprochen hatten. »Also der Arzt hat einen ungefähren Geburtstermin errechnet. Anfang März wird es wohl so weit sein. Aber ganz sicher kann man das nicht bestimmen. Beim nächsten Untersuchungstermin will er schauen, ob es ein Junge oder ein Mädchen wird.«

»Das kann man da schon sehen?« Nic war fast schockiert, und auf einmal hatten sie die Erlebnisse des Tages vergessen und redeten über alles, was es über die Erbse in Mias Bauch zu wissen gab. Sie sprachen über unterschiedliche Schnuller und Flaschen, und Mia holte einen Katalog aus dem Wohnzimmer, von dem sie wusste, dass Nics Mutter ihn hatte, um dem Baby Geschenke zu machen. Sie schauten sich diverse Dinge an, während sie Lynns Essen gemütlich verspeisten.

* * *

Später lagen sie satt und glücklich darüber, zusammen zu sein, auf Nics Bett und hatten den Fernseher angemacht, wo ein alter Wes-Craven-Film lief.

Nic beugte sich irgendwann über Mia und sagte:»Ich habe gehört, Schwangere werden mit der Zeit noch schöner und strahlen von innen heraus ... Ich kann mir gar nicht vorstellen, wie das gehen soll.« Sein Blick versank in ihrem, und Mia wurde es ganz warm. Zuerst im Bauch, dann breitete sich das Kribbeln in ihrem ganzen Körper aus. Das war genau dieses eine Gefühl, was er so oft in ihr auslöste, und Mia fragte sich, ob es ihm genauso erging. Da gab es nur zwei Möglichkeiten, das herauszufinden.

Mia umschlang Nic mit beiden Armen, strich ihm eine Haarsträhne hinters Ohr und flüsterte:»Bis jetzt machen Sie sich richtig gut mit den Komplimenten, Mr Donahue.«

Sie verschloss seinen Mund mit ihrem und nutzte den Überraschungsmoment, um ihn auf den Rücken zu drehen. Bemerkenswert geschmeidig setzte sie sich auf ihn und küsste ihn leidenschaftlich, was er sofort erwiderte. Augenblicklich spürte sie, wie er hart wurde, und angetrieben von ihrer eigenen Erregung hielt sie sich nicht lange damit auf, ihn nur zu küssen.

22

Das Telefon riss Nic am frühen Morgen aus dem Schlaf, und als er dranging, hörte er Pauls markante Stimme. »Nic, die Proben für dieses Event am Samstag gehen morgen schon los. Du wirst gebraucht. Also schwing deinen Arsch hierher.« Nic diskutierte lange mit seinem Manager. Es gab nichts, was er hätte tun können. Die Proben konnten nicht ohne ihn stattfinden. Da es eine Livesendung war, gab es im Vorfeld auch mehr zu beachten. Mia war längst wach geworden und hatte so viel verstanden, dass sie sich eilig anzog.

»Also, geht es los?«, fragte sie nur und versuchte, Nic das schlechte Gewissen zu nehmen.

»Es tut mir so leid. Ich hab nicht an die Proben gedacht.«

»Ja gut, ich brauche eine Stunde, um alles Wichtige einzupacken. Ich fahr in nächster Zeit noch mal heim und hol den Rest.«

»Du wolltest dich sicher ausgiebig verabschieden ...«

»Ach was, ich kann jederzeit wieder herkommen.« Mia kämmte sich mit den Fingern ihre Haare.

»Da ist noch was ... Du wärst stundenlang allein in meiner Wohnung. Ich würde dich mit zur Band nehmen, aber da rennen so viele Leute rum, die ich nicht alle überblicken kann und ...«

»Der Stalker! Ich versteh schon«, seufzte Mia.

»Das wird nicht immer so sein, Mia.«

»Ach, das ist es doch nicht. Ich wurde nur überrumpelt. Aber falls du dich erinnerst, kann ich gut mit solchen Situationen umgehen. Deine Schwester ist hervorragend darin, mich zu überrumpeln …« Gleichzeitig kam Mia und Nic eine Idee. Nics Schwester. »Sie muss mit!«, entschied Mia und fühlte sich sofort wohler.

»Wenn es in Ordnung ist, fahren wir heute Abend los, und morgen kannst du dich in unserer Wohnung einrichten.« Nics Wohnung … Den Gedanken hatte Mia immer wieder verworfen. Sie wollte nicht an den Ort denken, an dem schon so viele Frauen vor ihr gewesen waren. Was sollte sie beanstanden? Dass er ein Leben vor ihr hatte? Das hatte sie auch gehabt.

»In Ordnung, ich muss nur noch ungefähr einhundert Dinge erledigen … Das schaffe ich schon.« Hektisch wuselte Mia in Nics Zimmer umher und wurde von ihm eingefangen.

»So, jetzt beruhigen wir uns alle erst mal wieder. Guten Morgen, mein Mädchen …« Er lächelte und gab ihr einen kleinen Kuss.

»Hey …«, sagte Mia nur.

»Wir gehen jetzt frühstücken. Dann kannst du mir alles sagen, was erledigt werden muss, und wir beschränken uns auf das Nötigste. Anschließend packen wir unseren Kram, und irgendwann später fahren wir los.«

* * *

Nachdem sie ihren beiden Familien erzählt hatten, dass sie am selben Tag noch nach London aufbrechen würden, waren alle in heller Aufregung. Sie waren glücklich darüber, dass Mia und Nic endlich zueinandergefunden hatten. Die daraus resultierenden Konsequenzen fanden sie jedoch eher bedrückend.

Einige Zeit war vergangen, und Nic war längst damit beschäftigt, alles in ihr Auto zu packen, als ein weiterer Wagen in die Einfahrt bog. Lisa und Anabelle stiegen aus und blickten überrascht auf die Kartons im Eingangsbereich. Mia kam gerade die Treppe hinuntergelaufen und rief nach Nic, als sie wie angewurzelt stehen blieb. Das passte ihr überhaupt nicht in den Kram. Die Frauen sahen sich alle sprachlos an, als der Bodyguard kurz nach dem Rechten schaute und nur noch mehr erstaunte Blicke erntete.

»Miss?«, fragte er und tauschte einen Blick mit Mia, die unwirsch mit der Hand wedelte.

»Ja, ja, ist schon in Ordnung.«

Lisas Mund stand sperrangelweit auf. »Mia?«, fragte sie nur tonlos.

Mia kam die letzten Stufen zu ihnen hinunter, als Nic mit Liam hereinrauschte.

»Wir können noch was bei Liam und Lizzy ins Auto packen«, sagte Nic und nahm im Vorbeigehen Mias Hand in seine.

»Na hoppla«, grinste die Rothaarige, und Nic lächelte unverbindlich.

»Oh … Ähm, hi«, sagte er kurz angebunden. Beide sahen Nic mit einem seltsamen Blick an. »Lisa, richtig?« Sie nickte fröhlich und winkte. Die Blonde kam mit graziösen Schritten auf ihn zu und lächelte zuckersüß. »Amanda?«

Ihr Gesicht verfinsterte sich, und Nic wusste, dass er einen Fehler begangen hatte. »Anabelle«, korrigierte sie schmallippig. Nic wandte sich kurz an Mia. »Ich pack weiter ein, warum machst du nicht eine kleine Pause und trinkst einen Tee mit deinen Freundinnen?«, schlug er vor.

Mia nickte unbehaglich und wünschte sich Lizzy her. Lizzy hatte ebenso wie Mia ihren Stolz und war zu ihrer Bank unterwegs, damit sie niemandem auf der Tasche lag. Nic gab Mia einen Kuss auf die Nase und flüchtete vor den dreien.

»Kommt doch erst mal rein«, sagte Mia überflüssigerweise. Sie folgten ihr wortlos ins Wohnzimmer, wo sie sich auf den Sessel fallen ließ. Sophie rannte an ihnen vorbei und brummte etwas zur Begrüßung.

Lisa wartete, bis Mias Großmutter fort war, und fragte dann ohne Umschweife:»Was ist hier los? Du hast jetzt einen Bodyguard? Oder ist der für Nic?« Mia war sich nicht sicher, wie viel sie ihnen erzählen sollte und konnte.»Ich meine, Anabelle hat mir von dem Vorfall gestern berichtet, und nachdem du nicht ans Telefon gegangen bist, dachten wir, wir kommen vorbei und schauen, wie es dir geht«, erklärte Lisa weiter.

Sie seufzte.»Gut, die kurze oder lange Version?«

»Ich will nur wissen, was hier los ist.«

»Seit geraumer Zeit gibt es jemanden, der mir schaden will, weil … Nic und ich zusammen sind.«

Fassungslos riss Lisa die Augen auf.»Nicht im Ernst? Du hast einen Stalker?«

»Ich glaube eher, es ist Nics Stalker, der mich gern aus dem Weg räumen will.«

»Und ihr seid jetzt so richtig zusammen?«, hakte Lisa nach und wackelte grinsend mit den Brauen.

Mia errötete.»Ich bin im dritten Monat schwanger und werde zu Nic nach London ziehen, dort zur Uni gehen und mit ihm zusammenleben.« Verblüffung zeichnete sich auf ihren Gesichtern ab. Anabelle schnappte erschrocken nach Luft.

»Du bist schwanger?«, wiederholte sie ungläubig und fügte dann sanft hinzu:»Das heißt, ihr seid gerade dabei, deine Sachen nach London zu bringen? Das sind ja mal Neuigkeiten.«

»Und wann genau hättest du uns davon erzählt?«, fragte Lisa leicht verärgert, aber vor allem geschockt.

»Was ist mit deinem Studium, deiner Familie und deinen Freunden?«, fragte Anabelle nicht minder enttäuscht.»Willst du wirklich dein ganzes Leben hier aufgeben?«

Mia sah die zwei Frauen vor sich an und stellte sich vor, wie sie sich fühlen würde, wenn jemand sie so vor vollendete Tatsachen stellen würde. Ja, sie fühlte sich schuldig, und das schlechte Gewissen machte sich in ihr breit. Lisa sah so aus, als wüsste sie nicht, welche Frage sie zuerst stellen sollte, während Anabelle wie versteinert auf dem Sofa saß. Mia vermochte nicht zu sagen, was in ihr vorging.

»Hört zu, in den letzten Wochen ist ziemlich viel passiert, und ich weiß, ich hätte euch längst darüber ins Bild setzen müssen. Dafür gibt's auch keine Entschuldigung. Einige Sachen sind so schnell aufeinander gefolgt, dass ich selbst oft nicht wusste, was ich darüber denken sollte.« Ein lahmer Versuch, sich zu erklären, das war Mia bewusst.

»Ich bin völlig geschockt und auch enttäuscht, dass du nichts gesagt hast«, sagte Lisa. Ihre Freundin spielte unbeholfen mit der Tischdecke auf dem Couchtisch. »Du wärst einfach umgezogen, ohne uns was davon zu erzählen?«

»Nein, ich hätte euch natürlich noch angerufen und informiert. Ich wollte es nur nicht in aller Eile tun.«

Mia hielt die angespannte Stille kaum aus, doch dann schien Lisa sich zu fangen. »Jetzt erzähl erst mal ... Du bist schwanger? Von Nic? Es ist also richtig ernst, ja?« Mia strahlte versonnen, als sie ihnen von Nic berichtete, und Lisa schien völlig hingerissen. »Wow«, sagte sie leise. »Du bist schwanger. Ich werd verrückt. Und mit Nic zusammen. Das nenn ich ja mal eine Liebesgeschichte ... Ach, ich freu mich so für dich, Mia.« Sie sprang von ihrem Platz auf und umarmte Mia herzlich. Lisa wirkte ehrlich erfreut, während Anabelle zumindest wieder atmete. »Nun sag auch mal was, Anabelle!«, forderte Lisa sie auf.

Anabelle lächelte und sagte unterkühlt: »Mia hat deutlich gemacht, dass sie sowieso keinen Wert auf unsere Meinung legt. Wozu braucht sie dann jetzt meinen Segen?« Mia hatte mit einem verbalen Seitenhieb gerechnet.

»Wie gesagt, ich hatte einiges um die Ohren, und mir tut es auch leid, dass ihr euch übergangen fühlt. Das war sicher nicht meine Absicht«, versuchte Mia nochmals zu erklären. Allerdings war diese Entschuldigung eher an Lisa gerichtet, die sie direkt ansprach. Lisa rollte mit den Augen und machte deutlich, dass sie Anabelles Reaktion überzogen fand.

Sie sprachen über Mias Schwangerschaft, wie es ihr ging und wie es sich anfühlte. »Was denkt ihr? Hättet ihr Lust, nach London zu kommen? Ich möchte es wiedergutmachen.«

Anabelle schien entzückt über diese Einladung. »Wäre das okay? Ich war schon ewig nicht mehr in London, und wenn du jetzt dort lebst, müssen wir uns ohnehin an diese Reise gewöhnen. Schließlich wirst du als Erste von uns Mutter. Das werden wir auf keinen Fall verpassen wollen.« Mia und Anabelle sahen sich versöhnlich in die Augen, und endlich umarmte sie ihre Freundin herzlich.

Lizzy kam hereingehetzt und schaute ihre Freundin fragend an. »Hallo … puh … ich war gerade unterwegs … Hab gerade erst gehört, dass ihr hier seid. Was für eine … Überraschung …« Sie sah zwischen den Frauen hin und her und fuhr dann fort: »Mia, Nic hat nach dir gefragt. Er ist oben in deinem Zimmer. Irgendwas wegen deinen Klamotten.«

»Ja, ich hab eigentlich auch keine Zeit mehr. Ich muss weiterpacken. Aber schön, dass ihr vorbeigekommen seid. Ich hoffe, wir sehen uns am Wochenende.« Mia drückte die beiden zum Abschied und machte sich auf den Weg ins Dachgeschoss.

»Ich hoffe, du fühlst dich wohl? Ich meine, wir können uns auch was anderes suchen. Eine Traumwohnung mit Wahnsinnsausblick auf London oder ein Haus mit Garten …« Nic wirkte nervös, kurz bevor Mia seine Wohnung sehen würde. Natürlich wollte er, dass sie sich wohlfühlte. Seine Wohnung war eher was für einen

Junggesellen, das wusste er selbst. Nic trug gerade Mias kleinen Reisekoffer die Treppe hoch und hielt vor der Tür an. Der Bodyguard war dafür verantwortlich, dass Mias Kartons nach oben gebracht wurden.

»Ich werde dich meine Luxuswünsche wissen lassen«, sagte Mia ironisch. Sie machte sich keine Gedanken darüber, dass die Wohnung nicht schön genug sein könnte, sondern viel eher darüber, wer dort alles Nics Zeit versüßt hatte. Das war sicher dumm, aber sie war ziemlich gebeutelt von den letzten Wochen und sehr hormongesteuert. Der Abschied von ihrer Familie war ihr nicht leichtgefallen, und sie hatte bei der Autofahrt geweint. Irgendwann nach dem ersten Tankstopp hatte sie sich beruhigt. Nur um einige Minuten später erneut loszulegen, weil Nic ihr an der Tankstelle eine Packung ihrer Lieblingsschokolade und eine süße Stoffkatze geschenkt hatte. Die Katze war rötlich braun wie der Nachbarskater. Es war lieb von ihm gewesen, und als sie ihn später damit aufzog, dass er mit dieser Katze wesentlich besser klarkommen würde, waren die Tränen versiegt.

Mia freute sich darauf, mit Nic zusammen zu sein. Sie war so glücklich. Trotzdem fragte sie sich, wie sie sich darüber hinaus in London eingewöhnen würde. Bald käme Lizzy, und das würde die Sache einfacher machen. Nic steckte seinen Schlüssel ins Schloss und öffnete zögernd die Tür.

»Puh, die Putzfrau war da«, sagte er erleichtert.

»Musste sie noch die letzten Partyreste wegräumen?«, witzelte Mia, und Nic sah sie aus zusammengekniffenen Augen an.

»Ich hab mir eher über das dreckige Geschirr Gedanken gemacht.« Mia wusste, dass er es hasste, wenn sie ihn mit diesem Rockstarimage aufzog. Aber ihre Anspannung machte es ihr unmöglich, es nicht zu tun.

Nic trat in die Wohnung, und Mia folgte ihm. Ihre Augen wurden groß vor Überraschung. Sie sah sich um und fühlte sich sofort wohl. Die Wohnung hatte ziemlich hohe Decken, und jeder Raum war, wie es für ein Loft üblich war, offen mit den anderen verbunden. Die Küche, die wahrscheinlich selten bis nie benutzt wurde, grenzte an das Wohnzimmer, in dem ein riesiger Fernseher stand mit allem, was das Herz eines Mannes begehrte.

Das Loft war modern eingerichtet, aber gemütlich. Es war zwar alles sehr maskulin, ohne Bilder oder irgendwelchen Schnickschnack, aber es war auffallend ordentlich. Mia trat näher an die Terrassentür und blickte auf die kleine Dachterrasse. Es war zwar schon dunkel, aber dort schien es ganz schön zu sein. Vom Esszimmer führte eine Treppe nach oben, wo eine Art Studio war. Dort war Nics Schlafzimmer mit angrenzendem kleinem Büro. Hier bewahrte er seine Gitarrensammlung und sein Piano auf.

Sie spürte, wie Nic hinter sie trat und sie zärtlich um die Taille fasste. »Und? Jetzt spann mich nicht so auf die Folter. Wirst du dich hier wohlfühlen?«

Mia wandte sich lächelnd zu ihm um. »Natürlich. Sie ist wirklich richtig schön, deine Wohnung«, sagte sie leise.

»Es ist jetzt unsere Wohnung«, erwiderte er glücklich.

23

In wenigen Minuten sollten Lizzy und Liam ankommen. Mia und Nic hatten die Zeit genutzt und die Wohnung ein bisschen zurechtgemacht. Nic hatte Platz im Kleiderschrank und der Kommode geschaffen. Schnell wurde klar, dass sie einen zweiten oder größeren Schrank brauchen würden. Mias Nähmaschine und Zeichenutensilien brachten sie in Nics Büro, das von ihm nur selten genutzt wurde. Während sie ein paar ihrer persönlichen Sachen auspackte, stand Nic vorm Kühlschrank.

»Was würde dem Baby und dir heute schmecken?«, fragte er ratlos.

Mia kam aus seinem Schlafzimmer und rief herunter: »Ach, einfach was Schnelles. Nudeln mit irgendwas ...«

Nics Augen wurden groß, und er kratzte sich verlegen am Kopf. Er wusste, was er beim Blick in den Vorratsschrank finden würde, schaute aber trotzdem hinein. »Tja, ich fürchte, ich hab rein gar nichts da ... Ich könnte mit Käse und Bier dienen. Eine Dose Mandarinen hätte ich auch noch im Angebot. Soweit ich mich erinnern kann, darfst du nur pasteurisierten Käse essen, ganz zu schweigen vom Bier.«

Mia lachte. »Was hältst du davon, wenn ich etwas einkaufen gehe, während du hier weitermachst?«

Nic machte ein ersticktes Geräusch und schüttelte den Kopf.
»Ich kann mich deutlich an deinen letzten Einkaufsbummel erinnern, Honey«, sagte er, während er die Treppe zu ihr nach oben ging. »Wir gehen was essen, sobald Lizzy und Liam da sind. Oder hast du jetzt schon Hunger?«

Mia schüttelte den Kopf. »Woran hattest du gedacht?«

Nic beobachtete seine Freundin, und sein Herz quoll über vor Liebe zu ihr. Er hatte so lange auf diese Frau gewartet. Ihr Haar war offen, und ihre wilde Mähne fiel ihr in weichen Locken über die Schultern. Ihr Make-up war dezent und betonte ihre wunderschönen grünen Augen.

»Mmmhhmm, eigentlich hatte ich an das Cipriniani gedacht.«

Mia schnappte nach Luft. Dieses Restaurant war ziemlich bekannt für seine exklusiven Gäste und die hochpreisigen Gerichte.

»Das soll wohl ein Scherz sein, oder?«

Nic schüttelte den Kopf. »Ich scherze nie, wenn's ums Essen geht.«

»Du scherzt nicht? Das ist dein voller Ernst?«, wiederholte Mia.

»Ja, warum?« Bedrückt sah Mia ihn an. »Mia, das ist nur ein Essen, und ich dachte, es würde dir gefallen …«

»Ach, Nic, das mein ich gar nicht. Es ist natürlich toll, aber … mir wäre es lieber, wir würden in einem schnuckeligen kleinen Restaurant essen, in dem uns niemand sieht.«

Überrascht sah Nic sie an. Das war neu für ihn. Keine seiner Freundinnen oder Dates hatte sich bisher dagegen gesträubt, mit ihm eins der besten und teuersten Restaurants zu besuchen.

»Du würdest lieber bei einem Imbiss um die Ecke essen gehen als im Cipriniani?«, fragte Nic und konnte ein Schmunzeln nicht unterdrücken. Sie war eindeutig etwas Besonderes und biss sich unsicher auf die Lippe. Eine Geste, die ihn sofort anturnte. »Ich wollte die Stimmung nicht vermiesen … wirklich, es tut mir leid …«

»Nein, Mia, bitte. Das ist schon okay. Ich wundere mich nur und frage mich, wieso.«

»Es ist nur … Ich fühle mich dort so fremd und …«

»Du möchtest nicht in der Zeitung erscheinen?«, fragte Nic und wirkte zerknirscht. Wenn sie bereits jetzt vor Fotos Angst hatte, wie würde ihre Zukunft dann aussehen?

»Nein, so ist es nicht. Die Fotos sind mir egal«, erwiderte sie und rang mit den Worten. Nic setzte sich neben sie. Zärtlich und vorsichtig nahm Mia seine Hand, die auf seinem Oberschenkel lag. Sie streifte seine Jeans, und sofort richtete sich jedes Haar an Nics Körper auf. Als hätte sie ihm einen Stromschlag versetzt, zuckte er zusammen. Er spürte seine unmittelbare Erregung. Mia strich vorsichtig über seinen Arm. »Bitte versteh mich nicht falsch. Es ist bestimmt ein tolles Restaurant, und ich werde es bald von innen sehen. Mir wäre es nur unangenehm, wenn ich das teure Essen sofort in der Toilette erbreche.«

Sein Blick wurde weicher. »Natürlich«, grinste Nic, und Mia fühlte sich sofort besser.

Sie sahen sich tief in die Augen. Sanft umfing seine Hand ihre Wange, und er streichelte mit dem Daumen darüber. Mit der anderen strich er ihr eine Haarsträhne aus dem Gesicht und kam ihren Lippen näher. Eine Hitzewelle erfasste ihn bei ihren Berührungen, und das pulsierende Verlangen in seinem Schoß erwachte. Er wollte sie … schon wieder … Ihr Gesicht kam näher, und die gleiche Sehnsucht spiegelte sich auch in ihren Augen … Würde er je genug von ihr haben?

»Wenn du wüsstest, was du mit mir machst …«, hauchte er, und Mias Augen begannen zu glänzen. Liebevoll küsste er diese weichen, vollen Lippen, die ihn mehr in Verzückung versetzten als alles andere je zuvor. Ihre kleine Zungenspitze stieß fordernd gegen seine Lippen. Sofort kam er ihrer Bitte nach, und die sexuelle Spannung baute sich bei der ersten Berührung ihrer Zungen weiter auf. Zärtlich umkreisten sie einander, bis die Leidenschaft sie übermannte. Mia kletterte auf seinen Schoß, und wie von selbst glitten Nics Hände unter ihre Bluse. Gierig umklammerten sie sich und vertieften den Kuss. Nic genoss jede Berührung und kostete den Moment in vollen Zügen aus.

Plötzlich klingelte es, und sie fuhren hektisch auseinander. Es dauerte etwas, bis sie sich voneinander gelöst hatten.

»Ja, ja … ist ja gut …«, meckerte Nic frustriert, als es erneut klingelte, und tappte zur Gegensprechanlage. »Natürlich ist es unsere Familie … Beschissenes Timing haben die einfach im Blut …«, brummelte er.

Lizzy und Liam kamen mit Chaos und Radau herein. Sie zogen sich gegenseitig auf wie Kinder, und Nic und Mia beobachteten das amüsiert.

»Ich hab dir gesagt, dass du eine früher abfahren sollst, weil da Stau ist«, beschwerte sich Lizzy und rollte mit den Augen.

Liam hatte die Augen weit aufgerissen und starrte Lizzy ungläubig an. »Ja, als ich quasi schon an der Ausfahrt vorbeigefahren war und du den Stau sehen konntest. Ungefähr zu diesem Zeitpunkt kam mir der Gedanke auch.«

»Dein Bruder treibt mich in den Wahnsinn. Ich fahre nie wieder mit ihm. Und dann dieses Gejaule von Musik …«, schimpfte Lizzy in Liams Richtung.

»Wehe, du nennst *Muse* jemals wieder Gejaule, dann hast du wirklich Mitfahrverbot bei mir. Solltest du diese dämlichen Dosen noch mal im Fußraum meines Autos liegen lassen …« Er hielt einen Energydrink in der Hand und warf ihn Lizzy zu. »Als hättest du weitere Energie nötig, du Nervensäge. Nicht eine Minute hast du den Mund gehalten. Mir klingelt's immer noch in den Ohren …« Mia unterdrückte ein Lachen, als sie Lizzy und Liam dabei zusah, wie sie sich stritten.

Liam hatte seinen Zeigefinger auf Lizzys Nase gerichtet, und sie schlug ihn spielerisch weg. »Dir täte dafür etwas mehr Elan ganz gut, du Langweiler …« So ging das eine ganze Weile weiter, bis ihnen auffiel, dass Mia und Nic sich auf dem Sofa niedergelassen hatten und knutschten.

»Widerlich«, kommentierte Liam die Szene, und plötzlich waren sich Lizzy und er wieder einig. Nic und Mia lachten, als Lizzy mit Liams Hilfe ihre Sachen in Nics Büro verfrachtete. Lizzy würde einige Zeit bei ihnen wohnen, damit Mia nicht so viel allein bleiben musste und Lizzy in Ruhe eine Wohngemeinschaft suchen konnte.

Nic scheuchte alle auf, damit sie etwas zu essen bekamen, und der Abend entpuppte sich als einer der schönsten, die sie je zu viert verbracht hatten. Sie gingen bei einem kleinen Italiener in der Innenstadt essen, wo sie lachten, sich alte Geschichten erzählten und Pläne für ihre Zukunft schmiedeten. Ihnen wurde auf einmal klar, dass sie wieder mehr Zeit miteinander verbringen konnten, und das war ein weiterer Anlass zum Feiern. Sie ließen den Abend in Nics Wohnung ausklingen, wo Lizzy und Liam sofort über die Playstation herfielen, während Mia sich auf dem Sofa an ihn kuschelte.

»Ich hoffe, du hast dir das gut überlegt, meine und deine Schwester bei dir unter einem Dach«, zog Liam Nic auf und erntete einen heftigen Rippenstoß von Lizzy.

»Sei lieber still, sonst quartiere ich Lizzy bei dir ein«, warnte Nic ihn lachend.

»Gott bewahre«, rief sein Freund aus. »Die Autofahrt hat mir gereicht.«

»In Wahrheit hast du bloß Angst, dass jemand dein wohlgeordnetes Leben durcheinanderbringt – was, wenn du mich fragst, dringend nötig ist«, fügte Lizzy eifrig hinzu.

»Mit meinem Leben ist alles in bester Ordnung. Deins hingegen sollte vielleicht mal einer Prüfung unterzogen werden. Immerhin habe ich einen Job, eine Wohnung und ein Auto, das nicht bald auf dem Schrottplatz seine letzte Ruhestätte findet.«

»Du bist ja nur neidisch, weil mir gerade alle Türen offenstehen«, rief Lizzy überzeugt, und Liam schnaubte kopfschüttelnd. So war es immer schon zwischen ihnen gewesen. Nic und Mia waren wie siamesische Zwillinge durch die Welt gelaufen, und Lizzy und Liam hatten sich wie Hund und Katze verhalten, was stets für Unterhaltung sorgte.

Nic hatte ein paar Faxe bekommen, die den Zeitplan der nächsten Tage enthielten, und erkannte, dass ihm wirklich wenig Zeit mit Mia blieb. Allerdings war er glücklich, dass er sie jeden Abend um sich haben würde. Er blickte auf sie hinunter und schmunzelte, weil sie eingeschlafen war. Sie gehörte zu ihm, so fest wie ... ja, wie fest?

Liam triumphierte gerade über Lizzy und brüllte so laut, dass Mia hochschreckte. Verschlafen sah sie Nic an.

»Mein irrer Bruder ...«, murmelte sie und rieb sich müde die Augen. Nic grinste und strich eine Locke hinter ihr Ohr. Mia schaute ihn an und sagte: »Tut mir leid, ich bin in letzter Zeit immer wahnsinnig müde.« Sie gähnte demonstrativ, während Nic den Kopf schüttelte.

»Dafür brauchst du dich nicht zu entschuldigen. Du bist hier bei mir ... egal ob du schläfst oder ...« Er grinste anzüglich. »... andere Dinge mit mir machst ... ich bin für alles offen.«

Mia erwiderte seinen Blick und knöpfte sein blaues Hemd etwas auf, um seine Brust zu küssen. Nic schnappte nach Luft und lachte übermütig. Dann verschloss er ihren Mund mit seinem, bis er sich eines Besseren besann.

»Vielleicht ... Lass uns lieber hochgehen ...«, sagte er knapp und hob Mia abrupt auf. Lizzy und Liam sahen sie beide überrascht an, schienen aber nicht weiter nachfragen zu wollen. Mia kicherte und schlang beide Arme um seinen Hals. Sie begann, ihn dort mit ihren Lippen zu liebkosen, und Nic schloss kurz die Augen, bevor er weiterging.

Als ihre Zunge die empfindsame Stelle unter seinem Ohr fand, entfuhr ihm ein Keuchen. Er blieb auf dem Treppenabsatz stehen. »Dir ist hoffentlich klar, dass du diese Nacht ... O Gott, Mia ...«, stöhnte er und setzte sie ab. »Nur noch einen Augenblick länger, und ich falle auf der Treppe über dich her«, hauchte er und blickte in ihre Augen, die ihn so voller Verlangen ansahen. Diese grünen Augen hatten ihn in den langen einsamen Nächten verfolgt, und nun sollte sie für immer zu ihm gehören. »Ab in die Kiste, Miss Kennedy!«

Sanft schob er sie in ihr Schlafzimmer und ließ sie nicht eine Sekunde los. Mit dem Fuß stieß er die Tür ins Schloss und schubste Mia sanft auf das Bett, das in der Mitte des Zimmers stand. Ihr offenes Haar umspielte ihr hübsches Gesicht, und der glühende Blick erzählte von den verheißungsvollen Dingen, die sie kaum noch erwarten konnte. Ihre Zunge leckte über ihre Lippen, und Nics Erregung zeichnete sich deutlich unter seiner Hose ab. Dieser Anblick sollte für den Rest seines Lebens ihm allein gehören. Er wollte sie zu seiner Frau machen, und zwar auf jede erdenkliche Weise. Schwungvoll zog er sein Shirt über den Kopf und streifte seine Hose über seine muskulösen Beine, während Mias Augen jeden Zentimeter seines Körpers musterten. Ein Knie platzierte Nic zwischen ihre Beine, umfasste mit beiden Händen ihr Gesicht und sah ihr tief in die Augen. Das Grün darin funkelte, und Nic lächelte, als Mias Hände über seinen Hintern glitten. »Du gehörst zu mir. Für immer.« Mias Atem ging stoßweise, und die sexuelle Anspannung entlud sich in dem Augenblick, als ihre Lippen aufeinandertrafen. Nics Zunge umkreiste ihre – hungrig und sehnsüchtig nach mehr.

Der Duft, der ihn sofort umgab, war so vertraut. Was für eine Verschwendung die letzten Jahre nur gewesen waren. Kein Song, keine Melodie, kein Abenteuer und keine Party, nichts, absolut gar nichts konnte mithalten.

Seine Hände strichen unter ihr Oberteil, das er über ihre Arme zog. Der schwarze Spitzen-BH war durchsichtig und gab mehr preis, als dass er verbarg. Seine Fingerspitzen strichen über den rauen Stoff, schoben ihn zur Seite und berührten das weiche Fleisch ihrer Brüste. Mia stöhnte auf und warf den Kopf in den Nacken, als er die zarte Haut ihrer Brustwarzen erreichte, die sich sofort vor Erregung zusammenzogen. Nic drängte sie aufs Bett, löste sich von ihren Lippen und glitt mit der Hand über ihren Körper. Der störende BH flog zur Seite, sodass sie in ihrer Vollkommenheit vor ihm lag. Er schluckte gegen das Verlangen, sich sofort mit ihr zu vereinen, an. Beinahe andächtig strichen seine Hände über ihren nackten Oberkörper, sein Mund senkte sich zu ihren Brüsten, und seine Zunge kreiste über Mias Nippel. Lustvoll wand sie sich unter ihm, tastete mit ihren Händen nach ihm, doch Nics Körper stand bereits in Flammen. Er fasste nach ihren Armen und positionierte sie rechts und links von ihrem Kopf. Schwer atmend blickte er in ihre vor Lust verschleierten Augen. »Ich kann mich kaum beherrschen. Ich schwöre, wenn du mich so berührst, komme ich sofort.«

Sie hatte wohl keine Ahnung, was für eine Wirkung sie auf ihn hatte und wie oft sie ihn schon in seinen heißen Träumen begleitet hatte. Wieder küsste er sie, drängte seinen steifen Penis gegen sie und schmunzelte, als er sich mit einem verheißungsvollen Blick ihrer Hose zuwandte. Blitzschnell öffnete er sie und schob ihren String die Beine hinunter. Er spreizte ihre Schenkel, strich mit den Fingern über ihre Innenseite, ehe er sich hinabbeugte und den Weg mit seiner Zunge zur Mitte suchte. Mia wand sich erwartungsvoll und stöhnte seinen Namen. Seine Zunge schnellte immer und immer wieder über ihren G-Punkt, bis Mias Atem nur noch stoßweise ging und ihre Gliedmaßen leicht zuckten. Er beobachtete jede Sekunde ihres Orgasmus, wollte diesen Anblick in sich aufsaugen. Die Spannung seines Schwanzes war kaum noch zum Aushalten und doch so quälend süß, dass er den Moment noch hinausziehen wollte. Dann erst glitt er in sie und brachte ein Wimmern in Mia hervor. Mia hob ihm ihre Hüften entgegen, klammerte sich an ihn, und sie verfielen in einen schnellen, animalischen Rhythmus, der sie beide bis in die Wolken abheben ließ.

* * *

Einige Zeit später lagen sie eng aneinandergekuschelt im Bett. Zärtlich strich er über den sanft gewölbten Bauch, und Mia umfing seine Hand mit ihrer.

»Spürst du es schon?«, fragte er, während er ihre Schulter küsste.

»Ich bin mir nicht sicher«, gab sie zu.

»Wie meinst du das?«

»Manchmal fühlt es sich so an, als wären dort Schmetterlinge.«

»Spürst du es jetzt auch?«

Mias Herz klopfte, und sie sah ihn an. »Ja, aber diesmal bin ich mir nicht sicher, ob dieses Gefühl tatsächlich vom Baby kommt.« Er lächelte.

»Vielleicht sollte ich Lizzy …«

»Sie findet sich schon zurecht«, murmelte er in ihr Haar.

»Hört sich an, als fände da unten eine Party statt. Wie viele Frauen gab es hier eigentlich schon?«, fragte Mia plötzlich, bevor sie den Mut wieder verlor. Nic musterte sie überrascht und strich durch seine Haare. Sie wusste, dass er sich bei dieser Frage alles andere als wohlfühlte.

»Wie ist diese Frage gemeint?«

»Na, wie viele Frauen hast du schon mit hierhergebracht? Hat eine hier gelebt, so wie ich?«

»Es gab keine anderen Frauen in dieser Wohnung.«

Mia starrte ihn ungläubig an. »Im Ernst jetzt?« Nic lachte, nickte aber nachdrücklich.

»Aber wie ...?«

»Das willst du wirklich wissen?«, hakte er nach, fügte aber hinzu: »Das ist meine absolute Privatsphäre. Hier kommen nur Leute rein, denen ich völlig vertraue. Ich hab wenige Rückzugsorte, die wirklich ausschließlich für mich sind. Das ist einer davon. Wenn es um eine Frau ging, bin ich zu ihr oder manchmal ins Hotel ...«

»Stopp! Stopp! Ich habe mich umentschieden und will nichts mehr davon hören.« Mia winkte ab und schloss gequält die Augen.

»Glaubst du, für mich ist und war diese Vorstellung einfach, dass du mit einem anderen Mann zusammen warst?«, fragte er.

»Na ja, aber es gab sicher nicht so viele«, warf Mia ein.

»Das mag sein, aber dafür gab es jemanden, den du wirklich geliebt hast. Das hat es für mich nie gegeben. Bis jetzt!«

Mia fuhr mit den Fingerspitzen über Nics Lippen und küsste ihn. »Und ich liebe dich.«

* * *

Die Swores betraten ihren Pausenraum in der Arena und stürzten sich völlig ausgehungert auf die Nudeln in Hackfleischsoße, die ihnen vom Haus zur Verfügung gestellt wurden. Sie hatten seit den frühen Morgenstunden einen Termin nach dem anderen und höchstens Zeit für einen Kaffee gehabt. John erzählte gerade eine Geschichte über seine jüngste Tochter, in der ein Stück eines Hackfleischbällchens den Weg in die Nase gefunden hatte, und alle lachten darüber. Plötzlich wurde Nic klar, dass noch nicht alle über Mias Schwangerschaft Bescheid wussten. Er hatte zwar mit John gesprochen, aber der schien dichtgehalten zu haben. So entschied Nic spontan, dass es keinen besseren Zeitpunkt geben würde.

»Es gibt übrigens noch eine Neuigkeit, über die ihr noch nicht Bescheid wisst.«

»Ach was … jetzt sag nicht, dass Mia zu dir gezogen ist«, lachte Stan und ließ durchblicken, dass sie durchaus davon wussten. *Liam, die alte Klatschtante.*

»Ich freu mich wirklich für dich, Nic. Wenigstens ist deine Laune dann besser«, neckte Jim ihn.

»Sehr witzig, aber das ist gar nicht alles … Wir bekommen ein Baby.« Es herrschte kurz Stille, bis plötzlich alle durcheinandersprachen.

»Das gibt's ja nicht«, rief Stan fassungslos, während John breit grinste.

»Nun, wie es scheint, hast du den Hauptgewinn gezogen«, brachte Jim heraus und schlug ihm auf den Rücken.

»Herzlichen Glückwunsch«, sagte John und drückte Nic kurz an sich. »Und wann wird geheiratet?«

Nic sah ihn sprachlos an und dachte darüber nach. *Was gibt es da eigentlich noch nachzudenken?*, fragte er sich selbst. Er wollte nur Mia. Sie bekamen ein Baby, und es gab bekanntlich nichts, was zwei Menschen mehr miteinander verband als ein Kind. Mia war *die eine*. Da war Nic sich absolut sicher.

* * *

Die ersten Tage in London waren für Mia und Lizzy rasend schnell vergangen. Mia hatte Nics Wohnung in ihre gemeinsame verwandelt, hatte den Kühlschrank gefüllt und regelmäßig gekocht, sodass Nic abends in eine in Kerzenlicht gehüllte, behagliche Wohnung zurückkehrte.

Am Samstagmorgen machte sich eine kleine Gruppe aus Bodwin auf den Weg nach London. Richard, Lynn, Celine und Bea mit Haley trafen ihre Töchter Lizzy und Mia am Heathrow Airport, um Josslin und ihren sechsjährigen Sohn einzusammeln. Sie waren eine Art Überraschungskomitee zur Preisverleihung der Swores. Die Freude über das Wiedersehen mit Josslin war das erste Highlight des Tages. Mia war erstaunt, wie groß der kleine Christopher geworden war. Sofort richteten sich ihre jungen Mutterinstinkte auf den Kleinen, und Josslin beobachtete sie fröhlich.

»Ich bin wirklich überglücklich über die Nachricht meiner Eltern gewesen. Immerhin seid Nic und du … na ja, perfekt füreinander«, sagte sie und umarmte Mia, bevor sie in die Autos stiegen.

Eine Stunde später kamen sie an der Konzerthalle für die Live-Übertragung am Abend an und waren überrascht, als sie die Swores auf dem Basketballfeld spielen sahen. Anscheinend hatte Paul ihnen eine Pause von der Musik verordnet. Die Jungs wetzten über den Platz und sahen so verschwitzt aus, als kämen sie gerade aus der Dusche. Mia konnte ihren Blick kaum von dem jungen Mann mit der Mütze auf dem Kopf, den dunklen Shorts und dem eng anliegenden NBA-T-Shirt abwenden. Nichts erinnerte im Moment an den gefeierten Sänger der Rockband, den so viele Frauen anhimmelten und der am Abend einen großen Auftritt vor sich hatte. Er war ein einfacher junger Mann mit eigenem rebellischem Kopf und der Gabe, andere zum Lachen zu bringen. Er war ihr Nic. Sie sah aus dem Auto, wie er und John sich kabbelten und lachend zu Boden gingen.

Richard half Lizzy und Mia aus dem Van und blickte Paul, dem Manager, entgegen. Er kam wie gewohnt strahlend auf sie zu, grinste breit und begrüßte einen nach dem anderen. Paul war ein Charmeur, das musste Mia ihm lassen. Irgendetwas gefiel ihr jedoch an ihm nicht. Sie konnte sich gut vorstellen, dass er einer Maus eine Katze verkaufen konnte. Er war zuvorkommend und wirkte nett, aber meinte er auch das, was er sagte?

»Ich hoffe, Sie hatten eine angenehme Fahrt. Ich freue mich so, dass Sie kommen konnten. Liam hat alles in die Wege geleitet, dass Sie gemütlich unterkommen. Sie werden dort drüben in diesem kleinen Hotel übernachten, wie die Jungs auch. Aber zuerst wollen Sie sicher die Kerle da auf dem Spielfeld begrüßen.« Er grinste Mia an und zwinkerte.

Sie gingen gemeinsam und mit großer Vorfreude auf die Band zu. Mias Herz begann, wie wild zu klopfen, als wolle es aus ihrer Brust zu Nic hüpfen.

Ihre Aufmerksamkeit galt nur ihm. John und Liam bemerkten sie als Erste und grinsten über beide Ohren. Liam hatte den Basketball in den Händen und ließ ihn achtlos neben sich fallen.

»Aber hallo«, sagte er lächelnd.

Verwundert darüber folgte Nic seinem Blick. Als er seine Familie auf sich zukommen sah, hellte sich sein Gesicht auf. Es waren nicht seine Eltern oder Josslin, die er so dringend hatte sehen wollen, das war an seinem leuchtenden Blick zu erkennen, der unablässig auf Mia gerichtet war. Am vergangenen Abend war es so spät geworden, dass er direkt vor Ort ins Hotel eingecheckt hatte, ohne nach Hause zu fahren. Mia war natürlich enttäuscht gewesen, hatte aber auf keinen Fall gewollt, dass er die Strecke bis nach Hause in einem erschöpften Zustand zurücklegte.

»Das gibt's nicht«, murmelte er vor sich hin und ging zuerst langsam, dann im Laufschritt auf sie zu. Mia lächelte zurückhaltend und wartete darauf, dass er zuerst seine Familie begrüßen würde. Nic ging direkt auf Mia zu, hob sie leicht an und wirbelte sie einmal im Kreis herum, bevor er sie sanft wieder auf die Füße setzte und küsste.

»Mia«, sagte er leise. »Ich hatte ja keine Ahnung, dass ihr schon heute Morgen kommen würdet.«

»Überraschung?«, fragte sie vorsichtig und wurde sanft an seine Brust gezogen. Nic legte seine Hand auf ihren Hinterkopf und vergrub sein Gesicht in ihren wilden Locken. Sein Daumen streichelte die empfindsame Mulde unter Mias Ohr, und er gab ihr einen Kuss aufs Haar. Es war, als hätten sie sich wochenlang nicht gesehen.

»Ja, Überraschung«, murmelte er. Mia tastete sich an seinem Rücken entlang und fand es überhaupt nicht störend, dass sein T-Shirt schweißnass war. Er roch nach Aftershave und nach etwas, was nur ihn ausmachte. Sofort richteten sich Mias Härchen am ganzen Körper auf. »Du hast mir gefehlt«, sagte sie leise, und er erwiderte es mit einem bestätigenden Brummen.

Ein lautes Räuspern erinnerte sie daran, dass sie nicht allein waren, und sie lösten sich aus ihrer Umarmung. Sein Vater drückte Nic rau an seine Brust. John tauchte ebenfalls hinter Nic auf, um Mia zu begrüßen.

»Hey, Mia, wie schön, dich zu sehen.« Auch er ließ es sich nicht nehmen, sie kurz zu drücken. Es folgten die restlichen Bandmitglieder, bis Mia vor ihrem Bruder stand.

»Hallo, Schwesterherz.« Nic beobachtete, wie Liam Mia in seine Arme zog und sie übermütig herumwirbelte.

»He, pass gefälligst auf mein Mädchen auf!«, rief Nic laut.

»Nicht so wild«, tadelte auch Lizzy, wurde aber von zwei Männern und einer Frau unterbrochen, die sich zu ihnen gesellten. Einer davon weckte scheinbar Lizzys Aufmerksamkeit. Ein hübscher Mann, wesentlich eleganter gekleidet als die restlichen Bandmitglieder. Er wirkte nicht zu konform. Seine blonden Haare waren kurz und seine Augen hellbraun.

»Hey, darf ich vorstellen? Das hier ist Taylor. Er ist unser Fotograf und macht nachher noch ein paar Außenaufnahmen von den Jungs«, erklärte Paul. Taylor senkte bescheiden den Kopf, während die *Jungs* ein paar spaßige Kommentare losließen. Es war nicht zu übersehen, dass sie ihn mochten.

Die junge Frau neben ihnen war ziemlich niedlich, wahrscheinlich ein, zwei Jahre älter als Mia. Sie hatte dunkles, kurzes Haar, das leicht wirr vom Kopf abstand. Ihre Klamotten waren einfach und sportlich. Sie musterte Mia mit einem undurchdringlichen Blick. Trotzdem war sie ihr sofort sympathisch.

»Und das hier ist Emma. Sie ist unser Mädchen für alles ... einfach unschlagbar.«

Emma nickte in die Runde und lachte freundlich. »Wenn ich also irgendwas tun kann ... lasst es mich wissen ...« Ihr Blick ruhte auf Liam.

Plötzlich hielt Taylor inne, sah zu Liam und Mia. »Und zu wem gehörst du?« Diese Frage war für Mia nicht eindeutig zu beantworten, und so schaute sie hilflos hin und her.

»Sie gehört zu mir«, kam es postwendend aus zwei Mündern, und die Donahues brachen in schallendes Gelächter aus, während Mia rot wurde. Taylor hob verwundert eine Braue und sah zwischen Nic und Liam unsicher hin und her.

»Hab ich da etwa einen Nerv getroffen, Jungs?«

»Ich bin Mia Kennedy, Liams Schwester und Nics ... Freundin!« Emma lächelte sofort viel freundlicher.

24

eim Bandmeeting fühlte Nic Liams Blick auf sich ruhen. Die Band saß zusammen, um den Zeitablauf für den Abend zu besprechen, und Nic blickte immer wieder zum Tisch von Mia. Ihre Familien hatten sich Essen bestellt, während die Band ihre Absprachen traf. Taylor saß neben Lizzy und gegenüber von Mia und unterhielt sich angeregt mit den beiden Frauen. Nic wurmte immer noch Taylors Spruch.

»Ich denke, wir haben zwar einen straffen Zeitplan, aber das wird ein toller Abend werden. Nic, hast du schon eine Dankesrede verfasst?«, wandte sich Paul an ihn. Nic antwortete nicht, sondern starrte unverwandt weiter zu dem anderen Tisch. »Domenic?« Paul schnaubte entnervt.

»Was ist?« Nic sah ihn entgeistert an, weil er keine Ahnung davon hatte, was er von ihm wollte.

»Was hast du überhaupt mitbekommen?«

Nic räusperte sich. »Genug, um den Abend über mich ergehen lassen zu können.«

Paul seufzte. »Dankesrede schreiben, Nic! Aber pronto!«

Die Band blieb noch eine Weile sitzen, als Paul schon in die Arena zurückgegangen war.

Liam lehnte sich zu ihm rüber. »Du bist ziemlich abgelenkt,

Buddy! Hängt das zufällig mit meiner reizenden Schwester zusammen?«

Nic grinste und fühlte sich ertappt. »Ich weiß nicht, was du meinst …«

»Du machst dir doch nicht wirklich Gedanken um Taylor?«

Nics Blick verdüsterte sich. »Nicht wirklich. Ich denke, ich bin einfach nervös.«

»Wegen dem Auftritt? Dem Fernsehteam? Oder weil Mia da ist?«

»Nun … es hängt eher damit zusammen … Ich denke, du solltest es zuerst erfahren. Ich werde Mia fragen, ob sie mich heiraten will.« Liam riss erstaunt die Augen auf. »Liam? Einatmen und ausatmen …«, sagte Nic und grinste unsicher. »Zu früh?«

Liam fasste sich schnell wieder. »Zu früh würde ich eher nicht sagen in Anbetracht dessen, dass ihr viel zu lange gebraucht habt, um überhaupt zusammenzukommen.« Er suchte nach den richtigen Worten. »Vielleicht für den Moment zu überstürzt. Aber das ist nur meine ›Ich bleib ewig Single‹-Meinung. Mia ist schwanger, ihr kriegt bald ein Baby, und sie ist gerade erst hierhergezogen. All das ist schon recht viel. Wenn ich jemandem zutraue, dass er das alles hinkriegt, dann seid das ihr zwei. Ich glaub, ich bin einfach zu baff, dass ihr direkt in die Vollen geht.«

Nic grinste von einem Ohr zum anderen. »Keine Ahnung, wie ich es erklären soll … Ich hab erst vor ein paar Tagen die Kurve gekriegt, aber dann war es mir vollkommen klar, als hätte jemand die Scheiben vom Dreck befreit oder das Licht angestellt.« Er hielt inne. »Hättest du das Anfang des Jahres für möglich gehalten? Dass ich Vater werde und eine Frau, eine Familie haben werde?«

Liam schüttelte den Kopf. »Ganz ehrlich, ich hab an alles gedacht, aber nicht daran. Wie wird das werden? Mit der Band und so? Wie willst du das hinkriegen?«

»Ich habe noch nicht auf alle Fragen eine Antwort, aber eins weiß ich: Mia ist meine Sonne … und unser Baby ist das Beste, was ich bisher zustande gebracht habe. Ich wollte alles für die zwei hinschmeißen, doch das wollte Mia nicht. Mehr Antworten brauch ich im Moment nicht.«

Liam lächelte, und Nic wusste, dass er über ihn lachte. Wenn er es nicht verstand, was Mia für ihn immer schon bedeutet hatte, dann niemand.

»Nun … äh … deine Sonne, ja?« Liam hüstelte und grinste breiter. Sein Freund verzog das Gesicht und gab ihm einen freundschaftlichen Ellenbogenhieb. Sie lachten kurz und nahmen einen Schluck von ihrem Energydrink.

»Ein Baby … Ich kann's gar nicht glauben, dass die Frau da drüben mit dem Babybauch meine Schwester ist.«

»Dann weißt du annähernd, wie ich mich fühle. Zumindest so ein Hundertstel ungefähr …« Nic warf einen Blick auf Mia und kniff die Augen zusammen. »Allerdings geht Taylor mir wirklich gewaltig auf die Eier!«, fügte er hinzu und stand auf.

»Na, komm schon, du weißt doch, er kann einfach nicht anders. Hübsche Frauen ziehen ihn magisch an …«, versuchte Liam ihn zu beruhigen. Das reichte, um Nic ganz auf die Palme zu bringen. Er trank seine Dose leer, zerdrückte sie und warf sie lässig auf den Tisch. Dann stiefelte er beinahe provozierend auf den anderen Tisch zu, schlang von hinten beide Arme um Mia und flüsterte ihr etwas zu, was sie kichern und rot werden ließ. Nic gab ihr einen langen Kuss und ging hinaus.

* * *

Sie fand ihn ganz lässig auf der Lehne einer Bank sitzen, vor ihm stand Angela. Mias Stimmung sank in den Keller. Auf diese Zankerei hatte sie keine Lust. Sie wollte sich schon wieder abwenden, als sie Angela auf sich zukommen sah. Die schenkte ihr nur einen kühlen Blick.

Jemand kicherte hinter Mia, und sie sah in Emmas freundliches Gesicht. »Also bist du diejenige, die Angela endlich mal die Tour vermasselt hat. Ich könnte dich knutschen.«

Mia lächelte, sagte aber: »Das versteh ich nicht …«

»Ach, komm schon … du hast dir ihre anvisierte Beute geschnappt. Ich bin ja so glücklich, dass Nic ein gutes Mädchen abbekommen hat. Er ist nämlich ein netter Kerl. Und jeder Tag ist ab sofort so viel besser, dank dir.« Sie grinste und flüsterte: »Er hat sie in den letzten Monaten nicht mal mehr angesehen. Sie könnte nackt rumlaufen, und ihn ließe das völlig kalt. Das macht sie rasend.«

Mia schnalzte mit der Zunge und beobachtete Nic, der ihr einen kurzen Blick zuwarf. »Er sollte sich auch je was anderes trauen.«

Sie sah Emma kurz an, die nur leicht aufmunternd nickte und wieder verschwand. Mia ging langsam auf Nic zu. »Na, ihr habt ganz schön viel um die Ohren, was?«

Nic zog Mia zu sich heran. »Dafür hab ich Zeit.« Er küsste sie innig und ließ seine Hände über ihren Körper gleiten. »Komm in zwei Stunden in meine Garderobe, Honey.«

Mia sah ihn irritiert an. »Wieso? Ich glaub, da kommen Lisa und Anabelle an.«

»Kannst du bitte ein Mal auf mich hören? Nur ein Mal …«, bettelte er und warf den Kopf in den Nacken.

Mia grinste. »Aber das wäre doch dann ziemlich langweilig, oder?«

»Bitte tu mir den Gefallen. Es ist wichtig für mich.«

Mia nickte zustimmend und strich ihm die Haare aus der Stirn. »Du hast mir so gefehlt diese Nacht.«

Nic raunte: »Du hast ja keine Ahnung, wie sehr du mir gefehlt hast.« Mia dachte an ihre letzte Nacht, und es prickelte an ihrem ganzen Körper. Offenbar dachte Nic auch daran. Ohne eine weitere Sekunde verstreichen zu lassen, senkte er seine Lippen auf ihre. Bestimmt drängte er sich gegen ihren Körper. Seine Zunge strich über ihre Lippen. Mia schlang ihre Arme um seinen Hals. Sie öffnete ihren Mund und erwiderte den Kuss mit einer Wildheit, die sie beide überraschte. Ihre Zungen fanden zusammen. Nics Hände glitten zu ihrem Rücken und drückten sie fester an sich. »Oh, Mia«, stöhnte er zwischen zwei Küssen. Stimmen ertönten auf dem Flur, und Mia löste den Kuss, ohne von ihm abzurücken. Er hielt ihren Blick mit seinem gefangen und nahm ihre Hand, auf deren Innenfläche er einen Kuss drückte. Kurz glaubte sie, seine Zungenspitze zu spüren, und ein erregender Schauer überlief sie.

Nic gab ihr einen weiteren Kuss. Er ließ von ihr ab, als er seine Eltern auf sich zukommen sah. Beide lächelten, und Nic war sich nicht sicher, ob sie etwas mehr zu sehen bekommen hatten, als ihm lieb gewesen wäre.

»Na, ihr zwei«, grüßte Lynn, hinter der auch Celine auftauchte.

Nic fand als Erster seine Stimme wieder. »Ja, ich muss langsam wieder rein …«

»Na, dann wollen wir dich nicht aufhalten. Gutes Gelingen, falls wir uns vorher nicht mehr sehen«, sagte Celine und beobachte Nic und Mia amüsiert. Nic kletterte von der Bank herunter und zog Mia kurz an sich, um ihr einen letzten Kuss zu geben. »Nächste Woche wird es ruhiger«, versprach er.

»Sag das nicht. Immer, wenn wir glauben, es wird ruhiger, kommt es noch schlimmer«, sagte Mia, lächelte jedoch dabei. Er löste sich schweren Herzens von ihr und ging zur Arena zurück. Mia sah ihm nach und seufzte.

»Es ist so schön, euch so zu sehen«, sagte Celine und umarmte ihre Tochter.

Lynn nickte. »Ich kann beinahe nicht glauben, dass ich das noch miterleben darf.«

Es war nur noch eine Frage der Zeit, bis Mia als Nics Freundin geoutet wurde, und das machte sie unwahrscheinlich nervös. Dieser erste Auftritt von Nic, den sie als seine feste Freundin miterlebte, war etwas Besonderes. Schlagartig fragte sie sich, wie die restlichen Fans wohl damit umgehen würden, wenn sie erfuhren, dass Nic vom Markt war. Würde man sie akzeptieren? Mia machte sich nichts vor. Nics Fans waren meist Frauen, und das sicher nicht immer aus rein musikalischem Interesse. Sie hatte als Teenager ebenfalls für Boybands geschwärmt und war sicherlich ein klein wenig verliebt gewesen. Alle würden über sie herziehen, einen Makel an ihr finden. Das Flattern in Mias Bauch wurde immer stärker, sodass ihr beinahe übel wurde. Sie legte eine Hand auf die Wölbung.

Da hielt sie inne und riss die Augen auf. Dieses Flattern ... Da war es schon wieder. Das waren leichte Bewegungen des Babys. Wahnsinn ... Ein ungeahntes Glücksgefühl breitete sich in Mias ganzem Körper aus. Sie hatte so oft in sich hineingehört und darauf gewartet, dass etwas geschah. Und dann passierte es ausgerechnet jetzt. Mia hielt einen Moment inne, genoss die zarten Bewegungen in ihrem Bauch, richtete sich auf und straffte die Schultern.

Sie betrachtete sich im Spiegel, trug etwas Lipgloss auf und war mit dem Ergebnis ganz zufrieden. Das Kleid war eine Eigenkreation, die sie schon im letzten Jahr genäht hatte. Es war zwar nicht für ihre Schwangerschaft vorgesehen gewesen, aber für Mia war es kein Problem, es weiter zu machen. Ihr Haar war an der Seite zusammengesteckt, und ihre Locken fielen über ihre rechte Schulter. Sie griff gerade zu ihrer kleinen Handtasche, während sie überlegte, ein weiteres Mal die Toilette aufzusuchen, eine nervige Nebenwirkung der Schwangerschaft, als es an ihrer Tür klopfte. Das war bestimmt Lizzy, und so rief sie schnell, dass sie hereinkommen solle. Als Mia aus dem Bad zurückkehrte, stand dort nicht Lizzy, sondern Paul. Sie konnte ihre Überraschung kaum verbergen.

»Ich dachte, es wäre Lizzy«, brachte sie mühsam hervor. Paul hatte keine allzu freundliche Miene aufgesetzt, und irgendwie wurde Mia das Gefühl nicht los, dass er nicht gekommen war, um ihre Erscheinung zu bewundern. Sie starrten sich einige Momente an, bis Mia nervös zu werden begann. Was war nur los?

Endlich räusperte er sich und fing an zu sprechen. »Nun, Emilia, du gehörst ja schon fast zur Band. Du bist für Nic und Liam sehr wichtig. Deswegen bist du für uns alle wichtig.« Mia wich etwas zurück, als er auf sie zukam. »Ich kann nicht leugnen, dass ich Nics Einstellung zu eurem Privatleben missbillige. Es wäre nicht nur für die Fans wichtig zu erfahren, wie es um euer gemeinsames Leben steht. Immerhin sind sie es, die Nic seinen Lebensunterhalt bezahlen.« Und ihren! Das wollte er wohl eigentlich damit sagen. »Allerdings hätte auch die gesamte Band etwas davon, wenn wir eure Liebesbeziehung publik machen. Nic ist dagegen, und seine Begründung ist, dass er dich vor der Presse schützen will. Wie stehst du dazu, Mia?«

Mia war leicht vor den Kopf gestoßen. Es war neu, dass Paul so etwas mit ihr besprach, und dass er in ihrem Zimmer auftauchte, zeigte nur, dass Nic davon nichts wusste. »Ich denke, das sind bandinterne Angelegenheiten, die du nicht mit mir besprechen solltest ...«

»Oh, doch ... Ich bin gezwungen, sie mit dir zu besprechen. Seit du mit Nics Brut schwanger bist, ist an ihn kein Herankommen mehr. Du nimmst Einfluss auf seine Entscheidungen.«

»Ich weiß nicht, was du mir damit sagen willst, Paul. Die Swores sind ganz allein Nics Angelegenheit, in die ich mich nicht einmischen werde.« Das stimmte nicht ganz, aber sie wollte ihm nicht auf die Nase binden, dass Nic längst alles hingeschmissen hätte, wenn sie ihn nicht davon abgehalten hätte.

»Nun, das sehe ich anders. Ich brauche die Gewissheit, dass du mit mir an einem Strang ziehst. Sonst sieht es schlecht aus für die Swores.«

Mia schnappte nach Luft und legte ihre Hände über ihren Bauch. »Paul, ich versichere dir, ich möchte nichts Schlechtes für die Swores. Allerdings entscheide ich nur zum Besten meines Babys. Das ist auch Nics einziger Antrieb …«

»Du willst die Frau eines Rockstars sein? Dann musst du auch mit den Konsequenzen leben können. Nic trifft diese Entscheidung einzig und allein, damit er dich vor der Öffentlichkeit schützen kann. Das ist sein Grund. Wenn das so weitergeht, können wir alle einpacken. Die Jungs streiten sich, die Medien, die Presse, alle sitzen uns wegen des neuen Albums im Nacken. Wie stellst du dir ein Leben an Nics Seite vor? Er wird nicht neben dir sitzen, während das Kind die Windpocken hat. Er wird immer weg sein, immer auf großen Bühnen, von Frauen umschwärmt. Er wird sich betrinken, und ich werde seine Kotze wegwischen, während du Windeln kaufst und dem Kind eine Geschichte vorliest. Du siehst, du wirst meinen guten Willen dringend brauchen. So etwas funktioniert nicht auf Dauer. Sieh dir John und Maureen an. Zwei Kinder, viele Hoffnungen und gebrochene Herzen. Das hat es sie gekostet.« Er hielt inne, um seinen Worten mehr Kraft zu verleihen, und kam näher auf sie zu.

»Oder du wirst ihn dazu bringen, alles hinzuschmeißen. Er hat noch nie so oft davon gesprochen wie in letzter Zeit. Und was wären die Swores dann noch? Was würde aus deinem Bruder werden? Oder gar aus Nic? Wie ist es ihm vor seiner Karriere ergangen? Du weißt es besser als ich. Wird Nic damit leben können? Glaubst du nicht, eines Tages wird er dir genau das vorwerfen? Wirst du damit leben können, dass er all das für dich hingeschmissen hat? Ich habe so etwas schon oft erlebt. Viel öfter, als du es dir vorstellen kannst. In Wahrheit braucht Nic eine Frau, die stark genug für dieses Leben ist. Jemanden, der mit ihm durchs Land zieht, und dir scheint er das nicht zuzutrauen? Warum hat er so lange gebraucht, mit dir zusammenzukommen?«

Paul wandte sich ab, hielt vor der Tür inne und wandte sich ihr noch einmal zu. Mia kaufte ihm sein falsches Lächeln nicht ab. »Ich mag dich wirklich, Mia. Ich mach nur meinen Job, vergiss das nicht. Aber vielleicht solltest du der Band zuliebe deine Einstellung überdenken.«

Die Tür fiel ins Schloss, Mia schnappte nach Luft, und ihr wurde klar, dass sie während seines Monologs den Atem angehalten hatte. Sie griff sich an die Kehle und stützte sich geschockt auf dem kleinen Tisch ab. Wie konnte ein ihr fremder Mann in so kurzer Zeit all die Zweifel, die sie selbst hegte, wieder hervorholen?

Mia atmete tief durch, sammelte jede verfügbare Kraftreserve und verließ ihr Hotelzimmer. Sie hatte keine Ahnung, wo der Ausgang war, doch ihre Beine schienen ihn zu kennen. Sie fasste die Tür als Ziel fest ins Auge und blendete alles andere um sich herum aus. Sie brauchte dringend frische Luft, um wieder einen klaren Gedanken zu fassen. Ihr Kleid hielt sie seitlich gerafft, um schneller zu sein.

Hinter sich hörte sie jemanden ihren Namen rufen, wahrscheinlich war es Lizzy. Sie lief weiter. Was, wenn Paul recht hatte und sie wirklich nicht hierhergehörte? Sie hatte es immer gewusst. Es hatte niemals eine reelle Chance für sie bestanden. Warum hatten sie nicht vor dem Baby zusammengefunden, wenn die Liebe so groß war? Warum hatte er ihr nicht zugetraut, an seiner Seite zurechtzukommen? Sie wollte keine bequeme Lösung für Nic sein wie damals auf seinem Abschlussball. Sie wollte die Antwort auf all seine Fragen, Hoffnungen und Wünsche sein.

Plötzlich ertönte eine Stimme im Hotelfoyer hinter ihr.

»Mia!«

Sie erschrak und wandte sich um, als sie Anabelle auf sich zukommen sah.

»Ist alles in Ordnung mit dir?«, fragte sie freundlich und klang besorgt. »Hast du geweint? Was ist passiert?«

Mia durchströmte Erleichterung. »Ach, du bist es. Ich weiß auch nicht … Nics Manager hat mich gerade überrumpelt und irgendwie …« Sie holte tief Luft. »… fürchte ich, dass das alles ein schrecklicher Fehler ist. Was passiert nur, wenn die Interessen der Swores mit denen meiner Familie kollidieren? Können wir das wirklich schaffen? Ich meine … das ist der absolute Wahnsinn. All seine Fans, die Reporter, die Paparazzi und der Druck von außen … Bin ich dafür geschaffen?«

»Du solltest unbedingt eine Toilette aufsuchen, Süße. Dein Make-up …«, riet Anabelle, wie immer auf das Äußere bedacht. »Es klingt so, als hätte er dir einen Floh ins Ohr gesetzt. Er wollte doch nur versuchen, dich zu manipulieren.« Anabelle deutete auf ein WC-Schild, dem sie beide folgten. »Ich komme mit. Ich hab einfach zu viel Wein getrunken«, lachte sie und folgte Mia.

»Du hast recht«, murmelte Mia plötzlich ruhiger. »Er hat mich völlig manipuliert, und es hat auch noch geklappt!« Verblüffung machte sich in Mia breit, während sie durch die von Anabelle geöffnete Toilettentür trat. Wie konnte sie sich so verunsichern lassen? Wie konnte sie nur wieder an Nics Liebe zweifeln? Natürlich hatte sie Ängste in sich getragen, die ganze Zeit über. Es würde nie eine Garantie geben. Egal welchen Weg sie wählte. Kurz in Panik zu verfallen war in Ordnung, aber jetzt war es an der Zeit, stark zu bleiben. Und jedes Mal, wenn sie sich nur etwas von Nic distanziert hatte, geschah wieder etwas Schreckliches.

Mia wusste, dass sie an seine Seite gehörte, und da dachte sie plötzlich wieder klarer. Sie spürte, wie sich ihr Herz gegen alle Zweifel und Ängste zur Wehr setzte. Natürlich wollte Paul genau das. Er wollte, dass sie Angst bekam und wegrannte. Oder was ihm sicherlich besser gepasst hätte: wenn sie sich mit ihm verbündet hätte. Sie hätte Nic dazu überredet, all das zu tun, was Paul wollte, nur um zu beweisen, dass sie die Richtige für Nic war. Nein! Auf keinen Fall! Sie würde ihm ganz sicher nicht gestatten, dass er sie so manipulierte.

Sicherlich gab es einiges, was die Zeit zeigen würde, und vielleicht musste sie etwas mehr Vertrauen in sich und Nic haben, aber sie würde sich auf keinen Fall den Mann nehmen lassen.

* * *

Nic fummelte ungeduldig an dem Kästchen in seiner Hosentasche herum, während er darauf wartete, dass Mia kam. Irgendwas machte ihn nervös. Würde sie Nein sagen? Oder vielleicht wollte sie ihn nicht so sehr wie er sie? Was würde er tun?

Die Garderobe war chaotisch wie immer. Überall lagen Gitarren, Drumsticks und irgendwelche Zettel mit Songfetzen herum. Ein Haufen Klamotten türmte sich auf den Sofas, und etliche Schuhe zierten den Boden, sodass man kaum mehr auftreten konnte. Das alles störte Nic nicht besonders. Auch das Gegröle, das gegenseitige Aufziehen und Rumgeklimpere auf Gitarrensaiten konnten ihn heute nicht reizen. Es war ein besonderer Tag für ihn, und nichts konnte sein Hochgefühl trüben. Zumindest bis jetzt.

Große braune Augen sahen ihn besorgt an. Da ahnte er, dass ihm das, was er gleich hören würde, nicht gefallen würde. Es war mucksmäuschenstill in ihrer Garderobe, als hätten alle gespürt, dass etwas nicht stimmte.

Emma trat zerknirscht zu ihm heran und sagte: »Ich wollte Mia gerade ihren Backstagepass geben, aber … Paul war bei ihr, und Mia ist aus dem Zimmer gestürmt.«

* * *

Mia stellte sich vor den Spiegel und überprüfte ihr Make-up. So schlimm sah sie gar nicht aus, stellte sie fest, während Anabelle in eine der WC-Kabinen ging.

»Ganz schön aufregend für dich, oder? So im Mittelpunkt zu stehen, ist ja eigentlich nicht dein Ding.«

»Wie meinst du das?«, fragte Mia irritiert.

»Na ja, diese ganze Sache mit Nic, der Schwangerschaft und diesem Stalker.« Sie hörte Anabelle seltsam lachen. »Kommt nicht alle Tage vor, dass du die Polizei im Haus hast, weil jemand dein Zimmer verwüstet und die Wände beschmiert, oder?«, ertönte ihre Stimme, während Mia mit Toilettenpapier unter ihren Augen herumwischte. Sie erstarrte und sah fassungslos in den Spiegel.

Das konnte nicht sein … Woher hatte Anabelle von den beschmierten Wänden erfahren? Sie hatte nie darüber gesprochen. Aus ermittlungstaktischen Gründen hatte die Polizei sie darum gebeten. Und jetzt, ganz plötzlich, kamen in ihr Erinnerungen hoch, die sie bisher verdrängt hatte. Die Erinnerung an Anabelle, wie sie ihr Chris schmackhaft machen wollte und sich beim Lagerfeuer an Nic herangemacht hatte. Sie war im gleichen Supermarkt gewesen, obwohl dieser weit entfernt von ihrem Zuhause war. Sie sah Anabelles Gesicht kreidebleich werden, als sie ihr von ihrer Schwangerschaft und ihrem Umzug zu Nic erzählt hatte. O Gott, wie hatte sie das nur nicht sehen können?

Die ganze Zeit hatte sie sie nur für oberflächlich gehalten. In Wahrheit war sie eine Psychopathin. Was sollte sie jetzt tun? *Abhauen*, schoss es ihr durch den Kopf, aber ihre Beine gehorchten ihr nicht. Da öffnete sich die Toilettentür, und Mia konnte ihren entsetzten Gesichtsausdruck nicht mehr rechtzeitig unter Kontrolle bringen.

Anabelles Blick kreuzte Mias, und sie seufzte erleichtert. »Gott sei Dank, du hast es endlich kapiert, Emilia. Schluss mit der Show«, sagte sie und legte ein Messer, das sie aus ihrer Handtasche gezogen hatte, neben das Waschbecken. Ihr Tonfall hatte sich kein bisschen verändert. Sie sprach so locker mit Mia, als würden sie über das Wetter reden. Nur ihr Gesichtsausdruck wirkte vollkommen fremd. Es war, als wäre sie eine völlig andere Person. Mia starrte sie geschockt an und sah zu, wie sie sich gelassen die Hände wusch. Sie trocknete sie ab und schaute Mia mit ruhigem Blick an.

»Das hat aber echt lange gedauert, was entweder dafür spricht, dass ich schrecklich clever bin oder du schrecklich dumm. Ich würde sagen, beides trifft zu.« Sie packte das Messer und richtete es auf Mia.

»Wieso?«, fragte Mia mit zitternder Stimme.

»Wieso? Wieso? Wieso?«, äffte Anabelle sie nach. »Wegen einem Mann natürlich ... Es geht immer um einen Mann. Das solltest du doch wissen. Denn bei dir dreht sich auch alles um einen Mann. Und das ist genau das Scheißproblem. Das ist nämlich meiner! Hättest du dich einfach mit Chris begnügt. Er wäre perfekt für dich gewesen. Aber nein, dir reicht ein toller Kerl nicht aus ...« Sie ging auf Mia zu und drängte sie in eine Ecke.

»Am Anfang fand ich dich echt nett. Etwas naiv vielleicht, aber nicht so misstrauisch wie deine Busenfreundin. Mann, Lizzy hätte echt zum Problem werden können, aber sie ist mir nie auf die Schliche gekommen.«

»Wie auch? Du warst unsere Freundin«, bemerkte Mia nach wie vor geschockt.

»Nun, das spielt keine Rolle mehr, oder?!« Anabelle grinste boshaft.

»Was hast du jetzt vor?«

»Hm, dein offenbar nicht so erfreuliches Gespräch mit Nics Manager kommt mir durchaus gelegen. Alle werden denken, dass du weggelaufen bist. Erst mal wird dich niemand suchen.«

»Da kennst du meine Familie und Nic aber schlecht«, ereiferte sich Mia.

Anabelle lachte nur. »Das werden wir ja sehen.«

»Und selbst wenn du mich beseitigst. Wie, glaubst du, wirst du Nic jemals für dich gewinnen? Indem du mich und sein Kind umgebracht hast? Das wird wohl kaum als Gesprächsaufhänger bei eurem ersten Date funktionieren.« Irgendetwas in Mia sagte ihr zwar, dass sie ruhig bleiben musste, aber sie hatte genug. »Glaubst du, er könnte dich jemals lieben, wenn er sich bisher nicht mal deinen Namen merken konnte?« Mia sah, wie in Anabelle die Wut kochte.

»Und wessen Schuld ist das? Deine! Du hast uns von Anfang an dazwischengefunkt. Hast ihn immer durch eure Freundschaft an dich gebunden und niemandem die Möglichkeit gegeben, an ihn ranzukommen. Er liebt mich, und ein Teil von mir wünscht sich, du könntest unsere Zukunft sehen. Denn dann würdest du ebenso leiden wie ich. Aber das kann ich nicht zulassen. Solange du von ihm schwanger bist, wird er dich nicht verlassen.«

Mia sah jetzt den Wahnsinn in Anabelles Augen, und sie fragte sich, wie sie ihn so lange nicht bemerkt haben konnte. Sie ahnte, wozu Anabelle fähig war. Sie hatte sie wochenlang oder noch viel, viel länger an der Nase herumgeführt. Sie hatte sich ihr Vertrauen erschlichen, während sie so näher an Nic herankam. Und dann hatte sie zum Gegenschlag ausgeholt. Hatte Mia getäuscht, sie alle getäuscht.

»Aber vielleicht kann ich auch dafür sorgen, dass du nicht mehr schwanger bist …«, überlegte sie lauter, heftete den Blick auf Mias Bauch und kam noch näher. Mia legte schützend die Hände auf ihren Bauch. Niemals würde sie zulassen, dass sie ihr Baby tötete. Eher würde sie Anabelle umbringen.

»Erzähl mir, seit wann du in Nic verliebt bist …«

»Was geht dich das an? Glaubst du, ich weiß nicht, was du vorhast? Zeit schinden, um dich zu retten.« Anabelle sah wieder in Mias Gesicht, während sie gegen die Heizung gedrängt stand und mit einer Hand an der Wand entlangtastete, ob sich irgendein Gegenstand greifen ließ. Sie griff jedoch ins Leere. Mias Gehirn arbeitete auf Hochtouren.

»Worauf wartest du dann noch? Bringen wir es hinter uns. Allerdings wirst du mich töten müssen, denn ich werde nicht zulassen, dass du mir Nics Baby nimmst. Und falls ich überlebe, werde ich keine Sekunde in deinem jämmerlichen Leben zulassen, dass Nic mit dir zusammen ist. Ich werde ständig gegen dich kämpfen und jedem erzählen, was du für eine Psychopathin bist. Ich werde nicht ruhen, bevor du für all das bezahlst, was du Nic und mir angetan hast.«

Anabelles Züge verspannten sich einen Moment, bis sie wieder freundlich lächelte. »Es sind keine Überredungskünste nötig, um mich dazu zu bringen, dich zu töten.«

Alles ging ganz schnell. Mia wartete nicht darauf, dass Anabelle sie angriff, sondern setzte sich selbst zur Wehr. Mit einer Hand umfing sie das Handgelenk, in dem sich das Messer befand, und nutzte den Überraschungsmoment. Die beiden Frauen rangen um das Messer, und Mia schlug Anabelles Hand, die das Messer hielt, auf den Waschbeckenrand. Diese schrie kurz auf, doch das Messer fiel zu Boden.

Wutentbrannt packte Anabelle Mias Haarschopf im Nacken und schlug ihren Kopf auf das Waschbecken. Blut rann ihr übers Gesicht, während sie taumelnd zurückwich. Schmerz durchströmte ihren Körper. Ihre Wut auf Anabelle, auf Paul, auf Angela und alle, die ihrem Glück mit Nic im Weg standen, ließ sie weiterhin aufrecht stehen. Geistesgegenwärtig kickte sie Anabelles Messer unter eine Toilettentür.

»Du Schlampe!«, wetterte Anabelle, ging erneut auf Mia los und schlug mit den Fäusten in ihren Bauch. Mia hielt dagegen und blockte die Schläge weitestgehend ab. Sie kratzte ihr ins Gesicht. Sie verfehlte ihr Ziel, und Anabelle rammte ihr den Ellbogen in den Bauch, was Mia vor Schmerz und Schreck zusammensacken ließ. Sie landete halb in einer Toilettenkabine. Ihr fehlte jede Kraft, um nach Hilfe zu rufen, und sie spürte, wie die Panik sie übermannte.

Anabelle holte aus und traf Mia hart am Kopf. Mia schmeckte Blut und verlor für Sekunden das Bewusstsein. In dieser Zeit hatte Anabelle sich das Messer zurückgeholt. Das Erste, was sie sah, als sie die Augen öffnete, war Anabelle mit dem Messer an ihrer Kehle.

»Nun bettle schon um dein Leben«, höhnte sie.

25

Mia war versucht, zu tun, was Anabelle verlangte, als sie sich daran erinnerte, wie es sich angefühlt hatte, die ersten Bewegungen des Babys wahrzunehmen. Es hatte ihr Kraft gegeben, und sie musste tapfer bleiben, denn sie wollte dieses Kind und ein Leben mit Nic – um alles in der Welt.

Dann schlug Mia die Augen auf, erblickte die Toilettenbürste, nach der sie sich einen Moment streckte, und schlug Anabelle die Borsten ins Gesicht. Sie spürte, wie das Messer an ihrer Kehle zurückwich, und hörte Anabelle schreien.

Mia rappelte sich hoch, schubste Anabelles Körper von sich, geriet aber ins Stolpern und fiel der Länge nach hin. Sie zog sich weiter zur Tür hoch, doch Anabelle hielt sie von hinten fest und hinderte Mia daran, die Tür weiter zu öffnen.

»Was denkst du dir eigentlich? Dass ich mich so schnell schachmatt setzen lasse? Von einer einfältigen Hure wie dir?«

Mia stieß mit aller Macht ihren Kopf nach hinten, und ihr wurde kurzzeitig schwarz vor Augen. Anabelles Griff lockerte sich, und Mia schwankte zur Tür und schleppte sich mit letzter Kraft auf den Gang hinaus.

Ein Mann vom Service kam ihr entgegen, und als er erkannte, was mit der jungen Frau los war, stürmte er auf sie zu. Er brüllte lauthals um Hilfe und umfing Mia, damit sie nicht zusammensackte.

»Miss! Ach, du Scheiße! Was ist Ihnen passiert?«

»Frau in der Toilette … Es war Anab…« Mia wurde wieder schwarz vor Augen, und Übelkeit stieg in ihr auf.

Einige Personen vom Sicherheitsdienst eilten auf sie zu, was Mia nur verschwommen wahrnahm. Irgendwer schickte jemanden, um auf der Toilette nachzusehen, und es sollte ein Krankenwagen gerufen werden, was Mia mit Schrecken wahrnahm und sich sträubte.

»Nein, ich muss … Nic … Lizzy, ich muss schnell … kein Krankenwagen.«

Jemand rief nach der Polizei. Einige Sicherheitsleute rannten an ihnen vorbei und verschwanden in der Toilette. »Die Frau hat ein Messer!«, rief ein Mann.

Mia richtete sich gerade auf, als ihr ein paar sehr vertraute Gesichter entgegenkamen. Sie hörten einige Menschen hinter sich auf sie zurennen. Nic tauchte in Mias Blickfeld auf, und sein Gesicht war kreidebleich, sein Blick erstarrt und leer.

»Mia, o Gott, Mia …« Er nahm sie in seine Arme, sank mit ihr zu Boden und wiegte sie wie ein kleines Kind, während Mia zu weinen begann.

»Was ist denn passiert?«, flüsterte Lizzy, unfähig, lauter zu sprechen.

»Jemand soll einen Krankenwagen rufen!«, brüllte Liam und fuhr sich geschockt über das Gesicht.

»Ist schon unterwegs. Ebenso wie die Polizei wegen der Verrückten in der Toilette.«

Lizzy erbleichte. »Was ist passiert? O Gott, Süße!« Lizzy nahm Mias Hand in ihre und erschrak, als sie das Blut sah. »Wo kommt das Blut her?«, schrie Lizzy panisch.

»Mein Baby …«, wimmerte Mia, und Lizzy traten Tränen in die

Augen. Sie tauschte einen schreckerfüllten Blick mit Liam. »Nic …
Das war Anabelle …«

»*Was?*«, brüllte Lizzy.

Hektik kam im Flur auf. Ein Notarzt und ein Sanitäter kamen
mit Taschen auf sie zugelaufen. Sie hockten sich neben sie und
zwangen Nic, Mia loszulassen. »Sir, ich muss Sie bitten, uns unsere Arbeit machen zu lassen.«

»Mia, ich bin bei dir!«

»Sie ist schwanger«, fügte Lizzy hinzu und griff nach Liams
Hand.

»Ich bin der Vater«, erklärte Nic.

»Was ist passiert?«, fragte der Sanitäter.

»Ich weiß es nicht. Wir haben sie so gefunden.«

»Ma'am, hören Sie mich? Was ist passiert? Wo haben Sie
Schmerzen?«

»Mein Baby …«, war alles, was Mia hervorbrachte.

* * *

Nic fuhr sich hilflos und panisch übers Gesicht. Er musste sich
zusammenreißen, um nicht laut loszuschluchzen oder wild um
sich zu schlagen.

Da kamen die Sicherheitsleute aus der Toilette und hatten eine
Frau in Gewahrsam, die sie alle nur zu gut kannten. Sie starrten
ungläubig auf Anabelle, die deutliche Kampfspuren davongetragen hatte.

»Ich werde es euch noch zeigen! Das werdet ihr bereuen! Ich
werde nie aufhören! Du liebst mich doch!«, brüllte sie ungehalten
und wehrte sich gegen die Männer vom Sicherheitsdienst. Nic
rannte sofort auf die Frau zu.

»Du …« Auf halbem Weg wurde er von einem Sicherheitsmann
aufgehalten.

»Nic, das hilft Mia nicht«, rief Lizzy, während Liam sagte: »Wenn er sie nicht umbringt, tu ich's.«

Die Sanitäter hatten Mia auf eine Trage gelegt. »Wir müssen Ihre Frau sofort ins Krankenhaus bringen.« Nic folgte den Sanitätern in den Krankenwagen.

Die weißen Krankenhausflure drückten auf die ohnehin angespannte Stimmung, und Nic wurde von Unruhe beherrscht, seit sie Mia in einen der vielen Behandlungszimmer geschoben hatten. »Es ist alles meine Schuld, Liam! Ich bin schuld … Ich bin so ein verdammter Idiot und habe ihr das angetan, und ich … o Gott, wenn ihr und dem Baby etwas zustößt … ich …«

Liam legte einen Arm um Nic und zog ihn an sich. Mit rauer Stimme sagte er: »Du kannst nichts dafür, dass diese Irre ihr aufgelauert hat. Mia hat das nicht kommen sehen, wie hättest du das denn erkennen sollen? Diese Schlampe ist schuld. Niemand sonst.«

»Ich hätte bei ihr sein müssen …«

»Nic, du kannst doch nicht immer an ihrer Seite sein. Das ist unmöglich. Du kennst Mia. Sie würde das niemals zulassen.«

»Du hattest recht. Von Anfang an. Ich hab es gewusst, trotzdem konnte ich nicht anders … Ich …«

»Wovon sprichst du?«

»Ich bin nicht gut für Mia. Ich hätte nie … Wenn ich gewusst hätte … Aber ich hab es geahnt. Deswegen bin ich fort und dann … Das Baby! O Gott, Liam. Ich liebe sie! Alles, was ich weiß, ist, dass ich sie mehr als mein eigenes Leben liebe … Wenn ihr irgendwas geschieht …«

»Mia wird nichts geschehen, hörst du? Und dem Baby auch nicht. Du darfst das nicht mal denken …«, warf Lizzy ein.

»Und wenn ich noch einmal höre, dass du schuld bist, weil du mit ihr zusammen bist, dann … raste ich aus und verpass dir ein Veilchen«, drohte Liam.

»Wie kann so etwas passieren?«, fragte Lynn fassungslos. »Ich dachte, ihr wärt mit Anabelle befreundet?«

Lizzy und Lisa schüttelten geknickt den Kopf. »Ich wusste immer, dass mit ihr was nicht stimmt«, sagte Lizzy, »aber das hätte ich ihr auch nicht zugetraut.«

»Ich bin echt sprachlos ... wie konnte sie das nur tun?« Lisa war ebenfalls völlig geschockt.

Celine saß in sich gekehrt in einem der Sessel im Warteraum, und Liam ging zu ihr, um ihr beizustehen. »Mum, möchtest du einen Kaffee?« Sie schüttelte abwesend den Kopf.

»*Wo ist sie? Wo ist meine Enkelin?*« Tumult am Eingang der Notaufnahme erregte ihre Aufmerksamkeit, und sie sahen alle perplex auf die alte Frau, die auf sie zugelaufen kam. Richard ging ihr entgegen, um Sophie zu beruhigen.

»Was machst du denn hier, Granny?«, rief Liam und eilte ihr entgegen.

»Na, meint ihr etwa, ich bleib seelenruhig im Hotel sitzen, während meine Enkeltochter von einer Irren beinahe umgebracht wird?! Bei euch piept's wohl. Wieso hast du mich nicht angerufen?«, wandte sie sich vorwurfsvoll an Liam.

»Ich ... ich ... wollte dich nicht beunruhigen.«

»Papperlapapp!« Sophie steuerte auf Nic zu und tätschelte seine Wange. »Sie wird schon durchkommen, mein Junge. Wir Kennedy-Frauen sind hart im Nehmen.« Damit wandte sie sich an Celine, die wie ein Häufchen Elend zu Sophie aufsah. »Komm her, Püppi!«, sagte sie ungewohnt liebevoll und nahm neben Celine Platz, um sie fest im Arm zu halten.

Eine geschlagene Stunde später kam endlich ein Arzt auf sie zu, und alle sprangen auf. Er wandte sich an Nic, der sich kurzerhand als Mias Ehemann ausgegeben hatte. Celine und Liam stellten sich dazu.

»Ihrer Frau geht es den Umständen entsprechend gut. Sie hat

eine Gehirnerschütterung, ein paar Platzwunden und Prellungen. Alles wurde genäht und versorgt.«

Erleichterung durchströmte Nic, doch die Anspannung blieb.

»Und dem Baby? Wie geht's unserem Baby?«

»Alles so weit in Ordnung. Sie hat zwar Blutungen gehabt, aber die Plazenta hat sich nicht gelöst. Der Herzschlag ist kräftig, und der kleine Kerl ist ziemlich munter. Höchstens etwas aufgeregt über das, was seine Mutter mitmachen musste.« Sie alle atmeten tief aus. »Sie hat ganz schön was einstecken müssen und ganz viel Glück gehabt.«

»Kann ich zu ihr?«, fragte Nic sofort und warf Celine einen Seitenblick zu.

»Ja, aber nicht alle auf einmal. Sie braucht Ruhe, und wir behalten sie ein paar Tage zur Beobachtung hier.« Nic ließ sich vom Arzt in ein angrenzendes Zimmer führen. Dort lag sie.

Mia wirkte winzig in dem großen Krankenhausbett. Ein Gerät überwachte ihren Herzschlag, während das andere den des Babys beobachtete. Nic stiegen Tränen in die Augen. Er kam sich nicht seltsam dabei vor. Mias aufgeplatzte Lippe, die Platzwunde und die blauen Flecken auf der Stirn machten alles schrecklich real und weckten eine furchtbare Wut in Nic. Er eilte auf sie zu und umfing ihre Hand.

Bei der Berührung öffnete Mia die Augen und sah Nic an. Er konnte sich nur vorstellen, was sie für Schmerzen haben musste, aber sie lächelte.

»Mia«, wisperte er und beugte sich über sie, um ihr einen vorsichtigen Kuss aufs Haar zu geben. Er schloss die Augen, sog ihren Duft ein und genoss den Moment. Es hätte so viel schlimmer ausgehen können.

»Es geht mir gut, Nic. Und hast du schon gehört? Ihm geht's auch gut.« Sie deutete auf ihren Bauch und lächelte. »Es wird ein Junge ...« Freudestrahlend schaute Nic auf Mia hinab.

»Ja, der Arzt hat sich verplappert. Ist das nicht großartig?« Nic und Mia lachten, und Nic streichelte über Mias leicht gewölbten Bauch. »Er ist ganz schön tough!«

»Ganz der Papa eben«, murmelte Mia.

»Im Moment bist du die Tapfere von uns beiden«, murmelte Nic und wurde ernst. »Ich kann es immer noch nicht glauben, was sie dir angetan hat.«

»Ausgerechnet Anabelle«, murmelte Mia und schloss gequält die Augen. Sie glänzten, als sie sie wieder öffnete. »Wie konnte ich nur so blind sein?«

Zärtlich küsste Nic Mia. »Denk nicht daran, du musst dich ein wenig ausruhen.« Es klopfte an der Tür, und Nic wandte sich zu dem Rest um.

Liam stand breit grinsend an die Wand gelehnt.

»Na, du Held in der schimmernden Rüstung. Wo ist dein Gaul?«, fragte er lässig und kam auf Nic und seine Schwester zu. Er schlug bei Nic ein, umarmte ihn und sagte: »Herzlichen Glückwunsch, du Superstar. Ihr bekommt einen Sohn, und ich werde Superonkel.« Er wandte sich an seine Schwester. »Hey, Kleine, du hast uns allen einen ganz schönen Schrecken eingejagt. Ich bin so froh, dass es dir gut geht.«

»Erzählst du uns, was eigentlich genau passiert ist?«, fragte Liam nach einer Weile.

Mias Blick wurde traurig, und sie atmete tief durch. »Ich wollte gerade zu Nic, als Paul mich in meinem Zimmer aufgesucht hat.«

»Paul?«, fragten Liam und Nic wie aus einem Mund. »Was wollte er?«

Mia erzählte alles, was er gesagt hatte und was danach passiert war, wie sie von Anabelle erst getröstet wurde und sie schließlich auf der Toilette enttarnt hatte. Als sie geendet hatte, sagte eine Weile keiner etwas.

Irgendwann brach Lizzy das Schweigen. »Ich kann nicht glauben, dass sie zu so was fähig war. Dass sie nicht ganz dicht ist, hab ich geahnt … aber …«

»Ich denke, ich spreche für alle, dass es uns ebenso ging.«

»Ich komme morgen wieder. Hab noch was zu erledigen. Pass gut auf sie auf«, sagte Liam und gab Mia einen Kuss. Eine Schwester kam herein und bat alle zu gehen, da die Besuchszeit längst vorbei war. Nic ließ sich nicht dazu bringen, Mia zu verlassen. »Ich werde hier auf dem Stuhl sitzen, keinen Mucks machen und sie schlafen lassen«, versprach er freundlich. Ob es Nics Berühmtheit war, sein Charme oder die Geschichte, die sie hierhergebracht hatte, konnte Mia nicht sagen, aber die Krankenschwester ließ es zu. Alle anderen verabschiedeten sich und versprachen, morgen früh wiederzukommen.

✶ ✶ ✶

Endlich waren sie allein, und Mia fing seinen ganz ungewöhnlichen Blick auf.

Ohne Vorwarnung ging er vor Mia auf die Knie und nahm ihre Hand in seine. »Emilia Sophie Kennedy, heirate mich. Bitte werde meine Frau!«

Mia sah ihn aus großen Augen an und wollte ihn fragen, ob er alle Sinne beisammenhatte. Nic fingerte schon nach der kleinen Schachtel in seiner Hosentasche.

»Ich weiß, du denkst, das ist nur der Schock, aber, Mia, schau, ich wollte dich heute in besonderer Atmosphäre fragen … eine leere Arena mit vielen Kerzen und allem Drum und Dran. Aber immer, wenn uns etwas Großartiges passiert, kommt etwas Schreckliches dazwischen, und bevor die Welt untergeht oder wir wieder das richtige Timing verpassen, möchte ich dich bitten, den Rest deines Lebens mit mir zu verbringen. Denn das ist alles, was ich will! Für immer an deiner Hand mit einer Horde Kinder oder auch nur einem. Ist mir völlig egal. Ich will dich! Ich liebe dich und wäre beinahe verrückt geworden bei dem Gedanken, dass ich dich vielleicht verliere. In einer Welt, in der du nicht bist, möchte ich auch nicht sein!« Mia weinte leise, und trotz der Schmerzen drohte ihr Herz vor Glück überzulaufen.

Sie nahm Nics Hand, ohne dem Ring Beachtung zu schenken, und hauchte leise: »Ja ... Ja, ich will deine Frau werden.« Nic stieß den angehaltenen Atem aus und umarmte Mia fest, was sie zusammenzucken ließ. Sofort zog er sich zurück und lächelte sie an.

»Eine ganze Arena, ja?«

Er grinste breit und hielt Mias Hand fest in seiner. »Zu irgendetwas muss meine Bekanntheit ja gut sein, oder?« Mia lachte. Mit der freien Hand reichte er ihr die Schachtel mit dem wunderschönen, schlichten Ring. Er war perfekt. Nic nahm ihn heraus und streifte den zarten Reif über Mias linken Ringfinger. In ihren Augen schimmerten Tränen, und auch er konnte seine nicht zurückhalten.

»Wenn dir etwas Schlimmeres zugestoßen wäre ...«

»Ist es aber nicht«, besänftigte Mia ihren Verlobten.

»Ich möchte dieser Irren was antun ... qualvoll ...« Mia streichelte sanft über seine Wange. Er ließ den Kopf hängen und mied ihren Blick.

»Wirst du aber nicht«, wisperte sie.

»Es ist alles meine Schuld, Honey.«

Mia richtete sich etwas auf. »Nun rede keinen Unsinn, Domenic Donahue! Du magst berühmt sein, in der Öffentlichkeit stehen und all das ... aber diese Frau war nicht bloß ein Fan von dir. Sie war meine Freundin. Hörst du? Selbst in Bodwin, wo du mich in Sicherheit zurücklassen wolltest, war ich in Gefahr. Einfach weil ich den Hang habe, allen Menschen Vertrauen zu schenken ... Ich bin einfach zu gutgläubig.«

Nic sah Mia in die Augen und lächelte. »Dafür liebe ich dich. Wenn du nicht so wärst, hätte ich nie eine hundertste Chance bekommen. Ich schwöre dir, ich werde dich nie wieder alleinlassen.« Mia nickte und lächelte über seine Worte. Sie schwiegen einen Augenblick, und Nic strich zärtlich über ihren Babybauch.

Um die bedrückende Stille etwas aufzulockern, fragte Mia erneut: »Eine ganze Arena also, ja?«

Sie waren wieder Nic und Mia, die so selbstverständlich zueinanderpassten, dass ihnen fast entgangen wäre, dass sie genau das passende Gegenstück direkt gegenübersitzen hatten.

»Du weißt schon, dass deine und meine Mum ganz schrecklich mit der Hochzeitsplanung nerven werden, oder?«

»Ist mir egal, wie wir heiraten … ich will nur mit dir zusammen sein.«

»Lass dir von einer erfahrenen Brautjungfer gesagt sein, dass du absolut keinen Schimmer hast, worauf du dich da eingelassen hast.«

Nic lächelte versonnen. »Dann pack ich dich eben ins Auto, und wir hauen ab.«

Sie schwiegen kurz, bis Mia etwas klar wurde. »Ein Gutes hat die ganze Sache ja: Wir sind diese ständige Bedrohung endlich los und können normal weiterleben, oder?«

Nic nickte zustimmend, schien aber nach wie vor skeptisch zu sein. »Ich weiß nicht, wann ich wieder zur Normalität übergehen kann. Aber das wird die Zeit zeigen.«

»Du wirst nicht alles hinschmeißen wegen der Sache mit Paul, oder?« Mia konnte sehen, wie Nics Körper sich anspannte. Sie wusste, dass sie mit der Offenbarung, was Paul anging, einen Brand gelegt hatte, aber das war nicht ihre Schuld. Das Einzige, was zählte, war, dass sie und ihr Baby überlebt hatten, und Mia würde niemandem mehr Gelegenheit geben, ihre Familie zu zerstören. In ihrer Beziehung durfte kein Platz mehr für Geheimnisse sein.

Nic sah Mia überrascht in die Augen. »Ich werde das nicht hinnehmen … Wir haben Paul viel zu lange freie Hand gelassen. Ich werde aber auch nicht das Handtuch werfen. Wir werden sehen, was die Band dazu sagt. Aber jetzt möchte ich, dass du schläfst. Ich bleibe hier und gehe nirgends hin. Versprochen!«

»Nic? Musst du nicht heute einen Preis entgegennehmen?«

Nic schnaubte. »Vergiss es, Mia. Du glaubst doch nicht, dass ich auf eine Party gehe …«

»Nic?«

»Hm?«

»Bitte leg dich zu mir.«

»Meinst du, das geht?«, fragte er unsicher und löschte die Lampe über Mias Bett.

»Ja, ich bestehe darauf.« Nic tastete sich im Dämmerlicht vor, legte sich vorsichtig neben sie und nahm sie in seine Arme.

»Meinst du, es wäre gegen die Vorschriften, wenn ich auch ein bisschen fummeln würde?«

* * *

Die Pressekonferenz war schon in vollem Gange, und die Swores beantworteten alle Fragen. Sie hatten vor laufender Kamera ihre neue Single vorgestellt und den Preis nachträglich entgegengenommen, als Entschädigung für die Fans. Die Presse interessierte sich kaum für den Preis oder das neue Album. Vielmehr waren sie an den Gerüchten der letzten Woche interessiert, die sich angehäuft hatten.

Nic hatte getobt wie ein Irrer, als er am Vormittag das erste Mal Paul gegenübergestanden hatte. Paul hatte das Ganze auf die Spitze getrieben, indem er die Geschichte mit Anabelle als beste Promotion für das neue Album sah. Hätten John und Liam Nic nicht mit Müh und Not zurückgehalten, hätte er Paul einen gehörigen Kinnhaken verpasst.

Mia war am Morgen zuvor aus dem Krankenhaus entlassen worden und wurde im Moment von Lizzy versorgt. Nic hatte vor, am selben Tag mit ihr nach Bodwin zurückzukehren, damit Mia sich im Kreise ihrer Familie erholen konnte.

»Nic, vielleicht wären Sie so freundlich, Stellung zu den ganzen Gerüchten zu nehmen, die im Moment kursieren.«

Nic lächelte erschöpft. »Sie meinen, dass ich seit Längerem mit der Schwester meines Bandkollegen liiert bin, bald Vater werde und heirate?« Die Reporterin nickte.

»Emilia Kennedy und ich sind schon unser gesamtes Leben lang Freunde. Wir sind miteinander groß geworden und haben uns verliebt. Ich kann Ihnen und allen versichern, dass sie der wundervollste Mensch ist, dem ich je begegnet bin, und ich mich mehr als glücklich schätzen kann, dass sie ausgerechnet mich liebt. Wir erwarten in einigen Monaten einen kleinen Jungen, und vielleicht sollten Sie den Patenonkel hier befragen, wie er die Nachricht verkraftet hat.« Nic schlug Liam lachend auf den Rücken, und ein allgemeines Gelächter erfüllte den Raum.

Es brach Trubel aus, weil jeder Reporter eine Unmenge an Fragen an Nic hatte. »Allerdings möchte ich Sie bitten, meiner Verlobten und mir etwas Privatsphäre zu lassen. Ich weiß, was Ihr Job ist und dass Sie scharf auf Fotos von uns sind. Ich verspreche, Ihnen zu gegebener Zeit welche zukommen zu lassen. Wie Sie vielleicht auch gehört haben, gab es einen Vorfall, der meine Verlobte sehr mitgenommen hat, und sie braucht Zeit, um sich zu erholen. Ich danke Ihnen für Ihr Verständnis.« Nic wollte sich erheben, wurde aber von Liam zurückgehalten.

John ergriff das Wort. »Es gibt noch weitere Neuigkeiten, die wir Ihnen heute mitteilen möchten. Die Swores geben bekannt, dass wir mit sofortiger Wirkung die Zusammenarbeit mit Paul Bingley und seiner Managementfirma beenden werden.«

Paul starrte entgeistert auf das Podium, und sein Gesicht wurde aschfahl. Alle Reporter wandten sich an ihn, was die Swores als Chance für sich nutzten und das Feld räumten.

Nic folgte seinen Jungs entgeistert und fragte im Hinterzimmer:»Ist das euer Ernst?«

Stan grinste verschlagen.»Natürlich! Glaubst du etwa, wir lassen solche Manipulationen zu? Ganz zu schweigen davon, dass wir sicher nicht auf dich verzichten wollen, Mann.«

* * *

Mia hatte ihr Gesicht an die Fensterscheibe gelehnt und betrachtete die verregnete Landschaft, die an ihr vorüberzog. Sie konnte sich nicht sattsehen an den Grüntönen der Wiesen und Wälder oder am Meer, das vom Wind aufgewühlt war. Die Häuser waren so vertraut, als sie in die Straße einbogen, in der ihre Familien lebten. Das war ihre Heimat, und Mia liebte jeden Grashalm. Der Regen und die triste graue Farbe des Himmels konnten diesem schönen Bild nichts anhaben. Mia seufzte, als das Auto anhielt. Nic legte einen Gang ein und zog die Handbremse an. Sie sah zu ihm hinüber und konnte sehen, dass er lächelte. Da wusste sie, dass er ebenso empfand.

Nic schaute zu Mia, und sein Blick verdüsterte sich, als er ihr geschundenes Gesicht sah. Sie wusste, es erinnerte ihn daran, was sie durchgemacht hatte. Wichtig war nur, dass sie beide hier und zusammen waren. Anabelle war in einer Psychiatrie und würde diese so schnell nicht wieder verlassen. Dieses Erlebnis gehörte ebenso zu ihnen wie die wunderschönen Erinnerungen. Nicht zuletzt sagte man ja, dass jede Herausforderung, aus der man als Sieger hervorging, einen stärker machte. Mia wollte unbedingt glauben, dass all das für sie beide bedeutete, dass sie alles schaffen konnten. Sie lächelte ihn beruhigend an und stieg aus dem Auto.

»Bereit für das erste Hochzeitsvorbereitungsgespräch?« Mia grinste breit, während Nic den Kopf schüttelte.

»Man sollte glauben, dass du enthusiastischer an die Sache rangehen würdest. Immerhin heiratest du den gefragtesten Junggesellen Englands.«

Mia rollte mit den Augen. »Ist das so? Du hast ja keine Ahnung, wie viele Beigetöne es gibt, wenn es um die Wahl der Tischkarten geht!« Theatralisch fügte sie hinzu: »Abgesehen davon gehört der Titel jetzt meinem Bruder.«

Nic murmelte etwas Unverständliches. Er blieb vor Mia stehen und verzog das Gesicht. »Du willst doch nicht etwa andeuten, dass du lieber einen Prinzen heiraten wolltest?«

Mia grinste und streckte ihm die Zunge heraus. »Du weißt, ich steh mehr auf die Rockstars.« Nic lächelte zufrieden, holte ihre Sachen aus dem Auto und scheuchte Mia vom Kofferraum weg.

»Du weißt, was der Arzt gesagt hat. Du sollst dich schonen und nichts weiter tragen als unseren kleinen Rockstar da in dir.«

»Ich dachte, unsere Jacken wären ein vertretbares Gewicht, du Softie.«

»Nicht so frech, zukünftige Mrs Donahue. Sonst leg ich dich nachher übers Knie«, versprach Nic und grinste anzüglich, was Mia zu gern sofort eingelöst hätte.

EPILOG

Babyglück für die Swores

Die Swores-Fans müssen jetzt ganz stark sein. Nic Donahue, Frontman der beliebten Band und heißester Junggeselle Großbritanniens, hat sein Herz nicht nur verschenkt, sondern ist seit einigen Monaten unter der Haube. Die Geburt seines Sohns macht das Glück seiner kleinen Familie nun perfekt.

Am vergangenen Donnerstag, in einer stürmischen Nacht im März, ist ein kleiner strammer Junge auf die Welt gekommen. Der frischgebackene Vater berichtete am Tag nach der Geburt sichtlich erschöpft, aber vor allem stolz über den Familienzuwachs, es sei jedoch seiner Frau Emilia vorbehalten, den Namen des Kleinen preiszugeben. Weiter erklärte er, dass er niemals zuvor glücklicher gewesen sei. Und dabei sei er ohnehin der glücklichste Mann der Welt, weil seine beste Freundin und große Liebe ihn erhört und vor ein paar Monaten geheiratet habe.

Nach dem letzten verheerenden Angriff einer Stalkerin (wir berichteten) bleibt uns nichts weiter übrig, als der kleinen Familie alles Glück der Welt zu wünschen.

Auch der Gitarrist der Swores und Emilias Bruder, Liam, twitterte ein Foto von sich und Lizzy, der Schwester von Nic, sowie einem überdimensional großen Teddybären und schrieb: Tante Lizzy und Onkel Liam.

Beim Anblick dieses Bildes fragt man sich direkt, ob den Swores nicht die nächste Liebesgeschichte in den Tourbus steht?

DANKSAGUNG

Ich bin geradezu überwältigt, für dieses Buch eine neue Danksagung zu schreiben. Es ist viele Jahre her, dass ich diesen Roman begonnen habe. Es war mein erstes »richtiges« Buch, das ich nach endlosen Überarbeitungsschritten im Selfpublishing veröffentlicht habe. Seitdem sind viele weitere Bücher aus meiner Feder entsprungen, doch keins ist so besonders wie der Debütroman. Es macht mich unglaublich happy und stolz, dass ausgerechnet dieses Buch als Taschenbuch beim Droemer Knaur Verlag veröffentlicht wird. Mein größter Dank geht deswegen an diesen besonderen Verlag, der mir und meinen Erstlingen ein wundervolles Zuhause geschaffen hat.

Zuallererst möchte ich mich bei Eliane Wurzer bedanken, die irgendwas an diesem Buch gesehen hat, mich bei Feelings aufgenommen und an Knaur weitergegeben hat. Ohne sie wäre nichts von dem möglich gewesen, was mir seit damals widerfahren ist. Ihr Angebot hatte etwas von dem berühmten Schmetterlingseffekt auf mein Autorinnen-Dasein. Ich danke ihr dafür unendlich. Ich danke Frau Lichtenwalter und Frau Frank, die mich so herzlich aufgenommen, unterstützt und sich um alles gekümmert haben. Ich bin sehr glücklich über unsere Zusammenarbeit.

Frau Bauer, meiner wunderbaren Lektorin, die keine Mühen gescheut hat, um das Beste aus meinem Buch rauszuholen, möchte ich einen besonderen Dank ausrichten. Ich habe so viel von Ihnen lernen können. Danke schön.

Ich hätte das Buch wahrscheinlich nie fertig geschrieben, wenn meine Freundin Antje nicht dafür gesorgt hätte. Du weißt, du bist so viel mehr als meine Schwester, meine beste Freundin, und ich liebe dich.

Jede Frau braucht diese besten Freundinnen, die auf »Ich bin in einer Stunde bei euch, lasst uns durchbrennen« mit »Tasche ist gepackt!« antworten. Ich habe das Glück, drei solche Freundinnen zu haben, die mich seit vielen verrückten und turbulenten Jahren durch mein Leben begleiten. Antje, Jenny und Nicky: Ohne euch geht es nicht! Ich danke euch dafür.

Dank auch an meine Uroma, die mit zweiundneunzig Jahren losgezogen ist und sich ein Handy gekauft hat. Sie hat mir schon als Kind unzählige Bücher geschenkt und wird mir mit ihrer Energie und Lebensfreude ein Vorbild sein.

Ich danke meiner Mutter, die auf ihre Art immer an mich geglaubt hat. Sie ist eine beeindruckende Frau, die vielleicht keine Karrierefrau geworden, dafür aber immer eine liebende Mutter gewesen ist. Noch heute braucht es nicht viel mehr als eine ihrer Umarmungen und eine Portion Nudeln mit Tomatensoße, damit ich mich besser fühle. Mama, ich wüsste ganz einfach nicht, wie ich ohne dich zurechtkommen würde. Danke, einfach für alles!

Auch meinen »restlichen« Eltern, meinem kleinen Bruder und all meinen Lieben sage ich Danke für ihre Liebe und ihren unermesslichen Rückhalt.

Am allermeisten jedoch danke ich meinem Mann und meinem Sohn, die mich zum reichsten und glücklichsten Menschen machen, indem sie einfach da sind und mir Zeit lassen, um Geschichten wie diese zu schreiben. Jan, du bist die Liebe meines Lebens, mein Liebhaber und mein bester Freund. Du bist mein Nic.

Lenny, mein kleiner Prinz, eines Tages wirst du womöglich dieses Buch in den Händen halten. Mit etwas Glück wirst du es komplett durchlesen. Mit aller Wahrscheinlichkeit und den Genen deines Vaters wirst du zu dieser Seite vorblättern. Ich wollte immer glücklich sein und Mutter werden. Dazu hast du mich gemacht, und ich liebe dich sehr.

LESEPROBE

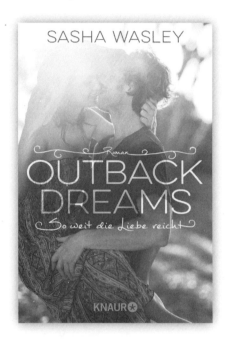

SASHA WASLEY
OUTBACK DREAMS
So weit die Liebe reicht

Aus dem australischen Englisch
von Veronika Dünninger

Für Jane, Emily, Louisa und Lucy,
die mich gelehrt haben, wundervolle Romantik zu schätzen.

DER PAKT

Willow Paterson und Tom Forrest, 15 Jahre alt

»Autsch! Das hat wehgetan, Banjo!«

»Halt still, dann tut es nicht weh.«

»Warum muss eigentlich ich bluten?«

»Das werde ich doch auch, du Idiot.«

Neben ihm kauernd, das Gesicht über seine Hand gebeugt, setzte Willow die Nadel wieder an und stach zu.

»Autsch!«

»Nicht so laut.« Willow warf einen Blick zur offenen Tür des Futterschuppens, doch nur zwei Pferde an der Futterkrippe bewegten sich. Sie sah zurück zu Toms Finger. »Sieh mal, es hat geklappt. Drück drauf, damit ein Tropfen Blut kommt.«

»Weißt du, für eine Veganerin bist du ganz schön blutrünstig.«

Als Nächstes stach sie sich selbst in den Finger und presste auf die Spitze, bis ein leuchtend roter Tropfen zum Vorschein kam. Tom sah beeindruckt zu. »Hat das nicht wehgetan?«

»Eigentlich nicht.«

»Du bist härter, als du aussiehst, so viel steht fest.«

»Gib her.« Sie rieb ihrer beider Finger aneinander. »Und jetzt der Pakt. Sprich mir nach.« Willow sah Tom in die Augen. »Um unserer Zukunft willen ...«

»Um unserer Zukunft willen«, wiederholte er, sichtlich verwirrt.

»Schwöre ich feierlich, dass ich niemals ...«

»Schwöre ich feierlich, dass ich niemals. Nie, nie, aber auch *niemals*«, ergänzte er, um sie zum Lachen zu bringen.

»*Tom!* Niemals unsere Freundschaft vermasseln werde.«

Er sprach den Pakt zu Ende, und sie nickte mit grimmiger Befriedigung, bevor sie sich den Finger an ihrem Shirt abwischte.

Willow steckte die Nadel ein und lehnte sich gegen eine Getreidetonne, um den klaren blauen Himmel draußen vor dem Schuppen zu betrachten. Der süße Geruch von Heu lag schwer in der Luft. Tom beobachtete sie von seinem Platz an der Blechwand des Schuppens aus.

»Sonst?«, fragte er.

»Sonst was?«

»Was, wenn ich sie doch vermassele? Soll ich hoffen, dass ich sterbe, oder mir die Nadel ins Auge stechen oder was?«

»Du vermasselst sie einfach nicht. Punktum.«

»Das heißt, es hat keine echten Konsequenzen?«

Entnervt versetzte sie seinem Stiefel einen Tritt. »Die Konsequenz ist eine vergeigte Zukunft, Dummkopf. Deswegen müssen wir den Pakt jetzt schließen, bevor wir überhaupt anfangen. Wenn wir unseren Traum verwirklichen wollen, halten wir uns an die Regeln. Vermasseln die Freundschaft nicht.« Sie erhob sich.

Tom zuckte die Schultern und saugte an seinem Finger, während er aufstand. »Seltsamer Pakt. Ich kann nicht glauben, dass ich dafür Blut gelassen habe.«

Sie gingen zurück zum Haus, und er riskierte einen schelmischen Blick zu Willow. »Mein erster Blutpakt. Heißt das, wir sind verlobt?«

Sie warf ihm einen warnenden Blick zu. »Das ist nicht witzig, Tom Forrest.«

KAPITEL 1

»Entschuldigung, Dr. Paterson?«

Willow hob den Kopf und kicherte, als sie den Erstsemester-Studenten sah, der neben ihrem Tisch verharrte. »Ohne Doktor.«

Er errötete, während er sich mit einer Hand durch sein kurz geschnittenes Haar fuhr. »Verzeihung.«

»Kein Grund, sich zu entschuldigen – um genau zu sein, haben Sie mich eben befördert. Ich habe keinen PhD, nur einen Master.« Er kratzte sich an der Wange. »Äh, Miss Paterson ...«

»Nennen Sie mich Willow. Wir sind hier ziemlich zwanglos.«

»Ich habe mich gefragt«, nahm er einen neuen Anlauf, und sie musste sich anstrengen, um ihn über dem Lärm in der Cafeteria zu verstehen. »Ihr Kurs hat mir gut gefallen, aber Professor Dales Vorlesung war wirklich verwirrend. Könnte ich Ihnen ein paar Fragen dazu stellen?«

»Vielleicht wäre es in diesem Fall besser, Professor Dale zu fragen«, schlug sie vor.

Der Student, der wie frisch von einer Farm aussah, starrte zu Boden. »Das könnte ich, aber er macht mir irgendwie Angst.«

Willow lachte wieder, aber ein Teil von ihr konnte es nachempfinden. Es war zehn Jahre her, seit sie nach Perth gekommen war und ihren ersten Kurs bei dem berühmten Professor Quentin Dale – damals Dr. Quentin Dale – besucht hatte, aber sie wusste noch gut, wie auch sie damals eingeschüchtert von ihm war. Sie kam oft verwirrt und überwältigt aus dem Hörsaal. Sie hatte ein ganzes Jahr gebraucht, um aus seinen Vorlesungen schlau zu wer-

LESEPROBE

den. Und selbst jetzt noch wünschte sie manchmal, er würde einfach normales Englisch sprechen. Die meisten Studenten am agrarwissenschaftlichen Institut der Universität von Perth kamen aus der Landwirtschaft und waren eine eher schlichte Sprechweise gewohnt. Aber Quentin war eben Quentin. Er verwendete lieber tausend ausgefallene Worte, wo hundert einfache – oder noch besser ein Diagramm – genügen würden.

»Was genau fanden Sie denn verwirrend?«, fragte sie, während sie den Studenten aufforderte, Platz zu nehmen.

Die nächsten zwanzig Minuten verbrachte Willow damit, die grundsätzlichen Unterschiede zwischen den biodynamischen Ansätzen in der Farmwirtschaft des vergangenen Jahrhunderts und den heutigen zu erklären. Als der Student ging, sah er sehr viel glücklicher aus, und Willow wandte sich zufrieden wieder ihren Korrekturarbeiten und ihrem lauwarmen Kaffee zu. Doch bereits drei Minuten später stürzte die Institutssekretärin in die Cafeteria.

»Willow! Ich habe dich schon überall gesucht«, keuchte Tanya. »Du hast schon wieder dein Telefon in deinem Büro liegen lassen. Ich konnte es durch die Tür klingeln hören.«

»Oh, entschuldige.«

»Da ist ein Anruf für dich, er ist wichtig.«

»Von wem?«

»Deiner Schwester.«

»Beth oder Free?«

»Beth.« Tanya warf einen Blick auf Willows Stapel mit Korrekturarbeiten. »Kommst du mit ins Büro, um mit ihr zu reden?«

»Ich bin noch beschäftigt. Ich rufe sie später an, okay?«

Tanya schien erregt. »Nein, du musst sie jetzt gleich zurückrufen.«

Willow legte die Stirn in Falten. »Tan, was ist los? Stimmt irgendetwas nicht?«

»Ich wollte eigentlich nicht diejenige sein, die es dir erzählt.«
Tanyas Miene war ein Bild des Unbehagens. »Dein Dad ist im
Krankenhaus. Sie glauben, dass er einen Herzinfarkt hatte.«

»Wie konnte das denn passieren?« Willow schloss die Bürotür
hinter sich und ließ sich auf den Drehstuhl fallen, das Telefon fest
in der Hand. »Mein Gott, er ist doch erst fünfundfünfzig.«

»Aber mit den Arterien eines Achtzigjährigen«, entgegnete
Beth. »Es ist hauptsächlich angeboren, aber sein Lebensstil war
mit Sicherheit keine Hilfe. Du weißt doch, was er isst. Dazu das
Bier. Und er trägt das Gewicht der Welt auf seinen Schultern, was
für ihn vermutlich das Schlimmste ist.«

»Haben sie vor, ihn hier herunter zu verlegen oder nach Dar-
win hoch?«

»Nein, sein Zustand ist stabil, und das Kardio-Team im Mount
Clair weiß, was es tut. Hier ist er gut aufgehoben.«

»Ich komme hoch. Ich versuche, so bald wie möglich einen
Flug zu bekommen, und ich werde um eine Woche Urlaub bitten.«

Schweigen trat ein.

»Beth?«

»Ich glaube, du solltest mit Dad reden, bevor du fährst.«

»Warum?«

»Er will dich etwas fragen.«

Willows Stimmung sank. *Der Viehtrieb.* Natürlich. Ihr Vater
würde ihn dieses Jahr nicht leiten können. Beth arbeitete Vollzeit
in ihrer Hausarztpraxis und lebte mittlerweile in Mount Clair, nah
beim Krankenhaus, aber hundertzwanzig Kilometer weit entfernt
vom Anwesen der Familie, Paterson Downs. Free, ihre andere
Schwester, war noch immer in Europa, und sie hätte ohnehin keine Ahnung vom Viehtrieb, selbst wenn sie zu Hause wäre. Willow
dachte fieberhaft nach.

LESEPROBE

»Was ist mit seinem Stellvertreter – Hegney, richtig? Oder den Forrests? Können sie nicht für Dad den Viehtrieb übernehmen?«

»Willow, es geht nicht nur darum. Wir brauchen jemanden, der Entscheidungen trifft. Dad kann das nicht. Wir dürfen ihn nicht arbeiten lassen, sonst wird er nur noch kränker werden. Wenn er glaubt, dass die Forrests oder Hegney oder irgendjemand sonst das Sagen haben könnten, wird er versuchen, sich einzumischen. Du bist die Einzige, der er vertraut.«

Willow fluchte. »Es ist mitten im Semester, Beth.« Ihre Schwester schwieg, und Willow seufzte. »Ich rufe Dad an.«

Genervt, aber auch ein wenig stolz wählte sie die Nummer des Krankenhauses in Mount Clair. Was Beth gesagt hatte, stimmte. Barry Paterson vertraute nur Willow bei der Leitung – und der Zukunft – der Farm. Schon bevor sie auf die Universität gegangen war, um biologisch-dynamische und nachhaltige Landwirtschaft zu studieren, war es eine anerkannte Tatsache in der Familie Paterson gewesen, dass Willow eines Tages die Farm leiten würde. Na ja, vielleicht keine allgemein anerkannte. Willow hatte gesehen, wie ihre Schwestern sich auf die Zunge beißen mussten, wenn ihr Vater ausschließlich auf Willows Rat hören wollte. Vor allem Beth ärgerte sich darüber.

Jemand meldete sich am anderen Ende der Leitung.

»Dad?«

»Willow.«

Panik durchzuckte sie. Er klang so *schwach*. »Beth hat mir gesagt, was passiert ist. Wie fühlst du dich?«

»So richtig rundum beschissen.«

Sie zwang sich zu einem Lachen. »Was sagt der Arzt?«

»Er hat mir genügend Tabletten gegeben, um ein Schlauchboot zu versenken. Ich muss sie für den Rest meines Lebens nehmen, schätzt er, aber wenn sie wirken, werde ich keine Operation brauchen.«

»Operation?«

»Du weißt schon, irgendwas da reinstecken, um alles frei zu halten.«

Sie nahm an, dass er von arteriellen Stents redete. »Was glauben sie, wie lange du im Krankenhaus sein wirst?«

»Nicht allzu lange, schätzt der Arzt. Vielleicht nur noch ein paar Tage. Das Essen ist grauenhaft, daher lieber früher als später. Und der Viehtrieb steht natürlich vor der Tür.«

»Na ja, jetzt schon dich erst einmal. Mach dir keinen Stress, Dad. Ich komme in ein paar Tagen nach Hause, um beim Viehtrieb zu helfen.« Sie verfluchte sich im Stillen. Sie wollte nicht helfen – und sie konnte es auch nicht. Nicht, wenn sie ihren Job an der Universität behalten wollte. Da sie nur befristet angestellt war, hatte sie nicht die Option, Urlaub zu nehmen.

»Ich denke, diesmal werde ich ein bisschen mehr als nur Hilfe beim Viehtrieb brauchen, Schatz.«

»Was meinst du damit? Red doch nicht so.«

Ein Schweigen trat ein, das sich so lange hinzog, dass sie sich schon fragte, ob die Verbindung abgerissen war.

»Dad?«

»Willow. Bist du bereit?«

»Bereit wofür?«

Mit zitternden Händen stopfte Willow Kleider in ihren Koffer. Sie hatte eine Schublade mit Oberteilen und eine andere mit Pullovern ausgeräumt, bevor ihr bewusst wurde, was sie da tat. Dann lachte sie kurz auf und zerrte die ganzen Pullover und Büroblusen wieder aus dem Koffer. Die konnten jetzt getrost in die Altkleidersammlung. Dort, wo sie hinfuhr, würde sie sie nicht brauchen.

Ihre bescheidene Sammlung von T-Shirts, Shorts und Jeans passte weitaus besser in den Koffer. Ihr Zimmer auf Paterson Downs war so klein, dass sie gnadenlos Zeug ausrangieren muss-

LESEPROBE

te. Willow war froh, ihre halbhohen Schuhe in den Spendenkarton werfen zu können. Absätze waren noch nie ihr Ding gewesen. Sie ging ins Bad, um das Schränkchen auszuräumen. Das ganze Make-up würde oben im Norden Vergeudung sein, wo es schneller vom Gesicht schmolz, als man es neu auftragen konnte. Sie behielt ein paar Eyeliner und Lippenstifte und eine getönte Sonnenschutzlotion, die sie verwendete, wenn sie für die Universität Feldstudien durchführte, und warf den Rest in den Karton. Im Spiegel erhaschte sie einen Blick auf ihr gerötetes Gesicht und hielt einen Moment inne. Sie ließ sich auf den Toilettendeckel sinken.

Passiert das hier gerade wirklich?

Die Worte ihres Dads gingen ihr wieder durch den Kopf. *Willow. Bist du bereit? Bist du bereit, die Farm zu übernehmen?*

Ach, du heilige Scheiße. Ihr Lebenstraum, auf einem Silbertablett serviert und weitaus früher, als sie je erwartet hatte. War sie bereit?

»Gott, ja«, murmelte sie.

Nach dem Gespräch mit ihrem Vater hatte Willow ihre Korrekturarbeiten aufgegeben und die Situation in aller Eile Tanya erklärt, während sie ihre persönlichen Habseligkeiten im Büro der befristet Angestellten zusammenpackte. Tanya hatte ihr mit besorgter Miene zugesehen und nicht viel gesagt, als Willow ging, nicht einmal, als Willow ihr den Büroschlüssel aushändigte. Aber später schickte ihre Freundin eine SMS, in der Willow ihre Hilfe zusicherte. Willow versprach, am nächsten Morgen bei Tanya zu Hause vorbeizuschauen, um sich zu verabschieden, und buchte ein One-Way-Ticket in ihre Heimatstadt Mount Clair.

Mit leerem Blick starrte sie auf die Badezimmerfliesen und erstellte in Gedanken eine Liste. Sie musste Quentin anrufen, Strom und Gas in ihrer Wohnung abmelden, den Abtransport der Möbel in Auftrag geben, mit Kevin, dem anderen befristet angestellten

Tutor, besprechen, dass er ihre Lehrveranstaltungen übernahm – so viel zu tun. Sie hatte die Hausverwaltung bereits davon in Kenntnis gesetzt, dass sie den Mietvertrag beenden würde, und eine Reinigungsfirma beauftragt.

Diese Wohnung werde ich nicht vermissen, dachte sie, während sie weiterpackte. Das schlichte kleine Einzimmerapartment war lediglich ein Dach über dem Kopf in fußläufiger Entfernung zur Universität, während sie unterrichtete und an ihrer Forschung zu nachhaltigen Weideflächen arbeitete. Wegen ihres mangelnden Interesses an Inneneinrichtung hatte sie der Wohnung nie ihren persönlichen Stempel aufgedrückt. Alles war funktional, von dem schlichten Bettgestell bis hin zu dem Secondhand-Holztisch, der nicht zu der Couch passte. Die Wohnung hatte sich für Willow eigentlich nie wie ein Zuhause angefühlt. In letzter Zeit hatte sie mit dem Gedanken gespielt, sich ein paar neue Küchengeräte zuzulegen, da Kochen das Einzige war, wofür sie abends nach der Arbeit noch Energie aufbringen konnte. Jetzt war sie froh, dass sie sich nichts gekauft hatte. Es wäre nur lästig gewesen, schwere Haushaltsgeräte nach Mount Clair zu schaffen.

Als sie mit dem Bad fertig war, ging sie zurück ins Schlafzimmer und kippte die Nachttischschublade auf dem Bett aus. Als Letztes landeten Toms Briefe auf dem Stapel. Willow nahm sie und zögerte, das Bündel in den Händen, während das vertraute Gefühl des Unbehagens in ihrem Magen rumorte. Sie hatte nur die ersten beiden gelesen. Sie waren so schmerzlich gewesen, dass sie jeden neuen Brief ungeöffnet ganz unten in die Schublade stopfte, immer mit dem Plan, sie »später« zu lesen. Zehn Jahre waren seither vergangen, wurde ihr bewusst. Sie waren gerade mal achtzehn gewesen, als er ihr diese Briefe schickte, die im Laufe ihres ersten Jahrs an der Universität eintrafen.

Ein Klopfen an ihrer Wohnungstür riss Willow aus ihren Erinnerungen. Sie wollte schon öffnen, bevor ihr einfiel, dass sie die

LESEPROBE

Briefe noch immer in der Hand hielt. Sie sah sich um, entdeckte ihre Handtasche auf dem Dielentisch und steckte das Bündel rasch hinein, bevor sie die Tür öffnete.

»Oh! Hi, Quentin.«

»Hallo, Willow.«

»Was tust du denn hier?« Es klang unhöflicher als beabsichtigt.

»Das ist ja eine nette Überraschung.«

»Ich war im Institutsbüro und habe mit Tanya gesprochen.«

»Ah – ich wollte dich gerade anrufen.«

Er machte Anstalten, einzutreten, weswegen sie einen Schritt zur Seite ging und ihn in die Wohnung ließ.

»Ich habe nicht viel Zeit«, sagte sie. »Ich muss …«

»Packen?«

»Ja. Entschuldige. Ich hätte anrufen sollen. Es war auch für mich ein Riesenschock.«

Quentin ging weiter bis zum Küchentisch und setzte sich. Willow war sich nicht sicher, was sie tun sollte. Ihm etwas zu trinken anbieten? Aber dann würde er vielleicht länger bleiben.

»Mein Flug geht morgen früh um sieben«, erklärte sie.

»Du reist also wirklich ab?«

Seine Stimme klang angespannt. Willow nahm ihm gegenüber Platz und sah zu, wie er seine Brille mit einem Taschentuch putzte. Die Fältchen um seine Augen waren ausgeprägter als sonst.

»Quentin, es tut mir wirklich leid, dich so hängen zu lassen. Ich habe nur einen Lehrauftrag, das heißt, streng genommen muss ich überhaupt nicht kündigen, aber du weißt, dass ich es getan hätte, wenn es nicht so plötzlich passiert wäre. Dad ist wirklich sehr krank, und er braucht mich. Ich werde keine Zeit haben, um später noch einmal nach Perth zurückzukommen, um alles auszuräumen. Ich werde auf der Farm zu viel um die Ohren haben, daher ist es nur sinnvoll, wenn ich jetzt alles organisiere und gehe.« Sie schwafelte, versuchte, ihren plötzlichen Weggang weniger brutal aussehen zu lassen.»Kevin ist so weit, dass er meine Kurse übernehmen kann, und die Doktorarbeit kann ich erst einmal auf Eis legen.«

Quentin setzte seine Brille wieder auf.»Im Ernst, Willow? Du wirst Farmerin werden?«

Sie blinzelte, als sie die verschleierte Verachtung in seiner Stimme hörte.

»Ähm, Viehzüchterin, um genau zu sein, und ja, natürlich werde ich das. Wofür habe ich denn sonst einen Abschluss in biologisch-dynamischer Landwirtschaft und Agrarwissenschaft?«

Er musterte sie.»Du hast eine vielversprechende akademische Karriere vor dir. Warum willst du das aufgeben?«

Sie musste lachen.»Was für eine Lehrbeauftragte in Agrarwissenschaft wäre ich denn, wenn ich nie wirklich auf einer Farm gearbeitet hätte?« Zu spät erinnerte sie sich, dass Quentin genau so akademische Karriere gemacht hatte.»Ich meine, ich muss doch meinen Worten Taten folgen lassen, oder? Aber was noch wichtiger ist, meine Familie braucht mich. Beth schafft das nicht. Sie arbeitet Vollzeit. Und Free – na ja, Free kann das einfach nicht. Und du weißt, dass es sonst niemanden gibt.«

»Dein Dad wird die Kontrolle über die Farm vermutlich wieder an sich reißen, sobald es ihm besser geht. Du weißt doch, wie diese alten, eingefleischten Farmer sind.«

Willow erinnerte sich an die Worte ihres Vaters am Telefon. *Ich werde mein Leben nicht wegwerfen. Ihr Mädchen habt eure Mutter viel zu früh verloren, und ihr werdet nicht auch noch euren Dad verlieren.*

»Vielleicht. Möglich wäre es.« Sie sah ihm in die Augen.»Quentin, es tut mir wirklich leid, das Institut so plötzlich zu verlassen. Aber ich muss das tun. Ich wollte das hier schon immer.«

Er betrachtete sie.»Und was ist mit deinen Freunden – deinen Beziehungen?«

LESEPROBE

Sie hatte vielleicht nicht viel Erfahrung in Sachen Partnersuche, aber sie erkannte eine bedeutungsschwangere Frage, wenn sie sie hörte. Quentin hatte in der Vergangenheit hin und wieder ein paar unbeholfene Flirtversuche unternommen, und sie hatte ihn jedes Mal abblitzen lassen. Er war noch nie so nahe daran gewesen, seine Gefühle zu verbalisieren.

»In der Stadt gibt es niemanden, dem ich besonders nahestehe«, erwiderte sie, während sie auf ihre Hände sah. »Ich werde das Team vermissen, aber ich kann euch ja besuchen, wenn ich in Perth bin. Ich werde ein-, zweimal im Jahr herkommen.«

Es war hart, aber deutlich. Quentin verharrte einen Moment schweigend, reglos, und dann schob er eilig seinen Stuhl zurück, der laut über den Boden schabte.

»Na, dann will ich dich nicht länger aufhalten. Gute Reise, und ich hoffe, dass das Farmleben alles ist, was du dir erhoffst.«

Seine Wünsche hätten nicht weniger aufrichtig sein können. Willow begleitete ihn zur Tür, wo er ihr einen verletzten Blick zuwarf, bevor er ging. Sie schloss hinter ihm die Tür und schüttelte den Kopf. *Wow.* Wieder fühlte sie sich erleichtert, dass sie abreiste.

Irgendwie schaffte sie es, den Inhalt des gesamten Apartments über Nacht zusammenzupacken. Auf dem Weg zum Flughafen am nächsten Morgen ließ Willow den Taxifahrer vor Tanyas Wohnung anhalten. Ihre Freundin war noch im Pyjama, als Willow ihr die Schlüssel zu ihrem Apartment und ein paar Hundert Dollar überreichte. Tanya weigerte sich, das Geld anzunehmen, aber Willow drückte es ihr einfach in die Hand.

»Nein, Tan, ich habe eine professionelle Reinigungsfirma beauftragt, und du musst sie für mich bezahlen. Behalt den Rest als Dankeschön. Und könntest du vielleicht in die Wohnung gehen und die Kartons entsorgen, die ich zurückgelassen habe? Du kannst dir davon nehmen, was du willst, oder einfach alles spenden. Und wenn du dann den Schlüssel bei der Hausverwaltung vorbeibringen könntest, wäre ich dir ewig dankbar.«

Tanya nickte, und ihr Blick wurde ein wenig glasig. »Du gehst wirklich, oder? Endgültig, meine ich.«

»Ja. Endlich nach Hause. Ich kann gar nicht glauben, dass ich so lange hier in der Stadt geblieben bin.«

Tränen rollten Tanya über die Wangen. »Ich werde dich vermissen.«

»Oh, Tan. Komm mich besuchen.« Willow umarmte sie. »Wir bleiben in Verbindung.«

»Das ist nicht dasselbe«, schluchzte Tanya.

»Ich rufe dich in ein paar Tagen an, okay?«

Tanya nickte und umarmte sie noch einmal tränenreich, bevor sie Willow gehen ließ.

Himmel, dachte Willow, während sie zurück zum Taxi rannte. Gefühlsbekundungen waren noch nie ihr Ding gewesen. Okay, sie zog zweitausend Kilometer weit fort, und sie würde es vermissen, Tanya in der Arbeit zu sehen, aber da musste man doch nicht gleich weinen.

Eine Erinnerung an ihre Sitzungen bei einer Psychologin tauchte an die Oberfläche. *Willow, Sie neigen dazu, die Leute auf Abstand zu halten. Warum versuchen Sie nicht, Menschen ein bisschen mehr an sich heranzulassen?* Willow zwang sich, in die Gegenwart zurückzukehren, und loggte sich mit ihrem Handy auf der Website des Stromanbieters ein, um ihr Konto zu kündigen.

Sie checkte ein und bezahlte eine Unsumme für ihr Übergepäck, bevor sie zusah, wie es auf dem Förderband davonglitt – die Summe ihres Erwachsenenlebens in zwei großen Koffern. *Nein,* rief sie sich in Erinnerung, 3700 Quadratkilometer, 6500 Stück Vieh, ein bahnbrechender, artgerechter Biorindfleischbetrieb. *Das* würde die Summe ihres Erwachsenenlebens sein.

LESEPROBE

Sie machte es sich auf ihrem Platz bequem und dankte dem Himmel, dass sie neben einem jungen Flugpendler saß, der vermutlich bei dem Stauseeprojekt am Herne River unter Vertrag stand. Er hatte bereits Kopfhörer in den Ohren und sah sich irgendeinen Zombiefilm auf seinem Tablet an, sodass sie auf dem Flug mit niemandem würde reden müssen. Sie wollte eine To-do-Liste erstellen. Sobald sie in der Luft waren, tastete sie in ihrer Tasche nach einem Notizblock, und ihre Hand stieß auf etwas Unbekanntes.

Toms Briefe.

Willows Herz begann wieder wie wild zu hämmern. Wäre es nicht fast ein Eingriff in Toms Privatsphäre, sie jetzt zu lesen? Nachdem so viel Zeit vergangen war, seitdem sie sie eigentlich hätte lesen sollen? Vielleicht sollten diese schlafenden Hunde besser nicht geweckt werden?

Ja, sie würde sie alle wegwerfen – sie in den Müllbeutel entsorgen, wenn der Steward das nächste Mal damit vorbeikam.

Aber sie würde wieder neben den Forrests leben, wenn sie nach Hause kam. Tom würde vermutlich bald Quintilla übernehmen, genau wie sie Paterson Downs. Ihre Familien standen sich so nah wie eh und je. Sie würde wieder irgendeine Art Beziehung zu Tom Forrest aufnehmen müssen, egal, wie schwierig die anfängliche Wiederannäherungsphase sein würde.

Vielleicht konnte sie diesen dreistündigen Flug von Perth nach Mount Clair nutzen, um endlich Toms sämtliche Briefe zu lesen. Sie hatte dem armen Jungen nicht einmal eine Chance gegeben, nachdem sie sich die ersten beiden angesehen hatte. Sie war so vertieft in ihren eigenen Schmerz gewesen, hatte mit der Panik zu kämpfen gehabt, die jedes Mal in ihr aufstieg, wenn sie darüber nachdachte, was er getan hatte. Vielleicht hatte einer dieser Briefe ja eine Entschuldigung enthalten – eine Entschuldigung, die sie inzwischen hätte annehmen sollen. Eine Zurücknahme dieses entsetzlichen Moments, in dem er diese Worte gesagt hatte …

Ihre Adresse stand in Toms ungelenker Handschrift auf dem obersten Umschlag – noch immer vertraut, egal, wie lange es her war. Willow holte zitternd Luft. Halb acht Uhr morgens war ein bisschen früh für einen Drink, daher bestellte sie sich einen Kaffee und zog die ersten beiden Briefe heraus; die, die sie zehn Jahre zuvor geöffnet und gelesen hatte.

Quintilla Homestead
Herne River Road
Mount Clair West

Willow Paterson
c/o Paterson Downs
Herne River Road
Mount Clair West

16. Januar

Liebe Banjo,
frohes neues Jahr.
Ich nehme an, Du hast dich inzwischen im Studentenwohnheim eingelebt. Du bist auf jeden Fall früh hingefahren. Die anderen, die einen Platz bekommen haben, reisen erst im Februar an. Ich weiß nicht, wo Du wohnst, daher habe ich Beth gebeten, diesen Brief an Dich weiterzuschicken.
Du hast vielleicht gehört, dass ich meinen Platz an der Uni vermutlich nicht annehmen werde. Ich denke, ich werde mein Studium aufschieben – jedenfalls vorläufig. Dad nimmt es gelassen. Dann muss er wenigstens keine zusätzliche Hilfskraft einstellen, ganz zu schweigen von den gesparten Studiengebühren. Mum ist nicht allzu glücklich, aber ich sage ihr immer wieder, dass es ja nur für dieses eine Jahr ist. Sie stellt viele Fragen.

LESEPROBE

Bin mir eigentlich nicht sicher, was ich Dir sonst noch sagen soll, Banjo. Es ist seltsam ohne Dich. Wenn ich auf dem Quad unterwegs bin, biege ich jedes Mal zu Patersons ein, bevor mir wieder einfällt, dass Du ja gar nicht mehr dort bist. Ich denke immer wieder, dass ich Dich am Ostgatter sehen werde, wie Du auf Rusty sitzt, bereit zu einem Rennen an der Zaunlinie entlang. Du wusstest immer, dass ich Dich schlagen würde, aber Du wolltest es trotzdem versuchen.

Ja. Es ist seltsam. Du warst einfach immer da. Ich nehme an, es ist noch nicht richtig zu mir durchgedrungen. Pass auf Dich auf in der großen Stadt, okay?

Tom

PS: Wir sollten vermutlich versuchen, dieses Durcheinander zu klären.

Quintilla Homestead
Herne River Road
Mount Clair West

Willow Paterson
Wohnheim St. Bridget's
Universität von Perth

11. Februar

Liebe Banjo,

ich hatte gehofft, Du würdest zurückschreiben. Noch nicht bereit, mit mir zu reden, was? Na schön, ich werde das Reden übernehmen, während ich warte.

Beth hat mir Deine Postanschrift gegeben. St. Bridget's? Wohnst Du jetzt etwa bei Nonnen oder was? Wie ist das Studentenleben? Ich bereue immer wieder, dass ich die Uni aufgeschoben habe, und denke, dass es vielleicht eine schlechte

Entscheidung war. Jetzt werde ich ein Jahr unter Dir sein. Vielleicht könnte sich das für mich ja als Vorteil erweisen – ich kann bei Dir angekrochen kommen, um Dich um Hilfe bei meinen Aufgaben zu bitten. Trotzdem, ich lasse Dich nicht gern ein Rennen gegen mich gewinnen, egal, ob es auf den Quadbikes ist oder der Bachelor of Science in Angewandter Biodynamik und Nachhaltiger Landwirtschaft.

Ich muss zugeben, Banjo, ich vermisse Dich. Jeden Tag drei Stunden im Bus zusammen zur Schule und zurück. Dann drei oder vier Stunden zusammen im Unterricht, da unsere Stundenpläne immer praktisch identisch waren. Dann, nach der Schule, ein paar Stunden, in denen wir uns auf den Quads oder den Pferden Rennen lieferten oder einfach nur am Ostgatter standen und uns stritten oder dummes Zeug redeten. Pläne für die Zeit schmiedeten, wenn wir Quintilla und Patersons gemeinsam leiten würden. Ich schätze, dass wir seit dem Ende der zehnten Klasse, als Nicola von der Schule abging und ich zum Busplatznachbarn befördert wurde, ungefähr neun Stunden am Tag miteinander verbracht haben. Neun Stunden am Tag, zehn Fünftagewochen in einem Schuljahresabschnitt, vier Abschnitte im Jahr. Wie viel macht das, Banjo?

Ich weiß, Du hast mich in Mathe immer übertrumpft, aber selbst ich kann das ausrechnen. 1800 Stunden im Jahr. Und da sind die ganzen Wochenenden oder Schulferien noch nicht einmal inbegriffen, oder die Barbecues unserer Familien oder all die Stunden, in denen wir uns nachts SMS schrieben, oder die Fußmärsche zu dem hohlen Boabbaum, um dort Sachen für den anderen zu hinterlegen.

Tatsächlich sind es vermutlich eher 2500 oder sogar 3000 Stunden im Jahr, die wir zusammen verbracht haben.

Kannst Du es mir wirklich verdenken, dass ich angefangen

*habe, Dich auf die »falsche« Weise zu sehen? Lass es gut sein,
okay? Ruf mich an oder schreib zurück. Komm schon, lass uns
endlich einen Schlussstrich unter diesen Scheiß ziehen.*

Tom

Verdammt. Willow hatte nicht damit gerechnet, dass es so viel Unbehagen in ihr auslösen würde, Toms Briefe wieder zu lesen. Ihre Wangen brannten seinetwegen – und wegen ihres eigenen Verhaltens. Ihn so lange gemieden zu haben, das war unverzeihlich. Sie hätte ihm die Gelegenheit geben sollen, das alles beizulegen. Wie er wohl jetzt war? Sie versuchte, sich einen erwachsenen Tom Forrest vorzustellen, vermutlich noch immer voller Humor und Freundlichkeit, wie er es immer gewesen war, aber reifer. Weniger hormongesteuert. Willow gestattete sich ein ironisches Lächeln. Wenn *sie* doch nur mehr Reife besessen hätte; sie beide. Jetzt sah sie die Situation vor zehn Jahren so viel klarer – der verwirrte Tom und die wütende Willow, noch immer so aufgewühlt von dem Verlust ihrer Mutter mit vierzehn.

Sie riss die ganzen ungelesenen Briefe einen nach dem anderen auf und ordnete sie in der richtigen Reihenfolge an, um sie so rasch wie möglich durchzugehen. Es war eine fürchterliche, unangenehme Aufgabe, aber eine, die erledigt werden musste. Und dann würde sie das alles hinter sich lassen.

Lust auf noch mehr verführerische Geschichten?

bei Knaur

Lauren Blakely
One Dream

Ein Liebesroman wie ein Flirt: frech, prickelnd, romantisch. Die Nanny Abby verliebt sich in den Vater der kleinen Hayden. Aber jeder weiß, dass der Boss tabu ist!

Erscheinungstermin Print-Ausgabe: 01.08.2018
Erscheinungstermin eBook-Ausgabe: 02.07.2018

Kati Wilde
Lost in a Kiss

Ein Versprechen. Zwei Herzen. Drei Regeln. Vier Wochen, um sie alle zu brechen: Atemberaubende Lovestory auf einem Roadtrip durch Kalifornien und Oregon.

Erscheinungstermin Print-Ausgabe: 01.10.2018
Erscheinungstermin eBook-Ausgabe: 03.09.2018

Sasha Wasley
Outback Dreams – So weit die Liebe reicht

Sie waren beste Freunde, die sich nie ineinander verlieben sollten – doch für einen von ihnen war es dafür schon viel zu spät. Willkommen auf der Rinderfarm Paterson Downs in Western Australia.

Erscheinungstermin Print-Ausgabe: 03.12.2018
Erscheinungstermin eBook-Ausgabe: 02.11.2018

Wenn du mehr über die hier angekündigten Liebesgeschichten erfahren möchtest, scanne einfach den QR-Code und sichere dir exklusive Leseproben.

für ePub

für Kindle